Vereint mit ihrer großen Liebe Nathanael Grigori und ihrer gemeinsamen Tochter Aurora, scheint in Sophies Leben endlich Ruhe eingekehrt zu sein. Aber ihr Glück wird bald durch unheimliche Ereignisse zerstört: Alpträume plagen Sophie, Nathan verschwindet plötzlich spurlos und Aurora wird entführt – genau in dem Moment, als ein alter Widersacher, der totgeglaubte Caspar von Kranichstein, wieder auftaucht. Jetzt muss nicht nur Sophie all ihren Mut zusammennehmen und sich der unheimlichen Gefahr stellen, auch auf Aurora wartet die größte Prüfung ihres Lebens: In ihr erwacht das Erbe ihres Vaters – doch sie wandelt sich nicht einfach nur in eine Nephila – sondern in eine der mächtigsten ihrer Art …

Leah Cohn wurde 1975 in Linz, Österreich, geboren. Sie hat Geschichte, Philosophie, Theologie und Religionspädagogik studiert. Seit mehreren Jahren arbeitet sie als Fernsehjournalistin und lebt in Frankfurt am Main.

Ebenfalls lieferbar ist der Roman ›Der Kuss des Morgenlichts‹.

Weitere Informationen, auch zu E-Book-Ausgaben, finden Sie bei www.fischerverlage.de

Leah Cohn

Der Fluch der Abendröte

Roman

Fischer Taschenbuch Verlag

MIX
Papier aus verantwortungsvollen Quellen
FSC® C083411

Veröffentlicht im Fischer Taschenbuch Verlag,
einem Unternehmen der S. Fischer Verlag GmbH,
Frankfurt am Main, Juni 2012

Die Erstausgabe ist erschienen im Krüger Verlag

Dieses Werk wurde vermittelt durch die Literarische Agentur
Thomas Schlück GmbH, 30827 Garbsen
Satz: Pinkuin Satz und Datentechnik, Berlin
Druck und Bindung: CPI – Clausen & Bosse, Leck
Printed in Germany
ISBN 978-3-596-18673-0

Gesetzt, es nähme ein Engel mich plötzlich ans Herz:
ich verginge von seinem stärkeren Dasein.
Denn das Schöne ist nichts
als des Schrecklichen Anfang,
den wir noch grade ertragen.
Und wir bewundern es so,
weil es gelassen verschmäht,
uns zu zerstören.

Rainer Maria Rilke

Prolog

Die schrecklichen Albträume, die mich jetzt fast jede Nacht heimsuchen, begannen am Tag von Auroras Schulfest – und der Katastrophe, in der dieses beinahe endete.

Es war September, und die Sommerferien waren gerade zu Ende gegangen. Am ersten Schultag hatte man alle Eltern zu einer kleinen Aufführung eingeladen, bei der die Kinder zeigen sollten, was sie in den letzten Monaten gelernt hatten: Einige hatten gemeinsam ein Lied einstudiert, andere hielten Vorträge über interessante Museumsbesuche oder Urlaubsreisen; selbstgemalte Bilder oder Fotos wurden ausgestellt oder Märchen vorgelesen, die sich die Kinder ausgedacht hatten.

Ich kam etwas zu spät. Nachdem ich einen frisch gebackenen Apfelkuchen am von Wespen umschwärmten Büfett abgestellt hatte, war die Tribüne schon fast bis auf den letzten Platz besetzt. Sie befand sich auf dem Sportplatz neben der Schule und war kaum mehr als ein altes Holzgerüst, das von Eisenträgern gestützt wurde, auf denen Rost und Schimmel Flecken hinterlassen hatten. Die Stufen knirschten, als ich nach oben stieg, nach einem freien Platz Ausschau hielt und einen in der vorletzten Reihe fand.

Rasch nahm ich Platz, um niemandem die Sicht

zu nehmen, und atmete tief durch. Es war ein später Nachmittag und das Licht noch warm. Die Bäume, vor einer Woche noch hellgrün, glänzten golden, die Berggipfel waren weiß überzogen, und vom Hallstättersee war nur noch ein schmaler Streifen zu erahnen, allerdings nicht mehr einladend türkis, sondern schwarz und kalt.

Ich hatte einige irritierte Blicke gespürt, offenbar weil ich zu spät kam – nun erkannte ich, dass die Vorführung der Kinder noch nicht begonnen hatte, die Direktorin aber eine endlos lange Rede hielt, in deren Verlauf sie sich für die freiwilligen Spenden und für das ehrenamtliche Engagement des Elternvereins bedankte. Danach stellte sie alle Schüler einzeln vor – darunter auch meine zwölfjährige Tochter Aurora. Ich winkte ihr zu, aber sie war schon so auf ihren bevorstehenden Auftritt konzentriert, dass sie mich nicht bemerkte. Als endlich alle Namen der Schüler genannt waren, kam die Direktorin immer noch zu keinem Ende, sondern sprach nun ausufernd über die Finanzierung einer neuen Turnhalle. Ich rutschte auf der unbequemen Holzbank hin und her und dachte insgeheim, dass eine neue Tribüne wohl notwendiger wäre als eine neue Turnhalle. Auch bei den anderen Eltern machte sich ein spürbares Desinteresse breit. Einer der Väter nickte ein, andere gähnten, in der Reihe vor mir wurde getuschelt. Trotz der allgemeinen Unruhe fielen dennoch strenge Blicke auf mich, als mein Handy plötzlich anfing zu piepsen. Ich zog es rasch aus meiner Tasche, stellte den Ton aus und lächelte entschuldigend, obwohl mir das schwerfiel, als ich die SMS las, die ich bekommen hatte.

Ich hatte geahnt, was dort stehen würde, und konnte meine Enttäuschung dennoch nicht unterdrücken.

»Ich komme besser nicht«, las ich auf dem Display – und seufzte tief.

»Alles in Ordnung?«, hörte ich neben mir eine Stimme. Ich blickte auf. Bis jetzt hatte ich nicht wirklich darauf geachtet, wer um mich herum saß.

»Hallo, Herr Arndt!«, begrüßte ich den Mann freundlich, der schräg hinter mir saß und sich zu mir vorgebeugt hatte.

Er deutete auf mein Handy. »Eine schlimme Nachricht?«, fragte er besorgt.

»Nein, nein, alles in Ordnung«, erklärte ich. Und als er mich weiterhin besorgt musterte, fügte ich rasch hinzu: »Ich glaube, die Aufführung beginnt!«

Endlich hatte die Direktorin ihre Rede beendet, und zwei Mädchen betraten die Bühne: meine Aurora – und Mia, Auroras beste Freundin und die Tochter von Lukas Arndt. Wie ich winkte auch er ihnen zu – doch sie nahmen uns beide auch jetzt nicht wahr. Wochenlang hatten sie für diesen Auftritt geprobt und wollten nun aller Welt zeigen, wie gut sie mit Tennisbällen jonglieren konnten. Eigentlich war es geplant gewesen, dass sie das möglichst synchron tun sollten, doch davon konnte nun keine Rede sein.

Während sich Mia unglaublich geschickt anstellte und fünf Bälle gleichzeitig in der Luft halten konnte, hatte Aurora schon mit dreien zu kämpfen. Mia lächelte beim Jonglieren – Aurora hingegen runzelte konzentriert die Stirn. Nicht nur was ihre Geschicklichkeit betraf, hatten die beiden wenig gemeinsam – auch optisch hätten sie nicht unterschiedlicher sein können: Auroras rotbraune Locken fielen ihr bis zu den Hüften. Im letzten Jahr war sie gehörig gewachsen, und wenn es so weiterging, würde sie mich, die ich gerade noch einen halben Kopf größer war, bald eingeholt haben. Nicht nur was ihre Größe anbelangte, kam sie ganz nach ihrem Vater – auch ihre schlanke, feingliedrige Figur erinnerte an ihn. Was sie jedoch nicht besaß – oder vielmehr *nicht mehr* – waren seine Schnelligkeit und Geschicklichkeit. Aurora wirkte meist verträumt, etwas langsam und in sich gekehrt.

Mia hingegen war höchst lebendig, unternehmungslustig und ständig auf Schabernack aus. Sie stand eigentlich nie still, lief am liebsten in Hosen herum und hatte ihr blondes Haar raspelkurz geschnitten, damit es sie nicht störte, wenn sie in Windeseile auf Bäume kletterte oder im eiskalten Wasser schwamm. Beim Jonglieren wurde einmal mehr deutlich, wie geschickt sie war. Wahrscheinlich hätte sie ihre Bälle noch ewig in der Luft halten können, aber Aurora schaffte es keine fünf Minuten lang, und um die Freundin nicht bloßzustellen, tat Mia so, als sei es so geplant gewesen, und ließ nun auch ihre Bälle fallen.

Applaus brandete auf.

»Toll gemacht«, meinte Lukas Arndt und klatschte. Ich erwiderte sein Lächeln und versuchte, nicht mehr an die SMS zu denken.

»Ich bin so froh, dass sich die beiden angefreundet haben«, murmelte ich, »Mia tut Aurora richtig gut.«

Lukas Arndt nickte. »Es ist großartig, dass Mia schon so kurz nach unserem Umzug nach Hallstatt eine Freundin gefunden hat.«

Eben verließen die beiden Mädchen die Bühne. Auroras Wangen waren vor Anstrengung gerötet, doch vor allem war sie tiefbraun: Dank Mia hatte sie im Sommer so viel Zeit im Freien verbracht wie noch nie zuvor.

Wieder rutschte ich etwas unbehaglich auf dem harten hölzernen Sitz herum, während nun ein Mädchen aus Auroras Klasse einen Tanz aufführte und zwei weitere Kinder eine Fechtübung absolvierten. Danach war erstmals ein Junge an der Reihe: Marian Orqual. Er betrat die Bühne nicht stolz wie die anderen, sondern schien sich so klein wie möglich machen zu wollen. Kaum zu glauben, dass er wie Mia und Aurora zwölf Jahre alt war! Er wirkte nicht nur kindlicher als sie, sondern war auch fast einen ganzen Kopf kleiner, was noch verstärkt wurde, weil er den Kopf so tief hängen ließ. Schmal war nicht nur seine Statur, sondern auch sein Gesicht, so dass seine Augen umso größer erschienen. Diese Augen waren schreckgeweitet, denn ihm setzten so viele Menschen auf einmal zu.

Wieder hörte ich eine Stimme dicht neben mir – diesmal nicht die von Lukas Arndt, sondern die von einer älteren Dame, Marians Großmutter Susanna Orqual. »Hoffentlich schafft er es!«, stieß sie voller Bange aus.

Unwillkürlich hob ich die Hand und legte sie tröstend auf ihre Schultern. Sie waren knöchern und bebten. »Es wird alles gutgehen – ich bin mir ganz sicher«, erklärte ich überzeugt. »Er lebt doch fürs Klavierspielen.«

Das Klavier war in diesem Fall ein Keyboard. Marian war mit weiterhin ängstlichem Blick zum Instrument vorgetreten, hatte daran Platz genommen und hob nun erstmals leicht den Kopf, um sich umzusehen. Als seine Augen auf mich fielen, nickte ich ihm aufmunternd zu, und mein Mund formte die Wörter: »Nur Mut!«

Die Panik in seinem Blick ließ etwas nach – allerdings machte er keine Anstalten, die Noten aufzuschlagen und endlich mit dem Spiel zu beginnen.

Wieder nickte ich ihm zu. Ich war seit über einem

Jahr seine Klavierlehrerin, hatte gemeinsam mit ihm dieses Stück einstudiert – eine Gnossienne von Eric Satie – und war nun fast aufgeregter als bei Auroras Auftritt. Diese war zwar nicht sonderlich gut beim Jonglieren, aber die Anwesenheit der vielen Menschen machte ihr nicht auch nur annähernd so viel Angst wie dem Jungen. Sie war nicht ganz so sehr darauf aus, im Mittelpunkt zu stehen wie Mia, aber sie war ein fröhliches, selbstbewusstes Mädchen. Marian hingegen war nicht nur ängstlich und schüchtern – sondern überdies stumm. Ich wusste nicht genau, was dazu geführt hatte, aber in frühester Kindheit – das hatte mir seine Großmutter einmal erzählt – hatte er plötzlich aufgehört zu sprechen.

»Hoffentlich schafft er es«, wiederholte Susanna Orqual.

Ich wollte ihr gerne Mut zusprechen, fragte mich aber nun selbst zunehmend irritiert, warum Marian nicht endlich zu spielen begann. Ich sah, wie sich Susanna Orquals Hände nervös verkrampften und sie sich angespannt vorbeugte – ganz anders als der Mann an ihrer Seite, der sich kein bisschen rührte. Marians Großvater Samuel Orqual war nach einem Schlaganfall halbseitig gelähmt und saß in einem Rollstuhl, den irgendjemand – wahrscheinlich unter großer Anstrengung – die Tribüne hinaufgeschleppt hatte.

Endlich hob Marian die rechte Hand und berührte die Tasten – allerdings so vorsichtig, als gelte es, sie zu streicheln. Und als er zu spielen begann, verwoben sich diese Töne zu keinerlei vertrauter Musik, schon gar nicht zu der eines Eric Satie.

Verwirrt lauschte ich, bis er nach einer Weile seine Hand wieder zurückzog.

»Was tut er denn da?«, entfuhr es mir.

Das Getuschel um uns wurde lauter. Die Mitschüler, die neben der Bühne standen, grinsten und stießen sich an.

Marian bemerkte es nicht, hob wieder die Hand und spielte wahllos ein paar Töne.

»Das ist doch nicht das Stück, das Sie mit ihm einstudiert haben!«, stieß Susanna Orqual hervor. »Will er etwa improvisieren?«

Das tat er liebend gern, doch nie auf die verhaltene Weise wie eben. Wenn er improvisierte, arbeitete sich Marian für gewöhnlich am Klavier regelrecht ab, haute in die Tasten, bis er schwitzte, schuf eigenwillige, interessante Melodien, die so lebendig, so ausdrucksstark klangen, dass man seine Stummheit ganz und gar vergaß. Doch anstelle einer Melodie spielte er nun immer wieder die gleichen drei Töne: E, H und G … oder nein, er spielte sie nicht, er drückte auf die Tasten wie auf die einer Schreibmaschine, ohne jegliches System, ohne Gefühl.

Ich wusste nicht, was ihn dazu bewog, glaubte allerdings zu ahnen, dass ihn der Auftritt überforderte, und ärgerte mich, dass die eben noch so wortgewaltige Direktorin nicht eingriff und ihn erlöste. Einige Kinder kicherten nun ungehemmt, manche Eltern tuschelten das Wort »Sonderling«, und Susanna machte sich wie ihr Enkelsohn ganz klein auf ihrem Platz, anstatt ihm zu helfen.

Ich hingegen konnte nicht mehr ruhig sitzen bleiben.

»Marian!«, rief ich. Ich wollte zu ihm auf die Bühne eilen und ihm vorschlagen, mit mir vierhändig zu spielen – in der Hoffnung, dass er seine Angst besser im

Griff hätte, wenn ich, zu der er nur langsam und mühsam, aber schließlich doch Vertrauen gefasst hatte, an seiner Seite wäre.

Doch als ich aufstand, schien mir die Sonne direkt ins Gesicht. Eben noch hatte sie gleißend gelb oben am Himmel gestanden, nun kündete der rötliche Glanz ihrer Strahlen, der die gelben Blätter bronze färbte und die weißen Berggipfel blassrosa, den Abend an. An Macht hatten sie dennoch nicht verloren. Ich wurde so stark geblendet, dass ich die Augen zusammenkniff und schützend die Hände vor mein Gesicht hob. Kurz sah ich gar nichts, nur flammendes Rot, und als ich nach einer Weile die Hände wieder sinken ließ, änderte sich schlagartig das Licht. Eine dunkle Wolke schob sich vor die Sonne; die Welt, eben noch in einen warmen Rotton getaucht, ergraute. Ein kalter Wind ließ die Temperatur binnen kürzester Zeit sinken, blähte meine Jacke und überzog meine Arme mit einer Gänsehaut.

Nicht nur die jähe Kälte ließ mich erschaudern. Auch Marians Anblick, der immer noch gekrümmt vor dem Keybord saß und zur Seite zu kippen drohte, setzte mir zu, und noch mehr als dieser der von Aurora – Aurora, die unvermittelt einen Schritt nach vorne getreten war, dann aber erstarrt war. So abrupt, wie die dunkle Wolke die Abendröte verschluckt hatte, hatte sich ihr Gesicht verändert: Es wirkte nicht mehr braun, sondern aschfahl, der Wind zerrte an ihrem Haar, das nicht mehr rötlich, sondern fast schwarz glänzte, und in ihren Augen stand Angst, pure, nackte, abgrundtiefe Angst.

Das Schlimmste für mich war jedoch nicht diese sichtbare Angst – das Schlimmste war, wie überaus durchdringend diese Augen blickten.

Während ihr Gesicht und ihre Haare im fahlen Licht farblos anmuteten, schien das Blau ihrer Augen so stark zu leuchten, als würde ein kalter Heiligenschein ihren Kopf umgeben. Hellwach war ihr Blick – und zugleich völlig leer. Tiefkonzentriert – und zugleich wie weggetreten. Dieser … alte, wissende Ausdruck war für ein zwölfjähriges Mädchen befremdend – aber mir dennoch so vertraut. Ich kannte diesen Blick. Schon oft hatte mich Aurora so angestarrt – damals, vor fünf Jahren, als sie sich plötzlich zu verändern begonnen hatte. Als ihr Erbe erwacht war.

Meine Lippen formten ihren Namen: »Aurora.«

Es klang wie ein Hauch und war für sie nicht hörbar – doch wahrscheinlich hätte sie mich auch dann nicht wahrgenommen, wenn ich aus voller Brust geschrien hätte. In diesem Moment war sie mir nicht nur fremd, sie war mir fern. Unerreichbar fern. Ich konnte ihr nichts sagen, konnte ihr nichts zurufen – konnte nur ohnmächtig lauschen, was sie mir zu sagen hatte. Ja, sie sagte mir etwas oder dachte es zumindest intensiv. In jedem Fall hörte ich … fühlte ich ihre Stimme.

Da war Gefahr. Große Gefahr …

Eben noch war ich wie gelähmt gewesen. Nun machte ich instinktiv einen Schritt nach vorne. Ich wollte zu ihr laufen, sie an mich reißen, sie beschützen, vor was auch immer.

Ehe ich die Mitte der Tribüne erreicht hatte, von der aus Stufen nach unten führten, wusste ich … nein, fühlte ich, dass nicht sie in Gefahr schwebte – sondern ich.

Schon im nächsten Augenblick vernahm ich ein Knirschen, ein Ächzen, ein Krachen, so, als würde ein uralter Baum vom Wind entwurzelt werden und auf den

Waldboden donnern. Doch das Holz, das da splitterte, war nicht das eines Baumes, sondern das von den Bänken. Einer der Eisenträger, der die Tribüne hielt, hatte unter der Last der vielen Zuschauer nachgegeben und war zur Seite gekippt. Mit ihm brach eine ganze Reihe in sich zusammen, und während die meisten Zuschauer gerade noch rechtzeitig aufspringen konnten, war ein Mann durch das Holz gebrochen, steckte nun bis zum Oberkörper in diesem Loch und klammerte sich hilflos an den Rändern fest, während Blut über seine Hände lief. Das Krachen übertönte das entsetzte Geschrei. Panik und Entsetzen machten sich breit – zugleich aber auch Entschlossenheit, dem Unglücklichen zu helfen. Schon bückten sich drei Männer nach ihm, zogen ihn hoch, so dass er auf einem noch heilen Stück der Bank zu liegen kam, und schleppten ihn dann auf die Wiese, wo er kraftlos, aber – bis auf die blutende Hand unverletzt – liegen blieb. Ich hatte alles beobachtet und war zutiefst erleichtert. Zu spät bemerkte ich, dass sich das Gewicht der Tribüne verlagert hatte. Ich sah, wie ein zweiter Eisenträger zu schwanken begann und die Bänke, wenn auch nicht zusammenbrachen, so doch nach vorne kippten und die Zuschauer, die es wie ich noch nicht geschafft hatten, von den höheren Rängen zu flüchten, unter lautem Geschrei ineinanderstolperten, liefen und fielen.

Ich bemerkte, dass Lukas Arndt seitlich von der Tribüne gesprungen war und mir nun die Hand reichte, damit ich es ihm gleichtun konnte. Ich wollte seine Hand schon ergreifen, als ich hinter mir ein Kind schreien hörte. Eine Frau hatte dort gesessen, und daneben hatte ihr kleines Baby in einer Tragetasche gestanden. Als die Bank nun nach vorne kippte, fiel mir das Baby entgegen. Rasch streckte ich beide Arme aus und fing es gerade noch im letzten Augenblick auf. Es schrie durchdringend, schien ansonsten den Fall aber gut überstanden zu haben.

»Gott sei Dank!«, stieß die mir fremde Frau aus. Ich wusste nicht, ob sie die Mutter des Kindes war oder nicht, wusste nur, dass mich schon seit Ewigkeiten niemand mehr so freundlich angelächelt hatte.

Ich wollte das Lächeln erwidern und ihr das Baby reichen, als es plötzlich einen Ruck gab. Unter neuerlichem Knirschen brach ein weiterer Teil der Tribüne in sich zusammen wie ein Kartenhaus. Ich fiel, fiel tief, unendlich tief, presste mit aller Kraft das Baby fest an mich und krümmte mich, um uns vor den Holzsplittern zu schützen. Irgendwann ließ das Knirschen nach, und der Boden unter meinen Füßen schien wieder trügerisch stabil.

»Frau Richter, geben Sie acht!« Susanna Orqual hatte es geschafft, von der Tribüne zu fliehen, indem sie die Hand ergriffen hatte, die Lukas Arndt eigentlich nach mir ausgestreckt hatte. Doch während sie in Sicherheit war, hockte ihr Mann Samuel Orqual hilflos in seinem Rollstuhl – und dieser Rollstuhl kam nun auf mich zu und drohte auf mich zu kippen.

Vielleicht hätte ich ihn irgendwie ergreifen, mein Gewicht dagegenstemmen und ihn aufhalten können, wenn ich meine Hände freigehabt hätte. Doch ich hielt immer noch das Baby, während der Boden unter meinen Füßen erzitterte.

Plötzlich hörte ich gar nichts mehr, kein Geschrei, kein Krachen, kein Knirschen. Ganz still wurde es in mir und ganz leer, als ich mich gegen den Schmerz wappnete. Das Holz würde unter mir nachgeben, die

Splitter sich in meine Haut graben, meine Knochen brechen, der Rollstuhl mit ganzer Macht auf meinen wehrlosen Körper prallen, Samuel Orqual mich unter sich begraben.

Ja, all das glaubte ich schon zu spüren. All das schien nicht mehr aufzuhalten.

Doch der Schmerz blieb aus.

Erst sah ich nichts als einen Schatten – dann einen Mann, der wie aus dem Nichts zu kommen schien. Er sprang auf die Tribüne, nein, schien förmlich darauf zu fliegen. Mit der einen Hand stemmte er sich gegen jenen Eisenträger, der wie schon der erste zur Seite zu knicken drohte, mit der anderen umfasste er mich an der Hüfte, hob mich hoch, als hätte ich das Gewicht einer Feder, und sprang zurück auf den Boden, so leicht und behände, als wäre nicht eine Höhe von bestimmt zwei Metern zu überwinden, sondern nur eine kleine Erhöhung. Ich stand kaum auf dem Gras, als die Mutter des Babys auf mich zugestürzt kam, es mir aus den Händen riss, es an sich drückte und sich unter Tränen wieder und wieder bedankte. Ich konnte sie kaum beachten, ich hatte nur Augen für … ihn. Nathanael Grigori. Nathan, wie ich ihn nannte. Die große Liebe meines Lebens. Erneut sprang er auf die Tribüne, elegant, leichtfüßig, gewandt, als müsse er nur eine winzige Stufe nehmen. Dann hatte er, so blitzschnell, dass ich den Bewegungen kaum folgen konnte, Samuel Orquals Rollstuhl erfasst, hob auch diesen hoch, als hätte er kein Gewicht, und setzte ihn sicher auf der Wiese ab – so behutsam, dass der kranke alte Mann nicht die geringste Erschütterung spürte. Jeder andere wäre nach dieser Anstrengung zusammengebrochen – er hingegen schob den Rollstuhl zur Seite, damit Samuel Orqual keine Splitter abbekam, und eilte zurück zur Tribüne, um noch mehr Menschen zu retten.

Es war nicht mehr notwendig. Alle Zuschauer hatten sich inzwischen in Sicherheit gebracht – keinen Augenblick zu früh. Gerade gab der zweite Eisenträger, gegen den Nathan sich eben noch so mühelos gestemmt hatte, als wäre er ein Streichholz, endgültig nach, und die Reihen brachen in sich zusammen. Schnell war er wieder an meiner Seite, um mich zu packen und fortzuziehen, damit mich keine Holzsplitter trafen.

»Nathan ...«, stammelte ich.

Es war Jahre her, dass ich gesehen hatte, wie er seine Fähigkeiten einsetzte, diese besonderen, diese übermenschlichen Fähigkeiten. Er war schneller, stärker und gelenkiger, als ein Mann jemals sein konnte.

»Nathan!«

Er zog mich an sich, und kurz verharrten wir in der Umarmung, kurz gab ich mich ganz und gar seinem warmen Körper hin, der trotz der Anstrengung weder bebte noch schwitzte, und der Erleichterung, dass alles noch einmal gutgegangen war. Ich umschlang seinen Nacken, zog sein Gesicht zu meinem, küsste ihn mit bebenden Lippen.

»Du bist doch gekommen«, brachte ich hervor, als ich mich nach einer Weile endlich von ihm lösen konnte.

»Ja«, murmelte er mit dieser samtigen, heiseren Stimme, die mich nach all den Jahren immer noch bis ins Mark berührte. »Ich weiß, dass wir vorsichtig sein müssen ... und dass es besser ist, wenn ich mich von den Menschen fernhalte. Aber plötzlich wurde ich so unruhig, ich hatte solche Angst um dich, so, als könnte ich ahnen, was passieren würde. Und außerdem konnte ich mir Auroras Auftritt doch nicht entgehen lassen.«

Er nahm nun meine Hände und drückte sie. So lang, so geschmeidig, so elegant waren seine Finger. Man sah ihnen an, dass sie einst meisterhaft Cello gespielt hatten, aber sie ließen nicht die Kraft ahnen, die in seinem Körper steckte.

»Du bist gerade noch rechtzeitig gekommen«, stieß ich hervor, »Gott, was alles hätte passieren können!«

Meine Stimme klang nun wieder fester und zitterte nicht mehr, doch ich war kaum verstummt, als mir auffiel, dass ich in eine völlige Stille hinein gesprochen hatte. Nicht nur das Knirschen und Krachen war verstummt, sondern auch die Menschen, die eben noch panisch und hektisch durcheinandergeschrien hatten. Ich ließ Nathans Hände los und fuhr herum. Susanna Orqual stand schreckensbleich über den Rollstuhl ihres Mannes gebeugt, aber alle anderen starrten auf Nathan. Man wusste, dass es seit fünf Jahren einen Mann in meinem Leben gab, aber auch, dass wir sehr zurückgezogen lebten und man ihn so gut wie nie zu Gesicht bekam. Wildeste Gerüchte machten die Runde – Vermutungen darüber, was genau er beruflich machte, warum er sich von aller Welt fernhielt, ob er Auroras Vater war und falls ja, warum er erst seit fünf Jahren mit uns zusammenlebte.

Nun spielten all diese Fragen keine Rolle. Nun zählt nur diese eine: Wie hatte er es geschafft, die Tribüne zu stützen und sowohl mir als auch Samuel Orqual sicher auf den Boden zu verhelfen? Warum war er unter der enormen Last nicht zusammengebrochen, und vor allem: Warum war er so schnell hier gewesen?

Lukas Arndt fand die Sprache als Erster wieder. »Das

war absolut unglaublich!«, rief er. »Dieses Tempo! Diese Kraft! Diese Gelenkigkeit! Das ... das gibt es doch gar nicht!«

Getuschel begleitete seine Worte, verstummte dann wieder. Das neuerliche Schweigen zeugte nicht nur von Fassungslosigkeit, sondern von Misstrauen, Anspannung, sogar Furcht. Ich sah, wie Nathan nach Worten rang, und suchte selbst nach Ausflüchten – dass Nathan ein spezielles Trainingsprogramm absolviert hatte, dass diese Gefahrensituation außergewöhnliche Kräfte mobilisierte, dass er – mit Adrenalin vollgepumpt – zu schier Übermenschlichem fähig sei. Doch all diese Erklärungsversuche erschienen mir angesichts seiner enormen Kräfte – Kräfte, die er in Hunderten von Jahren erworben hatte – vollkommen lächerlich.

Ehe einer von uns beiden etwas sagen oder vielmehr die Menschenmenge belügen konnte, kam Aurora auf uns zugelaufen – Aurora, die mich vorhin mit diesen weitaufgerissenen, durchdringend blauen Augen angestarrt hatte wie eine Fremde, die so alt gewirkt hatte und so wissend, die geahnt hatte, dass die Tribüne gleich einstürzen würde, weil sie vielleicht etwas gesehen oder gehört hatte, das normale menschliche Sinne nicht erfassen konnten.

Meine Knie begannen zu zittern, kalte Schauder überliefen meinen Rücken, ich konnte mich kaum noch aufrecht halten. Auf meiner Hand glänzten Blutstropfen, und als ich verwirrt darauf starrte, ohne den Schmerz zu spüren, erkannte ich bestürzt, dass die Ängste, die mich die letzten fünf Jahre begleitet hatten, Wirklichkeit geworden waren.

Die Angst, dass die Menschen die Wahrheit über Nathan erfahren würden, dass sie herausfinden könnten, dass er kein gewöhnlicher Mann war, sondern ein Nephil, halb Engel und halb Mensch, unsterblich und viel stärker, vielseitiger und genialer als jeder normale Mensch.

Und die Angst, dass in unserer Tochter Aurora das Erbe ihres Vaters erneut erwachen würde, dass sie nicht das fröhliche Kind bleiben würde, das sie die letzten Jahre gewesen war, sondern dass sie sich in eine Nephila wandeln würde.

I.

Als sie zu sich kam, war es dunkel. Und es war kalt. Nicht so unerbittlich wie im Winter, wenn die Kälte sich in die Glieder verbeißt wie ein hungriges Tier. Diese Kälte war geduldiger, durchdrang sie erst nach und nach, ließ sie noch nicht zittern und beben, sondern überzog ihre Haut nur mit einem Frösteln.

Ja, es war dunkel, und es war kalt. Dies waren die ersten Eindrücke nach dem Nichts. Was vor dem Nichts geschehen war, wusste sie nicht mehr. In der Tiefe der Ohnmacht hatte sie jede Erinnerung verloren – und auch jedes Zeitgefühl. Vielleicht war sie nur wenige Augenblicke bewusstlos gewesen, vielleicht Jahre. Was immer sie aufgeweckt hatte – es konnten keine Geräusche gewesen sein, denn um sie herum war es totenstill. Das Einzige, was sie fühlte, war Finsternis und Kälte – und Schmerz. Sie lag auf dem Rücken, und irgendetwas tat schrecklich weh.

Der Schmerz war so absolut wie die Finsternis; er schien kein Fleckchen ihrer Haut zu verschonen, keinen Muskel, keinen Nerv, keinen Körperteil, und er fraß genauso gierig an ihrer Seele wie das Gefühl von tiefster Einsamkeit. Sie ahnte, dass bald nichts mehr übrig sein würde von dieser Seele, dass bald nur noch mehr Grauen und Angst sein würden und die Gewissheit, niemals mehr wieder heil zu sein.

Das Einzige, was sie gegen dieses Grauen und den Schmerz tun konnte, war, dagegen anzuatmen. In dem Nichts, das sie umlauerte, hatte sie alles verloren – die Erinnerung daran, was ihr zugestoßen war, ja, selbst die Erinnerung daran, wer sie war und wie sie hieß. Doch sie atmete, und das bedeutete, dass sie lebte. Und so lange sie lebte, wollte sie darum kämpfen, ihren Verstand nicht zu verlieren.

Zu großen Sprüngen war dieser Verstand nicht mehr fähig, aber zu kleinen, winzig kleinen Schritten. Der erste Schritt war, festzustellen, dass der Schmerz nicht von ihrem ganzen Körper Besitz ergriffen hatte, sondern von einer ganz bestimmten Stelle ausging. Von ihren Füßen kam er nicht, die kribbelten nur, weil sie eingeschlafen waren. Und ihr Bauch krampfte sich zwar zusammen, als wären ihre Organe verknotet, doch das rührte von der Furcht, nicht von einer Verletzung her. Ihr Hals tat weh, weil sie sich wohl die Seele aus dem Leib geschrien hatte, und ihre Lippen bluteten, weil irgendjemand sie geschlagen hatte, um sie zum Schweigen zu bringen. Doch dieser Schmerz war nicht unerträglich. Da war Blut an ihren Händen, vielleicht stammte es von ihr, vielleicht aber auch von ihren Angreifern. Sie hatte gekratzt, das wusste sie plötzlich wieder, ja, sie hatte sie gekratzt und gebissen, um sich geschlagen und gespuckt. Aber sie hatte keine Chance gehabt. Die Angreifer waren in der Überzahl gewesen.

Erst presste sie die blutverkrusteten Hände fest aufeinander, dann strich sie prüfend von Fingerglied zu Fingerglied. Die Haut war eiskalt, aber kein Knochen war gebrochen. Nein, der Schmerz kam nicht von ihren Händen oder Füßen oder von ihrem Bauch. Er kam vom Kopf.

Langsam hob sie die Hand und berührte ihr Gesicht. Wieder fühlte sie Blut, schon erkaltetes, verkrustetes, und diesmal, da war sie sich sicher, war es ihr eigenes. Ihre Hand glitt höher, befühlte ihr Haar, verklebt und verfilzt. Dann ertastete sie auf dem Hinterkopf eine leichte Erhebung. Es brannte wie Feuer, und das Blut, das hervorsickerte, war nicht verkrustet, sondern warm. Der Schmerz explodierte wie ein gleißendes Licht in ihrem Kopf, ihr Magen verkrampfte sich noch mehr, sie verschränkte ihre Arme, weil es sonst nichts gab, woran sie sich hätte festhalten können. Erst nach und nach verglühte das gleißende Licht, und vom Schmerz blieb nur ein dumpfes Pochen – und der Triumph, doch schon einiges über ihre Lage herausgefunden zu haben: Sie lag im Dunkeln, es war kalt, sie hatte zu schreien und sich gegen ihre Angreifer zu wehren versucht. Daraufhin hatte man sie auf den Hinterkopf geschlagen, und sie hatte das Bewusstsein verloren.

Das war etwas, aber nicht viel. Vor allem war es keine Antwort auf das große Warum. Warum war ihr das zugestoßen? Und wer war sie überhaupt?

Panik kroch in ihr hoch, hektischer und verzehrender als die Kälte, verstörender und bösartiger als die Schmerzen.

Wer bin ich?

Und wo bin ich?

Inmitten des dunklen Strudels erkämpfte sich ihr Verstand wieder ein kleines Stück Erkenntnis. Er war zu lahm, um ihren Namen auszuspucken, aber er brachte sie auf die Idee, nicht nur ihren Körper abzutasten, sondern den Boden unter sich.

Der Boden fühlte sich weich an, ein Teppich lag darauf oder, nein, eine Decke, nicht weich, sondern aus rauer Kunstfaser; je länger sie darüberstrich, desto unangenehmer kribbelte es in ihren Fingerspitzen. Auf der Höhe ih-

rer Hüfte war die Decke feucht. Hatte sie sich in die Hose gemacht? Oder war es Blut von ihrer Kopfwunde, das bis hierher gesickert war?

Sie entschied, das nicht weiter zu ergründen, drehte sich vorsichtig zur Seite, wieder kurz vom stechenden Schmerz bestraft, tastete sich dann, als er nachließ, nach rechts vor. Sie stieß auf etwas Hartes, klopfte dagegen und verursachte ein dumpfes Geräusch: eine Wand. Nun drehte sie sich nach links, tastete sich auch dort vor, spürte wieder die Decke aus Kunstfasern unter sich – und wieder eine Wand neben sich.

Es war kalt und finster, sie war entführt worden und hatte Schmerzen. Und es war eng, sehr eng. Sie hob die Hand über ihren Kopf, hoffte, ins Leere zu greifen, aber stieß viel zu bald gegen Widerstand. Sie streckte die Füße aus, versuchte die Zehenspitzen kreisen zu lassen. Es war nicht möglich – auch sie stießen gegen eine Wand. Vor Schreck zog sie die Füße an sich und prompt schlug sie sich die Knie an.

»O mein Gott«, stieß sie aus.

Sie erkannte ihre Stimme nicht. Sie klang wie die Stimme einer Fremden. Aber die Gefühle, die sie überkamen, waren ihre eigenen, und der Verstand kam nicht länger gegen den dunklen Strudel an, verlor sich in Panik, Verzweiflung, Ohnmacht, Angst. Sie schrie, bis sie zu ersticken drohte.

Es war kalt, es war dunkel, es war eng, sie war ganz allein; sie hatte vergessen, wer sie war – und ihre Entführer hatten sie in ein Gefängnis gesteckt, das kaum größer war als ein Sarg.

Mit einem Schrei auf den Lippen schreckte ich hoch. Ich wusste nicht, ob ich nur im Traum geschrien hatte oder auch in Wirklichkeit – in jedem Fall hallte es in mir nach: dieser Schrei und all die Verzweiflung, Angst und Hoffnungslosigkeit. Obwohl ich das weiche Bett unter mir spürte, fühlte ich mich nicht in Sicherheit. Ich war überzeugt, dass ich gegen eine Wand stoßen würde, wenn ich mich zur Seite rollte, oder gegen eine Decke, wenn ich versuchte, mich aufzusetzen. Mein Atem kam ruckartig, und die Luft, die ich einatmete, schien nicht die frische Nachtluft zu sein, die durch das gekippte Schlafzimmerfenster strömte, sondern die stickige, staubige aus dem sargähnlichen Gefängnis.

Eingesperrt. Hilflos. Verlassen. Ohne Ausweg.

Meine Kehle war wie zugeschnürt, meine Augen füllten sich mit Tränen, meine Lippen öffneten sich erneut. Ehe ich noch einmal aufschrie, griff eine Hand nach mir, nicht bedrohlich, nicht brutal, sondern zärtlich und warm. Sie streichelte über meinen Unterarm und löste wohlige Schauer aus; sämtliche Härchen richteten sich auf, aber nicht vor Kälte, sondern vor Genuss. Endlich löste sich die Schreckensstarre, in der ich mich befunden hatte. Ich erwiderte den Griff der Hand, verkreuzte meine Finger mit ihren. Und presste mich an Nathan.

Er hatte sich aufgerichtet und sah mich besorgt an.

»Sophie, du zitterst ja«, murmelte er. »Hast du schon wieder schlecht geträumt?«

Ich nickte mit trockenem Mund. Es war nicht das erste Mal seit letzter Woche, dass ich schreiend erwacht war, aber noch nie war ein Albtraum so real gewesen. Stets hatten mich im Schlaf nur diffuse Ängste und das Gefühl einer Bedrohung heimgesucht, nie diese Panik – die Panik einer Gefangenen.

Eingesperrt. Hilflos. Verlassen. Ohne Ausweg.

Ich richtete mich auf und fuhr mir über die Stirn, die nass vor Schweiß war.

»Was … was hast du denn geträumt?«, fragte Nathan.

Ich rang nach Worten, aber brachte keine hervor. Zum einen gab es nichts, womit ich die Panik dieser gefangenen … hilflosen Frau beschreiben konnte, zum anderen hatte ich Angst, diesen Gefühlen noch mehr Macht zu geben, indem ich davon erzählte. Also sagte ich nur: »Es hat alles mit dem Schulfest begonnen.«

Nathan zog meinen Kopf auf seine Schulter. »Der Zusammenbruch der Tribüne – das war ein riesiger Schock für dich. Das muss deine Psyche erst mal verkraften. Aber am Ende ist doch alles gut ausgegangen.«

Ich nickte, atmete tief durch. Er hatte recht – vermeintlich hatte alles gut geendet. Nicht nur, dass niemand ernsthaft verletzt worden war – auch das Geheimnis von Nathans Existenz war nicht enthüllt worden. Während alle anderen Eltern misstrauisch auf uns geschaut hatten, hatte Lukas Arndt zwar noch mehrmals nachgefragt, wie es möglich war, dass Nathan so ungemein stark, schnell und wendig sein konnte, und wie es ihm gelungen war, gleichzeitig mich von der Tribüne zu ziehen und diese zu stützen, doch ehe wir uns irgendwelche Lügen ausdenken konnten, hatte uns die Direktorin erlöst. Ebenso langatmig und wortgewaltig wie schon die Eröffnungsrede ausgefallen war, hatte sie sich jetzt bei Nathan für seinen mutigen, selbstlosen Einsatz bedankt. Da niemand in der Stimmung war, ihren endlosen Reden zuzuhören, und zudem der Notarzt und die Feuerwehr kamen, hatte sich die Menge rasch zerstreut. Bei zufälligen Begegnungen wurden mir seither zwar neugierige Blicke zugeworfen, aber die war ich gewohnt, war ich doch – obwohl ich seit fünf Jahren in der Nähe von Hallstatt lebte – für die Einheimischen immer die Zugezogene aus Salzburg geblieben. Die prächtige Villa, die ich von meinem Vater geerbt und renoviert hatte, erweckte Neid, der gutaussehende und wie distanziert wirkende Mann an meiner Seite, von dessen Vergangenheit man nichts wusste, Befremden. Von uns allen war Aurora am besten in die Hallstätter Gemeinschaft integriert, auch wenn sie, von Mia Arndt abgesehen, nicht viele Freundinnen hatte.

Der Gedanke an unsere Tochter hatte offenbar die Sorgenfalte auf meiner Stirn noch vertieft, denn Nathan blickte mich forschend an und fragte: »Gibt es sonst noch etwas, das dich belastet?«

Ich antwortete nicht. Es wäre mir schon schwer genug gefallen, meinen Traum in Worte zu fassen – aber nahezu unmöglich fühlte es sich an, meine Angst um Aurora zuzugeben, seitdem sie mich mit diesem fremden, wissenden Blick angestarrt hatte, der das Unheil vorauszusehen schien.

Schweigend löste ich mich von Nathans Schulter, stand auf und band mir die Haare zusammen. Das Morgenlicht blendete mich, als ich die Vorhänge beiseite schob, aber die Sonne war nicht mehr so warm wie noch einige Tage zuvor.

»Sophie, was hast du denn?«, fragte Nathan.

Lautlos hatte er sich erhoben, war an meine Seite getreten. Seine Augen waren durchdringend auf mich gerichtet. Er gehörte nicht zu den Nephilim, die Gedanken lesen konnten, doch wenn er mich auf diese eigentümliche Weise ansah, besorgt und liebevoll zugleich, überkam mich das Gefühl, es wäre doch so. Seine blauen Augen schienen förmlich zu glühen – was ein faszinierender Anblick war und zugleich auch ein wenig unheimlich. Immer noch konnte ich in diesen Augen versinken, als sähe ich sie zum ersten Mal – so wie damals, vor nun über zwölf Jahren im Mozarteum in Salzburg, als ich noch eine angehende Pianistin gewesen war und ihn für einen außergewöhnlichen Cellisten gehalten hatte. Das war er ja auch gewesen – aber eben nicht nur.

In meinem Bauch begann es zu kribbeln, doch es war nicht angenehm wie sonst immer und in diesem Augenblick auch kein Zeichen unserer immer noch starken körperlichen Anziehung; es war eher ein Zeichen von … Unbehagen.

»Du machst dir nicht wegen deiner Träume Sorgen … und auch nicht, dass man herausfinden könnte, wer ich wirklich bin«, stellte er fest. »Es geht um Aurora, nicht wahr?«

Es machte keinen Sinn, es zu leugnen. Wahrscheinlich war mir mein Unbehagen so deutlich anzusehen, dass man dafür keine Gedanken lesen musste. Und obwohl ich Nathan nicht erzählt hatte, was vor dem Einsturz der Tribüne passiert war, war ihm nicht entgangen, dass ich die letzte Woche Aurora häufig aufmerksam gemustert hatte. Ich nickte, presste eine Weile meine Lippen zusammen und stieß schließlich hervor: »Vielleicht … vielleicht haben wir einen Fehler gemacht.«

Kaum hatte ich die Worte ausgesprochen, hätte ich sie am liebsten wieder zurückgenommen. Es war eine gefährliche Grenze, über die ich mich wagte. Dahinter lauerten so viele Tabus, an die wir all die letzten Jahre nicht gerührt hatten. Wir wussten es, aber wir redeten nicht darüber: Weder dass Nathan kein normaler Mann, sondern ein Nephil, einer der Wächter, war …

noch dass auch in Aurora dieses Erbe schlummerte, obwohl es sich nach einem Unfall vor fünf Jahren nicht mehr gezeigt hatte.

»Was war ein Fehler?«, fragte er betroffen. »Dass ich damals bei euch geblieben bin? Dass wir uns nicht getrennt haben, obwohl das für euch wahrscheinlich … sicherer gewesen wäre?«

Ich schüttelte entsetzt den Kopf. »Die letzten fünf Jahre waren die schönsten meines Lebens!«, rief ich und bereute prompt meine Worte. »All unsere Ängste haben sich als grundlos herausgestellt. Wir sind nie von Schlangensöhnen heimgesucht worden. Die Alten haben dich in Ruhe gelassen. Und Aurora … Aurora …«

Aurora ist ein normales Kind geblieben, wollte ich sagen, aber dessen war ich mir plötzlich nicht mehr sicher.

»Was war dann der Fehler?«, fragte Nathan, als ich nicht fortfuhr.

Wieder konnte ich die Antwort nur denken, aber nicht laut aussprechen.

Dass wir es als zu selbstverständlich hingenommen haben, dass Aurora ein Menschenkind geblieben ist. Dass wir uns zu wenig gewappnet haben für den Tag, an dem ihr Nephilim-Erbe doch wieder erwachen könnte.

»Vielleicht war es ein Fehler, dass wir Auroras … Talente einfach haben schlummern lassen«, sagte ich stattdessen – und wich Nathans Blick aus.

»Es war nicht unsere Entscheidung, dass sie sich damals, als sie aus dem Koma erwacht ist, an nichts mehr erinnern konnte.«

»Aber wir haben es viel zu schnell akzeptiert!«, rief ich. »Wir haben nie wieder darüber gesprochen, wie … erstaunlich das eigentlich war! Hast du mir nicht mal gesagt, dass Aurora – wenn sie sich tatsächlich zu einer Nephila wandelt – außergewöhnlich mächtig sein würde? Dass sie herausragen würde? Wie sonst hätte sie damals allein kraft ihres Willens Caspar von Kranichstein bezwingen können.«

Ich biss mir auf die Lippen. Seit Ewigkeiten hatte ich diesen Namen nicht mehr ausgesprochen – und eigentlich hatte ich mir geschworen, es nie wieder zu tun. Dass ich mich doch dazu hatte hinreißen lassen, fühlte sich an, als hätte ich in etwas Giftiges, Bitteres gebissen – ein Eindruck, der sich verstärkte, als ich sah, wie Nathan zusammenzuckte, wie er kurz ganz und gar von den Erinnerungen gefangenengenommen wurde – Erinnerungen an schreckliche Ereignisse. Caspar hatte mich entführt, und ich hatte mich damals ähnlich ausgeliefert und ohnmächtig gefühlt wie die Gefangene in meinem Traum. Am Ende war alles gut ausgegangen … aber nur dank Auroras Eingreifen.

Nun war es Nathan, der meinem Blick auswich. »Vielleicht ist es gar nicht so erstaunlich, dass ausgerechnet sie ihr Erbe zurückhalten kann. Gerade weil ihre Kräfte so besonders waren, sind die Mechanismen des Verdrängens, des Selbstschutzes viel ausgereifter. Und wie gesagt: Es war nicht unsere Entscheidung … es ist einfach so gekommen. Sie hat die letzten fünf Jahre gut überstanden. Jetzt fehlen nur noch zwei …«

»Nur noch zwei Jahre«, wiederholte ich.

In zwei Jahren würde Aurora vierzehn werden. Wenn bis dahin ihr Nephilim-Erbe nicht erwacht war, dann war es unumkehrbar, dass sie ein normaler Mensch bleiben würde, und alle meine Ängste wären ausgestanden. Gemessen an den letzten fünf Jahren, die wir friedlich leben durften, schien diese Zeitspanne eigentlich überschaubar – doch in diesem Augenblick kamen mir zwei Jahre wie eine Ewigkeit vor.

»Dass wir nichts tun, um ihr Erbe zu erwecken, würden andere Nephilim gewiss nicht gutheißen«, murmelte ich, »schon gar nicht die Alten, die Nephilim der Urzeit. Du hast doch erzählt, dass sie schon früher über dein Verhalten verärgert waren, weil du dem Kampf ausgewichen bist. Was … was würde erst geschehen, wenn sie herausfänden, wie du … wie wir uns gegenüber Aurora verhalten?«

»Bis jetzt haben sie es nicht herausgefunden. Und wenn sie mich doch noch hier aufspüren sollten, dann würde ich rechtzeitig gewarnt. Du weißt doch: Die Alten treten nie allein in Erscheinung. Sie bilden einen Rat … und leben gemeinsam. So einsam wie diese Villa liegt, würde uns so eine Gruppe alter Männer gewiss auffallen …« Er sprach nun mit leisem Spott, und obwohl ich mich von seinen Worten kaum getröstet fühlte, wollte ich nicht an noch mehr Tabus rühren.

Ich seufzte. »Vielleicht bin ich seit dem Einsturz der Tribüne einfach nur etwas … überspannt«, murmelte ich, »vielleicht hast du recht und …«

Ich brach ab. Ein ungewohnt heller Laut war plötzlich aus Nathans Mund erklungen. Er lächelte mich oft an, aber er lachte wenig. Nun tat er es – trotz des ernsthaften Gesprächs – aus voller Kehle.

»Das Mädchen dort unten ist ganz sicher keine hochbegabte Nephila!«, rief er.

Ich folgte seinem Blick, öffnete das Fenster, um mich hinauszubeugen, und musste plötzlich so schallend lachen wie Nathan. Die frische Morgenluft belebte mich – und noch mehr das, was ich dort unten sah.

Schon in aller Frühe war Mia Arndt vorbeigekommen, um Aurora zu besuchen. Normalerweise bekam ich Aurora morgens kaum wach – an Tagen wie heute, an denen die Schule ausfiel, schon gar nicht. Aber Mia wusste, wie man sie so früh aus dem Bett bekam: Sie hatte Stelzen mitgebracht, die ihr Vater Lukas aus zwei Holzstangen angefertigt hatte, und zeigte Aurora nun, wie man darauf gehen konnte. Wie beim Jonglieren stellte Mia sich dabei sehr geschickt an. Während sie mühelos an die zehn Schritte am Stück gehen konnte, kippte Aurora stets schon nach den ersten beiden zur Seite und fiel wiederholt ins weiche Gras.

»Was machst du denn nur?«, rief Mia eben lachend.

»Ich kann das nicht!«, erklärte Aurora ungeduldig, und als sie sich zur Seite drehte, konnte ich sehen, wie sich ihr Gesicht missmutig runzelte.

»Natürlich kannst du es!«, rief Mia energisch. »Du musst nur genau zusehen, wie ich es mache.«

»Aber ich sehe doch zu, und ich kann es trotzdem nicht!«

»Weil du schrecklich ungeschickt bist!«

Ein grimmiger Laut entfuhr Aurora. In der Schule gehörte sie – wenn auch nicht gerade im Sportunterricht – immer zu den Klassenbesten und war daran gewöhnt, alles zu können. Doch nun hatte sie diese Freundin, die so vieles besser konnte: einen Handstand machen, ein Rad schlagen, jonglieren – und eben auf Stelzen gehen. Dieses Erlebnis, schlechter zu sein, verstörte sie – aber spornte sie zugleich dazu an, über ihre Grenzen zu gehen.

»Mia tut ihr gut«, meinte Nathan.

»Ja«, sagte ich rasch, »ich bin wirklich froh, dass Herr Arndt mit ihr hierhergezogen ist und die beiden sich angefreundet haben.«

»Wir könnten die beiden heute zum Abendessen einladen«, schlug Nathan unvermittelt vor. »Aurora wäre sicher begeistert, und du hast doch gesagt, dass Lukas Arndt einen sehr sympathischen Eindruck macht.«

Ich bewunderte ihn in der Tat dafür, dass er nach dem Tod seiner Frau seine Tochter allein großzog, und noch mehr, dass er so pragmatisch klang, wenn er darüber sprach. Dennoch blickte ich Nathan nun verwundert an.

»Zum Abendessen?«, fragte ich. »Du sagst doch immer, wir sollten uns von anderen Leuten fernhalten! Und es ist noch nie gutgegangen, wenn wir Besuch hatten.«

»Der einzige Besuch, den wir in den letzten Jahren regelmäßig hatten, war der von deiner Freundin Nele. Und dass all diese Abende in einem Fiasko endeten, lag nicht daran, dass wir meine Nephilim-Existenz verheimlichen mussten, sondern daran, dass Nele mich für einen herzlosen Schuft hält, der dich damals verlassen hat, und dich für eine grenzenlos naive Idiotin, weil du mich wieder zurückgenommen hast.«

Ich zuckte mit den Schultern. »Aber trotzdem!«, wandte ich ein. »Gerade jetzt … nach dem Schulfest … Lukas Arndt war doch so erstaunt über deine Kräfte!«

»Und deswegen sollten wir ihn einladen. Noch auffälliger hätte ich meine wahren Kräfte nicht zur Schau stellen können, und so erstaunt wie Lukas Arndt war sonst niemand darüber! Dennoch hat er es seitdem nicht wieder angesprochen, geschweige denn auch nur ansatzweise Vermutungen über mich angestellt. Auch Aurora hat kein einziges Mal nachgefragt, sondern hält ihren Vater immer noch für einen ganz normalen Mann. Vielleicht haben wir es mit unserer Vorsicht übertrieben. Und Sophie, überleg doch mal! Gerade für Aurora wärc cs so wichtig, wenn wir ein wenig offener sein könnten. Sie soll doch nicht denken, dass ihre Eltern Sonderlinge sind.«

Ich zögerte, aber dann hörte ich wieder die Stimmen der beiden Mädchen. Soeben hatte Aurora fünf Schritte mit den Stelzen geschafft, und Mia applaudierte begeistert.

Nathan hat recht, dachte ich. Wenn in Aurora das Nephilim-Erbe erwachen würde, dann würde sie nicht ständig das Gleichgewicht verlieren, sondern könnte mit den Stelzen nicht nur blitzschnell laufen, sondern geradezu tanzen. Und wenn Lukas die Wahrheit ahnen würde, würde er seine Tochter nicht zu uns lassen.

»Also gut«, gab ich nach, »ich werde ihn später anrufen und fragen, ob er und Mia heute Abend Zeit haben.«

Der Tag blieb sonnig, die Erinnerungen an meinen Albtraum verblassten, und ich konnte das Frühstück beinahe genießen, obwohl es zu kalt war, um es auf der Terrasse einzunehmen. Wie so oft hatte mir Nathan den Kaffee zubereitet und mich mit einem frischen Croissant erwartet: Die vielen kleinen Gesten, mit denen er seine Liebe und Fürsorge bekundete, waren in all den Jahren nicht zur Routine verkommen – im Gegenteil. Woran ich mich allerdings immer noch nicht gewöhnen konnte, war, dass Nathan nur Wasser zu sich nahm, während ich frühstückte. Ich wusste zwar, dass Nephilim, und vor allem die Wächter, kaum etwas aßen und tranken, doch an seiner Seite kam ich mir regelrecht gefräßig vor. Dass er überdies kaum Schlaf brauchte, hatte freilich den Vorteil, dass er nachts arbeiten und tagsüber viel Zeit mit mir verbringen oder sich um den Haushalt kümmern konnte. Früher hatte ich mir meinen Lebensunterhalt damit verdient, Musikerbiographien zu schreiben – eine Arbeit, die mittlerweile er übernommen hatte (und bei der er dank seines umfangreichen Wissens viel schneller und besser war), während ich mich ganz darauf konzentrierte, Klavierunterricht zu geben.

Für heute war allerdings keine Stunde angesetzt, und nachdem Nathan aufgebrochen war, um für das Abendessen einzukaufen – Lukas Arndt hatte meine Einladung freudig angenommen –, kümmerte ich mich um die Wäsche. Mehrfach lief ich die Treppe zum ersten Stock hinauf und hinunter – einen Weg, an den ich mich noch gewöhnen musste. Von der alten Villa meines Vaters waren ursprünglich nur das Erdgeschoss und das Arbeitszimmer im ersten Stock bewohnbar gewesen. Im Zuge der Renovierungsarbeiten der letzten Jahre, in deren Verlauf das Haus ein neues Dach und einen neuen Anstrich bekommen hatte, hatten wir uns auch nach und nach die restlichen Räume vorgenommen: Der Holzboden war abgeschliffen und neu versiegelt worden, die Wände frisch tapeziert, die alten Fenster durch neue ersetzt. Das alte Bad war erneuert und ein weiteres im ersten Stockwerk eingebaut worden. Während sich Aurora geweigert hatte, ihr bisheriges Kinderzimmer aufzugeben, hatte ich mit Nathan einen der oberen Räume mit einem kleinen Balkon und herrlichem Blick auf den Hallstättersee bezogen.

Später, als die Waschmaschine lief, Nathan noch nicht zurückgekehrt war und Aurora weiterhin mit Mia übte, auf den Stelzen zu laufen, zog ich mich in den achteckigen Raum gleich neben dem Schlafzimmer zurück, der sowohl als Arbeits-, als auch als Musikzimmer diente. Staub tanzte in den Sonnenstrahlen; die Berge, vorhin noch vom Frühnebel verhüllt, hoben sich jetzt klar und deutlich vom blauen Himmel ab. Letzte Woche waren ihre Spitzen nur leicht weiß überzogen gewesen – nun waren sie tiefweiß verschneit.

Ich setzte mich an meinen Flügel, öffnete den Deckel und gab mich ganz dem Klavierspiel hin.

Nachdem Nathan mich einst verlassen musste, hatte ich jahrelang nicht mehr gespielt, doch als er zurück in mein Leben gekehrt war, hatte er mich inständig gebeten, wieder damit anzufangen. Ich konnte zwar nicht an mein einstiges Niveau anknüpfen, doch gerade weil ich völlig frei von irgendwelchen Erwartungen oder Karriereabsichten spielte, ging ich bald wieder ganz und gar in der Liebe zur Musik auf – und kam auf die Idee, Unterricht zu geben.

Anders als ich hatte Nathan all die Jahre sein Cello nicht wieder angefasst. So groß meine Sehnsucht auch war, mit ihm wieder Rachmaninow zu spielen wie einst – ich glaubte zu wissen, worin seine Verweigerung begründet war: Offenbar brachte er, indem er auf sein Cello verzichtete, ein Opfer, das größte Opfer, das ein leidenschaftlicher Cellist wie er überhaupt erbringen konnte – das war der Preis, den er zu zahlen bereit war, um mit Aurora und mir friedlich leben zu können. Er verwehrte sich seiner Berufung. Er war nicht bereit, gegen die Schlangensöhne zu kämpfen, und tat auch nichts, um Auroras Erbe zu wecken – im Gegenteil. Doch für diese Freiheit, die er sich nahm, gab er seine große Leidenschaft auf.

Wenn ich auch nicht gleiches Opfer brachte – so verzichtete ich zumindest darauf, Rachmaninow zu spielen, und nahm mir stattdessen eine der Gnossiennes von Eric Satie vor. Erst als die melancholisch, leicht verwirrt und zugleich doch so sehnsuchtsvoll anmutende Musik verklungen war, fiel mir ein, dass auch Marian Orqual beim Schulfest dieses Stück hätte spielen sollen, aber stattdessen nur wahllos Töne aneinandergefügt hatte – immer wieder E, H und G. Nach dem Einsturz der Tribüne hatte ich nicht länger darüber nachgedacht, nun versuchte ich mir sein Verhalten zu erklären. Ich hob die rechte Hand und begann nun diese Töne zu spielen. E. H. G. Ein Zufall, dass er gerade diese wählte? Oder vielmehr eine Botschaft? Aber an wen gerichtet?

Während ich spielte, sah ich Marians Gesicht ganz deutlich vor mir – seine helle Haut, sein dunkles Haar, seine großen Augen, deren Blick immer ein wenig verängstigt wirkte, manchmal regelrecht panisch. Unvermittelt und ohne Vorwarnung schwappte dieses Gefühl auf mich über. Ich konnte es mir nicht erklären, aber für wenige Sekunden fühlte ich mich in seiner Haut gefangen. Da war plötzlich so viel namenlose Angst … Hilflosigkeit … schreiende Wesen, die über mich herfielen … und ich war so wehrlos, so ohnmächtig … Es gab kein Entrinnen … die Lage war hoffnungslos.

Gänsehaut überlief meine Arme, mein Magen verkrampfte sich wieder.

Als plötzlich hinter mir die Türe aufgerissen wurde, zuckte ich zusammen, als hätte man mich bei etwas Verbotenem erwischt. Ich riss meine Hand zurück, fuhr herum – doch es war nur Aurora, die dort im Türrahmen stand.

»Ist Nathan schon zurück?«, fragte ich und konnte das Zittern in meiner Stimme kaum unterdrücken.

Sie schüttelte nur schweigend den Kopf.

»Und Mia? Ist sie noch da?«

Wieder schüttelte sie den Kopf, aber diesmal fügte sie hinzu: »Lukas hat sie vorhin abgeholt – er lässt dir ausrichten, dass er sich sehr auf heute Abend freut. Und jetzt sind die Orquals da … sie wollen mit dir sprechen.«

Ich stand auf. Mein holpriger Herzschlag beruhigte sich ein wenig. Ich nahm an, dass Frau Orqual mit mir über Marians seltsames Verhalten sprechen würde und es dafür eine einleuchtende Erklärung gab, und das Gefühl von Panik wich der Erleichterung.

Aurora lief vor mir die Treppe nach unten, und während sie sich in ihr Kinderzimmer zurückzog, trat ich nach draußen.

Eben hatte sie gesagt, dass die Orquals mit mir sprechen wollten, aber davon konnte natürlich keine Rede sein. Eine Unterhaltung war nur mit Frau Orqual möglich – während ihr Mann Samuel wie immer völlig reglos in seinem Rollstuhl saß, die Augen geschlossen und das Kinn tief in seiner Brust vergraben. Hastig hob Susanna seinen Hut von seinem Kopf und setzte ihn dann gleich wieder auf – eine Art Gruß andeutend, der mir, wie immer wenn sie das tat, übertrieben, ja nahezu lächerlich vorkam. Allerdings lag Susanna – wie sie mir einmal anvertraut hatte – viel daran, die Erinnerung an den Mann am Leben zu erhalten, der er einst gewesen war, ehe die Schlaganfälle nicht nur seiner Fähigkeit zu laufen, sondern auch zu reden ein Ende gesetzt hatten. Damals hatte Samuel Orqual offenbar größten Wert auf Höflichkeit gelegt, alle Regeln der Etikette in- und auswendig beherrscht, das Haus nie ohne besagten Hut verlassen und ihn immer kurz angehoben, wenn er jemanden grüßte.

Während nun auch sie mir zunickte, blickte ich mich suchend um.

»Wo haben Sie denn Marian gelassen?«, fragte ich neugierig.

Susanna Orqual ließ ihren Kopf sinken – fast ähnlich tief wie ihr Mann.

»Ich konnte ihn nicht mitbringen … aber seinetwegen sind wir hier.«

Sie hob ihren Blick wieder und wirkte gehetzt, vor allem aber noch erschöpfter als sonst. In jungen Jahren musste sie eine außergewöhnlich schöne Frau gewesen sein, wie ihre feinen Züge verrieten, doch ihr strähniges Haar schien von Mal zu Mal, da ich ihr begegnete, schütterer zu werden, und die Falten, die sich in die schlaffe, grau wirkende Haut ihres Gesichts gegraben hatten, tiefer. Sie zwinkerte heftig – ein Tick, gegen den sie schon seit Jahren ankämpfte und den die ständige Überlastung nicht gerade minderte. Susanna bestand darauf, nicht nur ihren Mann ohne die Hilfe eines Pflegers zu versorgen, sondern auch den Enkelsohn, dessen Eltern beruflich viel unterwegs waren, mehr oder weniger allein aufzuziehen. Einem anderen Kind könnte man die ständigen Reisen vielleicht zumuten … aber nicht einem sensiblen, stummen Knaben wie Marian.

»Was ist denn mit Marian?«, fragte ich.

Susannas Blick flackerte noch stärker, als sie um eine Antwort rang, aber anstatt über ihren Enkelsohn zu sprechen, setzte sie unvermittelt hinzu: »Wir wollten uns auch noch einmal bedanken … für Ihre Hilfe auf der Tribüne … Wenn Sie nicht gewesen wären – es hätte schlimm für meinen Mann enden können.«

»Ich hoffe, Ihr Mann hat alles gut verkraftet«, murmelte ich der Höflichkeit halber, obwohl ich mir sicher war, dass er den Einsturz der Tribüne kaum bemerkt hatte, so reglos wie er hinterher in seinem Rollstuhl gehockt hatte.

Susanna nickte gedankenverloren, und als sie nicht weitersprach, sagte ich: »Marian hat sich sicher auch erschrocken, obwohl er nicht auf der Tribüne war, sondern alles nur beobachtet hat.«

»Das ist auch der Grund, warum es ihm … nicht gutgeht«, erklärte Susanna hastig. »Und warum er bis auf weiteres nicht zum Klavierunterricht kommen wird.«

»Ist er krank?«

»So etwas in der Art …«

Auf ihre Worte folgte ein Seufzen, lang und tief. Erst jetzt fiel mir auf, wie ihre Stirn vor Schweiß glänzte – ein Zeichen, dass sie wohl den Rollstuhl den ganzen Weg von Lahn, einem Vorort von Hallstatt, wo sie wohnten, bis hierher geschoben haben musste.

Ich war verwirrt. War Marian nun krank oder nicht? Hatte dieser Zustand womöglich mit jenem rätselhaften Kindheitstrauma zu tun, seit welchem er nicht mehr sprach – und an das der Einsturz der Tribüne vielleicht unangenehme Erinnerungen geweckt hatte? Und warum hatte Susanna den anstrengenden Weg hierher auf sich genommen und Marian allein zu Hause gelassen, obwohl ein Anruf doch völlig genügt hätte?

»Ich hoffe, dass es ihm bald bessergeht«, erklärte ich in der Hoffnung, mehr zu erfahren.

»Es war nicht vorherzusehen. Ich muss … ich muss jetzt auch wieder zurück zu ihm«, stammelte Susanna Orqual nur und wendete so abrupt den Rollstuhl, dass der Kopf ihres Mannes wackelte.

Meine Verwirrung wuchs. Ihre Stimme zitterte, als ob sie den Tränen nahe wäre.

»Frau Orqual!«, rief ich ihr nach. »Was ich Sie noch fragen wollte …«

Erst nach einigen Schritten blieb sie stehen. Sie drehte sich um und wirkte plötzlich so schuldbewusst, als wollte ich sie für ein Fehlverhalten zur Rede stellen.

»Marians Auftritt beim Schulfest«, begann ich, »noch bevor der Unfall passiert ist – der war doch etwas … seltsam.«

Susanna Orqual blickte mich zum ersten Mal, ohne zu zwinkern, an. »Wie meinen Sie das?«, fragte sie unerwartet schroff.

»Nun, er hat nicht das Stück von Satie gespielt, das wir einstudiert haben. Sondern immer nur die Töne H, G und E. Können Sie sich das erklären?«

Ihre Hände umklammerten den Griff des Rollstuhls. »Es ist alles sehr schwierig …«, setzte sie an, aber fügte nichts hinzu. Sie klang nicht einfach nur betroffen, sondern verzweifelt. Und sie selbst wiederum wirkte nicht länger nur erschöpft, sondern so verloren und – das kam mir in den Sinn, als ihre Augen erneut hektisch hin und her huschten – so … gejagt.

»Was ist schwierig?«, fragte ich leise.

»Alles …«, murmelte sie.

»Hat sein Verhalten vielleicht etwas mit seinen Eltern zu tun?«, bohrte ich nach. »Melden sie sich regelmäßig? Sie sind gerade in New York, nicht wahr?«

Sie schüttelte den Kopf. »Mit ihnen ist alles in Ordnung. Und ja, natürlich rufen sie uns immer wieder an. Nein, damit hat es nicht zu tun, dass Marian …« Sie brach ab, rang mit sich, fügte nach einer Weile hinzu. »Ich glaube, was Marian vielmehr mit seinem Spiel hat ausdrücken wollen, war …«

Wieder brach sie ab.

»Ja?«, fragte ich.

Sie öffnete den Mund, wollte noch etwas sagen, als eine Regung, die ich selbst nur aus den Augenwinkeln wahrnahm, sie plötzlich verstummen ließ. Samuel Orqual, der eben noch völlig unbewegt und in sich zusammengesunken im Rollstuhl gesessen war, hob ruckartig seinen Kopf. Seine rechte Hand, der einzige Körperteil, der nicht gelähmt war, umklammerte die Lehne des Rollstuhls. Weiß traten die Fingerknöchel hervor. Ein Ächzen kam über seine Lippen – und blieb der einzige Laut. Offenbar wollte er noch mehr sagen, denn sein Mund, eben noch genauso zusammengepresst wie seine Augen, war weit geöffnet und schien ein Wort zu formen. Doch das Einzige, was hervorkam, war ein Speichelfaden.

Susanna Orqual war zusammengezuckt.

»Samuel?«, fragte sie erstaunt. Eine Weile starrte sie ihn fassungslos an, ehe sie rasch vortrat, um ihm den Speichel vom Kinn zu wischen. Doch kaum hatte sie die Hand nach ihm ausgestreckt, wich sie zurück, als hätte sie sich verbrannt. Nun war auch ihr aufgefallen, was selbst mir Kälteschauder über den Rücken jagte: Samuels Augen waren nicht einfach nur weit aufgerissen. Regelrechte Panik lag darin. Seine Pupillen schienen immer größer zu werden und das fleckige Grau der Iris fast ganz zu verdrängen. Das Weiß war rotgeädert. Während er starr in eine bestimmte Richtung blickte, umklammerte er die Lehne noch fester. Seine Lippen zitterten, sein Oberkörper, der sonst so schlaff war, als hätte er keinen einzigen Knochen mehr, spannte sich an.

Wieder ertönte ein Ächzen.

»Samuel, was hast du denn? Was …«

Ich hörte Susannas letzte Worte nicht mehr. Ich war

Samuels entsetztem Blick gefolgt und sah zum Berg hoch, an dessen Fuß unsere Villa erbaut worden war. Ich nahm gelbes Herbstlaub wahr, unter dem die Wiesen braun und matschig standen, die fasrigen Wetterwolken, die baldigen Regen ankündigten. Dann fiel mein Blick auf etwas, was ich in all den letzten Jahren stets hartnäckig ignoriert hatte. Immer noch konnte ich diesem Anblick nicht standhalten, ohne zu zittern – dem Anblick von Caspar von Kranichsteins Anwesen.

Es stand leer, seit er vor fünf Jahren getötet worden war, doch die Erinnerungen an das, was dort geschehen war, waren höchst lebendig. Meist gelang es mir, sie zu verdrängen, aber nicht, wenn ich die raumhohe Glasfront betrachtete, die weißen Wände, die Hecke und …

Alles in mir verkrampfte sich. Meine Hände pressten sich ähnlich fest um das Gartentor wie die von Samuel Orqual um die Lehne seines Rollstuhls. Noch Stunden später würden die Druckstellen auf meinen Handflächen zu sehen sein.

Nein, nein, nein! Das konnte nicht sein!

»Frau Richter?«, fragte Susanne Orqual.

Ich musste kalkweiß geworden sein. Meine Knie waren kurz davor nachzugeben. Mein Blick war wohl ebenso schreckgeweitet und panisch wie der ihres Mannes. Ich sah das Gleiche, was auch Samuel Orqual gesehen haben musste: dass hinter einem der Fenster jemand stand – eine hochgewachsene, schlanke, schwarzgekleidete Gestalt.

Ich weiß nicht, wie lange ich da stand, einfach nur hinaufstarrte, gebannt, erschüttert – und genauso reglos wie die schwarze Gestalt am Fenster … dieser Mensch … dieses Wesen …

Es hatte seine Augen auf mich gerichtet. Schwarze Augen, abgründig tiefe, leere, kalte, hasserfüllte Augen.

Erst als Susanna Orqual erneut »Frau Richter!« rief, löste ich mich aus der Starre und fuhr herum. Anders als ich war sie nicht Samuels Blick gefolgt, sondern hatte sich über ihren Mann gebeugt. Der hingegen war wieder völlig in sich zusammengesunken: Der Kopf war nach vorne auf seine Brust gekippt, die Augen geschlossen, seine Hand umkrampfte nicht länger die Lehne des Rollstuhls, sondern ruhte in seinem Schoß.

»Frau Richter, haben Sie das auch gesehen?«, rief Susanna Orqual aufgeregt.

»Den schwarzen Mann auf dem Anwesen von ...«, wollte ich ansetzen, doch sie meinte etwas anderes.

»So ruckartig hat er sich schon seit Jahren nicht mehr bewegt!«, fuhr sie freudig erregt fort. »Vielleicht ... vielleicht geht es endlich bergauf mit ihm!«

Etwas skeptisch blickte ich auf Samuel, der nunmehr wie tot wirkte.

»Dieser schwarze Mann ...«, setzte ich wieder an. Ich musste mich an das Gartentor lehnen. Meine Knie bebten, sämtliches Blut war nach unten gesackt.

Erst jetzt erkannte Susanne Orqual, dass sich nicht nur ihr Mann ungewohnt verhielt, sondern auch ich.

»Sie sind ja leichenblass!«, rief sie erschrocken.

»Ihr Mann ... er hat auch irgendjemanden wahrgenommen ... dort oben ...« Meine Hände zitterten, als ich in die Richtung von Caspar von Kranichsteins Anwesen deutete.

Nein, er hatte nicht irgendjemanden wahrgenommen. Sondern eine dürre, große Gestalt, mit schwarzem Mantel, schwarzen, glatt zurückgekämmten Haaren – und schwarzen Augen, die so tot wirken konnten und zugleich so lebendig funkeln, die einst voller Bösartigkeit auf mich gerichtet gewesen waren und zugleich voller Sehnsucht, die sich förmlich in meinen Gedanken gebohrt, sie sogar kurz beherrscht hatten, und die mir dennoch diesen tiefen Ekel, dieses Unbehagen vor ihm nicht hatten austreiben können. Ja, der Widerwille hatte sich als stärker erwiesen als diese gleichzeitig lähmende wie berauschende Wirkung seiner Präsenz.

»Das Anwesen steht doch schon seit Jahren leer«, murmelte Susanna. »Ich hätte erwartet, dass sich bei dieser Lage rasch ein Käufer finden würde. Aber der Eigentümer war bislang offenbar nicht daran interessiert, es zu verkaufen. Scheint, dass er seine Meinung geändert hat. Kennen Sie ihn? Frau Richter? Sie sollten sich wirklich hinsetzen …«

Langsam, ganz langsam hob ich wieder den Blick und sah hinauf zu Caspar von Kranichsteins Anwesen. Ich hielt den Atem an, glaubte, mein Herz müsste stehenbleiben, doch die Gestalt – sie war fort. Einfach verschwunden. Ganz ruhig lag das Anwesen da. Der Garten war etwas verwildert, die Hecke war lange nicht mehr gestutzt, der Rasen nicht gemäht worden, doch die Glasfenster waren sauber … erstaunlich sauber … obwohl das Anwesen doch seit Jahren leer stand.

»In jedem Fall müssen wir jetzt aufbrechen …«, drang wie aus weiter Ferne Susannas Stimme zu mir durch.

»Ja …«, murmelte ich abwesend und vergaß noch einmal, wegen Marians seltsamen Verhaltens beim Schulfest und seiner vermeintlichen Krankheit nachzubohren, »ja …«

»Auf Wiedersehen!«

Die Räder quietschten, als sie den Rollstuhl die Straße hinunter Richtung Wald schob.

Nachdem sie aus meinem Blickfeld verschwunden waren, blickte ich zum dritten Mal hoch zum Anwesen.

Niemand war zu sehen.

Ich atmete tief durch.

Es kann nicht sein, sagte ich mir. Selbst wenn da wirklich jemand am Fenster gestanden hatte – unmöglich, dass es Caspar von Kranichstein gewesen ist! Caspar lebte nicht mehr! Der alte Widersacher von Nathan, ein Nephil wie er, doch einer der Schlangensöhne, der Feinde, die rücksichtslos mordeten und ihrer Gier folgten, derjenige, der mein Glück mit Nathan von Anfang an bedroht hatte, war seit fünf Jahren tot! Seine eigene Schwester Cara, die die Seiten gewechselt hatte, nicht nur eine Wächterin, sondern auch eine treue Freundin von Nathan geworden war, hatte ihn getötet!

Immer wieder sagte ich mir das – aber konnte mich den Erinnerungen nicht entziehen. Nicht nur auf mich, eine der Auserwählten, mit denen die Nephilim Kinder zeugten, hatte Caspar es damals abgesehen, sondern auch auf Aurora – um sich an Nathan zu rächen und um sie wie ein eigenes Kind zu erziehen. Schauder überliefen meine Arme, als mir sein Gesicht plötzlich klar vor Augen erschien. Caspar hatte die hypnotische Wirkung einer Schlange auf mich ausgeübt oder auch einer Spinne, die langsam und meisterhaft ihr Netz webt, einer ganz eigentümlichen Ästhetik folgend, wonach das, was Tod verheißt, zugleich so wunderschön und anziehend ist. Ja, Caspar war grausam und herzlos – aber auch so vornehm, so elegant, so … präsent.

Ich hatte mich ihm kaum entziehen können, und Aurora auch nicht – Aurora, deren Erbe Caspar seinerzeit zum Leben erweckt hatte, Aurora, die mich letzte Woche so eigentümlich angestarrt hatte, so wissend, aus so durchdringend blauen Augen. War es nur Zufall, dass so kurze Zeit später diese schwarze Gestalt dort oben aufgetaucht war? Oder hatte das eine mit dem anderen zu tun, weil …

Ich zuckte zusammen, als ich plötzlich Schritte hörte und sich Arme über meine Schulten legten. Voller Panik riss ich mich los.

»Sophie … was hast du denn?«, fragte Nathan verwirrt, der eben von seinen Einkäufen zurückkehrte.

Ich keuchte. »Nichts … es ist nichts …«, versuchte ich ihn rasch zu beschwichtigen. Natürlich hatte ich damit keinen Erfolg. Nathan durchschaute sofort, dass irgendetwas mir Sorgen machte.

»Sophie …«

Nun war ich es, die meine Arme über seine Schultern legte, mich an ihn lehnte, mich von der Wärme seines Körpers beschwichtigen ließ. »Ich … ich bin nur erschrocken … weil …«

Ich zögerte.

»Weil was?«

Ich konnte ihn nicht anlügen. Stockend erzählte ich, was geschehen war oder zumindest einen Teil davon: Dass Samuel Orqual und ich eine Gestalt in Caspar von Kranichsteins Anwesen gesehen hatten. Und dass im Gesicht des alten, gelähmten Mannes ein Ausdruck größter Panik gewesen war.

Ich verschwieg ihm allerdings, dass diese Gestalt mit der schwarzen Kleidung, den schwarzen Haaren und der starren Haltung Caspar bis aufs Haar geglichen hatte. Plötzlich kam es mir nicht nur beängstigend, sondern auch lächerlich vor, auch nur auszusprechen, dass Caspar noch leben könnte. Vor allem aber war es undenkbar, aus dieser Entfernung die Augenfarbe eines Fremden erkennen zu können.

Wer immer mich da angeblickt hatte – vielleicht waren seine Augen nicht schwarz gewesen, sondern grau, sein Mantel einfach nur dunkelblau und die Haare braun.

Doch auch wenn ich es nicht laut sagte – Nathan erriet, was mir durch den Kopf ging.

»Es kann nicht sein«, sagte er schnell. »Caspar von Kranichstein ist tot.«

»Ja, ich weiß, und trotzdem …«

Er drückte beschwichtigend meine Schultern, versuchte zu lächeln – doch ich sah, dass es ihm schwerfiel.

»Ich bin nur erschrocken, jemanden zu sehen, aber ich …«

»Aber du würdest dich wohler fühlen, wenn ich nachsähe, was dort oben los ist«, führte er meinen Satz zu Ende.

»Ich könnte mitkommen und …«

»Kommt gar nicht in Frage! Du bleibst hier!«

Ich wollte protestieren, aber er hob abwehrend die Hände und das so energisch, dass ich ihm nichts entgegensetzen konnte. »Ich bin gleich wieder zurück!«, versprach er und hauchte mir einen flüchtigen Kuss auf die Lippen. »Geh wieder rein …«

Ich konnte mich gerade noch zurückhalten, ihm heimlich zu folgen – aber hineingehen konnte ich auch nicht. Stattdessen sah ich zu, wie er auf das Haus zuging – zwar ohne zu zögern, aber doch in normalem Tempo und nicht blitzschnell, wie die Nephilim liefen.

Endlich hatte er das Anwesen erreicht und verschwand hinter der Hecke. Ich konnte nun nichts mehr von ihm sehen – ich konnte nur warten. So ruhig dort oben alles blieb – ich fühlte mich plötzlich wieder beobachtet … nein, richtiggehend belauert … aus hämischen, spöttischen Augen …

Ich presste unruhig meine Lippen aufeinander.

Caspar ist tot …, dachte ich wieder, Caspar ist tot.

Der Gedanke folgte dem Rhythmus meines Herzschlages und half mir, mich zu beruhigen. Doch wie ich so steif dort stand, stieg Schwindelgefühl in mir auf. Ich hatte in der Nacht wegen des Albtraums zu wenig geschlafen, seit dem Frühstück noch nichts gegessen. Meine Finger begannen taub zu werden.

Caspar ist tot … Caspar ist tot …

Mein Herz schlug immer holpriger – und schmerzhafter. Es war, als würde eine Faust auf meine Brust schlagen. Ich wollte mich auf die Bank vor dem Haus setzen, doch der Schwindel wurde so stark, dass ich es nicht mehr bis dorthin schaffte. Stattdessen umkrampfte ich den Gartenzaun, stand nun dort, wo einst Caspar von Kranichstein gestanden hatte … damals, als er uns zum ersten Mal besucht, als er seine Hände auf Auroras Kopf gelegt hatte …

Ich erinnerte mich nicht nur an diese Hände, sondern glaubte sie regelrecht zu spüren, glaubte ihn lachen zu hören, schrill und spöttisch, glaubte eine Stimme zu vernehmen, die mich verhöhnte.

Du denkst doch nicht, ihr wäret mich los. Du denkst doch nicht, ihr wäret eine glückliche, kleine Familie und Aurora ein normales Kind.

Der Schwindel übermannte mich. Das Bild vor meinen Augen zerstob in viele kleine Funken, ich fühlte, wie ich auf die Knie sackte, wie mein Kopf am Boden aufschlug, wie sich mein Körper ob dieses Schmerzes verkrampfte.

Aurora, dachte ich, er darf Aurora nicht bekommen. Er darf die Nephila nicht in ihr erwecken, er darf ...

Dann dachte und fühlte ich gar nichts mehr. Es wurde schwarz um mich.

II.

Der Schrei, dieser verzweifelte, angsterfüllte, durchdringende Schrei, der da aus ihrer Kehle gekommen war, war verklungen. Aber nicht, weil die Panik nachgelassen hatte, sondern weil sie keine Kräfte mehr hatte.

Eine Weile lang lag sie erstarrt und erschöpft in ihrem sargähnlichen Gefängnis, hilflos den Schmerzen in ihrem Kopf ausgeliefert – und ihrer Angst.

Gab es eine Möglichkeit, sich zu befreien? Sollte sie warten, bis die Schmerzen nachgelassen hatten, oder es gleich versuchen?

Wimmernd wälzte sie sich zur Seite. Der Schmerz verlagerte sich etwas, schien vom Hinterkopf in den Nacken zu rutschen. Viel erträglicher wurde er dabei nicht, aber die Möglichkeit, ihn ein klein wenig zu mindern, ließ die Panik schwinden. Es ist eng, sagte sie sich, es ist schrecklich eng – aber sie war nicht ganz bewegungslos, und sie war auch nicht gefesselt. Es gab also Hoffnung, oder etwa nicht?

Als sie ihre Handgelenke berührte, brannte es dort. Ich bin nicht mehr gefesselt, ging ihr auf. Auch wenn sie jetzt von den Stricken befreit war – sie war es also gewesen. In ihrem Gefängnis hatten die Entführer sie unter Kontrolle, aber zuvor hatten sie sie bändigen müssen, als sie mit den Armen wild um sich geschlagen hatte. Krampf-

haft versuchte sie sich an das, was ihr zugestoßen war, zu erinnern. Die Bilder huschten grell und hastig wie Blitze vor ihrem inneren Augen vorbei, keines blieb lang genug, um es richtig zu sehen. Je mehr sie zu erkennen versuchte, desto undeutlicher wurden die Eindrücke. Als die Blitze nicht länger einschlugen, wartete nicht die Erkenntnis, sondern das Nichts.

Sie wusste, dass etwas Schreckliches geschehen war. Aber sie wusste immer noch nicht, wer sie war.

Anstelle der Panik wuchs nun das Gefühl der Ohnmacht in ihrer Brust – leise und lähmend. Es drängte sie nicht dazu zu schreien, sondern zu weinen, so lange, bis sich alles – die fehlenden Erinnerungen ebenso wie die Schmerzen im Kopf – in Tränen aufgelöst hatte.

Aber das durfte sie nicht! Sich den Tränen zu ergeben hieße, in Verzweiflung zu ertrinken!

Sie atmete tief ein und aus, entschied dann, ganz langsam vorzugehen. Anstatt den blitzartigen Bildern nachzujagen, versuchte sie sich an das Naheliegende zu erinnern. Sie war also gefesselt gewesen, ihre Handgelenke fühlten sich wund an. Aus welchem Material waren die Fesseln gewesen? Wusste sie das noch? Ihre Handgelenke brannten, als sie sie erneut befühlte.

So hastig … so grob … war sie gefesselt worden. Wer immer es getan hatte, hatte nicht viel Zeit gehabt.

Hatte sie diesen Menschen gesehen?

Sie schüttelte den Kopf. Nein, antwortete sie sich selbst. Ehe sie etwas hatte erkennen können, war etwas Dunkles über ihren Kopf gestülpt worden … kein Plastik, sondern etwas aus Leinen, ja … ein Leinensack, man hatte ihr einen Leinensack über den Kopf gestülpt, damit sie nichts erkennen konnte. Und noch an etwas anderes konnte sie sich erinnern: Während sie von jemandem gefesselt worden war, hatte sie ein anderer festgehalten. Es waren also mindestens zwei Entführer gewesen. Einer der beiden hatte ihr am Ende den Schlag auf den Kopf versetzt, so fest, dass sie gedacht hatte, sämtliche Knochen würden zerspringen.

Aber sie waren noch heil. Sie lebte noch. Und auch ihre Erinnerungen waren nicht tot, zumindest nicht alle; sie musste sich nur leise, unauffällig an sie heranpirschen, einem Raubtier gleich, das seine Beute in Sicherheit wiegt, bis es plötzlich zuschnappt.

Doch dann konnte sie sich nicht länger anschleichen. Ein Licht traf sie – und es hatte nichts gemeinsam mit den Erinnerungsblitzen. Es war blass, fiel durch einen sehr engen Spalt. Sie riss die Augen auf. Jemand schien vor ihrem Sarg zu stehen, das Licht darüber kreisen, den Schein von einer Ecke zur nächsten wandern zu lassen.

Sie wälzte sich wieder auf den Rücken, spannte alle Muskeln an, vernahm ein Gemurmel und Schritte. Das Gefühl, nicht länger allein zu sein, war überwältigend – zuerst, weil es sie eine große Erleichterung empfinden ließ, dann, weil neue Panik in ihr hochstieg.

Ja, sie war nicht länger allein, aber instinktiv wusste sie, dass da draußen niemand war, der sie retten würde, sondern jene Menschen … jene Wesen … die sie überwältigt, entführt und in den Sarg gesperrt hatten.

»Sophie!«

Zuerst war da nur eine Stimme, dann ein Gesicht, das sich über mich beugte.

»Sophie!«

Meine Zunge fühlte sich zu geschwollen an, um etwas zu sagen, das Bild vor meinen Augen wurde nur langsam scharf. Als Erstes nahm ich den blauen Himmel wahr – und wurde von tiefer Erleichterung überflutet. Ich war nicht mehr gefangen, ich war frei, ich …

»Sophie, um Gottes willen!«

Ich hatte unwillkürlich gelächelt, als ich den Himmel wahrgenommen hatte, doch als ich in Nathans besorgtes Gesicht sah, wie er sich über mich beugte, wurde ich schlagartig wieder ernst. Er hatte seine Hand in meinen Nacken gelegt, versuchte, mich nun langsam aufzurichten.

Vorsicht!, wollte ich ihm zurufen. Ich bin doch verletzt! Ich habe eine blutende Wunde am Hinterkopf!

Doch dann fiel mir ein, dass ich nur im Traum verletzt gewesen war, nicht im wirklichen Leben. Es war doch ein Traum gewesen, oder?

Die Erinnerung kehrte wieder zurück – an die schwarze Gestalt auf Caspars Anwesen, an Nathan, der losgegangen war, um nachzusehen. So kalt war mir plötzlich geworden, so schwindlig … und dann … dann musste ich einfach ohnmächtig geworden sein. Aber wenn man ohnmächtig war, träumte man doch nicht! War es also kein Traum gewesen – eher eine Art Vision? Eine Vision, die ankündigte, was mir in naher Zukunft drohte?

Ich richtete mich auf, in meinem Kopf dröhnte es. Langsam begriff ich, dass viele Laute aus diesem Traum … oder dieser Vision aus der Wirklichkeit stammten: Jenes Geflüster, das nicht ganz menschlich geklungen hatte, war nur das Rauschen der Bäume im Wind gewesen. Und die Schritte, die ich gehört hatte, waren Nathans Schritte gewesen, als er von Caspars Anwesen zurückgekommen war.

»Und?«, fragte ich atemlos. »Hast du dort oben irgendjemanden getroffen?«

»Mein Gott, Sophie, als du hier reglos gelegen hast … ich dachte schon …«

Bis jetzt stand ich auf ihn gestützt, nun machte ich mich von ihm los.

»Nur mein schwacher Kreislauf«, sagte ich schnell, »und dieses wechselhafte Wetter. Mal heiß, mal kalt. Ich muss etwas essen. Und trinken, vor allem trinken. Aber was ist denn nun …«

Kopfschüttelnd starrte Nathan mich an. »Das ist doch nicht normal, dass du so einfach umkippst! Wir sollten dich zum Arzt bringen, wir sollten …!«

»Nathan, bitte!«, unterbrach ich ihn.

Er ließ sich nicht stoppen. »Vielleicht hat es mit dem Einsturz der Tribüne zu tun. Vielleicht hast du dich verletzt, und …«

»Das habe ich nicht, und das weißt du auch! Das eine hat mit dem anderen nichts zu tun!«

Ich wollte Nathan, der mich so besorgt ansah, nicht noch mehr beunruhigen, verschwieg ihm darum meine Vision und bedrängte ihn stattdessen erneut, mir mehr über diesen schwarzgekleideten Mann zu erzählen.

Immer noch starrte er mich kopfschüttelnd an, doch in mein Gesicht musste etwas Farbe zurückgekehrt sein, denn schließlich beharrte er nicht länger darauf, mich zum Arzt zu bringen, sondern berichtete: »Offenbar hast du nur einen Immobilienmakler gesehen, der sich das Haus angesehen hat.«

»Das Anwesen soll verkauft werden?«

»Sieht so aus«, meinte er knapp.

Schweigend gingen wir hinein. Nathan wollte mich weiterhin stützen, aber ich hob abwehrend die Hände und erklärte, dass es mir wieder gutginge – was auch stimmte. Das Dröhnen in meinem Kopf hatte nachgelassen, meine Zunge fühlte sich nicht mehr ganz so unförmig an; ich hatte mir, als ich auf den Boden gesackt war, keine Verletzungen zugezogen.

In der Küche angekommen, schenkte er mir ein Glas Wasser ein, setzte frischen Kaffee auf, schmierte mir einen ganzen Berg Butterbrote und verlangte nachdrücklich, dass ich alles essen und trinken müsste, eher er mir mehr erzählte.

Nein, erfuhr ich dann, er habe den Immobilienmakler nicht persönlich angetroffen, aber vor der Türe sei ein Schild von einem Makler angebracht gewesen – mit sämtlichen Kontaktdaten und dem Hinweis, dass das Anwesen zu verkaufen sei. Entweder hatte er das Haus selber noch einmal besichtigt oder einen potenziellen Käufer herumgeführt.

»Wer verkauft es wohl?«, fragte ich mit vollem Mund. »Und warum erst jetzt?«

Nathan zuckte mit den Schultern. »Das ist doch nicht so wichtig. Wichtig ist nur, dass es nicht Caspar gewesen ist, den du und Samuel Orqual gesehen habt. Caspar ist tot.«

»Tot«, echote ich. »Seit fünf Jahren …« Mir kam eine Idee. »Vielleicht ist das der Grund, warum das Anwesen jetzt verkauft wird?«, schlug ich vor. »Ich meine – Caspars Leichnam wurde doch nie gefunden, und meines Wissens nach kann man jemanden frühestens fünf Jahre nach seinem Verschwinden für tot erklären lassen.«

Ich wollte lieber nicht darüber nachdenken, wer sich darum kümmerte und ob ein Verwandter von Caspar die Hände im Spiel hatte – womöglich ein Nephil wie er. Wer immer es verkaufte oder von einem Makler verkaufen ließ, hatte scheinbar kein Interesse an dem Besitz … und folglich auch kein Interesse an uns.

Nathan beugte sich zu mir, fixierte mich mit seinen blauen Augen und streichelte mir liebevoll über die Haare. »Du machst dir keine Sorgen mehr, nicht wahr?«

Ich schüttelte den Kopf und lächelte schwach, obwohl es mir schwerfiel. »Ich mach mir keine Sorgen mehr«, erklärte ich mit lauter und fester Stimme. »Caspar ist tot ... wir sind glücklich ... Aurora geht es gut und sie verhält sich wie ein ganz normales Kind ... Und dieser Schwächeanfall eben ... das war nichts ... gar nichts. Ja, wir sind glücklich.«

Nathan beugte sich vor, küsste mich erst auf die Stirn, dann auf die Wangen, zuletzt auf die Lippen. Es waren sachte, zärtliche und so selbstverständliche Küsse. Ich gab mich ganz der Wärme hin, fühlte mich wohl und geborgen und nahm mir vor, weder an Caspar zu denken, noch an diesen Traum ... oder die Vision. Doch als Nathan sich von mir löste, entging mir nicht, dass seine Stirn etwas gerunzelt war: Auch wenn er es mir ausreden wollte – irgendetwas verunsicherte ihn selbst zutiefst.

Anstatt es zuzugeben, erklärte er jedoch vermeintlich gutgelaunt: »Wenn wir unseren Gästen heute Abend etwas auftischen wollen, müssen wir jetzt mit dem Kochen beginnen.«

Nathan hatte viel zu viel eingekauft.

Für gewöhnlich kochte er nur für uns drei, das hieß genau betrachtet nur für mich und Aurora. Für die zwei zusätzlichen Gäste hatte er so viel eingeplant, als würde eine halbe Kompanie bei uns zu Abend essen wollen.

Anfangs war es mir sehr unangenehm gewesen, dass er so oft unsere Mahlzeiten zubereitete, obwohl er selbst keinen Nutzen daraus zog, doch er ließ es sich nicht nehmen, mich beim Haushalt auf jede nur erdenkliche Weise zu unterstützen, unaufdringlich und selbstverständlich und ohne jemals Dank einzufordern – ob es nun darum ging, den Rasen zu mähen, das Efeu zu schneiden, den Kamin im Wohnzimmer zu kehren, das kaputte Schloss vom Garagentor auszutauschen oder sich eben in der Küche zu betätigen.

Er hatte die Einkäufe verstaut und alles zum Kochen vorbereitet. Doch bevor er damit begann, kam er zu mir, umarmte mich von hinten und hauchte einen Kuss auf meinen Nacken.

»Du musst mir nicht helfen«, murmelte er. »Ruh dich aus, wenn du willst. Ich schaffe das auch allein.«

»Das stimmt!«, lachte ich. »So schnell wie du bist, stehe ich dir ja ohnehin nur im Weg. Aber natürlich helfe ich dir! Womit willst du … wollen wir anfangen?«

Wenig später dampfte, brutzelte, kochte, briet das Essen vor sich hin. Wir schnitten, pürierten, hackten und rührten einträchtig. Als Vorspeise würde es Kürbiscremesuppe mit Kernöl-Croutons geben, anschließend Feldsalat mit Entenbrust. Als Hauptgericht würden wir frischen Saibling aus dem Hallstättersee mit Petersilienkartoffeln servieren. So gerne ich Fisch aß, so unangenehm war mir der Anblick der bleichen Augen, als Nathan die Fische mit Papier von der Küchenrolle abtupfte, um sie dann auf ein Bett aus Salz zu legen und mit noch mehr Salz zu bedecken. Ich wandte mich ab, doch als Aurora in die Küche kam, blickte sie eine Weile halb mürrisch, halb fasziniert auf die toten Augen.

»Das ist ja ekelhaft!«, stieß sie schließlich aus.

Während sie auf die Fische starrte, wich sie meinem

Blick beharrlich aus – und ich konnte nicht verhindern, dass ich mich wieder kaum merklich anspannte.

Nathan bedeckte die toten Fischaugen mit Salz. »In der Salzkruste werden sie besonders saftig«, erklärte er.

Aurora schüttelte empört den Kopf. »Keinen Bissen kriege ich davon runter!«

»Du isst doch sonst so gerne Fisch«, meinte ich.

»Das stimmt nicht«, erwiderte sie und klang irgendwie beleidigt, »nur wenn es unbedingt sein muss.«

Nathan sagte nichts dazu, sondern stellte den Topf mit den Fischen in den Ofen. Wenn sie auch den Saibling in der Salzkruste nicht mochte, war ich mir sicher, dass sie vom Dessert begeistert sein würde. Als ich ihr die Schüssel entgegenhielt, in der ich gerade rührte – eine Kokoscreme, die später den eben gebackenen Biskuitteig bedecken würde –, zuckte sie jedoch zurück, als hätte ich nichts Geringeres im Sinn, als sie zu vergiften.

»Ich habe keinen Hunger!«, rief sie – diesmal nicht empört, sondern fast schon hysterisch. Vor Schreck entglitt mir fast die Schüssel. Seit Jahren wappnete ich mich insgeheim für den Tag, an dem sie ihren Appetit verlieren würde – untrügliches Zeichen für das Erwachen ihres Nephilim-Erbes, doch bis jetzt hatte sie immer normale Portionen gegessen.

Ich warf Nathan einen Blick zu, doch der tat so, als hätte er ihre aufgebrachten Worte nicht gehört.

»Dann nehme ich an, du willst uns nicht beim Kochen helfen«, stellte er ruhig fest.

Wortlos wandte sich Aurora ab, um die Küche zu verlassen.

»Ist irgendetwas passiert?«, rief ich ihr nach. Ich

wollte nicht zu besorgt klingen, konnte es aber nicht verhindern.

»Was soll denn passiert sein?«, gab sie zurück. Immerhin – sie klang nun nicht mehr unwirsch, eher verwundert, und meine Irritation über ihr Verhalten ließ nach. Als sie in den Flur trat, streifte sie ein Luftzug und wirbelte ihre dichten rotbraunen Haare auf. Es war später Nachmittag geworden. Der eben noch tiefblaue Himmel färbte sich nach und nach in ein Rostbraun. Bald würde es zu einem kalten Violett werden, das die Nacht wie in einem einzigen tiefen, gierigen Atemzug verschluckte, doch noch entfaltete die Sonne ihre ganz Kraft, und ihre Strahlen schienen Aurora regelrecht zu liebkosen. Ich sah, wie ihre Haare aufleuchteten, ihr Gesicht in Bronze erstrahlte. Der Anblick war wunderschön. Doch dann – ich weiß nicht mehr, ob es am Licht lag, an dem Luftzug oder weil sie ihre Position leicht verändert hatte – geschah etwas Unheimliches: Wie sie da in der Abendröte stand, warf sie einen Schatten auf die gegenüberliegende Wand – und dieser Schatten schien plötzlich zu wachsen, wurde breiter und höher, schien nicht länger zu ihr zu gehören, sondern zu einem Riesen. Vor allem aber bewegte sich dieser Schatten, obwohl Aurora ganz still stand und lediglich ihre Haare im Lufthauch flatterten. Er schien beide Hände zu heben – oder vielmehr Flügel anstelle von Armen –, nach ihr zu greifen, sie zu streicheln und zu umarmen, sie … zu verschlingen. Das Licht war plötzlich nicht mehr warm und rot, sondern kalt, ihre Gestalt nicht einfach nur still, sondern versteinert, die Distanz zwischen uns nicht nur wenige Schritte, sondern eine riesige Kluft.

Mein Kind … es gehörte mir nicht mehr … es gehörte diesem Schatten, und ich konnte nichts tun, um es ihm wieder zu entreißen …

Wieder entglitt mir fast die Schüssel mit der Kokoscreme.

»Aurora«, stammelte ich.

Der Luftzug ließ nach. Auroras dichte Haare fielen auf ihren Rücken, und sie ging wortlos in ihr Zimmer. Ich starrte auf die Wand, sah aber keine Spur mehr eines Schattens, der ein Eigenleben entwickelt hatte – nur noch den matten Terrakottafarbton, in dem wir die Wand vor kurzem gestrichen hatten.

Nathan schien von all dem nichts bemerkt zu haben, sondern hackte ungerührt den Schnittlauch klein. Hatte er den Schatten nicht bemerkt, weil er mit dem Kochen beschäftigt war? Oder weil nur ich, Auroras Mutter, diesen Schatten … dieses Wesen wahrnehmen konnte?

Plötzlich fröstelte ich, genauso wie ich auf der Tribüne gefröstelt hatte, als das Licht so fahl geworden war, der Wind so kalt – so, als würde sich eine dunkle Wolke nicht einfach nur vor die Abendsonne schieben, sondern sie ganz und gar verschlucken.

Nathan blickte hoch. »Denkst du immer noch an Caspar?«, fragte er. »Es wird besser werden, wenn das Anwesen erst verkauft ist … wenn Menschen es mit neuem Leben füllen … womöglich sogar eine Familie mit Kindern.«

»Das mag sein, aber Aurora …« Ich seufzte. »Hast du eben gesehen, wie …«

Ich brach ab, brachte es nicht über mich, von diesem Schatten zu sprechen, und Nathan bezog meine Worte auf Auroras rüdes Verhalten.

»Sie war etwas abweisend. Aber das ist ganz normal. Immerhin ist sie zwölf!«

Ich zuckte zusammen. »Hat dieses Alter eine besondere Bedeutung bei den Nephilim?«

Nathan lachte auf. »Nein«, beruhigte er mich rasch, »das ist kein besonderes Alter bei den Nephilim … aber bei den Menschen beginnt dann für gewöhnlich die Pubertät.«

Er lächelte mir zu, und diesmal wirkte es aufrichtiger, dann ließ er mich los und sah im Backofen nach dem Saibling in Salzkruste.

»Das ist ja viel zu heiß!«, rief er aus. »Bei dieser Temperatur wird der Fisch zu trocken!«

Trotz seines Lächelns entging mir nicht, dass er wieder seine Stirne runzelte. Ich hätte schwören können, dass das nichts mit der Temperatur des Backofens zu tun hatte, aber ich wusste, dass er das niemals zugeben würde.

»Ich gehe den Tisch decken«, erklärte ich schließlich und unterdrückte ein Schaudern, »wir haben nicht mehr viel Zeit, bis unsere Gäste kommen.«

Obwohl sie sich zuvor lautstark geweigert hatte, Fisch zu essen, langte Aurora beim Abendessen dann doch kräftig zu. Zwar schluckte sie ihre Bissen nur zögerlich, aber wie so oft nahm sie sich an Mia ein Beispiel, die gegen unsere Menüfolge nichts einzuwenden hatte und mit gutem Appetit aß. Mia war es auch, die die anfängliche allgemeine Verlegenheit spielerisch auflöste. Lukas war zwar der Einladung dankbar gefolgt, hatte mir bei der Begrüßung einen Strauß Sonnenblumen überreicht und eingewilligt, zum Du überzugehen, blieb danach aber ziemlich wortkarg. Dass er kein Mensch vieler Worte war, hatten schon frühere Begegnungen gezeigt – nun beantwortete er meine Fragen recht einsilbig und stellte selbst gar keine, so dass wir schon nach wenigen Minuten die meisten Gesprächsthemen abgehakt hatten: das Wetter, wie er aus Josephine Rüttings einstigem Lebensmittelladen die Wohnung gestaltet hatte und ob es ihm und Mia – nunmehr einige Monate nach ihrem Umzug – immer noch so gut in Hallstatt gefiel. Etwas hilflos überlegte ich, was ich noch ansprechen konnte, ohne an der Vergangenheit zu rühren und unfreiwillig etwas zu erwähnen, was mit dem Tod seiner Frau zu tun hatte.

Doch ehe mir ein unkompliziertes Thema einfiel, lenkte Mia das Gespräch auf Lukas' Arbeit im Bergwerk, wobei er seine Zurückhaltung überwand und mit sichtlichem Stolz berichtete.

Schon als Kind hatte ihn die Arbeit im Inneren des Berges oder vielmehr in der »Teufe« fasziniert. Als dieses Wort zum ersten Mal fiel, kicherte Aurora los. Mia hingegen blieb ernst und erklärte besserwisserisch, dass dies der Begriff war, den Bergmänner für »Tiefe« benutzten.

Die Vorstellung, unter Tage zu arbeiten, von diesen mächtigen Gesteinsmassen umgeben und vom Tageslicht abgeschnitten zu sein, war mir bis jetzt eher unheimlich gewesen, aber Lukas war mit Leib und Seele Bergmann und konnte etwas von der Begeisterung für diese ganz eigene Welt und ihre ganz eigenen Gesetzmäßigkeiten vermitteln. Seine Arbeit als Bergmann hatte er im Salzbergwerk von Berchtesgaden begonnen – nun war er hier in Hallstatt tätig oder genauer gesagt in der Saline Ebensee. Warum er Berchtesgaden verlassen hatte, sagte er nicht – wahrscheinlich hatte es mit dem Tod seiner Frau und dem Wunsch nach einem Ortswechsel zu tun.

Die Saline Ebensee, so berichtete er auch, war das Stammwerk der Salinen Austria und der größte Salzgewinnungsbetrieb Österreichs.

»Aber das Salz wird doch in Hallstatt abgebaut, oder?«, fragte ich. »Warum befindet sich die Saline in Ebensee?«

»Eigentlich sagt man nicht in Hallstatt«, warf Mia altklug ein, »sondern in *der* Hallstatt.«

Bis jetzt hatte Aurora sich zurückgehalten, wenn Mia sich als Expertin gab – doch offenbar wollte sie nicht ständig als die Unwissendere dastehen. »Weil ›hal‹ das keltische Wort für Salz ist«, rief sie. »Hallstatt – das heißt eigentlich Salzstätte.«

Mia beugte sich eifrig vor: »Aus dem Berg gewinnt man zunächst nicht Salz, sondern Sole – und diese Sole wird durch die Soleleitung nach Ebensee in die Saline gebracht. Es ist ein ziemlich aufwendiges Verfahren, aus der Sole das Salz zu gewinnen. Das wird dann mit eigenen Salzzügen in ganz Europa ausgeliefert.«

Sie sprach mit einem so stolzen Blick auf ihren Vater, als würde Lukas das alles selbst und mit bloßen Händen machen, doch der schränkte lächelnd ein: »Mit den Transporten habe ich nichts zu tun. Ich gehöre zu den Technikern, die für die Soleleitung zuständig sind.«

Ich nahm einen Schluck Wein. »Ich muss gestehen«, gab ich zu, »dass ich bis jetzt keine Ahnung hatte, wie Salz gewonnen wird – obwohl wir nun schon so lange hier leben.«

Nathan sagte nichts – so wie er sich immer zurückhielt, wenn wir, was selten genug war, mit anderen Menschen zusammentrafen. Er wusste wahrscheinlich mehr über Salz und Bergbau als Lukas – wie er dank seiner 800-jährigen Lebenserfahrung bei fast jedem Thema mehr wusste als der Rest der Welt –, doch um nicht besserwisserisch zu wirken und um sich selbst nicht zu verraten, gab er dieses Wissen nicht preis. Vielleicht hatte er auch bemerkt, dass Lukas' Scheu nach den Ereignissen vom Schulfest vor allem ihm, nicht mir galt und dieser umso mehr auftaute, solange Nathan sich nicht in die Unterhaltung einbrachte, sondern den vollendeten Gastgeber gab, der sich ganz unauffällig darum kümmerte, dass jedem nachgeschenkt wurde.

»Mama weiß nicht einmal, was genau Sole ist!«, rief Aurora vorlaut – und diesmal war es Mia, die kicherte.

»Weißt du es etwa?«, gab ich zurück.

Aurora richtete sich auf und beugte sich leicht nach vorne. Ihr Gesicht nahm einen konzentrierten Ausdruck an, und nach einem Moment Stille verkündete sie: »Sole, das ist das salzhaltige Wasser, das entsteht, wenn man die Salzstöcke im Berg anbohrt und auslaugt.«

Eben noch hatte ich mich entspannt zurückgelehnt, nun umkrampfte ich unwillkürlich mein Weinglas, und mein Herz begann wieder heftig zu schlagen.

Dass Aurora dergleichen wusste, war eigentlich nicht erstaunlich: Sie ging in Hallstatt zur Schule, und es war verständlich, dass der Bergbau, der hier das Leben dominierte, im Unterricht immer wieder Thema war. Doch ihre sachliche Stimme, mit der sie diese Worte vortrug, irritierte mich, vor allem aber auch der leicht in sich gekehrte Blick, als würde sie die Worte irgendwo ablesen. Oder vielmehr: Als würde etwas Fremdes, Uraltes aus ihr heraus sprechen. Ihr Erbe.

Doch schon im nächsten Augenblick hatte ihr Gesicht wieder einen völlig normalen Ausdruck angenommen, und ehe ich ihre Worte kommentieren konnte, fuhr Lukas fort.

»Ja, genauso ist es. Das Salz im heutigen Bergwerk wird über Bohrlochsonden gewonnen. Eigentlich ist es ein ganz einfaches Verfahren: Es wird eine Bohrung durch das Salzvorkommen getrieben, dann wird durch ein Spülrohr Süßwasser in den Berg geleitet, das den Stein auslaugt – und zuletzt wird das salzhaltige Wasser, die Sole, durch ein anderes Rohr wieder nach oben gepumpt.«

»Und die Sole wird weiter nach Ebensee geleitet«, schloss ich. Was ich lieber verschwieg, war, dass ich mir die Bergarbeiter bisher nicht mit Sonden und Rohren vorgestellt hatte, sondern wie sie mit Hammer und Meißel das Salz aus dem Stein schlugen.

Lukas öffnete den Mund, um noch mehr zu sagen – auch Mia schien bereit, etwas einzuwerfen, doch wieder war es Aurora, die unvermittelt sprach, nicht einfach nur mit einer altklugen, sondern mit dieser *alten* Stimme.

»So war es früher«, kommentierte sie etwas, was ich nicht laut gesagt, sondern nur gedacht hatte, »in der prähistorischen Zeit gewann man das Salz ausschließlich im Trockenabbau – im Mittelalter und im 19. Jahrhundert war das teilweise auch noch so. In festen Brocken brach man es aus dem Berg und brachte es so in den Handel. Bis zu 330 Meter ging es damals bereits unter Tage. Und neben den Bergmännern gab es die sogenannten Kerntragerweiber, die noch bis zum Jahr 1890 das Steinsalz – oder ›den Kern‹, wie sie es nannten – vom Salzberg ins Tal trugen. Viele Hallstätterinnen verrichteten diese Arbeit zur Aufbesserung des kargen Lohns ihrer Männer. Zweimal am Tag machten sie sich mit ihren ›Kernkraxen‹ auf den Weg. Auch im hochschwangeren Zustand mussten sie ihre schweren Lasten tragen. Im Tal brachten sie das Salzgestein dann ins Sudhaus, in dem aus dem Stein Salz gewonnen wurde.«

Als sie geendet hatte, herrschte kurz Schweigen. Lukas blickte Aurora sichtlich anerkennend an, Mia etwas neidisch, mir hingegen stockte der Atem. Kurz lag eine unerträgliche Spannung in der Luft. Ich suchte Nathans Blick, und mein Entsetzen wuchs, als ich sah, dass er mir – mit sichtlich besorgtem Gesicht – auswich und starr auf sein Wasserglas sah. Dieses wiederum hielt er mit der rechten Hand regelrecht umklammert – was ich sonst noch nie bei ihm gesehen hatte.

»Jenes Kernsalz, das die Kerntragerweiber damals schleppten und das direkt aus dem Stein gebrochen wurde, findet heute noch Verwendung – als Lecksalz nämlich für das Wild«, fuhr Aurora fort.

Diesmal war ihr Blick nicht in sich gekehrt. Fast herausfordernd sah sie Mia an, sichtlich stolz auf ihr Wissen, woraus immer sie es schöpfte. Doch auch wenn diese leise Rivalität mit der Freundin sie kindlicher wirken ließ – das Blau ihrer Augen tat es nicht. Es leuchtete so durchdringend wie manchmal bei Nathan, doch während es bei ihm ein Zeichen höchster Konzentration oder starker Gefühle war, wirkte es bei ihr in diesem Augenblick so … kalt. Dieses Leuchten, von dem ich nicht einmal sicher war, ob auch Lukas und Mia es bemerken würden, erinnerte mich plötzlich an den Schatten, den ich vorhin hinter ihr wahrgenommen hatte: Er schien sie einzuhüllen, ganz und gar von ihr Besitz zu ergreifen, sie mir zu rauben. Kurz war ich sicher – wenn ich die Hand heben würde, um sie zu berühren, würde ich nur Kälte spüren … und einen schmerzhaften Stromschlag erhalten.

Nur mühsam gelang es mir, einen entsetzten Aufschrei zu unterdrücken.

Mia hingegen verdrehte entnervt die Augen und stöhnte laut.

»Aurora ist so eine Streberin!«, rief sie aus. »Ich kann mir das unmöglich merken, aber sie weiß immer alles ganz genau. Ich finde das irgendwie langweilig – nicht den Bergbau an sich, aber seine Geschichte.«

Kurz schien Aurora auffahren zu wollen, um sich gegen den Begriff Streberin zu wehren. Doch stattdessen blieb sie starr sitzen und fuhr ernsthaft, nahezu dozierend und mit weiterhin durchdringend blauen Augen fort: »Genau betrachtet beginnt die Geschichte des Bergbaus im Paläozoikum – als sozusagen das Salz in den Berg kam. Wobei es damals noch keine Berge gab, lediglich Lagunen, die durch Verdunstung Salz ausschieden. Erst später entstanden dann die Gesteinsschichten, die dieses Salz nach und nach unter sich begruben.«

Wieder verdrehte Mia die Augen. »Genau das meine ich! Sie weiß immer alles *ganz* genau.«

»Sonst bist du aber nicht so fleißig«, warf ich leise ein und merkte, wie meine Stimme zitterte. Niemand sagte etwas dazu. Ich sah wieder zu Nathan herüber, und diesmal wich er meinem Blick nicht aus. Er war deutlich blasser geworden, seine Lippen hatte er aufeinandergepresst. Den ganzen Tag über hatte er versucht, mir meine Sorgen und Ängste auszureden – doch nun erkannte ich, dass er sie teilte, dass er sich Auroras merkwürdigem Verhalten gegenüber nicht länger blind stellen konnte.

Sie weiß viel. Sie weiß *zu* viel, sagte mir sein Blick. Und auch, dass das nicht normal war.

Er stellte sein Wasserglas ab und legte seine Hand beschwichtigend auf meine – ein Zeichen, dass jetzt der falsche Zeitpunkt war, sich dieser Tatsache zu stellen und in Panik zu verfallen. Solange unsere Gäste da waren, mussten wir uns zusammenreißen – und diesen Gästen schien glücklicherweise unsere Anspannung entgangen zu sein.

»Auf jeden Fall könnte mit der Salzmenge, die in einer Stunde aus dem Hallstätter Salzberg geholt wird, eine Kleinstadt ein Jahr lang den gesamten Salzbedarf decken«, griff Lukas das Wort auf, und diesmal war es nicht Aurora, sondern Mia, die altklug ergänzte: »Die Verwendung von Salz bietet so viele Möglichkeiten: Kerzen tropfen zum Beispiel viel weniger, wenn man sie vor dem Gebrauch in Salzwasser legt. Oder wenn man vor dem Braten etwas Salz in die Pfanne gibt – dann gibt es keine Fettspritzer.«

»Und Salz kann Eier zum Schwimmen bringen!«, rief Lukas augenzwinkernd.

»Wie denn das?«, rief Aurora und klang nun wieder kindlich aufgeregt. Sie beugte sich vor, und im Licht der Lampe wirkte ihr Gesicht nicht mehr so bleich und die Augen nicht mehr so blau. Das nahm mir meine Ängste zwar keineswegs – aber gab mir die Kraft, ruhig sitzen zu bleiben und sogar zu lächeln, als Lukas erklärte: »Das ist ganz einfach. Man muss ein rohes Ei in ein Glas legen und es mit Wasser füllen, bis das Ei bedeckt ist. Das Ei sinkt sofort zu Boden. Und nun muss man einfach ein bisschen Salz ins Wasser geben, woraufhin sich das Ei erst auf die Spitze stellt, dann langsam zu schweben beginnt. Und wenn man noch mehr Salz hinzugibt, steigt das Ei endgültig in die Höhe. Sobald man Wasser nachgießt, sinkt es wieder.«

Er hatte seinen Satz kaum beendet, da waren Mia und Aurora schon aufgesprungen und riefen wie aus einem Mund: »Das wollen wir sehen!«

Lukas warf mir einen fast entschuldigenden Blick zu, und ich stimmte rasch zu, ihm nicht nur die Küche, sondern auch Eier und Salzwasser zu überlassen, damit er das Experiment vorführen konnte – insgeheim erleichtert, dass die Mädchen in die Küche stürzten, Lukas ihnen etwas langsamer folgte und ich nicht länger die Fassade aufrechterhalten musste.

Das Lächeln schwand von meinen Lippen, schwer stützte ich den Kopf auf meine Hände.

»Nathan …«, stammelte ich hilflos, »Nathan …«

Er legte seine Hand auf meine Schultern und zog mich an sich. Er sagte nichts – und das war noch schwerer zu ertragen als sämtliche Worte, bedeutete es doch, dass er nichts zu sagen wusste, um mich zu beruhigen.

»Der dunkle Mann …«, setzte ich an, »Caspar …«

Er berührte mein Gesicht, zwang mich, ihn anzusehen, und diesmal zögerte er nicht einzuwenden: »Was immer mit Aurora passiert … Caspar hat damit nichts zu tun, er *kann* damit nichts zu tun haben.«

Aus der Küche erschallte lautes, lebendiges Gelächter. Es beruhigte mich keineswegs – ebenso wenig wie Nathans Worte.

Auch wenn Caspar tot war und der schwarze Mann auf seinem Anwesen tatsächlich nur der Immobilienmakler gewesen war – Aurora veränderte sich seit dem Schulfest. Und Aurora, das wusste ich instinktiv, auch wenn ich nicht sagen konnte, worin die Bedrohung bestand, war in Gefahr.

Unser Besuch blieb bis kurz vor Mitternacht, und obwohl ich wie auf heißen Kohlen saß und ungeduldig darauf wartete, endlich mit Nathan allein zu sein, gelang es mir, freundlich und ausgeglichen zu wirken. Lukas und Mia entging unsere Anspannung auch weiterhin – und als wir uns vor der Haustür verabschiedeten, bedankte sich Lukas mehrfach für den schönen, entspannten Abend. Ich lächelte wieder, und in der Finsternis sah man mir nicht an, wie verkrampft ich tatsächlich dabei war.

Doch auch nachdem unser Besuch gegangen war, hatte ich immer noch keine Möglichkeit, in Ruhe mit Nathan zu sprechen. Entgegen ihrer sonstigen Gewohnheiten half Aurora uns, den Tisch abzuräumen. Eben noch hatte sie mit Mia gelacht und war als fröhlichstes Mädchen auf Erden erschienen, jetzt wirkte sie wieder gedankenverloren, in sich gekehrt. Immerhin strahlten ihre Augen nicht durchdringend blau, wirkten eher kraftlos, müde, fast grau.

So ausdruckslos wie ihr Blick war auch der von Nathan – ein Zeichen, dass wir Aurora nichts von unseren Gefühlen und Ängsten zeigen durften. Jetzt war sie damit beschäftigt, die schmutzigen Teller aufeinanderzustapeln und in die Küche zu tragen.

Nathan öffnete das Fenster, ich zog das Tischtuch ab und folgte Aurora. Sie hatte das Geschirr auf die Arbeitsfläche gestellt und öffnete die Geschirrspülmaschine, um es einzuräumen.

Ich ertrug das Schweigen nicht länger.

»Du … du hast sehr viel gewusst«, setzte ich an, »über Salz, meine ich.«

Ich versuchte, es ganz nebensächlich zu sagen, doch es glückte nicht, und meine Bemerkung erschien ihr eher als Vorwurf denn als Lob. Sie fuhr abrupt zu mir herum. »Na und?«, rief sie unerwartet heftig, nahezu ärgerlich.

Ich bereute, etwas gesagt zu haben, aber nun konnte ich die Worte nicht mehr zurücknehmen.

»Ich nehme an, ihr habt das in der Schule durchgenommen.«

Ich legte beschwichtigend die Hand auf ihre Schulter, doch da zuckte sie zusammen – so heftig, dass ich mich erschrak. Es schien nicht nur so, als wäre ihr meine Berührung unangenehm, sondern geradezu unerträglich.

»Aurora ...«

Im nächsten Moment war ich es, die zusammenzuckte. Durch die abrupte Bewegung hatte sie mit dem Ellbogen den Tellerstapel gerammt. Ein halbleeres Weinglas, das unmittelbar danebengestanden hatte, war zur Seite gekippt und rollte nun auf das Ende der Arbeitsfläche zu. Ich wollte schon danach greifen, doch in dem Moment hatte es Aurora schon aufgefangen – Aurora, die doch mir zugewandt stand und eigentlich gar nicht hätte bemerken können, was hinter ihrem Rücken vorging. Sie bekam das Glas ohne Mühe zu fassen und stellte es mit einer raschen, eleganten, perfekt koordinierten Bewegung wieder neben die Teller, ohne auch nur einmal hinzusehen – und ohne auch nur einen Tropfen Wein verschüttet zu haben.

Fassungslos starrte ich sie an. »Wie ... wie hast du das denn gemacht?«

Meine Stimme war kaum lauter als ein Hauch. Noch zu gut hatte ich ihr Klagen in Erinnerung, als sie Mia voller Enttäuschung zuschauen musste, wie diese mit fünf Bällen jonglierte, während sie nur mit großer Mühe drei in der Luft halten konnte, oder als Mia mit den Stelzen herumlief, während sie ständig ins Gras fiel. Hätte Mia das Weinglas so blitzschnell aufgefangen – ich wäre wahrscheinlich nicht sonderlich überrascht gewesen. Aber Aurora war doch sonst nicht so geschickt!

»Wäre es dir lieber, es wäre auf den Boden gefallen?«, schnaubte sie – wieder so ungehalten, als hätte ich sie schwer beleidigt.

»Nein, ich wollte nur … das war einfach …«

Ich wusste nicht, was ich hinzugefügt hätte, wenn Nathan nicht im Türrahmen erschienen wäre. Er musste gesehen haben, wie unglaublich geschickt sie das Weinglas aufgefangen hatte, denn er wirkte sehr angespannt.

Dennoch schüttelte er erneut kaum merklich den Kopf, um mir zu bedeuten, dass ich besser schweigen sollte.

»Kann ich jetzt schlafen gehen?«, fragte Aurora unwirsch.

Sie machte einen kränklichen Eindruck. Ihre Stirn war gerunzelt, ihre Haut fahl, die Lippen glänzten beinahe bläulich.

»Also, kann ich jetzt gehen?«, kam es noch mürrischer.

»Natürlich kannst du das«, sagte Nathan rasch.

Wieder legte ich die Hand auf ihre Schulter, diesmal schüttelte sie sie nicht sofort ab, aber entzog sich mir doch. »Ich habe Kopfschmerzen … ein bisschen«, murmelte sie. Sie wartete meine Entgegnung nicht ab, sondern lief so schnell aus der Küche, als müsse sie vor uns fliehen. Wenig später hörte ich, wie sie die Tür des Badezimmers nicht nur hinter sich zuschlug, sondern sogar noch abschloss.

Wieder schüttelte Nathan den Kopf – besser, wir warteten, bis sie schlafen gegangen war.

Er ging an mir vorbei und räumte schweigend den Geschirrspüler ein, während ich reglos neben ihm stand, mich nicht rühren konnte und meine Augen starr auf das Weinglas gerichtet blieben.

Später sah ich noch einmal nach Aurora. Ich hatte sie nicht stören wollen, solange sie im Bad gewesen war, und sie auch in Ruhe gelassen, als sie in ihr Zimmer gehuscht war, doch als ich sicher war, dass sie schlafen würde, schlich ich mich an ihr Bett. Sie lag zusammengerollt wie eine Katze, so, als wollte sie sich instinktiv ganz klein machen, die Decke hatte sie sich fast bis zur Nase gezogen. Zumindest atmete sie tief und ruhig. Ihr rotbraunes Haar lag wie ein Kranz um ihren Kopf.

Es war ein friedlicher Anblick, den sie bot – aber ich ließ mich keinen Augenblick davon trügen.

Als ich zurück ins Wohnzimmer kam, stand Nathan am Fenster und starrte in die Dunkelheit. Ich konnte seinen Gesichtsausdruck nicht erkennen – und doch die Gedanken förmlich spüren, die ihm durch den Kopf gingen, sorgenvolle, ängstliche, traurige Gedanken. Ich wollte etwas sagen, aber meine Kehle war wie zugeschnürt, und ihm schien es ähnlich zu ergehen. Als er sich zu mir umdrehte, setzte er mehrmals zu sprechen an, aber es kam kein Wort heraus.

Plötzlich löste er sich aus der Starre und ging zum Telefon. Ich ließ mich kraftlos auf einen der Stühle am Esstisch fallen und sah zu, wie er den Hörer ergriff und eine Nummer wählte.

»Wen rufst du an?«, fragte ich.

»Cara.«

Trotz aller Sorge – allein der Klang ihres Namens beruhigte mich. Vor aller Welt mussten Nathan und ich unser Geheimnis hüten – nur vor einer Person nicht. Von niemandem konnten wir Hilfe erwarten – von ihr schon: Cara, Nathans treue Freundin, die uns damals, als Auroras Erbe zum ersten Mal erwacht war, so sehr geholfen hatte, die Caspar von Kranichstein getötet hatte und die mit ihrer besonnenen Art stets so viel Ruhe und Gelassenheit ausstrahlte. Wir hatten uns in den letzten fünf Jahren, die sie in Frankreich verbracht hatte, nie gesehen, aber regelmäßig telefoniert und ihr von Auroras weiterer Entwicklung erzählt. Überdies hatten wir ihr zu verdanken, dass wir so glücklich und in Frieden leben durften: Nach den damaligen Ereignissen hatte sie unter den Nephilim das Gerücht gestreut, dass Nathan im Kampf gegen Caspar umgekommen war. Da ihn so alle für tot hielten, blieben er und somit auch wir völlig unbehelligt.

Ich hörte das matte Tuten, das aus dem Telefonhörer kam, konnte es kaum erwarten, Caras Stimme zu hören, ihre Erklärungen für Auroras Verhalten, und wollte so sehr, dass sich alles als ganz harmlos herausstellte. Aber niemand meldete sich.

»Sie geht nicht ans Telefon …«, murmelte Nathan und legte auf.

Unwillkürlich umkrampfte ich die Lehne des Stuhls. Panik überkam mich, stärker und absoluter, als es der Anlass gebot. Kurz fühlte ich mich wie in einem meiner Träume – schutzlos, verlassen, meinen Feinden ausgeliefert.

»Wo kann sie nur sein?«, fragte ich heiser.

Nathan zuckte mit den Schultern. Vorhin hatte er nicht versucht, mich zu beruhigen, doch nun setzte er eine vermeintlich gleichmütige Miene auf. »Wahrscheinlich hat sie ihr Handy einfach nicht dabei. Kein Grund, uns Sorgen zu machen. Und was Aurora anbelangt …«, er trat auf mich zu, »was Aurora anbelangt, sollten wir auch nicht in Panik verfallen, sondern lieber ganz nüchtern überlegen …«

Noch ehe er mich erreicht hatte, war ich aufgesprungen – so hastig, dass der Stuhl umgekippt und polternd zu Boden gefallen war. Ich achtete nicht darauf.

»Was gibt es nüchtern zu überlegen?«, rief ich. »Wir sehen beide, dass sie sich verändert! Es geht nicht nur darum, dass sie so viel weiß. Es geht vor allem darum, *wie* sie es gesagt hat!«

Nathan bückte sich, um den Stuhl wieder aufzustellen. Als er sich abwandte, veränderte sich die Miene seines Gesichts schlagartig, wurde wieder düster, sorgenvoll, vor allem aber traurig.

»Vielleicht habe ich nicht ausreichend darauf geachtet, mich von ihr zu distanzieren …« Er unterdrückte ein Seufzen.

Ich wusste, wie schwer es ihm gefallen war, stets eine gewisse Distanz zu Aurora zu wahren. Wir lebten zusammen, und sie hatte ihn als Vater akzeptiert, aber er mied es, mit ihr allein zu sein oder sie zu berühren. Viel zu groß war seine Angst, dadurch ihr Erbe zu wecken. Nun wirkte er nicht einfach nur verzweifelt, sondern … schuldbewusst, und das Bedürfnis, ihn zu trösten, überwog kurz meine Angst. Ich trat zu ihm, umfasste seine Schultern.

»Du hast nichts falsch gemacht«, beschwor ich ihn. »Da bin ich mir sicher! Du lebst seit fünf Jahren an ihrer Seite, und in all der Zeit ist ihr Erbe nicht erwacht. Irgendetwas … irgendjemand …«

Ich geriet ins Stocken, verstummte schließlich.

Irgendetwas hatte sich verändert. Irgendjemand nahm Einfluss auf mein Kind. Und wenn es auch nicht Caspar war, dann ein anderer Nephil ... vielleicht ein anderer Schlangensohn ...

Ich schüttelte den Kopf, versuchte mir einmal mehr einzureden, dass das unmöglich war, und konnte dennoch nicht aufhören, mir das Schrecklichste vorzustellen: Bis zu ihrem vierzehnten Lebensjahr bestand nämlich nicht nur die Gefahr, dass in Aurora das Nephilim-Erbe erwachen und sie sich endgültig zu einem unsterblichen Wesen wandeln konnte, sondern vor allem, dass man sie in dieser labilen Phase auf die andere Seite ziehen konnte. Es war möglich, ein Kind der Wächter zu einem Kind der Schlangensöhne zu machen – und umgekehrt.

Nathan löste sich von mir, ging zum Telefon und wählte erneut Caras Nummer. Wieder war nur das Tuten zu hören, nicht ihre Stimme ... die Stimme, mit der sie früher immer Aurora und mich hatte beruhigen können.

Nathan legte den Hörer auf, setzte sich auf das Sofa und verbarg sein Gesicht in den Händen.

»Wir haben uns zu sicher gefühlt«, stieß er aus.

Genau diesen Verdacht hatte ich auch, aber seine Stimme klang so trostlos, dass ich widersprechen musste.

»Warum auch nicht?«, rief ich.

Er schüttelte den Kopf. »Vielleicht war Aurora tatsächlich ein normales Kind, aber die Nephila, die in ihr schlummert, war es nie. Sie hat von Natur aus Gaben mitbekommen, die andere sich erst mühsam erkämpfen müssen.«

All die Jahre hatte ich jede Erinnerung daran verdrängt, aber nun stand mir die Aurora von damals wieder ganz deutlich vor Augen: Aurora, die fremde Sprachen beherrschte, die Gedanken lesen konnte, die wilde Tiere besänftigte, die Cello spielte. Und noch etwas anderes kam mir in den Sinn: Nathans Worte, als er mir von den ganz wenigen Nephilim erzählte, die nicht nur telepathische, sondern telekinetische Fähigkeiten hatten und die die Zukunft vorhersagen konnten.

Die Tribüne, ging es mir durch den Kopf, sie hat wenige Minuten, bevor es geschah, gewusst, dass die Tribüne einstürzen würde.

Wieder stieg Panik in mir auf, aber sie fühlte sich anders an als bisher. Eben noch hatte mein Herz unruhig geschlagen, jetzt schien es immer schleppender zu pochen, langsam zu erstarren, so wie alles andere auch. Meine Kehle wurde plötzlich so eng, meine Glieder so schwer. Es war, als hätte sich ein schwarzes, kaltes Tuch aus Furcht und Sorge über mich gelegt – und ich war machtlos, es von mir zu ziehen, musste ertragen, dass es sich immer fester um mich legte. Wieder fühlte ich mich kurz wie in einem der Träume … hilflos, ausgeliefert, gefangen, allein.

Doch dann sah ich, dass Nathans Gesicht noch blasser wurde, die ansonsten so durchdringend blauen Augen irgendwie grau – und die Angst um ihn ließ mich die Starre überwinden, die verzweifelte Liebe, die ich für ihn fühlte, die Panik bezwingen.

Als er ein drittes Mal zum Telefonhörer greifen wollte, um Cara anzurufen, hielt ich ihn davon ab, indem ich meine Hand auf seine legte.

»Es hat keinen Sinn«, erklärte ich mit fester Stimme. »Wir können Cara heute nicht mehr erreichen. Und wir können auch sonst nichts tun. Wir können nur warten und versuchen, uns nicht verrückt zu machen.«

Eine Weile schien er mit sich zu ringen, dann drückte er meine Hand.

»Aurora schläft tief und fest«, murmelte ich. »Was immer in ihr vorgeht – im Moment hat es keine Macht. Nicht über sie. Und nicht über uns.«

Er zog mich an sich, strich über mein Haar, meinen Nacken, meinen Rücken. Eine Weile verharrten wir in der Umarmung, dann lösten wir uns beide gleichzeitig daraus und traten – in schweigender Übereinstimmung – nach draußen auf die Terrasse, um dort tief durchzuatmen.

Es war still. Wenn wir im Sommer hier saßen, hörten wir das Zirpen der Zikaden und das Zwitschern von Vögeln, nun vernahmen wir nur den eigenen Atem und dann und wann das Rauschen der Bäume. Nathan zog meinen Kopf an seine Schultern, ergriff wieder meine Hand.

»Du bereust es«, sprach er in die Stille.

Ich hob meinen Kopf. Trotz der Finsternis leuchteten seine blauen Augen wieder. »Was sollte ich bereuen?«

»Die Entscheidung, die wir … die du damals getroffen hast.«

»Die Entscheidung, mit dir zusammenzuleben? Warum sollte ich sie je bereuen? Ich war nie so glücklich wie in den letzten fünf Jahren.«

»Doch, du warst auch früher glücklich«, behauptete er ernsthaft, »damals in Salzburg, als du ganz und gar für das Ziel gelebt hast, Pianistin zu werden. Du hattest große Angst vor öffentlichen Auftritten – aber das Klavierspiel hast du geliebt. Dein Leben war so unbeschwert, deine Zukunft glänzend. Wenn ich damals nicht in dein Leben getreten wäre und alles in diesem Chaos …«

Er kam nicht weiter. Es war schwer genug, dass er sich wie ich um Aurora sorgte, aber unerträglich, dass er darüber hinaus an … uns zweifelte. Ich wusste nicht, was gerade mit meinem Kind geschah, was noch geschehen würde und was das alles zu bedeuten hatte … aber ich wusste, dass ich ihn liebte und dass ich alles durchstehen konnte, wenn ich mit ihm zusammen war.

Um ihn zum Schweigen zu bringen, umschlang ich seinen Nacken, zog sein Gesicht zu meinem und küsste ihn. Kurz, ganz kurz, schien er sich widersetzen zu wollen, aber dann zog auch er mich heftig an sich, dann waren da auf einmal keine Ängste mehr, nur der Geschmack seiner Lippen, so warm, so vertraut, und doch nicht selbstverständlich genug, um nicht jedes Mal dieses Grummeln in meinem Bauch hervorzurufen.

»Komm, komm mit!«, flüsterte er rau, als wir uns endlich voneinander lösten. So viel Verzweiflung lag in seiner Stimme, aber auch so viel Begehren, so viel Angst vor der Zukunft, aber auch die Hoffnung, diese Angst für wenige Augenblicke vergessen zu können. Wir gingen zurück ins Wohnzimmer, von dort hinauf in den ersten Stock – es schien, als ob wir auf einem schmalen Grat wandelten, der Gefahren bewusst, die uns umgaben, aber noch zuversichtlich, den Abgrund überwinden zu können, wenn wir uns nur einfach nicht losließen, uns immer fester aneinanderklammerten, uns hielten, als wäre es für immer.

»Sophie …«, flüsterte er meinen Namen – und da war wieder so viel Verzweiflung und gleichzeitig so viel Begehren. Ich schmeckte beides, als ich ihn wieder küsste und fühlte, wie Tränen in meine Augen stiegen.

Als wir uns voneinander lösten, verschwamm das Bild vor meinen Augen. Ich wischte die Tränen nicht weg. Ich wollte ihn nicht sehen, wollte ihn nur fühlen, wollte ihn streicheln – über sein lockiges Haar, über sein Gesicht, über seinen Nacken. Schließlich begann ich an seinem Hemd zu zerren, hastig, ungeduldig, als bliebe uns nicht mehr viel Zeit, während er mir unglaublich geschickt die Bluse aufknöpfte. Die kalte Nachtluft traf meine Haut und ließ sie frösteln. Umso wärmer waren die Küsse, die er auf meine aufgestellten Härchen hauchte, zärtlich zunächst, dann immer fordernder.

Nach so vielen Jahren war mir sein Körper vertraut, aber immer noch konnte ich mich nicht sattsehen an der glatten, samtigen Haut, den wohlgeformten Schultern, dem muskulösen Bauch; immer noch hatte ich das Gefühl, ihn zum ersten Mal zu fühlen, wie er anmutig und doch so fordernd, zärtlich und doch so bestimmt über meine Brüste streichelte. Die Knospen verhärteten sich, obwohl seine Fingerkuppen kein bisschen rau waren, sondern unglaublich weich und heiß.

Wir sanken aufs Bett: Nun war er es, der mich streichelte, über die bläulichen Adern strich, die sich unter meiner hellen Haut abzeichneten, ehe er mich auf den Mund küsste und dann, als ich meinen Kopf nach hinten bog, weitere Küsse auf meinen Hals hauchte, bis er bei der Halsbeuge angekommen war. Unsere Hände berührten sich, erst pressten wir die Handflächen aneinander, dann verschränkten sich unsere Finger, zuletzt führte ich seine Hand langsam, aber sicher zum geheimsten Punkt zwischen meinen Schenkeln. Ich ließ mich zurückfallen, wölbte mich seinen Liebkosungen entgegen. Mein Körper war gespannt wie eine Saite – und niemand konnte besser darauf spielen als Nathanael Grigori. Zuerst entlockte er mir ein sehnsuchtsvolles Keuchen, dann, als er sich auf mich legte, seine Arme neben meinem Kopf abstützte und in mich drang, wurde ein wildes, ungehemmtes Stöhnen daraus. Er blickte mich an, und ich sah, wie sein Blick langsam von der Lust verschleiert wurde, und klammerte mich an ihn, als sich die Spannung entlud, unser Atem ebenso eins wurde wie der Herzschlag, das Blut hitzig durch meinen Körper raste und meine Haut glühte.

Später schlief ich in seinen Armen ein, und obwohl immer noch Tränen in meinen Augen standen, fühlte ich mich für kurze Zeit geborgen, von allen Ängsten und Sorgen befreit. Rund um unser Bett lauerten Gefahren, aber an Nathan gepresst fühlte ich mich sicher und geschützt. Die Wärme, die von seinem Körper ausging, das Vertrauen und die Liebe begleiteten mich in den Schlaf.

Vor dunklen Träumen aber beschützten sie mich nicht.

III.

Schritte … immer noch hörte sie Schritte. Jemand beleuchtete das sargähnliche Gefängnis. Ganz dicht wurde die Taschenlampe – zumindest vermutete sie, dass es eine war – an die Ritzen gehalten. Sie richtete sich auf, hob den Kopf so weit, bis sie anstieß. Obwohl das Licht sie blendete, kniff sie die Augen nicht zusammen. Zu sehr sehnte sich ihr Körper danach. Sie schien das Licht förmlich atmen zu können und fühlte, wie ihre Brust plötzlich weich, weit und warm wurde. Doch schon im nächsten Augenblick versteifte sie sich.

Ganz plötzlich war der Sarg geöffnet worden; als der Schein der Taschenlampe sie mit ganzer Wucht traf, war das Licht keine Wohltat mehr. Vielmehr glaubte sie, ihr Kopf müsse zerplatzen. Rasch duckte sie sich, krümmte sich. Nur blinzelnd nahm sie wahr, dass etwas Dunkles, Großes den Lichtstrahl abschnitt – ein Körper, der sich über sie beugte. Hände griffen nach ihr. Die Wunde in ihrem Kopf pochte, ihr Herz hingegen schien stillzustehen. Sie schrie auf, als die Hände sie berührten, sie packten, sie hochzogen, bis sie nicht länger im Sarg lag, sondern aufrecht saß. Eben noch hätte sie sich über so viel Bewegungsfreiheit gefreut, nun hätte sie sich am liebsten in das kleinste Loch der Welt verkrochen.

Sie hörte Gelächter, zuerst rau, dann glucksend. Lachte

der Mann über sie? Wer war er? Immer noch blinzelnd sah sie Hände, breit, plump und kräftig, doch ehe sie auch das Gesicht dieses Mannes ... dieses Wesens erkennen konnte, wurde ihr ein Sack über den Kopf gestülpt. Er kratzte über ihre Haut und riss die kaum verkrustete Wunde wieder auf. Es brannte wie Feuer, doch als sie hektisch gegen den Schmerz anzuatmen versuchte, bekam sie kaum Luft.

Die Hände packten sie wieder und hoben sie nun ganz aus dem Gefängnis. Durch den Leinensack hindurch konnte sie Umrisse erkennen – und begriff: Sie war nicht in einen Sarg eingesperrt gewesen, sondern in einem Kofferraum.

Der laute Knall, als der Deckel zufiel, ließ sie zusammenzucken. Es war ein grässliches Geräusch, das alle plötzlich aufsteigenden Erinnerungen zerstörte, die Ahnung, wer sie war, was mit ihr passierte. All das wurde bedeutungslos. Das Einzige, was zählte, war, dass sie nicht erstickte und ihre blutende Kopfhaut nicht noch weiter aufriss.

In dem Sack wurde sie vom Auto fortgetragen. Ihr Kopf baumelte über den Rücken des Entführers, ihre Beine traten ins Leere. Sie strampelte, schlug mit den Händen um sich, doch der Griff wurde nur noch fester, presste ihr noch mehr Luft ab. Sie versteifte sich, schmeckte etwas Säuerliches in ihrem Mund. War es Blut? Blut, das von ihrer Kopfwunde zu ihren Lippen geflossen war? Oder Blut, weil sie sich so fest auf die Zunge gebissen hatte?

Die Schritte des Mannes, der sie trug, beschleunigten sich. Mit letzter Kraft hob sie den Kopf, sah durch den kratzenden Sack hindurch Konturen von anderen Männern, die näherkamen, sie umstellten. Doch keiner von ihnen kam ihr zur Hilfe, auch dann nicht, als der Mann, der sie trug, sie einfach losließ. Sie fiel mit solcher Wucht zu Boden, dass ihr für kurze Zeit die Luft wegblieb. Instinktiv hatte sie sich gekrümmt und so verhindert, dass ihr Kopf auf dem kalten Boden aufgeschlagen war, doch alle Knochen taten ihr weh. Der Wunsch, der Schmerz würde nachlassen, höhlte ihre Panik aus, ihre Verzweiflung.

Wie aus weiter Ferne vernahm sie Gelächter. Jemand beugte sich über sie, murmelte etwas. Es waren Worte in einer Sprache, die sie nicht verstand. Vielleicht war es sogar ihre eigene Sprache – aber wie sollte sie sie verstehen, wenn sie ihren eigenen Namen nicht mehr wusste? Jemand anderes schien die Worte hingegen gut zu verstehen. Neben ihr ertönte eine Art Klagelaut, nicht bösartig und spöttisch wie das Lachen, sondern verzweifelt. Sie rollte ihren Kopf zur Seite, begriff erst jetzt, dass man ihr den Sack vom Kopf gezogen hatte, und sah im diffusen Licht, dass jemand neben ihr hockte, sich klein zu machen versuchte, weinte.

Sie war also nicht die einzige Gefangene, die hier eingesperrt war, sie war nicht alleine. Sie seufzte erleichtert. Eben noch waren Hilflosigkeit und Einsamkeit ein schwarzes, bodenloses Loch gewesen, in dem sie vollends verschwunden war. Nun gab es etwas, was sie zurückhielt.

Sie streckte ihre Hände aus, betastete den Boden. Der Kofferraum war stickig und eng, aber auch weich gewesen – hier stieß sie auf Stein, feucht und klamm. Immerhin belebte sie die kühle Luft, die in ihre Lungen drang. Sie richtete sich auf, vorsichtig zwar und doch sogleich vom Schmerz bestraft, der ihren Kopf zu zerreißen schien. Als er wieder nachließ, spürte sie, wie eine Hand nach ihr griff – die warme Hand der anderen Gefangenen, die ihre drückte. Sie erwiderte den Druck, fühlte erstmals Zuversicht.

Es wird alles gut, es wird doch alles gut.

Das Gefühl währte nicht lange. Als sie den Kopf hob, starrte sie nicht in das Gesicht der anderen Gefangenen, sondern in das ihres Entführers. Er hatte sich neben sie gehockt, beugte sich über sie, sprach wieder Worte – und diesmal verstand sie sie. Sie begriff auch, wer er war. Begriff es, weil ihr sein Gesicht so vertraut war, vor allem sein Blick, der sich in ihre Augen bohrte. Der Blick tat weh – auf andere Weise als der Schmerz ihrer Wunde, aber doch ähnlich unerträglich. Sie schrie, schrie noch lauter als zuvor im Kofferraum, schrie in Todesangst, schrie sich das Entsetzen aus ihrem Leib, doch sobald es draußen war, kehrte es wieder, ließ sie nicht los. Sie schrie, bis sie keine Luft mehr hatte. Was zählte es, wenn sie an ihrem Entsetzen erstickte? Der Tod erschien ihr gnädiger als die Erkenntnis, in wessen Hände sie geraten war.

Ich schlug die Augen auf, der verzweifelte Schrei der Frau aus meinem Traum hallte in mir nach, ich wollte mit ihr schreien, aber meine Lippen schienen wie verschweißt. Ich konnte mich nicht rühren, konnte nur daliegen, in die Dunkelheit starren. Obwohl ich nichts anderes sah als Schwärze, hatte ich das Gefühl, dass jemand sich über mich beugte, mich betrachtete – spöttisch, aufdringlich, feindselig.

Ich schloss die Augen wieder, wartete eine Weile. Dann spürte ich ein Kribbeln in Händen und Füßen, als Blut in die vermeintlich tauben Glieder zurückströmte. Nun endlich konnte ich meinen Mund öffnen, konnte mir mit der Zungenspitze über die rauen Lippen fahren – nur schreien konnte ich nicht mehr. Ich wälzte mich zur Seite, wollte mich an Nathan schmiegen, seinen warmen, weichen Körper fühlen, mich an seiner Seite kurz von allen Bedrohungen und Gefahren davonstehlen, unsere Liebe genießen. Doch als ich nach ihm tastete, fühlte ich nur das leere Kopfkissen. Nathan lag nicht neben mir.

»Nathan?«

Ich richtete mich auf, blickte mich um. Er stand auch nicht am Fenster, er war einfach … fort.

Es war, als würde eine kalte Faust in meinen Magen schlagen.

»Nathan«, flüsterte ich erneut, und diesmal klang es wie ein Schluchzen.

Obwohl es viele Erklärungen dafür geben konnte, warum er nicht hier war, hatte ich plötzlich das Gefühl, der Albtraum würde mich einholen, endgültig nun, ohne gnädiges Erwachen.

Allein.

Verlassen.

Schutzlos.

Ich suchte nach meinen Hausschuhen, schlüpfte in den Bademantel, versuchte mir einzureden, dass diese fiebrige Unruhe, die meine Hände zittern ließ, und dieses Gefühl, als würde meine Brust zerspringen, völlig übertrieben waren. Nathan war eben früher aufgestanden, wahrscheinlich hatte er noch einmal versucht, Cara anzurufen. Diesmal hatte er sie erreicht, sie hatte ihn beruhigen können, und nun wartete er gewiss mit einer guten Nachricht in der Küche auf mich.

Ich eilte hinunter, riss die Küchentür auf – jemand saß tatsächlich dort am Tisch. Doch es war nicht Nathan, sondern Aurora.

Für gewöhnlich bekam ich sie morgens kaum aus

dem Bett, damit sie sich für die Schule fertig machte. Heute hatte sie sich nicht nur selbständig angezogen und frisiert, sondern bereits eine Tasse Kakao getrunken. Sie wirkte nicht verträumt und verschlafen wie sonst, sondern blickte mir aus hellwachen Augen entgegen. Erleichterung überflutete mich. Nathan musste sie geweckt und ihr Frühstück gemacht haben. Er hatte mich schlafen lassen – und zugleich diese Gelegenheit genutzt, um die Distanz zu seiner Tochter zu überbrücken.

Meine Erleichterung hielt nur so lange an, bis mein Blick auf die Küchenuhr fiel. 6.15 Uhr. Normalerweise stand Aurora nie vor 7.00 Uhr auf. Trotz des warmen Bademantels fröstelte ich.

»Mama, was hast du denn?«

Auroras Blick war weiterhin auf mich gerichtet … und erschien mir plötzlich nicht mehr wach, sondern merkwürdig starr und irgendwie abschätzend. Er wirkte nicht wie der Blick eines Kindes, sondern wie der einer Erwachsenen.

Ich schüttelte den Kopf. Ich ertrug diesen Gedanken nicht … nicht jetzt, solange Nathan nicht hier war.

»Hast du Nathan gesehen?«, fragte ich und versuchte das Zittern in meiner Stimme zu unterdrücken.

Sie zuckte nur die Schultern. »Heute noch nicht.«

»Und du bist von ganz allein wach geworden?«

»Ich konnte nicht mehr schlafen.«

Sie senkte ihren Blick, und anstatt meiner ersten Regung zu folgen und ins Wohnzimmer zu stürzen, um dort nach Nathan zu suchen, atmete ich tief durch. Besser, sie bemerkte nichts von meiner Unruhe. Als wäre es ein ganz alltäglicher Morgen, machte ich Kaffee und stellte ein paar unbekümmerte Fragen zur Schule und zu Mia. Aurora beantwortete sie ziemlich unbeteiligt und knapp, aber immerhin bereitwillig. Wir verstummten, als der Kaffee wie immer mit lautem Brummen und Getöse aus der Maschine lief, und als es endlich wieder still in der Küche war und ich eine neue Frage stellen wollte, erklärte Aurora unvermittelt: »Nathan hat mitten in der Nacht das Haus verlassen. Kurz nach Mitternacht.«

Ich fuhr herum. Beinahe rutschte mir die Kaffeetasse aus der Hand. »Du hast ihn gehört?«

Sie schüttelte den Kopf.

»Aber woher …«

»Ich weiß es eben«, fiel sie mir ins Wort. So lustlos sie bisher geantwortet hatte, so energisch klang sie jetzt. Sie schien keinen Widerspruch zu dulden. Der blieb mir ohnehin im Hals stecken.

Beruhige dich, beruhige dich, beruhige dich!, befahl ich mir im Takt meines unrhythmisch schlagenden Herzens.

Natürlich hatte sie ihn gehört, sie drückte sich nur missverständlich aus. Und woher soll sie gewusst haben, dass es erst kurz nach Mitternacht gewesen war? Wahrscheinlich hatte er das Haus erst im Morgengrauen verlassen, aber sie ging – schlaftrunken wie sie war – davon aus, dass es mitten in der Nacht war.

»Weißt du auch, wohin er wollte?«, fragte ich nach einer Weile zögernd. Ich wärmte meine plötzlich eiskalten Hände an der Kaffeetasse, aber ich hatte noch keinen Schluck getrunken.

»Nein«, gab sie zurück. Es blieb bei dieser einsilbigen Antwort. Kurz darauf erhob sie sich mit gleichgültigem Gesicht. »Ich muss jetzt los.«

»Aber es ist doch noch viel zu früh!«

»Mia wartet auf mich …«

Ohne mir die Gelegenheit zu geben, noch etwas zu sagen, ging sie in ihr Zimmer und kam wenig später mit dem fertiggepackten Schulranzen zurück. Sie zog sich ihre Jacke an, ohne sich von mir helfen zu lassen, und wich meinem Blick aus, als sie das Haus verließ. Immerhin rief sie mir einen Abschiedsgruß zu.

Ich starrte ihr verwirrt nach, musste mich plötzlich an der Wand abstützen.

Was passierte mit mir … mit uns? Was passierte mit Aurora?

Mir fiel es immer schwerer, ruhig zu atmen. Hysterie schnürte mir die Kehle zu. Ich stellte die Tasse ab, ehe ich den Kaffee verschütten konnte, und begann auf und ab zu gehen.

Ruhig … ruhig! Ich musste jetzt ruhig werden! Erst dann würde es mir möglich sein, einen vernünftigen Gedanken zu fassen, zu überlegen, warum Nathan das Haus verlassen hatte.

Zunächst ging ich wie ein gefangenes Raubtier durch die Küche, den Flur und das Wohnzimmer – später ließ ich mich auf dem Küchenhocker nieder und saß dort ganz steif, so als würde jede Bewegung das Gefühl von Bedrohung noch vergrößern. Mein Blick fiel auf die Uhr, beobachtete den Zeiger. Acht Uhr. Neun Uhr.

Aurora war jetzt längst in der Schule, hatte schon die zweite Stunde.

Und Nathan war immer noch nicht zurück.

Ich ertrug es nicht länger, stillzusitzen, sprang auf, zog mich an und ging vom Wohnzimmer aus in den Garten. Alles sah unverändert aus – die Gartenmöbel, die Pergola, der Rechen, der an die Hauswand gelehnt stand. Die Wiese war mit Laub bedeckt.

Eine weitere Stunde verging, von Nathan keine Spur. Ich verließ das Haus, stapfte ein paar Schritte unsicher Richtung Forststraße, kehrte aber schnell wieder zurück, weil es mir sinnlos erschien, ihn im Wald zu suchen. Erst jetzt wagte ich es, hoch zu Caspars Anwesen zu blicken.

Doch auch dort – nichts. Kein Lebenszeichen. Es war absolut ruhig. Morgendunst stieg vom Boden auf, erreichte die Baumkronen, schien dort festzuhängen. Später, ich starrte immer noch auf das Anwesen, zog Wind auf und vertrieb den Dunst, doch die Luft war anschließend nicht klar und frisch, sondern schwül und stickig.

»Wo bist du, Nathan, wo bist du? Du kannst doch nicht ausgerechnet jetzt verschwinden, wo Aurora … sich verändert!« Ich merkte erst nach einer Weile, dass ich die Worte laut ausgesprochen hatte. Eine Antwort bekam ich nicht.

Eine Weile ging ich unruhig vor der Villa auf und ab, dann eilte ich die Straße hinunter, kam am Wald vorbei bis zu Lukas' Haus und sah erleichtert, dass sein Auto davor parkte.

Er hatte unregelmäßige Arbeitszeiten, war oft am Wochenende im Einsatz und hatte dafür an manchem normalen Arbeitstag frei. Eben war er mit Gartenarbeit beschäftigt – offenbar grub er verwitterte Rosenbüsche aus –, denn seine Hände waren voller Erde. Als er mich sah, legte er die Harke beiseite und erhob sich.

»Sophie!«

Seine Stimme war freundlich und warm und belebte mich. Ich kämpfte um ein Lächeln. »Spaziergang?«, fragte er schlicht.

»Wie bitte?«, entfuhr es mir.

»Ob du einen Spaziergang machst, wollte ich wissen?«

»Ach so … ja …« Ihm entging nicht, dass irgendetwas mich zutiefst verstörte.

»Hast du Sorgen? Ist etwas passiert?«

»Nathan, er …«

Ich brach ab.

Er hat mitten in der Nacht das Haus verlassen, wollte ich sagen, aber das konnte ich nicht. Lukas würde es nicht verstehen – weder warum Nathan gegangen war, noch warum es mich derart beunruhigte. Nicht, dass es bei einem normalen Mann nicht auch besorgniserregend gewesen wäre. Aber dieses Gefühl von Bedrohung, von Gefahr, rührte davon, dass Nathan ein Nephil war.

»Sophie …«, setzte Lukas wieder an und klang aufrichtig besorgt.

Ich kämpfte wieder um ein Lächeln. »Es ist alles in Ordnung. Es war gestern ein wirklich schöner Abend.«

»Willst du hereinkommen? Auf einen Kaffee?«

Meine erste Regung war, die Einladung abzulehnen, doch ich zögerte: Ich konnte ohnehin nichts anderes tun, als sinnlos auf- und abzulaufen. Bei Lukas könnte ich hingegen etwas Zeit totschlagen, mich von meinen Gedanken an Aurora ablenken – und vielleicht würde Nathan schon wieder zu Hause sein, wenn ich später zurückkehrte.

Ich nickte. Lukas öffnete die Gartentür. Ich trat auf ihn zu und wusste später nicht mehr, was mich dann bewogen hatte, mich noch einmal umzudrehen – vielleicht ein Windstoß, vielleicht eine Regung im Augenwinkel. Instinktiv blickte ich erneut hoch zu Caspars Anwesen. Es wirkte von dieser Perspektive aus fremd, die Hecke höher, die raumhohen Fenster niedriger. Und dennoch, auch von hier aus sah man ihn ganz genau: den Mann, der hinter dem Fenster stand und in meine Richtung starrte. Den Mann mit schwarzem Mantel, zurückgekämmten Haaren und spöttischem – ja, ich war mir sicher –, spöttischem und bösartigem Blick.

Ich schlug mir die Hand vor den Mund, doch das dämpfte den entsetzten Aufschrei kaum. In meinen Ohren klang er markerschütternd, und auch Lukas, der eben die Haustüre geöffnet hatte, hielt erschrocken inne und folgte meinem Blick.

Der dunkelgekleidete Mann stand immer noch dort. Und er starrte mich immer noch an. Auch wenn man aus dieser Entfernung nicht erkennen konnte, welche Farbe seine Augen hatten, so war ich sicher, dass sie schwarz waren.

»Du … du siehst ihn auch, nicht wahr?«, stammelte ich.

Lukas runzelte die Stirn, doch seine Anspannung ließ merklich nach.

»Schon merkwürdig«, murmelte er. Ich fuhr herum, blickte ihn überrascht an.

»Merkwürdig?«, fragte ich.

Nun lächelte Lukas auch noch. »Kein Wunder, dass du dich erschreckst«, sagte er nachsichtig. »Ich meine – das Gebäude stand so lange leer … die ganzen Jahre über hat sich kein Käufer gefunden. Jetzt muss man sich erst wieder dran gewöhnen, dass es bewohnt wird.«

»Es ist verkauft worden?«

»Das habe ich zumindest gehört. Und der neue Besitzer scheint heute einzuziehen.«

Ich blickte wieder nach oben und atmete hörbar aus. Die schwarze Gestalt war wieder verschwunden.

»Merkwürdig, dass gar kein Möbelwagen zu sehen ist«, murmelte Lukas, »vielleicht habe ich mich auch geirrt, und der Einzug findet erst morgen statt.«

»Weißt du … weißt du etwas über den neuen Besitzer?«

»Nun, offenbar ist es ein alleinstehender Herr. Seinen Namen kenne ich nicht, aber er scheint sehr reich zu sein, sonst könnte er sich dieses Anwesen gar nicht leisten. Kommst du?«

Ein Herr … alleinstehend … reich …

Das klang nach Caspar. Wobei Caspar, wenn er noch leben würde und hierher zurückgekehrt wäre, das Anwesen nicht kaufen müsste. Was wiederum bedeutete, dass der dunkle Mann dort oben unmöglich Caspar sein konnte. Doch wer war dieser neue Besitzer dann? Vielleicht ein Verwandter von Caspar und somit auch ein Nephil? Dann allerdings hätte er das Anwesen geerbt und müsste nicht dafür bezahlen.

Die alles entscheidende Frage aber war: Hatte die Tatsache, dass jemand in diesem Anwesen leben würde, mit Nathans Verschwinden zu tun? Und mit der Tatsache, dass Aurora sich veränderte?

»Kommst du?«, fragte Lukas wieder.

Ich schüttelte den Kopf. »Mir ist gerade etwas eingefallen …«, murmelte ich. »Ich habe noch etwas Dringendes zu erledigen … Steuerkram … wegen meiner Klavierstunden …«

Noch im Reden wandte ich mich von ihm ab.

Auch wenn der neue Besitzer nicht Caspar war, konnte ich nicht in Ruhe bei Lukas Kaffee trinken. Ich ging grußlos, winkte nur ein letztes Mal, als Lukas mir –

sichtlich verwirrt – nachrief, dass ich ihn dann eben ein anderes Mal besuchen sollte. Dann eilte ich die Straße entlang.

In den nächsten Stunden suchte ich weiter nach Nathan. Ich rief oder murmelte seinen Namen, flehte laut oder im Stillen, er möge zurückkommen und mir alles erklären. Immer wieder suchte mein Blick Caspars Anwesen. Doch von dem neuen Besitzer, den Lukas und ich gesehen hatten, fehlte fortan jede Spur – und von Nathan auch.

Ich ging nun doch in den Wald und wanderte dort die Forststraße auf und ab, aber begegnete keiner Menschenseele. Als ich zur Villa zurückgekehrt war, eilte ich von Zimmer zu Zimmer – ein unsinniges Unterfangen, denn wenn Nathan hier gewesen wäre, hätte er bestimmt sofort auf mein Rufen geantwortet. Dennoch verzichtete ich nicht darauf, das Haus gründlich zu durchforsten, um gleich danach wieder nach draußen zu laufen und dort weiterzusuchen. Irgendwann war ich so erschöpft, dass ich mich auf den Stufen vor dem Haus niederließ und meinen Kopf auf die Knie legte. So fand mich Aurora, als sie am späten Nachmittag von der Schule heimkam. Als ich den Kopf hob, kam sie mir aufgeregt entgegengelaufen.

»Mama, Mama, schau nur!«

Im ersten Augenblick durchflutete mich tiefe Erleichterung, als sie mit ausgestreckter Hand hinter sich deutete. Nathan, gewiss zeigte sie auf Nathan! Doch dann stellte ich fest, dass sie lediglich auf den schwarzen Himmel wies. Ich hatte kaum gemerkt, dass es in den letzten Stunden immer schwüler geworden war. Erst jetzt fühlte ich die klebrige Schweißschicht, die auf meiner

Stirn, meinem Nacken, meinem Rücken lag. Der vorhin noch blaue Himmel hatte sich in ein schmutziges Gelb verfärbt, in der Ferne türmten sich dunkle Wolken auf, zogen langsam, aber sicher und von einem Grollen begleitet auf Hallstatt zu. Der Laut hallte von den Bergen und Gletschern wider; es klang so unheimlich, als würden inmitten der uralten Gesteinsmassen Riesen sitzen und fluchen.

Aurora hatte gerade das Haus erreicht, als der erste Blitz den Himmel zerriss und ihm ein neuerliches Donnern folgte – viel näher nun als das Grollen der Riesen. Der Laut ging mir durch Mark und Bein.

»Ein Gewitter!«, stieß Aurora aus.

»Was für ein verrücktes Wetter!«

An einem Tag war es herbstkühl, dann wieder schickte der Sommer einen letzten Gruß – und nun das. Ich hatte schon viele Gewitter erlebt, doch nirgendwo sonst schienen die Naturgewalten so entfesselt und ungebärdig zu toben wie in Hallstatt, wo der See beängstigend den schwarzen Himmel und die Blitze spiegelte und die Regenwolken förmlich zwischen den Bergspitzen eingesperrt zu sein schienen. Schon mit dem nächsten Blitz rissen die Wolkenberge auf, und eine Flut kalter Tropfen ging auf uns herab. Gerade noch rechtzeitig stürzten Aurora und ich ins Haus. Riesige Tropfen klatschten auf die Fenster. Obwohl die Eingangstür nur kurz offen gestanden hatte, hatten sich die Teppichfransen im Flur mit Regenwasser vollgesogen. Dennoch fiel es mir schwer, die Tür hastig hinter uns zuzuschlagen. Irgendwo da draußen inmitten von Donner, zuckenden Blitzen und Regen war Nathan. Ich wusste – das Gewitter sollte meine geringste Sorge sein, selbst wenn er sich im Freien aufhielt, würde er nicht sonderlich frieren, aber wegen des Unwetters musste ich mir endgültig eingestehen, was ich längst ahnte: Er war nicht einfach nur zu einem langen Spaziergang oder zu irgendwelchen Erledigungen aufgebrochen. Wenn es so wäre, wäre er spätestens jetzt zurückgekehrt.

»Die Fenster!«, rief Aurora. »Hast du alle Fenster geschlossen?«

Bei einem früheren Unwetter hatten wir einmal nicht daran gedacht, dass ein Dachfenster noch gekippt war. Der Regen hatte den Dachboden überschwemmt, und wir mussten danach den Boden erneuern lassen.

»Bleib hier unten!«, befahl ich knapp. Das Haus hatte zwar seit kurzem einen Blitzableiter, aber wir waren von hohen Bäumen umgeben. Falls einer auf das Dach kippen würde, waren wir im Erdgeschoss am sichersten.

Während Aurora wartete, stürmte ich nach oben, eilte von Zimmer zu Zimmer und prüfte, ob auch alle Fenster geschlossen waren. Die dunklen Wolkentürme am Himmel waren fleckchenweise von einem Schwefelgelb durchsetzt. Ob zum Gewitter auch noch Hagel kommen würde? Sollte ich das Auto in die Garage fahren?

Als ich nach unten kam, war von dem gelben Licht nichts mehr zu sehen. Wenn nicht gerade Blitze den Himmel durchzuckten, war es stockdunkel.

»Warum hast du denn kein Licht angemacht?«, fragte ich Aurora ungeduldig – und erkannte bald selbst den Grund, als ich nach dem Lichtschalter tastete und ihn vergeblich ein paar Mal drückte. Der Strom war ausgefallen.

Aurora hatte steif am Wohnzimmerfenster gestanden, nun huschte sie an mir vorbei. »Ich hole ein paar Kerzen aus der Küche.«

»Sie müssen in der obersten Schublade sein, aber ich habe keine Ahnung, wo wir ein Feuerzeug …«

Ich brach ab. Kurz war es taghell, als wieder ein Blitz den Himmel zerriss: Ich sah, wie die Bäume rund um das Haus wogten, wie Regen und Wind die Blätter abrissen, sie auf die Fenster zugepeitscht wurden und dort kleben blieben. Vor allem aber sah ich Aurora, die plötzlich erstarrt und nicht weit von mir entfernt stehen geblieben war.

»Aurora?«, fragte ich.

Schweiß perlte über meine Stirn, doch zugleich kroch Kälte über meinen Rücken.

»Da draußen ist jemand.«

Sie sprach ganz leise, kaum hörbar. Zwar war im Moment kein Donner zu vernehmen, aber der Regen prasselte laut aufs Fenster.

»Was?« Ich eilte zu ihr. »Was sagst du da?«

Als ich ihre Schultern umfasste, spürte ich ein Zittern. War ich es, die bebte, oder sie?

»Da draußen ist jemand«, wiederholte sie.

»Nathan!«, stieß ich hoffnungsvoll aus. »Vielleicht ist es Nathan …«

Sie schüttelt den Kopf. »Nein, ich glaube, es ist …« Die restlichen Worte gingen im Grollen unter. Es klang, als würden die Berge sich erst ausdehnen, dann verkrampfen. Ich stürzte zum Fenster, wartete auf den nächsten Blitz, sah dann, als das gleißende Licht den Himmel zerriss, wie etwas Schwarzes durch unseren Garten huschte. Ehe ich etwas Genaueres erkennen konnte, wurde es wieder dunkel. Entsetzt schrie ich auf – Aurora hingegen blieb stumm.

Ich starrte in die Dunkelheit. Blut rauschte in meinen Ohren – nicht minder laut als der Regen. Der nächste

Blitz ließ nicht lange auf sich warten, und auch wenn ich diesmal keine schwarze Gestalt ausmachen konnte, schien der Garten irgendwie bedrohlich. Die Gartenmöbel, die noch draußen standen, glichen geduckten Gestalten, die dunkle Hecke einer Mauer, die uns von der übrigen Welt abschnitt, die wogenden Äste wie Arme, die nach uns griffen.

»Ich … ich schließe die Fensterläden«, erklärte ich.

Doch die Läden zu schließen bedeutete, zuerst die Fenster zu öffnen, mich hinauszubeugen, die Läden zu fassen, sie zuzuziehen. Aber selbst wenn ich das tat, würde man durch die Balkontür immer noch nach draußen blicken können und zu uns herein.

Schon als ich beim ersten Mal den Kopf aus dem Fenster steckte, wurde ich triefnass. Fast waagerecht fiel der Regen in mein Gesicht. Das Wasser lief in meinen Nacken, floss von dort unter mein T-Shirt und dann kalt über meinen Rücken. Immer heftiger begann der Sturm zu toben, riss mir einen der Läden mehrmals aus der Hand. Doch das Krachen, als er gegen die Hauswand geschleudert wurde, war nicht das Geräusch, das mich am meisten erschreckte. Am meisten erschreckten mich … die Schritte.

Ja, da war jemand … da lief jemand.

Ich blickte nach rechts und links, aber nahm nichts anderes wahr als Schwärze und Nässe. »Hallo?«, rief ich schwach. Hastig schloss ich den Laden vom nunmehr dritten Fenster, doch auch als das endlich getan war, fühlte ich mich immer noch beobachtet.

Ich wischte mir die feuchten Haare aus dem Gesicht, trat dann zur Balkontür, um hier zumindest den Vorhang zuzuziehen. Als es blitzte, war das Licht nicht ganz so grell wie zuvor. Kaum eine Sekunde lang wurde das Bild vor mir erhellt, doch diese Sekunde reichte, um es wahrzunehmen – dieses Gesicht, das wie aus dem Nichts kam und sich so fest an das Glas der Balkontür presste, dass Stirn, Kinn und Nase plattgedrückt wurden. Die Augen schienen förmlich aus den Höhlen zu quellen. Sie waren nicht schwarz und wirkten dennoch wie dunkle Löcher, denn das Gesicht war kalkweiß.

IV.

Ich zuckte zurück, als hätte ich einen Stromschlag erhalten. Ehe ich dieses bleiche Gesicht erkennen konnte, wurde es wieder stockdunkel. Es war nicht einmal auszumachen, wie groß die Gestalt war, die vor der Türe stand.

Das Gesicht hatte fremd gewirkt. Aber vielleicht lag das nur daran, dass es sich so stark ans Glas gepresst hatte und so die Züge verzerrt waren. Ein neuerlicher Blitz durchzuckte den Himmel, diesmal so lang und heftig, als wollte er die schwarze Wolkendecke nicht einfach nur entzweireißen, sondern geradezu sprengen. Ich starrte angespannt auf die Tür, wo jetzt aber niemand mehr zu sehen war. Ich atmete tief durch, ging dann entschlossen auf die Tür zu, griff nach der Klinke – noch nicht sicher, ob ich es wagen würde, sie aufzureißen. Da hörte ich plötzlich ein Geräusch – ein Klopfen, zaghaft zunächst, nicht lauter als das Trommeln der Regentropfen, dann immer fordernder. Beim nächsten Blitz erkannte ich die Faust, die gegen die Glasscheibe schlug – eine kleine Faust, die eines Kindes.

Mein Herz pochte heftig – erst vor Schreck, nun vor Erleichterung. Ich riss die Tür auf.

»Marian!«, schrie ich.

Dieses unheimliche, weiße Gesicht war das des Jungen gewesen.

»Um Himmels willen, Marian, was machst du hier?«

Der Junge war für sein Alter außergewöhnlich zart, doch nie war er mir so verloren erschienen wie in diesem Augenblick, als er durch und durch durchnässt in meinem Garten stand. Er wagte nicht, mich anzuschauen, sondern stand völlig steif vor mir. Als ich ihn packte und ins Trockene zog, leistete er keinen Widerstand.

»Marian!«, rief ich wieder fassungslos.

Ich erinnerte mich daran, was mir Susanna erst gestern gesagt hatte – dass es ihm nicht gutginge und er darum bis auf weiteres nicht zum Klavierunterricht kommen könnte. Nun, krank sah er nicht aus, aber erschrocken und starr vor Angst. Warum war er nur hierhergekommen? Während des Gewitters?

Zumindest trug er feste Schuhe und eine Jacke. Ich zog sie ihm vom Leib und stellte fest, dass das T-Shirt darunter halbwegs trocken war. Von seinen Haaren hingegen tropfte es kalt. Er musste sich schon eine Weile da draußen herumgetrieben haben, denn seine Lippen waren bläulich verfärbt. Verwirrt musterte ich ihn eine Weile, doch auch als ich wieder und wieder seinen Namen sagte und fragte, warum er hierhergekommen war, kam keine Reaktion. Erst als ich mich umdrehen wollte, um aus dem Bad ein Handtuch zu holen, ging ein Ruck durch seine Gestalt. Er öffnete den Mund, formte ein Wort.

Ich schüttelte den Kopf. »Ich verstehe dich doch nicht, Marian. Ich verstehe dich nicht!«

Wieder ging ein Ruck durch seinen Körper, dann stürzte er in Windeseile an mir vorbei. Aurora, die an der Türschwelle zum Wohnzimmer stand, schien er gar nicht zu bemerken. Sie wich vor ihm zurück, sah mich verwirrt an. Erst jetzt ging mir auf, dass der Stromausfall vorbei war und wir wieder Licht hatten. Auch das Donnergrollen war nicht mehr ganz so laut. Ich folgte Marian in den Flur, sah, wie er hoch zum Klavierzimmer lief, und hatte den Raum noch nicht betreten, als er das Instrument schon geöffnet und zu spielen begonnen hatte.

»Marian …«

Da ich noch im Türrahmen stand, konnte ich seine Hände nicht sehen, die flink über die Tasten sausten, konnte nur hören, dass er das Gleiche spielte, wie dazumal beim Schulfest – nicht etwa das Stück von Eric Satie, das wir einstudiert hatten, sondern immer wieder dieselben Töne: E, G, H. Erst spielte er sie einzeln, dann als Tonleiter. Er hielt sein Gesicht gesenkt, Regenwasser tropfte auf die Tasten.

Irgendwann hörte er mit dem Spiel auf, hob seinen Blick, starrte mich halb erwartungsvoll, halb verzweifelt an.

»Was willst du mir damit nur sagen?«

Er schüttelte den Kopf, der Ausdruck von Verzweiflung verstärkte sich. Wenigstens waren seine Lippen nicht mehr so blau. Wieder beugte er sich über das Klavier und wieder spielte er Tonleitern – nur, dass es diesmal nicht E-, G- und H-Dur, sondern f- und a-Moll waren.

Ich trat zu ihm, legte meine Hand auf seine Schultern und spürte, wie er zusammenzuckte. Augenblicklich hörte er zu spielen auf.

»Marian …«, ich versuchte sanft zu sprechen und meine Erregung zu unterdrücken. »Ich weiß nicht, was du mir sagen willst. Aber … aber hat es mit Nathan zu tun? Oder mit Aurora?«

Nun sah er aus, als würde er gleich zu weinen beginnen. Seine Kopf bewegte sich, aber ich war mir nicht sicher, ob er nickte oder ihn schüttelte.

»Marian, ich bitte dich, du musst es mir sagen … und wenn du es nicht sagen kannst, dann musst du es wenigstens aufschreiben!«

Ich eilte zum Schreibtisch, suchte einen Zettel und einen Stift. Als ich zurück zu Marians ans Klavier trat, hatte er seine Hände sinken lassen.

»Bitte schreib es mir auf!«

Er reagierte nicht. Er ließ seinen Kopf so tief hängen, dass er fast die Tasten berührte. Immer noch tropfte es nass von seinen Haaren, und seine Schultern bebten vor unterdrücktem Zittern.

»Marian, bitte! Schreib es mir auf!«

Endlich, nach einer gefühlten Ewigkeit hob er den Kopf, aber seine Hände blieben schlaff hängen. Sein Blick war nicht mehr ganz so verzweifelt, eher resigniert. Er kaute auf seinen Lippen, und dann schien er Worte zu formen. Ich war mir nicht sicher, was sie bedeuteten. Vielleicht: Ich kann nicht. Vielleicht aber auch: Ich *darf* nicht.

Ich musste mich beherrschen, um ihn nicht noch weiter zu bedrängen. Am liebsten hätte ich ihn an den Schultern gepackt, ihn so lange geschüttelt, bis er endlich aufschrieb, was er wusste. Aber mir war bewusst, dass er ein zutiefst verstörtes Kind war und ich ihm nicht weiter zusetzen durfte.

»Ich … ich werde deine Großmutter anrufen«, verkündete ich schließlich.

Marian nickte weder, noch schüttelte er den Kopf. Er erhob sich vom Klavierhocker; sein Blick war mit einenmal so leer, als würde seine Hinrichtung bevorstehen – und er keine Begnadigung mehr erhoffen konnte. Ich hob die Hand, wollte ihm über den Kopf streicheln, aber hielt mich dann doch zurück – nicht sicher, wie er meine Berührung auffassen würde: als Trost oder als Qual. Auf dem Weg nach unten kam uns Aurora entgegen, blickte mich fragend an, sagte aber nichts. Sie reichte Marian wortlos einen Pulli, und er nahm ihn, krampfte seine Hand darum, aber zog ihn nicht an. Ich entschied, ihn auch dazu nicht zu drängen, lief stattdessen zum Telefon und betete, dass ich Susanna Orqual erreichen würde.

Es läutete. Fünfmal, sechsmal, siebenmal.

Bitte, gehen Sie ran!, flehte ich im Stillen.

Marian war im Türrahmen stehen geblieben, Aurora auch. Er hatte den Pulli immer noch nicht angezogen, ihn aber an seine Brust gedrückt und sein Gesicht darin versteckt.

Es läutete zum achten Mal, zum neunten Mal. Dann endlich knackste es in der Leitung. Jemand meldete sich – allerdings nicht mit einem Namen oder einem Hallo!, sondern nur mit einem heiseren, erstickten Keuchen. Es klang, als würde jemand ein Weinen unterdrücken. Oder ein Lachen.

»Frau Orqual?«

Das Keuchen verstummte. Wer auch immer am anderen Ende der Leitung abgehoben hatte – es schien, als hätte er nun die Luft angehalten.

»Frau Orqual, sind Sie das?«

Ich hörte das Pochen meines Herzens, den eigenen unruhigen Atem – sonst nichts. Marian presste sich an den Türrahmen.

»Frau …«, setzte ich zum dritten Mal an, und diesmal antwortete mir ein noch lauteres Keuchen. Es klang nicht länger wie ein Weinen oder Lachen, eher wie ein Husten. Und schließlich war da eine Stimme zu hören, hoch und weiblich. »Ja?«

»Frau Orqual? Marian ist bei mir! Er ist mitten im Gewitter zu uns hochgelaufen. Er will mir irgendetwas sagen, aber ich weiß nicht, was. Vielleicht hat es damit zu tun, dass …«

Ich brach ab, lauschte verwirrt. Erst blieb es wieder eine gefühlte Ewigkeit lang still, dann folgte erneut das Keuchen und schließlich ein paar Worte, abgehackt und wirr. »… können Sie ihn bringen … geht jetzt nicht … was Furchtbares passiert … kann nicht hier weg …«

Ich presste den Hörer dichter ans Ohr, aber die Worte wurden immer undeutlicher. Offenbar wollte sie von mir, dass ich Marian nach Hause brachte – und sie wartete meine Zustimmung nicht ab. Es knackste wieder in der Leitung, dann ertönte das Tuten. Sie hatte einfach aufgelegt.

Eine Weile hielt ich verwirrt den Telefonhörer in der Hand, ließ ihn dann sinken und drehte mich zu den Kindern um. Marian krümmte sich, als wollte er sich so klein wie möglich machen. Aurora starrte mich weiterhin verwirrt an.

»Ich … ich soll dich nach Hause bringen«, stammelte ich. Meine Stimme klang ebenso krächzend und hoch wie die von Frau Orqual. Ich konnte es nicht fassen – weder dass sie mich so kurz abgefertigt hatte, noch dass sie den ansonsten so behüteten Enkelsohn nicht selber abholte. Allerdings wollte ich mir nicht anmerken lassen, wie verunsichert ich war, um Marian und Aurora nicht noch mehr zu verstören.

Ich trat zu ihm, kniete mich zu ihm hin und nahm

ihm den Pulli aus der Hand. »Komm, ich helfe dir beim Anziehen. Und dann fahren wir los.«

Marian wehrte sich nicht, als ich ihm den Pulli überzog. Seine Lippen schienen danach immer noch bläulich, aber seine Schultern bebten nicht mehr so heftig.

»Es ist gut«, murmelte ich, obwohl ich nicht daran glaubte. »Es ist doch alles gut.«

Aurora bestand darauf, zu Hause zu warten, während ich Marian zu den Orquals brachte. Ich rang lange mit mir, ob ich ihrem entschieden vorgebrachten Wunsch nachgeben oder darauf bestehen sollte, dass sie uns begleitete. Mir war nicht wohl bei dem Gedanken, sie ganz alleine zurückzulassen – so spät am Abend und nach Nathans rätselhaftem Verschwinden. Andererseits war ich immer noch von Susannas Verhalten irritiert und hatte Angst vor dem, was mich womöglich bei den Orquals erwartete. Was immer es war – ich wollte Aurora nicht damit belasten und sie in Gefahr bringen.

Als sie bekräftigte, mindestens zweimal hinter mir zuzusperren und ich obendrein noch einmal von Raum zu Raum gegangen war, um jeden Fensterladen zu schließen, konnte ich halbwegs beruhigt mit Marian alleine losfahren.

Die kurze Strecke bis zum Auto genügte, um klatschnass zu werden. Ich schaltete die Heizung ein, aber bis es im Auto richtig warm wurde, hatten wir Lahn schon erreicht. Wieder war es nur ein kurzer Weg bis zum Haus – und wieder durchnässte uns der Regen. Er fiel zwar nicht mehr in dicken, schweren Tropfen, sondern in hauchdünnen Fäden, doch Windböen peitschten ihn förmlich in unsere Gesichter. Marian begann wieder zu zittern, aber ich war mir nicht sicher, ob nur vor Kälte oder auch vor Angst.

Ich läutete, einmal, zweimal. Nichts geschah. Ich ging zu einem der Fenster, presste mein Gesicht daran – ähnlich wie vorhin Marian an unserer Balkontür – und versuchte, etwas zu erkennen. Doch hinter dem Fenster war es finster.

Ich läutete ein drittes Mal, meine Finger waren schon ganz starr vor Kälte, und endlich hörte ich Schritte näher kommen. Susanna Orqual riss die Tür auf, starrte uns jedoch an, als wären wir Fremde, und machte auf dem Absatz kehrt, um wieder hineinzulaufen. Marian machte keine Anstalten, das Haus zu betreten, doch als ich ihn an der Hand nahm und ihn mit mir zog, folgte er mir.

»Frau Orqual?«

Ich strich die nassen Haare zurück, die in meinem Gesicht klebten, und folgte ihr ins Innere des Hauses.

Susanna stand stocksteif vor dem Zimmer, das als Bibliothek diente, nicht länger hektisch, sondern wie erstarrt. Erst jetzt sah ich, dass sie nicht nur blass wie immer war, sondern sich ihre Augen gerötet hatten – als hätte sie geweint.

»Was ist denn los?«, fragte ich.

Schweigen.

»Danke«, murmelte sie kaum hörbar, als ich mit keiner Antwort mehr rechnete, »danke, dass Sie Marian nach Hause gebracht haben.«

»Was ist denn los?«, fragte ich wieder, doch erneut blieb sie mir die Antwort schuldig und wandte sich von mir ab.

Ich folgte ihrem starren Blick. Die Tür zur Bibliothek war geöffnet, und hinter der Bibliothek befand sich Samuel Orquals Krankenzimmer. Ich sah seinen Rollstuhl dort stehen, konnte jedoch keinen Blick von dem alten Mann erhaschen, da sich jemand tief über ihn beugte und offenbar seinen Blutdruck maß.

»Was ist mit Ihrem Mann?«, fragte ich entsetzt – und begann zu ahnen, was die Ursache für ihr merkwürdiges Verhalten war.

Ihre Mundwinkel zuckten. »Vorhin hat er plötzlich zu zittern begonnen ... sein ganzer Körper hat gezuckt ... ich dachte, es wäre ein weiterer Schlaganfall.«

Hinter mir hörte ich ein unterdrücktes Schluchzen. Marian war zu Susanna getreten, umklammerte nun ihre Hand, und diesmal war sie nicht länger blind für seine Nöte, sondern zog ihn an sich und fuhr ihm durchs regennasse Haar.

»O mein Gott, Marian!«, stieß sie aus, und blickte plötzlich so verwirrt, als erwache sie aus einem dunklen Traum. »Ich ... ich hatte solche Angst um meinen Mann ... Da habe ich gar nicht auf ihn geachtet. Es muss schrecklich für ihn gewesen sein ... aber ... aber ... aber ich war wie weggetreten ...«

Sie biss sich auf die Lippen, und wieder stiegen Tränen in ihre Augen.

Ich legte meine Hand auf ihre Schulter. »Machen Sie sich keine Vorwürfe! Sie waren in einer Art Schockzustand, und ...«

Ich brach ab, weil ich nicht wusste, wie ich sie trösten sollte. Dazu war ich selber viel zu aufgewühlt. Ich verstand jetzt zwar, warum sie so konfus und Marian so verängstigt war – aber nicht, warum er in seiner Not ausgerechnet zu mir gelaufen war, und noch weniger, warum er die Tonleiter gespielt hatte.

Aber es schien der falsche Zeitpunkt, danach zu fragen. »Wie geht es Ihrem Mann jetzt?«, wollte ich stattdessen wissen.

Susanna atmete tief durch. »Der Arzt meinte, es sei nur ein Schwächeanfall. Er will ihn nicht ins Krankenhaus einweisen.«

Obwohl ihre Worte eigentlich bedeuteten, dass alles nicht so schlimm war, wie ursprünglich gedacht, klang sie so hoffnungslos, als würde sie Samuels Tod verkünden. Noch mehr verwirrte mich, dass sie sich nun zwar wieder von Marian löste, aber weiterhin im Flur stehen blieb, anstatt an die Seite ihres Mannes zu eilen.

»Frau Orqual …«, setzte ich an.

Als sie Marian wieder losgelassen hatte, warf er mir einen flehentlichen Blick zu. Ich ging in die Hocke.

»Hast du gehört, Marian? Es ist alles gut«, tröstete ich ihn, »deinem Großvater geht es wieder besser. Es war nicht so schlimm wie gedacht.«

Er nickte, aber wirkte nicht erleichtert, sondern immer noch verzweifelt. Dann drehte er sich wortlos um und lief die Treppe hoch in sein Zimmer.

Susanna Orqual schien damit zu ringen, ob sie ihm folgen sollte, doch ehe sie sich entschieden hatte, kam der Arzt aus dem Krankenzimmer und gab ihr ein Zeichen, dass er noch ein paar Worte mit ihr wechseln wollte. Sie ließ mich wortlos stehen, als sie ihm in die Küche folgte, und ich wusste nicht, was ich tun sollte. Alles in mir drängte danach, so schnell wie möglich nach Hause zu Aurora zu fahren – und doch brachte ich es nicht über mich, einfach zu gehen. Ich hätte das Gefühl gehabt, Marian im Stich zu lassen, obwohl der doch in seinem Zimmer verschwunden war und Susanna Orqual zwar immer noch kopflos wirkte, aber nicht mehr ganz so panisch.

Während ich noch verunsichert im Flur stand, fiel mein Blick erstmals auf Samuel Orqual. Ich hatte erwartet, dass er zusammengesunken wie immer in seinem Rollstuhl sitzen würde, doch sein Rücken war durchgestreckt und seine Augen waren starr auf mich gerichtet. Der Ausdruck seiner Augen erinnerte mich ein wenig an den von Marian – etwas Flehentliches, Hilfloses stand darin, das ich nicht deuten konnte.

Ich weiß nicht genau, was mich trieb, ob Sorge, Mitleid oder Verwirrung, aber ich ging rasch zu ihm. Kurz schien sein Blick aufzuleuchten, doch sobald ich die Schwelle zu seinem Krankenzimmer überschritten hatte, erschien plötzlich Panik darin – die gleiche Panik wie damals, als er die dunkle Gestalt in Caspar von Kranichsteins Anwesen gesehen hatte.

Hatte er etwa Angst vor mir?

Ich wollte schon zurückweichen, umso mehr, als er die Hand zur Faust ballte – zumindest sah es im ersten Augenblick so aus. Erst langsam begriff ich, dass dies weniger eine drohende Geste war als ein Versuch, mich noch näher an ihn heranzulocken. Es missriet, weil er seine Finger nur verkrampfen, nicht spreizen konnte.

Zögernd trat ich zum Rollstuhl und beugte mich zu ihm. Ich wusste nicht, wie ich ihm helfen konnte und was ich sagen sollte, doch noch ehe mir irgendwelche tröstenden, nette Worte in den Sinn kamen, ertönte plötzlich ein Raunen. Es war so leise, dass ich kurz dachte, ich hätte mich geirrt und der Laut stamme vom Knirschen der Holzdielen. Doch kaum war das Raunen verstummt, begann es von neuem. Samuel Orqual bewegte seine Lippen kaum, aber sein Blick wurde immer verzweifelter und flehentlicher, und sein Gesicht war gerötet.

Ohne Zweifel: Er wollte mir etwas sagen.

»Es tut mir leid«, setzte ich hilflos an, »aber ich verstehe nicht …«

Wieder folgte diese Geste, als würde er die Hand zur Faust ballen. Ich rückte noch näher an sein Gesicht heran. Aus der Flut dieser undeutlichen Worte glaubte ich plötzlich zwei zu verstehen.

»Sie … holen …«

»Herr Orqual, ich …«

»… holen …«, sagte er. Und immer wieder: »Holen!«

Schließlich verstummte er, seufzte ein letztes Mal und sackte dann in sich zusammen. Seine Augen waren zusammengekniffen, sein Gesicht nicht länger gerötet, sondern aschfahl. Ich hatte Angst, ihn zu überanstrengen, wenn ich länger blieb, und erhob mich rasch.

»Es tut mir leid«, sagte ich wieder. »Ich hoffe, es geht Ihnen bald besser.«

Als ich zurück in den Flur trat, stellte ich fest, dass der Arzt in der Zwischenzeit das Haus verlassen hatte, Marian hingegen wieder nach unten gekommen war. Er stand auf der untersten Treppe und umklammerte das Geländer, während Susanna auf ihn einredete.

»Du darfst nie wieder in dieses Haus gehen. Hörst du? Nie wieder!«

Obwohl sie nur flüsterte, klang ihre Stimme nicht nur eindringlich, sondern ungewohnt streng. »Du darfst …«, setzte sie wieder an, aber brach plötzlich ab. Offenbar hatte sie mich gehört, denn sie fuhr herum und setzte ein freundliches, aber irgendwie falsches Lächeln auf.

»Marian hatte große Angst um seinen Großvater – deswegen war er ganz durcheinander. Genau wie ich«, erklärte sie rasch mit einer Stimme, die ebenso aufgesetzt und unecht wirkte wie das Lächeln. »Danke, dass Sie ihn zurückgebracht haben, das war wirklich unglaublich nett von Ihnen. Und nun ist das Gewitter ja auch vorbei.«

Ich nickte verwirrt und verabschiedete mich rasch. Marian zog wieder seinen Kopf ein.

Als ich zurück zum Auto ging, war der Himmel nicht mehr schwarz, sondern von einem dunklen Grau. Kein Donnergrollen war mehr zu hören, nur das Rauschen der Bäume.

Wie betäubt fuhr ich den Berg hinauf. Wasser spritzte hoch, als die Reifen tiefe Pfützen durchpflügten.

Warum war Marian zu mir gekommen, um immer wieder diese Tonleiter zu spielen? Was hatte mir Samuel Orqual sagen wollen, als er immer wieder das Wort »Holen« aussprach? Und warum hatte Susanna Marian verboten, noch einmal dieses Haus – offenbar war damit unsere Villa gemeint – zu betreten? Es hatte so geklungen, als ginge von dort Gefahr aus. Große Gefahr.

Als ich aus dem Auto stieg, trat ich in eine Pfütze. Das kalte Wasser spritzte hoch bis zu meinen Knien, doch ich bemerkte es kaum, hatte nur Augen für Aurora, die mich am Hauseingang erwartete.

»Ist … ist etwas passiert? Geht es dir gut? Hat jemand angerufen? Ist Nathan wieder zurück?«, überschüttete ich sie mit Fragen.

Sie schüttelte nur den Kopf und erklärte, dass alles in Ordnung sei. Sie wollte zwar wissen, was bei den Orquals passiert war, aber gab sich mit meiner Erklärung zufrieden, dass Samuel einen Schlaganfall erlitten habe.

Danach sagte sie nur, sie sei müde und würde ins Bett gehen.

Ich wollte auf sie zugehen, sie an mich ziehen und umarmen, doch wie vorher, als ich das Haus betreten hatte, wich sie zurück. »Du hast nasse Schuhe«, stellte sie fest – und klang so streng, als wäre sie die Mutter und ich das Kind, dem man zu sagen hatte, was zu tun war.

Ich bückte mich, zog meine Schuhe aus, und als ich mich wieder aufrichtete, hatte sie schon die Tür zu ihrem Kinderzimmer geschlossen.

Später, es war längst nach Mitternacht, blieb ich noch lange im Wohnzimmer sitzen. Immer leiser wurde das Rauschen des Regens – und beruhigte meinen aufgewühlten Geist ein wenig. Anstatt mir weiter den Kopf über Marians Verhalten, Auroras seltsame Distanz und Nathans Verschwinden zu zerbrechen, fühlte ich mich ganz leer, als hätte sich mit dem Gewitter auch meine Anspannung entladen.

Ich hatte das Licht ausgemacht, saß im Dunkeln und starrte vor mich hin. Ich konnte nicht schlafen oder dachte vielmehr, ich könnte es nicht. In Wahrheit versank ich wohl in eine Art Dämmerzustand zwischen Wachen und Schlafen. Alles, was geschehen war, zog wie ein Film an mir vorbei, und ich konnte ihn ganz ruhig, nüchtern betrachten, ohne ihn mit mir in Verbindung zu bringen.

Auroras durchdringende blaue Augen … Nathan, der vergebens versuchte, Cara zu erreichen … unsere Liebesnacht … Marians Großvater … seine Worte … Marian … der mitten im Gewitter zu meinem Haus gelaufen war …

E-Dur, G-Dur, H-Dur.

Plötzlich schreckte ich hoch. In meinem Mund

schmeckte es bitter, meine Kehle war wie ausgetrocknet, mein Nacken schmerzte, weil mein Kopf zur Seite gekippt war. Im wachen Zustand war es mir nicht aufgefallen – aber dieser Dämmerschlaf hatte die jähe Erkenntnis gebracht:

E, G, H hatte Marian gespielt

Vielleicht aber auch G. E. H.

Geh.

Geh weg.

Flieh, solange du kannst.

Er wollte, dass ich Hallstatt verließ – und seine Angst um mich war so groß, dass er trotz des Gewitters hierhergekommen war. Vielleicht wusste er, was auch seine Großeltern wussten – und was in Susanna die große Furcht vor meiner Villa ausgelöst hatte und in Samuel den Wunsch, mir irgendetwas zu sagen, mich zu warnen.

Geh!

Aber wie sollte ich gehen, ohne zu wissen, wo Nathan war? Ich musste doch hier warten, bis er wieder zurückkam!

Eben noch hatte ich meine Arme um die Knie geschlungen, nun erhob ich mich langsam. Meine Füße waren eingeschlafen. Sie kribbelten, als ich aufstand, langsam hinauf ins Schlafzimmer stieg. Bis zu diesem Zeitpunkt hatte Nathans Verschwinden Unruhe, Verwirrung, Beklemmung ausgelöst, nun überkam mich tiefe Traurigkeit.

Ich war allein. Verlassen. Schutzlos einer Bedrohung ausgeliefert, vor der der kleine Marian mich schützen wollte. Hilflos musste ich all die Ängste um Aurora ertragen.

Ich schüttelte mich, als könnte ich damit diese Gefühle loswerden, doch es war umso schwerer, die Trauer zu bezähmen, als ich das Licht anmachte, das leere Bett sah – in dem ich noch vor wenigen Tagen glücklich und friedlich an Nathans Seite geschlafen hatte – und seinen Cellokasten.

Bis auf ein paar wenige Kleidungsstücke hatte er sonst kaum Spuren in diesem Haus hinterlassen, doch das Cello – ob er es nun spielte oder nicht – war das sichtbare Zeichen, dass er hier lebte. Ich seufzte wehmütig, Tränen stiegen mir in die Augen.

»Ach, Nathan …«, murmelte ich.

Ich beugte mich zu dem Cellokasten, strich zögerlich darüber. Auch wenn er nur ein Instrument barg – für mich war es weit mehr als das, ein lebendiges Wesen beinahe, ein gefangenes, zum Schweigen gebrachtes Wesen, denn er spielte ja nicht mehr darauf, entfachte nicht mehr diese wunderbaren Töne, diese überirdische Musik. Bis jetzt hatte ich immer zu verstehen geglaubt, warum er dieses Opfer brachte, bringen musste, nun ging mir plötzlich durch den Sinn: Wie haben wir nur glauben können, glücklich sein zu können, solange er nicht spielt!

Ich öffnete den Kasten vorsichtig, streckte meine Finger aus, um sanft über die Saiten zu streichen und ihnen ein paar Klänge zu entlocken, auch wenn es dissonante wären.

Doch bevor ich die Saiten berührte, sah ich nicht weit vom Kasten entfernt einen Zettel auf dem Boden liegen. Ein Luftzug musste ihn erfasst und dorthin geweht haben – vielleicht vom Bett, wo er ursprünglich gelegen hatte, vielleicht von der Kommode. Ich griff danach, faltete ihn auseinander und erkannte sofort Nathans spitze, altmodische Handschrift.

Mit der gleichen Schrift hatte er mir damals in Salzburg den Abschiedsbrief geschrieben – äußerst knapp gehalten und in einem kalten, distanzierten Ton.

Auch dieses Schreiben bestand nur aus wenigen Sätzen. Vier waren es genaugenommen.

Ich muss fort. Es ist zu deinem … zu eurem Besten. Verlass so schnell wie möglich Hallstatt! Leb wohl!

Ich starrte auf den Zettel, bis die Schrift vor meinen Augen verschwamm, dann entglitt er meinen Händen. Er segelte langsam auf die Saiten und brachte diese zum Vibrieren. Die Berührung war nicht stark genug, um einen echten Ton hervorzubringen, und doch war mir, als flüstere mir das Cello etwas zu, als wiederhole es den Befehl seines Besitzers.

Verlass Hallstatt!

GEH!

Ich fuhr so heftig zurück, dass ich mir den Kopf am Bettpfosten anschlug. Ein gleißendes Licht explodierte in meinem Kopf, ein spitzer Schmerz folgte ihm. Ich spürte nicht mehr, wie er nachließ. Dann war da nur noch Dunkelheit. Oder nein, keine Dunkelheit. Ich fühlte noch, wie ich auf den Boden sank. Und war wieder in einem meiner Albträume gefangen.

Sie starrte in die schwarzen Augen ihres Entführers. Sie wusste immer noch nicht, wer sie war, wie sie hieß, warum sie gefangen gehalten wurde. Aber sie wusste, wer er war. Sie schrie, bis sie keine Luft mehr hatte, aber sie konnte mit ihrem verzweifelten Schrei die Wahrheit nicht verdrängen. Der Mann beugte sich nun noch tiefer über sie, starrte sie unverwandt an – nein, er war kein Mann … er war kein Mensch, wie seine leblosen Augen verrieten.

Es war nicht nur dieser Blick, der ihr zusetzte – von diesem Wesen schien vielmehr etwas Düsteres auszugehen, das sie einhüllte, an ihr kleben blieb, sie erstickte.

Nein, er war kein Mensch …

Diese Wahrheit war messerscharf. Sie schien jeden Gedanken in ihrem Kopf, jedes Gefühl in ihrer Seele zu zerhacken, ließ nichts übrig als Grauen, so tief und verzehrend wie die Schwärze seiner Augen.

Ihr Entführer war ein Unsterblicher. Er stammte von jenen gefallenen Engeln ab, die sich einst, vor vielen tausend Jahren, mit Menschentöchtern gepaart und eine eigene Rasse gezeugt hatten, die neben den Menschen die Welt bevölkerten. Die Rasse der Nephilim.

Und er gehörte nicht zu jenen, die sich als Fehler, als Missgriff der Natur verstanden, die sich Wächter nannten und alles dafür taten, damit die Menschheit vor den Übergriffen der Nephilim bewahrt blieben. Nein, er sah sich als Krönung der Schöpfung. Er war einer der Schlangensöhne. Der Awwim. Und sein Lebensziel war es, Menschen entweder zu vernichten oder zu unterwerfen – und jeden Wächter zu töten, der sich ihm dabei in den Weg stellte. Und indem er Menschen und Wächter tötete, konnte er seine Kräfte und Fähigkeiten potenzieren, immer schneller, kräftiger, geschickter, klüger, vielseitiger werden.

»Was ist?«, fragte er plötzlich. »Willst du es nicht wenigstens versuchen?«

Seine Stimme klang wie das Zischen einer Schlange. Sie verstand diese Worte und doch wieder nicht. Was sollte sie versuchen? Ihn um Gnade anzuflehen? Sich gegen ihn zu wehren? Sich irgendwie zu befreien? Unmöglich! Dass er bis jetzt so grob mit ihr umgegangen war, bewies, dass er nichts Gutes mit ihr im Sinn hatte. Er würde sie zerstören, würde sie zermalmen, abschlachten, er würde …

Ihre Gedanken gerieten ins Stocken. Er tat nichts dergleichen, er starrte sie einfach nur an und sprach wieder die zischelnden Worte.

»Nun versuch es doch!« Es klang höhnend. »Mach schon! Streng dich an! Versuch doch wenigstens zu fliehen!«

Sie schüttelte verständnislos den Kopf.

»Es ist dir doch wieder eingefallen, wer du bist, nicht wahr?«, fragte er lauernd.

Wieder schüttelte sie den Kopf, heftiger nun, nicht nur um seine Frage zu verneinen, vielmehr um das zu unterdrücken, was plötzlich in ihr hochstieg. Nicht nur das Wissen um seine Existenz. Sondern auch das Wissen um ihre eigene. Dieses Wissen war bedrohlicher als das Verlies, in dem sie hockte. Diesen Ort konnte sie vielleicht irgendwann wieder verlassen. Aber sie würde nie vor sich selber davonlaufen können, wenn sie sich erst einmal eingestanden hatte, wer sie war.

»Nein!«, schrie sie. »Nein!«

Sie verstummte genauso wie der Nephil, auch die andere Gefangene gab keinen Mucks von sich. Nichts war zu hören, rein gar nichts. Die Stille war absolut. Doch dann setzte plötzlich ein Rauschen ein, zaghaft zuerst, dann immer eindringlicher. Es klang, als würde ein Sturm aufziehen, dessen Windstöße sich nach und nach in gewaltige Böen verwandelten. Dieses Rauschen, dieser Sturm kündeten von einer gewaltigen, besitzergreifenden Macht – einer Macht, die sie packte, hochriss und sie dann wieder auf den Boden schleuderte. Sie prallte mit dem Kopf auf den kalten Stein, spürte, wie ihre Wunde wieder aufplatzte. Doch da war kein Schmerz, da war nur diese Macht, fremd und vertraut zugleich. Sie ging nicht von dem Nephil aus, wie sie kurz glaubte. Diese Macht kam aus ihr selbst.

Ich schlug die Augen auf und wusste nicht, wo ich war. Erst einige orientierungslose Augenblicke später erkannte ich, dass ich neben dem Bett im Schlafzimmer lag. Hatte meine Ohnmacht die Vision erst ausgelöst? Oder war ich wegen dieser Vision ohnmächtig geworden?

Ich wusste es nicht, wusste nur, dass ich dieses bedrohliche Rauschen immer noch hören, diese Panik, als ich in die schwarzen Augen blickte, die Wucht, als ich von unsichtbaren Kräften auf den Boden geschleudert wurde, immer noch spüren konnte. Ich richtete mich auf, sah Nathans Brief auf dem Cello liegen. Ich griff danach, las ihn wieder, kurz der wahnwitzigen Hoffnung verfallen, ich hätte die wenigen Worte vorhin nur falsch verstanden.

Verlass Hallstatt!

Ich zerknüllte den Brief in meinen Händen, die spitzen Ränder des Papiers stachen in meinen Daumenballen.

Was passierte nur mit mir? Was passierte mit Aurora? Und vor allem: Was war mit Nathan passiert?

Ich faltete den Brief wieder auseinander, las wieder und wieder seine gestochene Schrift.

Verlass Hallstatt!

Meine Verzweiflung und Hilflosigkeit wichen dem Ärger. Wie konnte er so etwas von mir verlangen, gerade jetzt, wie konnte er gehen, einfach so, ohne eine andere Erklärung als dieses lächerliche Fetzchen Papier … lächerlich wie damals der Brief, den er mir geschrieben hatte, als ich mit Aurora schwanger gewesen war! Wie konnte er mir das ein zweites Mal antun, nachdem wir uns doch versprochen hatten, künftig immer ehrlich zueinander zu sein!

Ich zog meine Knie ganz nah an meinen Körper, senkte meinen Kopf darauf, blieb einfach sitzen, nicht länger nur verärgert, sondern auch trotzig – als könnte ich, indem ich hier einfach hocken blieb, eine Erklärung erzwingen. Ja, wenn ich mich Nathans Aufforderung widersetzte, dann musste er doch zurückkommen, wo immer er auch war! Dann musste er mir sagen, was hier vor sich ging!

Nathan.

Nathan!

Nathan …

Nathan?

Immer wieder sprach ich seinen Namen aus, verzweifelt, hoffnungsvoll, sehnsüchtig, tieftraurig, sagte ihn und wusste doch: Er würde mich nicht hören, er würde mich nicht sehen, er war gegangen – vielleicht hatte er gute Gründe, vielleicht war es unumgänglich gewesen, aber es kam aufs Gleiche heraus. Er war gegangen, ohne sich mir zu erklären.

Irgendwann stand ich auf, begann unruhig auf und ab zu gehen. Das Schlafzimmer wurde mir zu klein, ich lief ins Wohnzimmer, drehte dort meine Runden, sah einmal kurz nach Aurora, die tief und fest in ihrem Bett schlief. Draußen regnete es noch. Ich ließ mich auf die Couch fallen, starrte in die Dunkelheit.

Warum, Nathan, warum nur?

Irgendwann im Morgengrauen musste ich eingenickt sein. Diesmal verfolgten mich keine dunklen Träume, sondern Nathans Worte. Verlass Hallstatt … Verlass Hallstatt!

Als ich erwachte, rätselte ich nicht länger, was sie bedeuteten. Dass er mir nur diese Nachricht hinterlassen und nicht selbst mit mir gesprochen hatte, ließ mich an seiner Vertrauenswürdigkeit zweifeln, an seiner Offenheit, aber nicht an der Tatsache, dass Aurora und ich in Gefahr waren.

Meine Haare klebten mir im Gesicht, doch anstatt mich zu frisieren, griff ich nach dem Telefonhörer. Noch im Halbschlaf war mir die Idee gekommen, an wen ich mich wenden konnte. Viermal läutete es, dann hob am anderen Ende der Leitung jemand ab.

»Hallo?«, kam es bestimmt.

Ich seufzte erleichtert – zum einen, weil ich sie erreichte, zum anderen, weil die energische Stimme mir sagte, dass sie schon wach war. Gar nicht auszudenken, welche Flut an Vorwürfen über mich herabgeregnet wären, wenn ich sie geweckt hätte!

»Guten Morgen!«, sagte ich schnell. »Ich bin's, Sophie …«

Am anderen Ende der Leitung blieb es kurz stumm. »Wer spricht da?«, fragte Nele.

Ich dachte, die Leitung wäre kurz unterbrochen gewesen, und wiederholte darum: »Ich bin's, Sophie.«

»Ich habe schon verstanden«, kam es gedehnt und ziemlich unfreundlich. »Nur kenne ich keine Sophie. Das heißt, wenn ich mich mühsam zu erinnern versuche, dann überkommt mich die vage Ahnung, dass ich doch mal eine gekannt habe und dass sie meine beste Freundin gewesen ist. Aber das ist lange her … gefühlte Ewigkeiten!«

Ich seufzte. »Nele, es tut mir leid, dass ich mich so

lange nicht gemeldet habe, wirklich, es ist unverzeihlich, aber ich brauche deine Hilfe.«

Wieder blieb es am anderen Ende der Leitung eine Weile still. Dann kam, halb triumphierend, halb ärgerlich: »Wusst ich's doch! Seit Jahren meldest du dich immer nur dann, wenn du was von mir brauchst.«

»Das stimmt nicht«, protestierte ich schwach. »Aurora würde dich gerne sehen, und …«

»Was willst du?«, unterbrach sie mich ungehalten.

»Kann ich mit Aurora zu dir kommen? Nur für ein paar Tage?«

Diesmal antwortete sie nur mit einem Stöhnen.

Ich wusste, Nele war zu gutmütig, um mir diese Bitte abzuschlagen. Ganz gleich, was sie da eben zu mir gesagt hatte – es gab nur wenige Menschen, die sie je so nah an sich herangelassen hatte wie mich. Und auch für mich war sie so wichtig gewesen. Ich weiß nicht, wie ich die ersten Jahre mit Aurora ohne sie und ihre Unterstützung überstanden hätte. Doch seit den Ereignissen vor fünf Jahren und seit Nathan und ich wieder zusammenlebten, war es fast unmöglich, die Distanz zu überbrücken, die sich zwischen uns aufgetan hatte – nicht zuletzt wegen des Geheimnisses um Nathans Existenz.

»Du willst mit Aurora also zu mir kommen«, stellte sie ruhig fest, um dann fast trotzig hinzuzufügen: »Warum?«

Ich biss mir auf die Lippen. Nachdem ich mich monatelang so gut wie gar nicht bei ihr gemeldet hatte, schien mir eine Lüge ein schlechter Neuanfang zu sein, aber ich konnte unmöglich auf eine solche verzichten. »Wir hatten einen Wasserrohrbruch«, erklärte ich schnell, »seitdem herrscht hier absolutes Chaos, und es wird mindestens eine Woche dauern, bis wir wieder in der Villa wohnen können. Ich könnte natürlich auch in ein Hotel gehen. Aber dort ist es so unpersönlich. Und wie gesagt: Aurora würde dich so gerne wiedersehen, und ich natürlich auch.«

»Aber du denkst nicht daran, Nathan mitzubringen?«, zischte sie mit unverhohlenem Ärger.

In den letzten fünf Jahren war es ihr kein einziges Mal gelungen, ihre tiefe Ablehnung Nathan gegenüber zu verbergen. Sie verstand einfach nicht, warum ich ihn, wie sie es ausdrückte, »zurückgenommen« hatte. Nathan war und blieb in ihren Augen der herzlose Schuft, der mich einfach hatte sitzenlassen, als ich mit Aurora schwanger gewesen war, und der sich ganze sieben Jahre lang kein einziges Mal gemeldet hatte. So ein Mann, hatte sie oft im Brustton der Überzeugung verkündet, sei für sie gestorben – ein für alle Mal, für immer und ewig.

Immerhin entnahm ich ihrer Frage, dass sie nicht abgeneigt war, uns aufzunehmen.

»Nein, Nathan kommt nicht mit«, erklärte ich leise und fragte mich, wie sie wohl auf sein neuerliches spurloses Verschwinden reagieren würde. Mit noch mehr Verachtung – obwohl das eigentlich schon gar nicht mehr möglich war? Oder mit Genugtuung, weil ich für meine Naivität nun endlich den Preis zahlen musste?

Kurz kam mir ein schrecklicher Gedanke.

Vielleicht hat sie recht, durchfuhr es mich. Vielleicht war es naiv … leichtgläubig … dumm zu glauben, jemand könnte sich grundlegend ändern. Und vielleicht war es noch naiver zu denken, das Glück der letzten Jahre würde ewig dauern. Vielleicht war all das, was geschah, nur die gerechte Strafe … für meine Blindheit … meine Gleichgültigkeit.

Die dunklen Gedanken brachen über mir zusammen wie eine große Welle. Ich konnte mich nicht rechtzeitig wegducken. Die Sorgen, die von all den Träumen und zuletzt Nathans Brief hervorgerufen worden waren, spülten uralte Ängste in mir hoch: Dass ich nicht gut genug war. Nicht für Aurora. Und nicht für ihn.

Wie von weither riss mich Neles Stimme aus der Düsternis. »Sag, hörst du überhaupt zu? Ich beschreibe dir gerade den Weg zu meiner Wohnung!«

Ich versuchte, mich zusammenzureißen.

»Ich weiß doch, wie man zu dir kommt!«, verteidigte ich mich schwach.

»Das glaubst du … aber von wegen!«, rief sie. »Ich bin nämlich umgezogen!« Auf die hörbar stolzen Worte folgte ein kleines beruhigendes Lachen. Nele arbeitete immer noch als Kinderpsychologin – mittlerweile in einer eigenen Praxis, die sehr gut lief. »Glaub ja nicht, dass ich dich aus purer Selbstlosigkeit aufnehme. Du musst nämlich unbedingt meine neue Wohnung bewundern. Eigentum natürlich. Sie liegt in Anif, stell dir vor, mit Blick auf den Gaisberg. Ein völlig unverbautes Gebiet. 110 Quadratmeter, zwei Terrassen, eigenes Gästeklo und …«

Ich hörte an ihren Worten vorbei, schrieb mir später nur geistesabwesend die Adresse und die Wegbeschreibung auf. Meine Finger fühlten sich wie taub an, aber dennoch überwog die Erleichterung kurz die dunklen Gedanken.

Nele nahm uns auf … das war fürs Erste das Wichtigste.

Als ich in die Küche kam, saß Aurora schon am Tisch. Es war erst kurz vor sieben, wie ich mit einem raschen Blick auf die Küchenuhr feststellte, doch sie war schon fertig angezogen und frisiert, und sie hatte sich selbst einen Kakao gemacht – so wie gestern.

»Was … was machst du denn schon hier?«, fragte ich entgeistert.

Sie rührte in ihrer noch vollen Tasse. Scheinbar hatte sie noch keinen Schluck getrunken. »Ich konnte nicht mehr schlafen«, murmelte sie.

Ich sah sie mir genauer an, nahm wahr, wie blass sie war und was für blaue Ringe sie unter ihren Augen hatte. »Hast du wieder Kopfschmerzen?«

Sie zuckte nur mit den Schultern – eine Verneinung sah anders aus. Dass sie so früh wach war, nichts essen wollte und Kopfschmerzen hatte – das war einmal mehr ein Zeichen, ein untrügliches Zeichen für …

Aber nein! Nicht jetzt! Jetzt musste ich erst mal mit ihr zu Nele nach Salzburg kommen, dann würde ich in Ruhe über alles nachdenken!

»Ist Nathan wieder da?«, fragte sie, aber es klang nicht wirklich interessiert.

Ich schüttelte den Kopf, ging nicht weiter auf ihre Frage ein, sondern erklärte mit knappen Worten, dass ich gerade mit Nele telefoniert hätte und dass diese uns ihre neue Wohnung zeigen wolle. Wir würden sie besuchen – und sofort aufbrechen. Je länger ich sprach, desto lächerlicher klangen die Worte in meinen eigenen Ohren. Nie und nimmer würden wir im Normalfall ausgerechnet an einem Schultag nach Salzburg fahren. Und noch absurder musste Aurora meine Aufforderung erscheinen: »Pack deine Sachen, wir bleiben für ein paar Tage.«

Doch obwohl ich insgeheim mit Widerspruch rechnete – nicht zuletzt, weil sie seit Wochen keinen Schritt mehr ohne Mia machen wollte –, schob sie ihre Kakaotasse von sich, stand wortlos auf und ging in ihr Zimmer. Nicht nur, dass sie nicht protestierte – sie stellte auch keine einzige Frage. Eine Weile starrte ich auf die Kakaotasse, nahm dann selbst ein paar Schlucke, weil ich keine Zeit verschwenden wollte, um mir einen Kaffee zu machen. Der Kakao war eiskalt, sie musste schon mindestens seit einer Stunde hier gesessen haben.

Hastig stellte ich die Tasse ab und verschüttete dabei ein paar Tropfen. Ich nahm mir nicht die Zeit, sie wegzuwischen, vielmehr konnte es mir nun gar nicht schnell genug gehen, von hier wegzukommen. Binnen zehn Minuten hatte ich das Nötigste gepackt – so hektisch, als wäre ich auf der Flucht vor irgendjemandem und als würde dieser mich belauern, während ich im Bad und im Schlafzimmer ein paar Toilettensachen und diverse Kleidungsstücke unsystematisch in meine Tasche stopfte. Ich nahm mir nicht einmal die Zeit, mein Gesicht zu waschen, sondern schlüpfte eilig in meine Schuhe. Als ich mich umdrehte, stand Aurora mit ihrer Tasche hinter mir im Flur. Völlig lautlos hatte sie ihr Zimmer verlassen. Vor allem aber: Sie hatte noch schneller gepackt als ich – sie, die ansonsten oft so langsam, träge, unwillig war, wenn es um solche Aufgaben ging.

Während ich sie noch verwirrt anstarrte, ging sie an mir vorbei zur Tür. »Du hast es doch eilig, oder?«, fragte sie ausdruckslos.

Ich versuchte den Blick ihrer blauen Augen zu ergründen. Sie wirkten wieder dunkler und strahlender als sonst, aber das konnte auch Einbildung sein.

Der Regen hatte endlich nachgelassen, in tiefen Pfützen spiegelte sich der graue Himmel; die Kieselsteine knirschten, als wir zum Auto gingen. Es stand im Freien, denn ich hatte es gestern Abend nicht mehr in die Garage gefahren. Ich schloss auf, warf unsere Taschen in den Kofferraum und stieg hastig ein. Eisern vermied ich es, einen Blick hoch zu Caspars Anwesen zu werfen. Aurora nahm Platz und schnallte sich wortlos an. Meine Hand zitterte leicht, als ich den Autoschlüssel ins Schloss stecken wollte. Dreimal verfehlte ich es. Endlich gelang es mir, aber die Erleichterung darüber währte nicht lange. Ich drehte den Schlüssel, woraufhin der Motor ein röchelndes Geräusch von sich gab und sofort wieder erstarb. Ich versuchte es noch einmal – wieder sprang der Motor nicht an. Beim dritten Versuch klang das Röcheln des Autos nicht nur kraftlos, sondern nahezu verzweifelt.

»Verdammt!«, schimpfte ich, als es sich auch beim vierten Mal nicht starten ließ.

»Das Auto ist kaputt«, murmelte Aurora knapp – und ich konnte nicht widersprechen.

In meinem Kopf formte sich ein noch weitaus alarmierenderer Gedanke: Vielleicht ist es nicht einfach nur kaputt – vielleicht ist es von irgendjemandem kaputtgemacht worden …

Ein unfreundlicher Mann antwortete, als ich beim Pannendienst anrief. Auf die Panik in meiner Stimme reagierte er mit zunehmender Verärgerung, als wäre der Schaden an meinem Auto eine persönliche Beleidigung. Ja, erklärte er, er könne jemanden vorbeischicken, der sich das Auto ansehe, aber bis zum späteren Nachmittag müsse ich warten, vielleicht würde es sogar Abend werden … wie, jetzt gleich? Wo denke ich nur hin? Das sei unmöglich … so abgelegen wie ich wohne … sofort, nein, sofort ginge es eben nicht.

Schließlich legte er einfach auf. Ich starrte fassungslos auf mein Handy. Zum Telefonieren war ich aus dem Auto ausgestiegen und ging nun unruhig davor auf und ab.

Bis zum späteren Nachmittag …

So lange konnte ich doch nicht warten! Nicht, nachdem ich bereits die ganze Nacht nutzlos verschwendet hatte! Ich musste weg, es war zu gefährlich hier – auch wenn ich nicht wusste, von wem die Gefahr ausging. Je länger ich auf und ab lief, desto unbehaglicher wurde mir zumute. Endlich wagte ich, meinen Blick zu heben und zu Caspars Anwesen hochzusehen. Alles wirkte dort ruhig, aber ich konnte ein Schaudern nicht unterdrücken – erst recht nicht, als sich eine Hand auf meinen Unterarm legte. Ich fuhr herum, es war Aurora.

»Herr Arndt …«, murmelte sie, »Mias Vater.«

Ich starrte sie verständnislos an, bis mir aufging, was sie mir sagen wollte. »Stimmt ja!«, rief ich begeistert.

Ein praktisch veranlagter und handwerklich geschickter Mann, wie er einer war, konnte sich das Auto sicher mal ansehen und vielleicht sogar reparieren.

Zehn Minuten später war er da und hatte vorsorglich eine Werkzeugkiste mitgebracht. Mit der Andeutung eines Lächelns erklärte er mir, dass er sich nicht sicher gewesen sei, ob wir das notwendige Werkzeug hätten. Obwohl mir nicht danach zumute war, erwiderte ich sein Lächeln und fühlte mich in seiner Gegenwart nicht mehr ganz so unsicher. Er öffnete die Motorhaube, beugte sich fachmännisch darüber und begann an dem einen oder anderen Kabel – oder was immer es war – zu ziehen. Erst jetzt sah ich, dass auch Mia mitgekommen war. Eigentlich wäre es längst Zeit gewesen, zur Schule aufzubrechen, aber da ich ja selbst Aurora heute nicht hingeschickt hatte, fragte ich nicht, was sie bewog, diese heute zu schwänzen. Die Mädchen beobachteten Lukas zunächst interessiert, liefen dann aber in den Garten. Ich hörte Gemurmel, schließlich Gelächter – und auch dieser warme, helle Ton trug dazu bei, dass ich mich noch mehr entspannte.

Wahrscheinlich war der Schaden am Auto nicht weiter schlimm … Lukas würde ihn bald behoben haben … dann würden wir nach Salzburg aufbrechen können, um einige Tage bei Nele zu verbringen … Aurora würde in dieser Umgebung ihre seltsamen Gewohnheiten ablegen … und irgendwann in naher Zukunft würde sich alles klären, Nathan wieder auftauchen und …

»Ich fürchte, du hast ein Problem.«

Lukas' nachdenkliche Stimme vernichtete meinen Optimismus augenblicklich. Ich verstand zwar nur die Hälfte dessen, was er mir über den Schaden am Auto erklärte, aber genug, um zu begreifen, dass der Wagen abgeschleppt und zur nächsten Werkstatt gebracht werden müsste.

»Wie … wie konnte das nur passieren?«

»Ich tippe auf einen Marder.«

Ich seufzte. Nur ein Marder, kein … Nephil …

»Wenn du willst, bringe ich den Wagen zur Werkstatt«, schlug Lukas vor. »Allerdings muss ich erst ein Seil holen, das kann etwas dauern.«

»Au ja! Da wollen wir mit!«, riefen die beiden Mädchen, ehe ich mich für seine Hilfe bedanken konnte. Sie waren wieder zurückgekommen und betrachteten die geplante Abschleppaktion offenbar als ein großes Abenteuer, bei dem sie unbedingt dabei sein wollten.

Ich legte ängstlich meine Hände auf Auroras Schultern. »Ich glaube nicht, dass das eine so gute Idee ist«, wandte ich zögernd ein.

»Die Werkstatt ist nicht weit von hier«, meinte Lukas, »wir werden bald wieder zurück sein.«

»Oh, bitte, Mama!«, drängte Aurora, »Ich habe noch nie miterlebt, wie ein Auto abgeschleppt wird.«

Und du hast dich bisher auch nie dafür interessiert, setzte ich im Stillen hinzu. Jetzt war es natürlich anders, jetzt steckte Mia sie mit ihrer Aufregung an.

Ich kaute auf den Lippen, kämpfte mit mir. Schon gestern Abend war es eine riesige Überwindung gewesen, Aurora zu Hause zu lassen und Marian zu den Orquals zu bringen – doch nachdem ich Nathans Brief gefunden hatte, war es beinahe unerträglich, sie auch nur einen kurzen Augenblick aus den Augen zu lassen.

Doch ich unterdrückte das Unbehagen, als sie sich von mir losmachte und mir ins Gesicht blickte. »Bitte, Mama!«

Ihre Wangen waren gerötet, ihr Haar wurde von einem Windstoß hochgewirbelt. Sie hatte nichts mehr mit dem starren, gedankenversunkenen Mädchen von vorhin gemein, das unangenehme Erinnerungen an ... damals erweckt hatte, sondern war einfach nur ein aufgeregtes, lebendiges und abenteuerlustiges Kind so wie Mia – und nicht zuletzt die Erleichterung darüber brachte mich zum Nachgeben.

»Wir sind wirklich bald wieder zurück«, bekräftigte Lukas noch einmal. Ich fuhr noch einmal durch Auroras Haare, dann lief sie schon zum Wagen, und wenig später waren die drei eingestiegen und davongefahren.

Ratlos stand ich eine Weile neben dem Auto. Nach der Hektik des Aufbruchs fühlte sich dieser erzwungene Stillstand irgendwie ... verboten an. Ich musste irgendetwas tun! Ich konnte doch nicht einfach noch mehr Zeit verstreichen lassen!

Aber mir blieb nichts anderes übrig, als zu warten und tief die frische Morgenluft einzuatmen. Nach dem gestrigen Gewitter war der Himmel zwar klar, doch er zeigte sich nicht in einem strahlenden Herbstblau, sondern in einem blassen Grau. Zwischen den Berggipfeln wurden Wolken hindurchgetrieben und verdichteten sich, allerdings nicht drohend schwarz wie gestern, sondern schmutzig weiß. Feuchtigkeit stieg von den tiefen Pfützen auf und kräuselte mein Haar. Ich lauschte konzentriert, hoffte, bald wieder Lukas' Auto zu hören. Doch nichts. Die einzigen Autos, die man hörte, waren die, die weit entfernt auf der Bundesstraße vorbeirauschten.

Die Zeit verging, ich unterdrückte meine Nervosität, versuchte mich zu entspannen. Starr blickte ich auf die Pfützen, hob erst wieder den Kopf, als ich etwas hörte, kein näher kommendes Autos, wie ich kurz hoffte … sondern ein Rascheln … nein, kein Rascheln, eher ein Raunen, ein Flüstern.

Sophie …

Ich drehte mich hektisch nach allen Seiten um, doch weit und breit war niemand zu sehen. Hatte ich wieder eine dieser merkwürdigen Visionen? Träumte ich, obwohl ich wach war? So überreizt und unausgeschlafen wie ich war, war das bestimmt kein Wunder. Ich stand nun wieder ganz steif, konzentrierte mich, vernahm das Rauschen meines eigenen Blutes, mein Herzklopfen, und dann wieder …

Sophie …

Nun war ich mir sicher, meinen Namen gehört zu haben. Keineswegs sicher war ich allerdings, wer ihn mir zuraunte.

Wieder ging mein Blick hinauf zu Caspars Anwesen. Obwohl ich insgeheim damit rechnete, stand keine schwarze Gestalt am Fenster. Etwas anderes irritierte mich allerdings umso mehr: Eines der Fenster war gekippt.

Ich schüttelte den Kopf. Kein Grund zur Beunruhigung, versuchte ich mir einzureden, hieß es doch, der neue Besitzer würde in dieser Woche einziehen, natürlich würde er das Haus zunächst durchlüften …

Unruhig rieb ich meine Hände aneinander. Auch wenn es viele vernünftige Erklärungen für das gekippte Fenster geben konnte – sie würden mich erst dann beruhigen, wenn ich mich selbst vergewissert hatte, dass dort oben alles in Ordnung war und kein Caspar von Kranichstein mich heimlich beobachtete.

Ich ging, nein, ich lief los und rammte meine Hacken förmlich in den Boden – um mir selbst meine Entschlossenheit zu beweisen, aber auch dem unsichtbaren Beobachter, der eben meinen Namen geraunt hatte …

Totenstille begleitete mich auf dem Weg dorthin – und dieselbe Totenstille empfing mich dort auch. Eine Art Bann schien auf dem Anwesen zu liegen, der verhinderte, dass sich irgendetwas Lebendiges dorthin verirrte. Da war kein Vogelgezwitscher, kein Klang ferner Stimmen; der Wind wagte nur zu flüstern, und der Himmel schien sich zu verdunkeln – nicht wie gestern vor dem Gewitter, wo alles auf die explosive Entladung der Himmelsgewalten zugelaufen war, sondern eher so, als würde die Welt langsam unter einer farblosen Schicht gefrieren. Vor dem Eingang blieb ich stehen, suchte auf dem matschigen Boden nach Spuren – doch nichts war zu sehen: weder Abdrücke von Reifen noch von Schuhen. Schon aus der Ferne hatte das Anwesen ein wenig verwahrlost gewirkt, doch aus der Nähe waren erst recht alle Spuren der Zeit zu sehen, die daran genagt hatten. Nicht nur die Gartenhecke war ungehindert nach allen Seiten gewachsen, auch der Efeu wucherte wild um die Eingangstür, deren weiße Farbe abgeblättert war. Was mich allerdings noch mehr irritierte, war, dass diese Tür nicht verschlossen war, sondern offen stand – zwar nicht einladend offen, sondern angelehnt, aber eben nicht verschlossen. Ich zögerte, hielt nach einer Klingel Ausschau, aber erblickte keine. Wahrscheinlich hatte Caspar von Kranichstein es nicht für notwendig gehalten, eine solche anbringen zu lassen – empfing er einst doch nur den, den er auch erwartete. Ich klopfte an die angelehnte Tür, und obwohl ich es nur zögerlich tat, klang der Laut in dieser Stille wie Donner.

Keine Reaktion.

Ich schob die Tür mit meiner Zehenspitze auf, so vorsichtig, als könnte eine falsche Bewegung dazu führen, dass ich mich entweder verbrannte oder erfror. Ja, es war irrational, aber genau dieser Gefühl wurde immer stärker: Ein falscher Schritt, eine falsche Bewegung, ein falsches Wort – und ich würde zu Asche zerfallen.

Unsinn!, sagte ich mir. Ich war nicht zum ersten Mal hier. Meinen damaligen … Besuch bei Caspar von Kranichstein hatte ich schließlich auch heil überstanden. Ich hatte vor ihm fliehen können, hatte mich nicht von seiner Macht einnehmen lassen.

Als ich die Türschwelle überschritt, erwartete ich, dass die Erinnerungen übermächtig wurden, aber da mich Caspar damals betäubt hatte und ich erst in seinem Wohnzimmer wieder zu mir gekommen war, war mir die Eingangshalle fremd. Sie war groß, nahezu riesig und strahlte keinerlei Wärme aus. Der marmorne Boden war sicher sündhaft teuer gewesen, aber kalt; die schwarzen Skulpturen, die den Weg zur Treppe säumten, zwar kunstvoll gestaltet, aber alles andere als schön. Was sie genau darstellen sollten, konnte ich nicht so recht erkennen, vielleicht absonderliche Pflanzen, vielleicht exotische Tiere, vielleicht gekrümmte Gestalten. Meine Schritte hallten auf dem Boden wider, doch mein Unbehagen ließ etwas nach. Der Eingangsbereich wirkte auf mich anonym und glich eher dem eines Museums als dem von Caspar von Kranichsteins einstigem Zuhause. Wenn ich nicht gewusst hätte, dass er hier gelebt hatte, hätte ich daran gezweifelt. Nichts war hier von seiner früheren Präsenz, erregend und betäubend zugleich, zu spüren. Und nichts deutete darauf hin, dass er noch lebte und hierher zurückgekehrt war.

Damit war aber weiterhin ungeklärt, wer am Fenster gestanden hatte, wer die Haustüre hinter sich nicht geschlossen, sondern nur angelehnt und wer meinen Namen geraunt hatte.

»Hallo?«, rief ich.

Meine Stimme klang erstaunlich fest. Auch wenn ich hier nichts anderes machen konnte, als von Raum zu Raum zu gehen und immer wieder zu rufen – zumindest war ich nicht mehr zur Untätigkeit und zum stupiden Warten verdammt.

Ich öffnete eine Tür nach der anderen, entfernte mich so immer weiter von der Eingangshalle, wappnete mich davor, im vertrauten Wohnzimmer zu landen, und war jedes Mal erleichtert, in einen fremd anmutenden sterilen Raum zu geraten. Trotz meiner Anspannung erwachte auch meine Neugierde.

Wer die Nephilim waren, wie sie lebten, ja, wie Caspar von Kranichstein gelebt hatte, war in den letzten Jahren ein Tabuthema gewesen, das Nathan und ich immer umschifft hatten – und Nathan selbst hatte versucht, sämtliche Eigenheiten, die ihn von den Menschen unterschieden, zu verbergen. Wie sie ihren Alltag gestalteten, wie sie mit ihresgleichen umgingen, hatte ich nie hinterfragt. Ich wollte sie vergessen – vor allem Caspar von Kranichstein.

Nun konnte ich gar nicht anders, als über ihn nachzudenken, mir in Erinnerung zu rufen, was ich von ihm wusste. Ohne Zweifel war er grausam, aber auf eine selbstbeherrschte Art. Er war keiner, der schrie und tobte, der seine Gefühle laut und offen zeigte, und das schien sich in dieser zwar edlen, aber schlichten, teuren, aber unaufdringlichen Einrichtung zu spiegeln. Sie waren perfekt aufeinander abgestimmt – die Stühle und Tische, die Bücherregale und Spiegel, die Lampen und die Vasen –, doch gerade aufgrund dieser Perfektion und nicht zuletzt wegen des Fehlens jeglicher persönlicher Gegenstände glichen die einzelnen Räume den Ausstellungshallen eines Möbelhauses. An den Kleiderhaken hing keine Kleidung, in den Vasen dufteten keine Blumen, in den Regalen standen keine Fotos von lieben Menschen. Selbst die Bücher in der Bibliothek schienen nicht nach persönlichen Vorlieben ausgewählt worden zu sein. Es waren vor allem Lexika, Biographien und Bildbände, keine Romane; sie standen alphabetisch geordnet in den Regalen und wirkten so unberührt, als hätte niemand je darin gelesen.

Die meisten Möbel waren schwarz und weiß, nur einige ausgewählte Gemälde an den Wänden zeigten etwas Farbe. Und dennoch – ich konnte mich des Gefühls nicht erwehren, dass sie die meiste Zeit missachtet worden waren. Ja, man hatte ihnen den teuersten und schönsten Rahmen gegeben – aber hatte hier jemals einer davorgestanden, um sie interessiert zu betrachten?

Als ich weiter von Raum zu Raum ging, wurde mir immer mehr bewusst, dass Caspar das Schöne, Luxuriöse, Teure zwar an sich gerafft, aber es nie wirklich genossen hatte. Eins zu eins schien er den Anweisungen eines besonders fähigen Innenarchitekten gefolgt zu sein – dem er zwar seine grundsätzlichen Vorlieben für das Schlichte und Schwarz-Weiße genannt, dessen Kreativität er aber nicht durch spontane Einfälle angespornt hatte. In diesen Räumen war er als tadelloser Gastgeber aufgetreten, dessen erlesener Geschmack von Kennern goutiert wurde, als strenger Herr seiner Dienerschar, die seinen nur geflüsterten Befehlen stets gehorcht hatte, als jemand, der sein Leben bis ins Letzte unter Kontrolle hatte. Ob er hier aber auch nur einen Tag lang glücklich gewesen war, sich wohl gefühlt und sich seines Lebens erfreut hatte, bezweifelte ich. Er hatte hier gewartet – auf mich, auf Aurora. Aber richtig gelebt hatte er nicht. Er hatte in der teuer eingerichteten Küche nie gegessen, hatte in der marmornen Badewanne nie gebadet. Hier war alles edel – aber hier hatte nie jemand laut gelacht, geweint, gestritten, diskutiert. Die einzigen heftigen Gefühle, die hier jemals ausgelebt worden waren, waren sein Hass auf Nathan gewesen und die Enttäuschung darüber, dass ich ihn und seine Liebe zurückgewiesen hatte.

Statt Unbehagen überkam mich Mitleid, statt Ekel Trauer. Mir graute vor dieser Existenz – und noch mehr graute mir vor der Frage, ob sie mir auch etwas über Nathan sagte. Auch wenn er und Caspar sich in so vielem unterschieden – glichen sie sich nicht auch irgendwo in diesem Streben nach Perfektion? Gewiss, bei Nathan manifestierte sich dieses Streben nicht in einer edlen Einrichtung und einem tadellosen Auftreten. Aber das glückliche Familienleben, das wir geführt hatten – hatte es insgeheim nicht Risse und Sprünge aufgewiesen, die er meisterhaft zu vertuschen versucht hatte? Hatte er diese vielen glücklichen Momente, die wir erlebten, wirklich in ihrer ganzen Intensität gefühlt – oder nur inszeniert, um sie durch mich, nicht aber selbst zu erleben?

Unsinn!, wies ich mich selbst zurecht. Unser Leben war nicht immer einfach, und vielleicht hatten wir zu viele Dinge unausgesprochen gelassen – aber eine Lüge war es nicht. In Nathans Armen hatte ich mich nie tot gefühlt wie in Caspars Nähe. Ich hatte unsere Welt vielleicht für etwas heiler gehalten, als sie tatsächlich war – doch keinesfalls war sie so steril wie dieser Ort! Und dafür, dass Nathan verschwunden war … einfach so … ähnlich wie damals in Salzburg, musste es eine andere Erklärung geben als die, dass er mich zu wenig liebte und dass er unser gemeinsames Glück zu wenig gefühlt hatte!

Fast trotzig stieß ich meine Ferse auf den kalten Marmorboden, während ich mich gegen die Zweifel wehrte, die in mir aufstiegen … die mir irgendjemand eingab … wer eigentlich? Caspars … Geist?

Aber das war unmöglich! Caspar war nicht hier! Das Haus stand leer! Dass mich vorhin jemand Sophie gerufen hatte, musste eine Sinnestäuschung gewesen sein.

Mittlerweile hatte ich fast alle Räume gesehen – auch die Geschäftsräume im Untergeschoss, wo Computer standen, die nicht aussahen, als hätte man in den letzten Jahren jemals daran gearbeitet, und die Schlafzimmer im oberen Stock, die denen eines Hotels glichen. Der einzige Raum, der noch fehlte, war das große Wohnzimmer. Am liebsten hätte ich es gemieden, aber ich wusste: Wenn ich ging, ohne auch dort nachzusehen, würde mich wenig später wieder diese Unruhe beschleichen.

Ich öffnete die letzte Tür, verharrte lange auf der Schwelle und wappnete mich gegen meine Erinnerungen. Sie erschienen mir wie unsichtbare Feinde, die irgendwo lauerten, um über mich herzufallen, mich zu packen und zu schütteln. Doch als ich den Raum betrat, blieben sie aus. Ich war viel zu irritiert – von einem Detail, das mir sofort ins Auge fiel.

Es war ein Bildband, der auf dem Couchtisch mit geschwungenen Füßen und einer mattglänzenden Glasplatte lag – dem Tisch, an dem ich einst mit Caspar gesessen hatte, nicht weit von dem weißen Klavier entfernt, auf dem Caspar zuvor gespielt hatte. Auch wenn es nicht ungewöhnlich war, einen Couchtisch mit Bildbänden zu schmücken, so wirkte dieser Anblick hier befremdend – einfach, weil der Band schief lag. Während ansonsten jedes Detail der Einrichtung so wirkte, als wäre es förmlich mit dem Lineal auf seinen akkuraten Platz gerückt worden, schien der Bildband achtlos hier abgelegt worden zu sein. Und noch etwas anderes unterschied ihn von allen anderen Büchern in den Regalen: Der Einband wirkte abgegriffen, war am unteren Rand sogar leicht eingerissen. Es waren nur wenige Millimeter, eigentlich nicht der Rede wert, aber doch ein Schaden, der nicht nur auf seinen Gebrauch verwies, sondern auch darauf, dass irgendjemand in diesen Räumen kurz auf die übliche Perfektion verzichtet hatte. Zutiefst verwirrt über diesen Umstand, nahm ich den Inhalt des Bildbandes erst gar nicht wahr. Erst nachdem ich eine Weile von allen Seiten auf das Buch gestarrt hatte, las ich, dass er außergewöhnliche Fotografien von Bergen und Gletschern beinhaltete.

Vorsichtig beugte ich mich darüber, als wäre das Buch ein lebendiges Wesen, das man durch eine hektische Bewegung aufwecken und feindselig stimmen konnte. Es fiel mir schwer, den Deckel zu öffnen, aber nachdem ich mich erst dazu überwunden hatte, blätterte ich Seite für Seite durch. Bald wurde mir meine gebückte Haltung zu unbequem. Weiterhin vorsichtig und möglichst lautlos ließ ich mich auf die weiße Couch nieder, griff nach dem Bildband und zog ihn auf meinen Schoß. Ich blätterte weiter. Wie der Schutzumschlag wirkten auch die Seiten abgegriffen, eine hatte sogar ein Eselsohr – ausgerechnet jene, auf der die Gletscher des Dachsteingebirges abgebildet waren. Ich starrte darauf. Der Erinnerung an das, was einst hier im Wohnzimmer geschehen war, konnte ich mich entziehen, eine andere aber wurde plötzlich übermächtig – nämlich, wie mich Caspar hoch auf den Berg verschleppt, mich dann auf einem Felsvorsprung hatte liegen lassen und ich vor Angst fast gestorben war, in die Tiefe zu fallen.

Mir fiel ein, dass er diesen Ort als einen bezeichnet hatte, der zu ihm passte. So wie er sein ganzes Haus in Schwarz- und Weißtönen eingerichtet hatte, hatte er sich in einer kargen Gegend, die von weißen oder grauen Gipfeln vor einem blassen Himmel dominiert wurde, in der keine Blumen mehr wuchsen und keine Bäume, zumindest keine kräftigen, grünen, sondern nur solche, die gekrümmten Gestalten glichen, am wohlsten gefühlt. Nicht nur, dass die Luft immer dünner wurde, je höher es den Berg hinaufging – vor allem wurde es einsamer. Nur aus weiter Ferne konnte man auf die Massen im Tal hinabschauen – die Massen, die Caspar Füllfleisch genannt hatte … Pöbel … Pack …

Ich blätterte wieder ein paar Seiten weiter. Wenn ich bisher daran gezweifelt hätte, dass dieses Buch schon mehrmals durchgeblättert worden war, so hätte ich nun den endgültigen Beweis dafür gefunden – eine kleine Broschüre über eine Lodge hoch oben am Dachstein nämlich, die mir nun entgegenfiel. Es schien ursprünglich eine einfache Hütte gewesen zu sein – vor allem für Bergsteiger und Skiwanderer gedacht. Doch nach ihrer Renovierung warteten neben den Gruppenräumen auch Einzel- und Doppelzimmer auf Gäste, die die Lodge nicht nur zu Fuß, sondern auch mit der Gondel erreichen konnten. Nachdenklich las ich die Broschüre durch und legte sie wieder ins Buch zurück. Ich hatte keine Ahnung, was ich damit anfangen sollte – und im nächsten Augenblick spielte sie auch keine Rolle mehr. Unwillkürlich war mein Blick auf das Fenster gefallen – jenes gekippte Fenster, das vorhin meine Aufmerksamkeit auf sich gezogen hatte. Es war tatsächlich einen Spalt weit geöffnet, und aus dem Freien drang das Geräusch eines absterbenden Motors zu mir herein. Ich legte den Bildband zurück auf den Tisch, ging auf das Fenster zu. Von hier aus konnte man meine Villa noch besser sehen als erwartet, Teile des Gartens, der Terrasse, natürlich den Hauseingang. Nicht weit davon entfernt parkte Lukas' Auto.

Erleichtert darüber, dass er zurückgekehrt war, verließ ich das Wohnzimmer. Während dort meine Schritte von dem weißen, flauschigen Teppich gedämpft wurden, hallten sie in der Eingangshalle laut vom kalten Marmor wider. Erst als ich bei der Haustür angekommen war, fiel mir etwas Merkwürdiges auf. Caspars Villa stand seit fünf Jahren leer, und draußen konnte man all die Spuren sehen, die die die Zeit hinterlassen hatten. Doch hier drinnen war alles unberührt von Schmutz und Staub. In den Ecken verfingen sich keine Spinnennetze, die Fenster waren geputzt, die Böden sauber. Es schien, als würden sich diese Räume in einer Art Dornröschenschlaf befinden, unberührt von aller Welt.

Ich zog die Haustür hinter mir zu, ließ sie aber angelehnt. Nun, vielleicht hatte der Makler, der das Anwesen verkaufen sollte, jemanden beauftragt, es gründlich zu putzen und auch zu lüften. Das würde auch das gekippte Fenster erklären – wenn auch nicht den Bildband über den Gletscher. Vielleicht war es auch nicht der Makler gewesen, sondern der ominöse neue Besitzer, der in diesen Tagen eigentlich einziehen sollte. Und vielleicht …

Meine Gedanken stockten. So hastig wie ich das Haus verlassen hatte, war ich auch den Berg hinuntergeeilt. Kaum war ich an der hohen, verwilderten Hecke vorbeigekommen, konnte ich wieder – wie vorhin vom Fenster aus – Lukas' Wagen sehen. Aus dieser Perspektive erkannte ich, dass er ihn nicht direkt vor meinem Auto geparkt hatte, wie es zum Abschleppen notwendig gewesen wäre, sondern mitten auf der Forststraße, die nun völlig blockiert war. Die Tür auf der Fahrerseite stand sperrangelweit offen, doch weit und breit war niemand zu sehen, vor allem aber waren keine Stimmen zu hören.

»Aurora! Mia!«

Ich beschleunigte mein Tempo, begann regelrecht zu rennen und war völlig außer Atem, als ich endlich das Auto erreicht hatte.

»Lukas!«

Totenstille empfing mich, unheimlich und quälend. Ich starrte auf das Auto, und erst, als ich mich langsam umdrehte, drang ein Laut durch die Stille.

»Sophie …«

Die erstickte Stimme erinnerte ein wenig an das Raunen von vorhin, nur dass das irgendwie verführerisch und lockend geklungen hatte, diese Stimme nun aber einfach nur gequält.

Mir stockte der Atem. Auf den Stufen vor dem Eingang meiner Villa war Lukas zusammengebrochen. Seine Beine hatte er gerade von sich gestreckt, sein Kopf lag auf der obersten Stufe. Ein tiefer Schnitt ging quer über seine Stirn, Blut floss daraus. Es bedeckte nicht nur sein halbes Gesicht, sondern war vom Kinn auf seine Brust getropft und hatte auf seinem karierten Hemd einen großen, dunklen Fleck hinterlassen.

»Lukas!«

Als ich zu ihm stürzte, waren seine Augen zusammengekniffen und wie in tiefen Höhlen versunken. Ich war mir sicher, dass er es nur mühsam bis hierher geschafft, dann aber sofort das Bewusstsein verloren hatte – angesichts dieser riesigen, klaffenden Wunde auf seiner Stirn war das kein Wunder. Doch als ich vorsichtig sein Gesicht in die Hände nahm, ertönte wieder ein Stöhnen. »Sophie …«

Ein Ruck ging durch seinen Körper. Er stützte sich auf seine Hände, versuchte seinen Kopf zu heben, nuschelte etwas, was ich kaum verstand.

»Versucht … mich zu wehren … zwecklos …«

»Gegen wen? Gegen wen wolltest du dich wehren?«, fragte ich atemlos – und ahnte es.

Er konnte nicht antworten, sondern hob nur die Hände und spreizte seine Finger. Offenbar wollte er mir damit zeigen, dass es sechs gewesen waren.

Sechs Männer.

Nein, sechs Wesen.

Kreaturen.

Nephilim.

Dessen war ich mir sicher.

Lukas atmete tief durch. Ein Zittern ging durch seinen Körper, doch die sichtlich großen Schmerzen hielten ihn nicht davon ab, mehr zu berichten: Von den zwei Männern, die plötzlich mitten auf der Straße gestanden und sein Auto aufgehalten hätten. Von den anderen, die auch auf das Auto zugestürmt wären. Zunächst hätte er sich nichts dabei gedacht, wäre ausgestiegen, hätte sie gefragt, ob sie Hilfe bräuchten. Dann sei alles sehr schnell gegangen …

Mit jedem Wort, das er sagte, floss noch mehr Blut aus seiner Wunde. An den Rändern begann es sich bereits zu verkrusten.

»Habe versucht … es zu verhindern …«, kam es stockend.

»Die Mädchen …«, setzte ich an und brachte den Satz dann selbst zu Ende: »Sie haben die Mädchen entführt.«

Immer noch gab es so vieles, was ich nicht begriff, was ich nicht wusste. Und doch – manches ergab jetzt einen Sinn: Dass Marian mich vor irgendeiner Gefahr zu warnen versucht hatte. Dass Nathan mich aufgefordert hatte, Hallstatt zu verlassen.

Sie hatten beide gewusst, dass etwas Schreckliches bevorstand – und eigentlich hatte ich es auch gewusst, weil es mir von meinen Albträumen, meinen Visionen vorhergesagt worden war.

Eine Entführung. Eine Frau ... nein, ein Mädchen, das in einen Kofferraum gesperrt ist. Zuerst hält das Mädchen ihr Gefängnis für einen Sarg. Dann wird es daraus befreit, in einen anderen Raum gebracht ... wo die zweite Gefangene hockt ... Mia. Das Mädchen blickt hoch, blickt in die Augen eines Entführers, weiß plötzlich, wer er ist. Kein Mensch. Sondern ein Nephil. So groß ist das Entsetzen, so namenlos, so abgrundtief. Ja, das Mädchen weiß, dass dieses Wesen ein Nephil ist. Und sie weiß auch wieder, was sie selbst ist.

Damals, im Alter von sieben Jahren, hatte ein schwerer Sturz alle Erinnerungen an ihre Nephila-Existenz ausgelöscht. Nun brachte ein Schlag auf den Kopf und das Entsetzen über die Entführung diese Erinnerungen, die schon in den letzten Tagen langsam erwacht waren, endgültig zurück – und sie war ganz allein mit ihnen und dem Wissen, welches Erbe in ihr schlummerte. Weder Nathan noch Cara konnten ihr zur Seite stehen, sie war einem fremden Nephil ausgeliefert, vielleicht einem Schlangensohn, der – so lange vor ihrem 14. Lebensjahr – die Möglichkeit haben und nutzen würde, sie auf seine Seite zu ziehen, sie ganz und gar zu einer der Awwim zu machen.

Ächzend versuchte sich Lukas aufzurichten, doch ich hielt ihn zurück.

»Wir müssen einen Krankenwagen rufen«, sagte ich, »deine Wunde muss versorgt werden ...«

Mit zitternden Händen kramte ich nach meinem Handy.

»Nein!«, rief er gequält. »Ein Arzt würde wissen wollen, was passiert ist – und dann … und dann …«

Dann würde er die Polizei rufen. Die Polizei, die nichts gegen diese Art von Entführern würde unternehmen können. Selbst wenn es Menschen gewesen wären – wie Lukas ja glaubte –, wäre es ratsam, vorerst nichts zu tun, sondern auf ihre Lösegeldforderungen zu warten.

»Keine Polizei!«, murmelte Lukas.

Ich nickte schwach, sank zurück auf die Stufen, hilflos und ausgeliefert.

Aurora … sie haben Aurora.

Die Frau in meinem Traum war von Anfang an Aurora gewesen.

V.

Nicht nur der Mann, der mich entführt hat, ist ein Unsterblicher. Ich selbst bin es auch.

Sie schrie diese Wahrheit nicht aus sich heraus – die Wahrheit schrie aus ihr, oder vielleicht nicht die Wahrheit, sondern diese fremde Macht in ihr, verstörend und gewaltig. Sie riss sie mit sich wie eine dunkle Flut, zuerst zu Boden, dann in das Reich ihrer Erinnerungen – Erinnerungen an die Zeit vor fünf Jahren. Ihr Gedächtnis war lange von einer grauen, riesigen Wand umgeben – nun brach diese ein. Gesteinsbrocken fielen herab. Da gab es kein vorsichtiges Herantasten, kein zaghaftes Annähern. Die Wahrheit lag nackt vor ihr.

Ich bin eine Nephila.

Ich bin eine Nephila!

Ich bin eine Nephila …

Sie hörte den Satz immer wieder, in sämtlichen Nuancen und Stimmlagen, raunend und flüsternd, lachend, schreiend, traurig, stolz, verzweifelt, siegessicher. Sagte sie es selbst, oder sagte es die Macht, die in ihr wütete? Die sie nicht nur zu Boden geworfen und ihre Erinnerungen geweckt hatte, sondern die ihre Schmerzen vertrieb und ihre Wunde heilte? Ja, das wusste sie genauso, wie sie wusste, wer sie war. Vom Schlag auf ihren Hinterkopf war keine Schwellung geblieben, kein Blut. Sie war wieder heil – und doch nicht. Denn die Macht begnügte sich nicht damit, die Spuren der Verletzung auszumerzen. Sie wütete weiterhin in ihr, ließ ihren Körper erst erstarren und dann verkrampfen. Ihre Zähne klapperten, ihre Augen überdrehten ins Weiße. Nichts sah sie – und zugleich alles.

Ich bin Aurora.

Aurora Grigori.

Ich bin eine Nephila.

Obwohl sie wusste, dass die Macht aus ihr selbst kam, fühlte sie sich doch wie ein fremdes Wesen an, das sie festhielt, sie schüttelte, sie verschlang; ein riesiges Tier war diese Macht – hungrig und gierig. Nur einen winzigen Funken ihrer Seele spuckte sie wieder aus, den letzten Rest, der denken, der fühlen konnte, der sich zitternd und bebend fragte: Was geschieht nur mit mir?

Ich bin eine Nephila. Genauso wie mein Vater Nathanael. Ich wurde von einer Auserwählten geboren, und als ich sieben Jahre alt geworden bin, ist meine wahre Natur erstmals zum Leben erwacht. Manche Nephilim erringen ihre außergewöhnlichen Fähigkeiten erst im Laufe ihres langen Lebens, indem sie ihresgleichen und Menschen töten, anderen sind solche Fähigkeiten – das Erbe ihrer Vorfahren – schon von Geburt an mitgegeben.

Die Erinnerungen peitschten förmlich durch ihren geschwächten Geist, schienen Kerben zu hinterlassen, tief und schmerzhaft – Erinnerungen daran, wie sie seinerzeit jenen Unfall erlitten hatte, vom Berg gestürzt, auf ihren Kopf geprallt und ihr schwarz vor Augen geworden war. Jetzt war es nicht schwarz, jetzt schien ein grelles Licht alles zu beleuchten. Die damaligen Ereignisse, und die Gesichter von Cara … von Caspar … von Josephine.

Cara hatte ihr beigebracht, wie sie den Kräften, die in

ihr wüteten, standhalten und wie sie sie lenken konnte. Josephine wiederum war eine Unauffällige gewesen, die lange verheimlichen konnte, dass auch sie zu den Nephilim gehörte – und die sie, Aurora, am Ende doch überlistet hatte. Und Caspar … Caspar von Kranichstein … Er hatte sie für sich haben, sie zu seinem Kind machen wollen, aber am Ende nicht bekommen. Sie war in einen Kampf geraten, den uralten Kampf zwischen Wächtern und Schlangensöhnen. Und sie selbst hatte verhindert, dass Caspar ihren Vater getötet hatte. In der Stunde der Morgenröte hatte sie ihn bezwungen – nur kraft ihres Blicks und kraft ihrer Stimme.

Nun hatte sie keine Stimme, um zu schreien, nun war ihr Blick nicht auf Caspar, sondern nach innen gerichtet, wo weitere Bilder aufstiegen, noch brutaler als Peitschenschläge, Schwerthieben gleich, Bilder von ihr selbst, wie sie in fremden Sprachen gesprochen, einen wilden Hund besänftigt und Cello gespielt hatte, aber auch Bilder von Menschen, die ihr fremd waren, von früheren Leben, die andere geführt hatten. Ihre Großeltern … ihre Urgroßeltern … sie zogen an ihr vorbei, blickten sie an, neugierig, aufmunternd und auch mahnend. Die Kulissen, vor denen sich die Ahnen bewegten, glichen einander nicht. Aus allen Ländern der Welt stammten sie, aus allen Epochen. Doch so unterschiedlich ihre Leben auch waren – eines begleitete sie alle: der Klang von aufeinanderschlagenden Schwertern. Schwertern, mit denen die Nephilim seit ewigen Zeiten gegeneinander kämpften. Wächter gegen Schlangensöhne. Grigori gegen Awwim. Die einen wollten die Menschheit schützen, die anderen sie unterwerfen. Die einen sahen sich als Missgriff der Natur, der aus der Welt verbannt werden musste, die anderen verstanden sich als Krönung der Schöpfung.

Die Gesichter ihrer Ahnen verflüchtigten sich in der Dunkelheit, die Wahrheit über sie selbst blieb gestochen scharf.

Ich bin eine Nephila. Eine außergewöhnliche Nephila. Ich verfüge über Macht, über viel Macht.

Die letzten Worte, die dieses fremde Wesen ihr zuraunte, klangen lächerlich. Sie verfügte doch über keine Macht! Sie hatte sich noch nie so machtlos gefühlt wie jetzt, wo sie doch nicht einmal ihre Glieder beherrschen konnte – selbständig machten sich diese vielmehr, führten einen grotesken Tanz auf. Ihre Hände und Beine wurden auf so unnatürliche Weise nach hinten gezerrt, dass bei jedem anderen Menschen die Knochen brechen, die Sehnen reißen, die Muskeln zerfetzt würden. Bei ihr hingegen geschah nichts dergleichen. Während sie sich wand und wälzte und verkrampfte, schlug ihr Kopf immer wieder auf dem harten Boden auf, aber nicht einmal die Wunde riss wieder auf.

Ich bin eine Nephila, eine überaus mächtige, überaus begabte Nephila.

Ihr Herz hatte eben noch bis zum Hals geschlagen, nun zog es sich in ihrer Brust zusammen. Alles zog sich zusammen. Ihr Körper schien nicht länger aus Fleisch und Blut zu bestehen, sondern aus Stein.

»Aurora!«

Das dünne Stimmchen drang zwar zu ihr durch, aber sie konnte nicht darauf reagieren. Ihr fiel wieder ein, dass sie vorhin eine zweite Gefangene wahrgenommen hatte, und sie wusste nun auch, dass es Mia war, ihre Freundin, die wie sie entführt worden war und die nun nicht verstand, warum sie sich verkrampfte und wälzte und zu ersticken schien – aber sie konnte ihr nicht antworten, konnte auch nicht verhindern, dass sie von dieser Macht wie von unsichtbaren Riesenhänden quer durch das Gefängnis geschleudert wurde.

Nein, sie konnte nur denken:

Ich bin Aurora Grigori. Ich bin eine Nephila, eine überaus begabte, außergewöhnlich mächtige Nephila.

Wir saßen im Wohnzimmer und warteten. Das hieß, ich wartete eigentlich nicht, sondern lediglich Lukas, der fest davon überzeugt war, dass die Entführer bald Geld fordern würden. Er sprach es nicht aus, aber er schien sich sicher zu sein, dass der unbekannte Verbrecher es nicht zuletzt auf mein Geld abgesehen hatte, dank des Erbes meines Vaters war ich um einiges wohlhabender als er.

Mia war bei der Entführung seiner Meinung nach nur zufällig dabei gewesen.

Ich widersprach nicht, denn es hätte etliche weitere Erklärungen erfordert, und ich wollte Lukas auch nicht die Hoffnung auf einen erlösenden Anruf nehmen. Und wer immer die Mädchen entführt hatte – vielleicht war er ja nicht ganz so herzlos und ließ wenigstens Mia frei.

Ich war erleichtert, Lukas' Blicken ausweichen zu können, indem ich notdürftig seine Wunde versorgte und sie mit Desinfektionsmittel abtupfte. Obwohl das höllisch brennen musste, kam kein Ton über seine Lippen. Immerhin war der Schnitt nicht ganz so tief, wie ich anfangs gedacht hatte. Als der Blutfluss nachließ, klebte ich ein Pflaster über die Wunde und wischte Lukas das verkrustete Blut von seinem Gesicht. Ich bot ihm an, sein blutbeflecktes Hemd gegen eines von Nathan auszutauschen, doch er winkte ab.

»Das ist nicht nötig ...«

»Hast du Kopfschmerzen? Schwindelgefühle? Es könnte eine Gehirnerschütterung sein und …«

»Mir geht es gut, wirklich!«, fiel er mir ins Wort.

Wie gebannt starrte er auf das Telefon. Wahrscheinlich ging ihm wieder und wieder durch den Kopf, was er erlebt hatte. Die Männer … wer waren die sechs Männer, die das Auto aufgehalten und ihn zusammengeschlagen hatten? Und was taten sie in diesem Augenblick den Mädchen an?

Nicht zu wissen, was die beiden durchmachen mussten, war auch für mich das Unerträglichste. In den letzten Tagen hatte ich mich vor meinen Albträumen und Visionen gefürchtet – nun hoffte ich, dass erneut Bilder vor meinem inneren Auge aufsteigen und mir zeigen würden, wo Aurora war, was mit ihr geschah, wie es ihr ging. Alles … alles hätte ich besser ertragen als diese Ungewissheit. Doch nichts dergleichen geschah. Nun, da meine Vorahnungen eingetroffen waren und ich jetzt wusste, wer die Frau in meinen Träumen gewesen war, war das Band zwischen uns wie gekappt. Ich konnte an sie denken und sie beschwören, durchzuhalten, aber ich hatte keine Ahnung, ob die Liebe, die Wärme, die Hoffnung, die ich ihr mit meinen Gedanken zu schicken versuchte, sie erreichte. Vielleicht lag es daran, dass sie nicht länger nur meine Tochter war, sondern eine Nephila – und ich zwar in die Haut meines Kindes schlüpfen, aber es nicht mit dieser fremden Macht aufnehmen konnte.

»Ich verstehe das nicht«, sagte Lukas, den Blick immer noch starr aufs Telefon gerichtet, »sie müssten sich längst gemeldet haben! Wenn sie doch Geld wollen!«

Ich biss mir auf die Lippen, um nicht laut zu schreien. Aber sie wollten doch kein Geld! Sie wollten … ja, was genau wollten sie eigentlich? Aurora um ihrer selbst willen? Oder weil sie Nathans Tochter war?

Und die noch wichtigere Frage lautete: Wer stand hinter diesen sechs Männern?

Ich zweifelte keinen Augenblick daran, dass sie nur Helfershelfer waren – während der eigentliche Auftraggeber sich im Hintergrund hielt. Und vielleicht war dieser Auftraggeber Caspar von Kranichstein.

Ja, nun war niemand zur Stelle, der mir hätte ausreden können, dass Caspar nicht tot war. Dass er in seine Villa zurückgekehrt, mich dort belauert und einen Plan ausgeheckt hatte, um mir Aurora zu rauben. Ich hatte keine Ahnung, wie es ihm gelungen war, Nathan von uns wegzulotsen, denn nie und nimmer würde Nathan noch einmal auf ihn hereinfallen so wie damals, als ich mit Aurora schwanger war. Doch wie auch immer: Nathan war fort, und Caspar hatte leichtes Spiel. Nicht nur Aurora – auch ich war ihm schutzlos ausgeliefert.

Merkwürdig war allerdings, dass die Entführer einen Moment abgewartet hatten, in dem Aurora und ich getrennt gewesen waren. Warum? Weil ich nicht zählte? Weil Caspar es nur auf sie, nicht auf mich abgesehen hatte? Und war es ein Zufall, dass das Fenster seines Wohnzimmers gekippt gewesen war, oder ein Lockmittel, um mich dazu zu bringen, das Anwesen zu betreten, es zu durchsuchen und diesen Bildband zu finden?

Vorhin hatte ich keine Zeit mehr gehabt, darüber nachzudenken, nun hätte ich schwören können, dass er für mich bestimmt gewesen war, dass mir irgendjemand etwas damit zu sagen versuchte.

Ich schloss die Augen, aber sah nichts als Schwärze. Nur mühsam konnte ich am Rand des Abgrunds balancieren, der sich vor mir auftat. Die Angst um Aurora drohte mich zu verschlingen, die Verzweiflung darüber, dass Nathan mich nicht einfach nur allein, sondern im Stich gelassen hatte, wurde übermächtig und die Versuchung, einfach aufzugeben, zusammenzubrechen, mich ganz und gar dem Gefühl der Hilflosigkeit hinzugeben, immer stärker.

Doch dann öffnete ich die Augen wieder.

Damals, sagte ich mir immer wieder, damals hatte ich es auch geschafft … hatte der Gefahr getrotzt, hatte Caspars Versuchungen widerstanden, hatte dem Anblick der kämpfenden Nephilim und der verrückten Josephine irgendwie standgehalten. Und auch jetzt musste ich allem standhalten. Vor allem aber musste ich irgendetwas tun!

Während er sich bis jetzt kaum zu rühren gewagt hatte, um das Läuten des Telefons nicht zu verpassen, sprang Lukas plötzlich auf und ging unruhig im Wohnzimmer auf und ab. Er ertrug es offenbar genauso wenig wie ich, untätig zu bleiben, doch während ich nüchtern zu überlegen versuchte, was ich nun tun sollte, schlug seine Unruhe in blinden Aktionismus um. Er fragte, ob ich einen Kaffee trinken wollte, und noch ehe ich antworten konnte, stürmte er in meine Küche. Ich hörte ihn rumoren, folgte ihm schließlich und beobachtete ihn von der Türschwelle aus. Er brauchte eine Weile, bis er sich zurechtgefunden hatte, und verschüttete etliche Kaffeebohnen, als er sie in die Maschine füllte – in die Maschine, die ich von Nele geschenkt bekommen hatte, Nele, der ich unbedingt absagen musste, weil sie uns doch in Salzburg erwartete.

Gedankenverloren griff ich nach meinem Handy, und nachdem ich Nele eine knappe SMS geschrieben hatte, folgte ich spontan einer Eingebung und wählte Caras Nummer.

Anstelle des erhofften Läutens ging sofort die Mailbox an, auf der Cara mit ausdrucksloser Stimme verkündete, dass sie nicht zu erreichen wäre.

Nachdenklich starrte ich das Display des Handys an. Wie merkwürdig …

Es gab vielleicht eine gute Erklärung dafür, dass Nathan sie vor zwei Tagen nicht erreichen konnte – aber warum ging sie jetzt immer noch nicht an ihr Handy? Zumal sie ja im Display gesehen haben musste, dass Nathan mehrmals angerufen hatte.

Ich wartete zehn Minuten ab, Lukas brachte den Kaffee ins Wohnzimmer, doch anstatt zu trinken, ging er wieder unruhig auf und ab. Ich wählte erneut Caras Nummer – und wieder war nur die Mailbox dran.

Oh, Cara, seufzte ich innerlich, wo bist du? Ich brauche dich doch so sehr!

Cara wüsste vielleicht, wo Nathan war, könnte Aurora aus der Hand der Entführer befreien, könnte ihr beistehen wie damals, als die Nephila zum ersten Mal in ihr erwacht war …

Lukas blieb abrupt stehen. »Ich … ich halte es nicht mehr aus«, brach es aus ihm heraus, »wir müssen etwas tun.«

Ich nickte. »Ich … ich …«, erst kam nur Stammeln über meine Lippen. »Ich habe eine Idee … aber …«

Ich wich seinem Blick aus.

»Was? Sag schon! Was willst du tun?«

»Das kann ich dir nicht sagen, du musst mir vertrauen … und du musst unbedingt hier warten … falls sich jemand meldet. Und außerdem solltest du dich lieber hinlegen … denk an deine Verletzungen …«

»Das ist nichts!«

»Trotzdem! Sicher ist sicher! Und du musst hierbleiben! Ich kann es dir wirklich nicht sagen, aber ich ...«

Während ich noch redete, hatte ich meine Schuhe angezogen und war in meine Jacke geschlüpft. Lukas beobachtete mich misstrauisch.

»Was hast du vor?«

»Bitte ... bitte vertrau mir! Ich kann es dir nicht sagen, wirklich nicht.«

Ja, ich konnte es ihm nicht sagen – aber zugleich konnte ich es auch mir selbst nicht eingestehen, konnte die Idee nicht laut aussprechen, die sich da plötzlich in meinem Kopf festgesetzt hatte. Es war eine verrückte, absurde Idee! Aber ich wollte nichts unversucht lassen!

»Warte hier auf mich!«, beschwor ich ihn. Ich griff mir einfach den Schlüssel seines Autos, ohne ihn zu fragen, und er erhob keinen Einwand, sondern starrte mir verständnislos nach, als ich nach draußen lief.

Ich stieg in das Auto, startete den Motor, gab Gas. Erst nach einigen hundert Metern blieb ich am Straßenrand stehen und kramte in einem Seitenfach nach der Straßenkarte.

Caspars Anwesen ... das Buch über den Dachstein ... die Lodge ... vielleicht war das alles nur Zufall ... vielleicht war es aber wirklich ein Zeichen. Ein Zeichen, dass er noch lebte. Und ein Hinweis, wo er zu finden war.

Ich studierte die Straßenkarte, um herauszufinden, wie ich am schnellsten zur Dachsteinseilbahn kommen konnte, legte sie dann zur Seite und trat wieder aufs Gas.

Nach dem gestrigen Gewitter war der Himmel klar, doch nun stieg Dunst vom Boden auf. Er verdichtete sich immer mehr, so dass ich – obwohl es mitten am Tag war – die Scheinwerfer anmachen musste, doch selbst dann konnte ich kaum mehr sehen als vage Konturen hinter einem grauen Schleier. Immer erstickender hatte er sich um die Welt gelegt, als ich endlich die Talstation der Dachsteinseilbahn erreichte. Der Nebel schien sich zwischen den Bergen förmlich zu stauen. Der Parkplatz vor der Seilbahn war fast leer, die großen Plakate, die für die Besichtigung von Eis- und Mammuthöhle warben, unleserlich. Normalerweise standen vor den Kassen Schlangen von Touristen und Schülergruppen, nun war ich sofort an der Reihe. Mürrisch fragte der Ticketverkäufer mehrmals nach, ob ich wirklich nur die Fahrt mit der Gondel kaufen wollte, nicht auch das Kombiticket für die Besichtigung der Höhlen. Ich musste das mehrmals bestätigen und erklären, dass ich zur Dachsteinlodge wollte – woraufhin er, weiterhin mürrisch, verkündete, dass ich die Gondel bei der Mittelstation wechseln müsste und dass mir oben nicht viel Zeit bliebe, da die letzte Gondel zum Tal schon in knapp zwei Stunden fahren würde.

»In Ordnung«, murmelte ich.

Die Gondel war fast leer und der übliche Ruck, den sie machte, wenn sie losfuhr, noch stärker zu fühlen. Meistens ging bei diesem Ruck ein Aufkreischen durch die Gondel, doch heute blieb es ruhig. Wehmütige Erinnerungen stiegen in mir auf, als es immer höher den Berg hinaufging. Das letzte Mal, als ich mit dieser Gondel gefahren war, hatte ich dicht an Aurora und Nathan gedrängt gestanden. Zwar hatte Aurora schon einmal mit Cara die Eishöhle besucht, doch daran hatte sie, wie an so viel anderes, keine Erinnerung mehr gehabt und hatte darum aufgeregt und ungeduldig die Ankunft an der Mittelstation erwartet.

Ich schüttelte den Kopf, um die Erinnerungen zu verdrängen und nicht von Traurigkeit und Hoffnungslosigkeit überwältigt zu werden. Als ich aufblickte, musterte mich eine Frau skeptisch.

»In der Höhle ist es ziemlich kalt«, erklärte sie streng. »Sie holen sich eine Erkältung, wenn Sie so dort reingehen. Einen Schal und eine Mütze bräuchten Sie – und Handschuhe.«

»Ich will nicht in die Höhle«, sagte ich schnell, aber schloss zumindest meine Jacke und starrte dann an der Frau vorbei nach draußen. Wir schienen auf einem weichen Nebelmeer zu schweben, aus dem nur einzelne Baumspitzen herausstachen.

Als ich an der Mittelstation ausstieg, fror ich augenblicklich. Leichte Übelkeit stieg in mir hoch. Ich wechselte die Gondel, musste ein paar Minuten auf die Weiterfahrt warten. Das Gelächter einiger Touristen, die zur Höhle aufbrachen, drang an mein Ohr. Als die Gondel endlich losfuhr, sah ich von oben eine Familie, die an einem Holztisch picknickte und unbeeindruckt vom schlechten Wetter eine Thermoskanne und Butterbrote auspackte. Dann war niemand mehr zu sehen. Je höher es den Berg hinaufging, desto dichter wurde der Nebel und dämpfte alle menschlichen Laute.

Wie Rauch stieg er vom Boden auf, und die Wiesen waren so grau, als wären sie von Asche bedeckt. Die Welt hier oben schien das Atmen vergessen zu haben.

Erhaben und ehrfurchtgebietend ragten hier bei schönem Wetter die Berge auf. Doch nun war da nichts weiter als die Ahnung von Schatten. Die stolzen Gipfel schienen ihre Form verändert zu haben, als hätte das dampfende Grau den ewigen Stein erweichen lassen. Dies hier war keine Welt mehr mit klaren Formen und Strukturen. Hier zerlief alles zu einem undurchsichtigen Einerlei.

Als die Gondel den Berggipfel erreicht hatte und ich ausstieg, war das Licht so trüb, dass ich weit und breit keine Dachsteinlodge erblicken konnte. Allerdings gab es nur einen einzigen Weg, der von der Gondelstation wegführte, und obwohl er schlammig war und bald Feuchtigkeit durch meine Schuhe drang, ging ich entschlossen weiter.

Bald hatte ich das Gefühl, geradewegs ins Nichts zu laufen. Immer schmaler wurde der Weg. An seinem Rand standen ein paar Blumen, von einem schneidenden Wind geknickt, dessen Pfeifen wie ein Höhnen klang: Alles, alles, was wächst und blüht, muss irgendwann vergehen, schien er zu spotten. Ewig war nur das Gletschereis hinter dem grauen Schleier.

Schritt für Schritt ging ich weiter. Ich verlor jegliches Zeitgefühl, wusste hinterher nicht mehr, ob ich nur ein paar Minuten unterwegs gewesen war oder Stunden. Obwohl es nicht bergauf ging, keuchte ich vor Anstrengung. Mein Gesicht wurde nass vor Dunst und Schweiß. Und dann ragte plötzlich etwas Dunkles, Eckiges vor mir auf. Ich war angekommen.

Es war ein einfaches, zweistöckiges Gebäude, auf das ich gestoßen war und um das ich nun einmal herumging. Von der Aussichtsplattform, die sich unmittelbar davor befand, konnte man an sonnigen Tagen gewiss einen herrlichen Ausblick ins Tal genießen, doch nun starrte ich geradewegs in die graue Nebelwand. Noch stärker als der kalte, feuchte Wind zerrte eine fürchterliche Trostlosigkeit an mir. Endlich war ich in der Einsamkeit hier oben auf ein Zeichen menschlichen Lebens gestoßen, und doch fühlte ich mich verloren. Die scharfen Konturen des Hauses verloren sich im diesigen Licht, als wäre es nur ein Trugbild. Die Stühle und Tische, die an der Außenwand Richtung Plattform gestapelt worden waren, glichen dunklen Gestalten, die mich belauerten. Kein Laut war zu hören, als ich die Treppe zur Eingangstür hinaufstieg, nur meine Schritte und mein Atem, und doch hatte ich das Gefühl, von tausend unsichtbaren Augen beobachtet zu werden. Die Fenster wirkten wie schwarze Löcher – lediglich hinter einem war die Ahnung eines Lichtscheins zu erkennen.

Die Stufen waren nass von Nebel und Regen, so dass ich fast ausrutschte. Gerade noch rechtzeitig packte ich das Holzgeländer. Als ich es wieder losließ, klebte eine bräunliche Masse an meiner Handfläche. Kurz blieb ich stehen – leicht gekrümmt, als wäre ich in dieser unwirtlichen Welt nicht ganz so verloren, wenn ich mich möglichst klein machte.

»Warum, Nathan«, kam es mir über die Lippen, »warum? Warum bist du einfach gegangen, obwohl Aurora in so großer Gefahr schwebt?«

Ich versuchte mir sein Gesicht in Erinnerung zu rufen, um Trost zu finden, doch inmitten des Nebels schien es wie alles andere auch hinter einem grauen Schleier verborgen zu sein. Nur Auroras Antlitz konnte ich heraufbeschwören, kurz so klar und deutlich, als stünde sie direkt vor mir. Doch in dieser Einsamkeit wirkte sie kleiner und dünner als sonst, schutzloser und verlorener, und der Ausdruck ihrer Augen, nicht blau, sondern grau wie der Nebel, war unendlich traurig.

Ich zuckte zusammen, als das Licht hinter dem Fenster plötzlich zu flackern begann. Auch wenn dieser Ort gottverlassen wirkte – irgendjemand schien hier zu sein. Ich erreichte die Tür, versuchte sie zu öffnen. Wie das Holzgeländer war auch die Klinke feucht vom Nebel, so dass meine Hand abrutschte. Erst als ich sie ein zweites Mal packte und mit ganzer Kraft niederdrückte, ging die Tür quietschend auf. Ich trat ein. Der Wind stöhnte, als er ins Gemäuer fuhr, in dem offenbar schon lange nicht mehr gelüftet worden war. Im Eingangsbereich hing der salzige Geruch von Essen, das längst verzehrt worden war, und vom Schweiß der Wandergruppen. Gleichzeitig roch es auch harzig vom Holz, mit dem die Wände verkleidet waren, und staubig von den kleinen Flickenteppichen, die auf den hellen Holzdielen verteilt worden waren.

Hinter einer kreisrunden Theke, die offenbar als Rezeption diente, stand ein stämmiger Mann. Ein unerwarteter Gast wie ich schien ihn weder zu erstaunen noch zu interessieren: Obwohl er gehört haben musste, wie ich die Tür geöffnet hatte und auf ihn zugetreten war, blickte er nicht hoch, sondern notierte etwas auf einem Zettel. Erst als ich unmittelbar vor der Theke stand und mich räusperte, traf mich sein äußerst gelangweilter Blick. Abschätzend musterte er meine Jacke, dann blieben seine Augen an meinen leichten Schuhen hängen, die über und über mit Schlamm bedeckt waren. Er kommentierte meine – für die Berge unpassende – Kleidung jedoch nicht.

»Wollen Sie ein Zimmer?«, sagte er grußlos. »Einzel oder Doppel? Oder lieber Gruppenraum? Heute wären Sie dort vielleicht ganz allein.«

Ich rieb meine klammen Hände aneinander. »Ich will

kein Zimmer … ich suche jemanden … er könnte hier wohnen … aber ich bin mir nicht sicher …« Ich verstrickte mich immer mehr in umständlichen Erklärungen über einen Prospekt, den ich bei einem Bekannten gefunden hätte, der wiederum seit langer Zeit spurlos verschwunden wäre. Der Mann sah mich einfach nur an. Vielleicht war er nicht gelangweilt und gleichgültig, sondern einfach nur phlegmatisch. Auf jeden Fall schien er nicht bereit, irgendwelche Nachfragen zu stellen.

Mein Gesicht begann in der warmen Luft zu glühen. Ich stammelte wieder Unverständliches; dann erst konnte ich seinen Namen aussprechen – mit gepresster, irgendwie kleinlauter Stimme, als würde ich ein Geständnis ablegen: »Ich suche Caspar von Kranichstein.«

Obwohl mir der Mann bis jetzt so reglos zugehört hatte, kam seine Antwort jetzt unerwartet schnell. »Den Namen habe ich noch nie gehört.«

Ich atmete laut aus, nickte dann. »Ach so …« Ich war mir nicht sicher, ob ich enttäuscht oder erleichtert sein sollte.

Ich wandte mich ab, wollte die Lodge schon verlassen und mich auf den feuchtkalten Rückmarsch machen, doch ehe ich die Tür erreichte, hielt ich inne. Ich war mir nicht sicher, was mich aufhielt: eine jähe Eingebung, oder vielmehr eine vages Gefühl – das Gefühl seiner Präsenz.

»Vielleicht … vielleicht hat er seinen richtigen Namen nicht angegeben«, setzte ich an, während ich mich langsam wieder umdrehte. »Vielleicht kennen Sie einen Mann, der so aussieht wie Caspar von Kranichstein. Er ist ziemlich groß und schlank, sehr schlank, richtig dünn. Sehr auffällig sind seine Finger, sie sind schmal und lang. Meistens ist er schwarz gekleidet. Auch seine Haare sind schwarz, und seine Augen …«

Während ich redete, konzentrierte sich der Mann wieder auf seinen Zettel. Während er ihn ausfüllte, stieß er beinahe eine Thermoskanne um, aus der Dampf stieg. »Fünfunddreißig«, presste er plötzlich schmallippig hervor.

»Bitte?«, entfuhr es mir.

»Der Mann, den Sie suchen, wohnt in Zimmer fünfunddreißig. Merkwürdiger Kauz. So jemanden sieht man hier oben nicht oft. War den ganzen Sommer über hier und scheint noch länger bleiben zu wollen.« Er zuckte mit den Schultern. »Aber was geht's mich an. Hauptsache, er zahlt regelmäßig.«

Während der – für seine Verhältnisse – erstaunlich vielen Worte hatte er den Kugelschreiber in seiner Hand gedreht. Nun fuhr er wieder auf dem Papier herum und machte ein kratzendes Geräusch, das in meinen Ohren schmerzte. Wie erstarrt blieb ich stehen.

Ohne mich anzusehen, deutete der Mann zu einer Treppe. »Dort hoch, den Gang entlang, dritte Tür rechts«, erklärte er knapp.

»Danke«, presste ich hervor. Meine Stimme war nur ein Hauch. Wie sie schienen auch meine Beine sämtliche Kraft verloren zu haben, als ich mich abwandte und die Treppe hinaufstieg. Bei jeder Stufe hatte ich das Gefühl, meine Füße würden auf dem Boden festkleben – ich nahm alle Kraft zusammen, um vorwärtszukommen, von Neugierde, aber auch von Furcht getrieben.

Ich war darauf vorbereitet gewesen, hätte den Weg hierher niemals auf mich genommen, wenn ich nicht tief in meinem Herzen daran geglaubt hätte, und dennoch konnte ich jetzt nichts anderes denken als: Das kann nicht sein! Unmöglich, dass Caspar von Kranichstein noch lebt!

Endlich kam ich vor einer Holztür an, auf der aus Messing die Zahl 35 befestigt war. Der unangenehme Geruch nach Staub und Schweiß hatte sich verflüchtigt, stattdessen duftete es intensiv nach Zirbenholz. Ich zögerte, lauschte – es war nichts zu hören. Endlich hob ich die Hand, verzichtete darauf zu klopfen, sondern griff gleich nach der Klinke. Gewiss erwartete mich hinter der Tür ein schlichter Raum – und doch hatte ich das Gefühl, als würde ich nichts Geringeres als das Tor zur Hölle aufstoßen. Ich nahm allen Mut zusammen, drückte die Klinke herunter, ließ sie dann hastig wieder los. Die Tür sprang auf, war jedoch nur einen Spaltbreit geöffnet. Immer noch hörte ich keinen Laut, nur mein eigenes Herz, das mir gegen die Brust hämmerte. Ich konnte mich nicht überwinden, die Klinke ein zweites Mal zu berühren, sondern trat mit dem Fuß gegen die Tür. Sie flog auf und gab den Blick in das Zimmer frei.

Ich hielt den Atem an.

Das Zimmer war leer.

Ja, das Zimmer war leer und zugleich doch nicht. Wie in Zeitlupe trat ich über die Schwelle, während mein Blick alle Details blitzschnell erfasste. Das Bett war frisch bezogen, und sowohl die Decke als auch die Polster lagen so akkurat an ihrem Platz, als hätte schon lange keiner mehr darin geschlafen. Doch das war das einzige Fleckchen im ganzen Raum, wo noch Ordnung herrschte – ansonsten war er in einem fürchterlichen Zustand. Der kleine Holztisch vor dem Fenster war über und über mit

Flaschen bedeckt – Bier-, Wein-, Sekt-, und Schnapsflaschen. Einige waren voll, andere halbleer, zwei waren umgekippt. Die Flüssigkeit war herausgetropft und hatte einen kreisrunden, klebrigen Fleck auf dem hellen Holz hinterlassen. In der Luft hing ein durchdringender Geruch nach Alkohol, der Übelkeit in mir hervorrief. Die Flaschen hatten Fliegen angelockt, schwarze, dicke Tiere, die nun den Tisch umsurrten oder ziellos auf der Fensterscheibe krabbelten.

Ich schlug mir angewidert die Hand vor den Mund. Es war unmöglich, dass Caspar hier lebte! Das passte nicht zu ihm, wo er doch so reinlich, ja fast schon steril war.

Nein, Caspar lebte nicht in diesem Zimmer, er war seit Jahren tot, Cara hatte ihn getötet, er hatte nichts mit Auroras Entführung zu tun!

Eigentlich war ich mir dessen jetzt sicher – und dennoch konnte ich das Zimmer nicht verlasen, jetzt, wo ich über seine Schwelle getreten war. Ich drehte mich einmal im Kreis, sah, dass die Tür zum Badezimmer nur angelehnt war. Ich stieß sie mit dem Fuß auf und wich zurück. Der säuerliche Gestank nach Alkohol hing hier noch durchdringender in der Luft, weil es kein Fenster gab, durch das er abziehen konnte. Auf der Ablage über dem Waschbecken befanden sich keinerlei Toilettenartikel, sondern weitere Flaschen. Ich blickte mich um – und entdeckte weder Handtücher noch eine Zahnbürste, weder einen Kamm noch ein Stück Seife.

Ein unangenehmes Kribbeln lief über meinen Rücken, von dem ich nicht genau sagen konnte, woher es rührte. Schnell trat ich ins Zimmer zurück. Das Einzige, was ich noch nicht inspiziert hatte, war der Schrank aus Zirbenholz, dessen süßlicher Duft sich dem säuerlichen des Alkohols widersetzte. Als ich den Schrank öffnete, quietschte die Tür. Der Luftzug ließ die Kleiderhaken erzittern; sie stießen aneinander und gaben ein klirrendes Geräusch von sich. Ich zuckte zusammen, als ich sah, dass der Schrank nicht ganz leer war: An einem der Haken hing ein einsamer, schwarzer Mantel – sehr weit geschnitten, aus feinem Stoff, altmodisch anmutend … und für mich so vertraut. Ich hatte Caspar nie anders gesehen als in schwarzer Kleidung – und mehrmals auch in diesem Mantel. Er hatte ihn auch an dem Tag getragen, als er gestorben war … oder von dem ich glaubte, dass er gestorben war.

Vorsichtig streckte ich meine Hand aus, um ihn zu betasten, und zuckte gleich wieder zurück, als wäre der Mantel ein gefährliches Tier, das mich anfallen, kratzen oder beißen könnte. Obwohl ich ihn kaum eine Sekunde lang berührt hatte, hätte ich schwören können, dass es Caspars Mantel war. Ich schüttelte den Kopf. Unsinn! Auch andere Männer trugen schwarze Mäntel!

Ich wagte kein zweites Mal, über den Stoff zu streichen, doch ich beugte mich vor, roch daran – nichts, weder Schweiß noch Parfüm. Der Mantel wirkte, als wäre er nie getragen worden, doch wie ich so dastand, den Kopf zu diesem Kleidungsstück geneigt, hatte ich das Gefühl, dass eine schwarze Wolke von ihm ausging und mich ganz und gar einhüllte.

Abrupt wich ich zurück, und kurz schien es mir, als würde der leere Ärmel nach mir greifen … über mein Gesicht streicheln … spielerisch und zugleich besitzergreifend …

Mit einer heftigen Bewegung schlug ich die Tür des Kleiderschranks zu und verursachte wieder das klirrende Geräusch der Kleiderhaken. Doch ein anderes Geräusch erschreckte mich noch viel mehr. Ich wollte mich gerade umdrehen, als ich hörte, wie sich die Zimmertür öffnete. Ein kalter Luftzug traf mich, aus den Augenwinkeln nahm ich einen Schatten wahr. Ich hörte eine Stimme – und erkannte sie, noch ehe ich die Gestalt erblickte, die nachlässig im Türrahmen lehnte.

»Bist du Nathan überdrüssig, dass du zu mir kommst?«

Krämpfe, Schmerzen, Zittern, Blitze, Zähneklappern.

Es gab kein Fleckchen Boden, auf dem sie sicher stehen oder wenigstens liegen konnte. Sie hatte das Gefühl, dass dieses Tosen sie nicht einfach nur mitriss, sondern ganz und gar verschlang. Und dann war da plötzlich eine absolute und gnädige Schwärze. Die Ohnmacht kündete sich nicht langsam an. Ihr Gehirn schaltete sich so abrupt aus wie ein Fernseher, dessen Kabel aus der Steckdose gezogen wird. Ein letztes Aufblitzen, dann war alles still. Das Erwachen nach einer Ewigkeit in der Dunkelheit ging ungleich langsamer vonstatten. Als sie zu sich kam, fühlte sie sich kurz wie vorhin im Kofferraum: völlig hilflos, ängstlich, ohne Orientierung. Sie wusste nicht, wo sie war – allerdings wusste sie sofort, wer sie war.

Ich bin Aurora Grigori. Ich bin eine Nephila.

Ihr Körper spannte sich an, doch diesmal war es nicht die fremde Macht, die von ihr Besitz ergriff und sämtliche Glieder erstarren ließ, sondern die Furcht vor dieser Macht. Gleich … gleich würde es wieder losgehen … das unerträglich Heftige … das Unaussprechliche … das Starke, viel zu Starke …

Doch zu ihrer Erleichterung blieben die Krämpfe aus.

Ihr Herz pochte zwar holprig, aber energisch. Sie konnte in Ruhe atmen, sie konnte sich aufrichten – und sie konnte hören: ein Schluchzen, nämlich Mias Schluchzen. Mia, die wie sie von diesen dunklen Gestalten ... den Nephilim entführt worden war.

Aurora blickte sich um. Der Nephil, der sie hierhergebracht, der sie vorhin verhöhnt und über sie gelacht hatte, war verschwunden. Ihr Gefängnis war nicht groß, ein winziger Raum hinter einer schweren Tür, die wahrscheinlich aus Stahl bestand. Es gab keine Fenster, die einzige Lichtquelle war der schmale Spalt unter der Tür. Das fahle Gelb, das dort zu sehen war, war zu schwach, um den Raum zu erhellen. Doch trotz der Dunkelheit hatte Aurora keine Mühe, alles genau zu erkennen. Ihr Blick glich einer Taschenlampe, die beleuchtet, worauf sie gerichtet wird. Nicht nur ihr Sehsinn war unglaublich geschärft – auch ihr Tastsinn. Ihre Haut kribbelte, als würden tausend Ameisen darüber wandern, als sie erst den Boden unter sich befühlte, dann die Wände. Aus Stein waren sie gehauen, unverputzt, rau und feucht. Noch besser als sehen und fühlen konnte sie hören. Sie vernahm nicht nur Mias Schluchzen, sondern auch ihre Gedanken. Ja, Mia sprach kein Wort – und doch konnte sie sie klagen hören.

Was ist nur mit dir los, Aurora? Was machst du da? Es hat grauenhaft ausgesehen, als du dich auf dem Boden gewälzt hast! Ich dachte, du stirbst!

Aurora erhob sich wendig. Sie fühlte keine Schmerzen in den Gliedern, obwohl sie die nach solchen Krämpfen eigentlich haben musste. Sie wunderte sich nicht lange darüber, wusste sofort, woran es lag: Die Wunden der Nephilim heilten schneller als die der Menschen. Sie waren unsterblich ... konnten nur von ihresgleichen auf drei

Arten getötet werden: indem man ihnen das Herz aus der Brust riss, sie enthauptete oder sie verbluten ließ …

Eben noch hatte sie geglaubt, Mias Stimme zu hören, obwohl diese nichts sagte, nur schluchzte, nun war es Caras Stimme, die sie innerlich wahrnahm, diese warme, ruhige, bestimmte Stimme. Damals, vor fünf Jahren, als die Mächte zum ersten Mal erwacht waren, hatte Cara sie immer beruhigen können. Sie selbst hatte sich kaum zu rühren gewagt, war sich sicher gewesen, dass bei nur einer falschen Bewegung dieses fremde Wesen in ihr erwachen würde, sie selbst aus ihrem Körper vertreiben und dann Dinge sagen und tun würde, die ihr fremd waren und die ihre Mutter so sehr verstört hatten. Also hatte sie damals stundenlang starr gesessen und hatte auf einen imaginären Punkt gestarrt. Doch dann war Cara ihr Kindermädchen geworden und hatte ihr geholfen und sie getröstet. Vor allem hatte sie ihr gezeigt, dass sie vor dem fremden Wesen in sich keine Angst haben musste, dass sie dessen Fähigkeiten vielmehr nutzen konnte. Dass ihre Gabe kein Fluch war, sondern ein Geschenk – vorausgesetzt, sie konnte damit umgehen.

Ach Cara, seufzte sie innerlich, und obwohl sie die einstige Vertraute so lange nicht gesehen hatte, schien sie ihr so nah wie nie, und die vielen Jahre der Trennung fühlten sich an wie ein flüchtiger Augenblick. Ach Cara …

Sie hörte Caras sanfte Stimme nicht länger; Mias Schluchzen hingegen wurde nicht weniger, und ihr wurde bewusst, dass ihre Freundin noch dringender des Trostes bedurfte als sie.

Als Aurora zu ihr hinüberging, kam sie ihr kleiner, dünner vor. Das wendige, kraftstrotzende, selbstbewusste Mädchen, das sie in den letzten Monaten immer beneidet hatte, schien verschwunden.

Aurora hockte sich neben sie, legte behutsam ihre Hände auf ihre vom Schluchzen zitternden Schultern. »Mia …«

Die Freundin zuckte zusammen, als hätte sie einen Stromstoß erhalten. Bis jetzt hatte ihr Kopf auf den Knien gelegen, nun fuhr sie hoch, starrte Aurora aus weitaufgerissenen Augen an und rückte dann hastig von ihr ab. Als Aurora sie wieder berühren wollte, stieß Mia mit einem panischem Aufschrei ihre Hand zurück.

»Aber … aber du hast doch keine Angst vor mir?«, rief Aurora nicht weniger erschrocken. Ihre Stimme klang rau, man hörte ihr das lange Schreien an. Ein Schreien, das Mia zutiefst entsetzt haben musste. Sie musterte sie wie eine Fremde.

»Mia …«, murmelte Aurora erneut. Ihre Stimme klang nun etwas vertrauter, und langsam, sehr langsam wich das Entsetzen aus Mias Gesicht.

»Ich dachte, du würdest sterben!«, rief sie voller Verzweiflung. »Ich dachte, du würdest vor meinen Augen sterben, und ich könnte nichts dagegen tun!«

»Aber ich bin nicht gestorben … und ich werde nicht sterben.«

Ich bin eine Nephila, fügte Aurora in Gedanken hinzu, Ich werde nie sterben … Es sei denn, einer der Schlangensöhne tötet mich … eines jener Wesen, die mich entführt haben.

Aber warum haben sie das getan? Steckt … Caspar von Kranichstein dahinter?

Sie konnte besser sehen, hören und fühlen als früher – doch eine Antwort auf diese Frage hatte sie nicht. In diesem Augenblick war es auch viel wichtiger, Mia zu beruhigen.

»Was ist nur mit dir passiert?«, fragte diese immer wie-

der. »Was haben sie mit dir gemacht? Sie kamen so plötzlich … erinnerst du dich … wir wollten das Auto deiner Mutter zur Reparatur bringen … und plötzlich waren sie da … sie standen mitten auf der Straße … diese schwarzen Männer … wer sind sie nur?«

Aurora zuckte mit den Schultern. »Ich weiß es nicht.«

Das war nicht ganz gelogen. Sie wusste zwar, dass es Nephilim, Schlangensöhne, waren, aber ihre Namen kannte sie nicht.

»Was sollen wir denn jetzt tun? Wir müssen raus hier! Wir müssen …«

Mia verstummte plötzlich, legte ihren Kopf leicht schief, als schien sie zu lauschen. Auch Aurora hörte es – hörte ein Flüstern und blickte zur Tür. Immer durchdringender wurde das Flüstern, kam nun von allen Seiten. Ihre Haut begann wieder zu kribbeln, kleine Stromstöße fuhren durch ihren Körper. Still!, hätte sie am liebsten geschrien. Seid doch still!

Doch dann erkannte sie, dass das Flüstern nicht von jenseits der Tür kam. Es kam aus ihr selbst. Sie war es, deren Lippen sich bewegten, ohne dass sie es bemerkt hatte.

»Was redest du denn da?« Eben hatte Mia zugelassen, dass sich ihre Schultern berührten, nun sprang sie auf, presste sich in die gegenüberliegende Ecke und starrte Aurora wieder voller Furcht an. »Was redest du da?«, fragte sie wieder.

Aurora wusste es nicht. Die Worte kamen aus ihrem Mund, doch sie konnte sie genauso wenig kontrollieren wie vorhin ihre Krämpfe. Es waren Worte in anderen Sprachen, in weitverbreiteten und in seltenen Dialekten, Worte über Dinge, die nichts mit ihrer Lage zu tun hatten, ganz ohne Zusammenhang. Sie zitierte Philosophen und Mathematiker, Physiker und Astrologen. Sie redete von verschiedenen Ländern der Welt und unterschiedlichsten Epochen, chirurgischen Eingriffen und Kochrezepten, von Börsenkursen und Tiefseeforschung. Und sie konnte nicht damit aufhören.

»Aurora!« Mia schrie nicht einfach nur – sie kreischte hysterisch.

Doch das Flüstern ging weiter, und Aurora konnte nichts anderes tun, als Mia hilflos anzustarren, sich ansonsten aber der fremden Macht zu überlassen. Diesmal war sie nicht ganz so gewaltig – doch ausgeliefert war sie ihr dennoch. Aber wenigstens ihren Körper beherrschte sie noch nicht. Aurora konnte aufstehen, hin und her gehen, schnell, immer schneller. Sie versuchte den Worten davonzulaufen, doch jene Macht, die sie ihr entlockte, ließ nicht von ihr ab: Sie konnte sie nicht einfach abschütteln, nicht vor ihr fliehen, so schnell sie auch rannte. Vielleicht war es gar nicht sie, die rannte, sondern vielmehr die Macht, die sie hin und her trieb, sie von einer Ecke in die andere hetzte. Sie rannte nicht, vielmehr schien sie zu springen, mit riesengroßen Schritten, mit gewaltiger Kraft – immer schneller.

Mia kreischte nicht mehr, sondern war völlig verstummt. Als Aurora an ihr vorbeistürmte, konnte sie erkennen, dass sie kalkweiß im Gesicht geworden war. Sie wollte ihr etwas sagen, sie beruhigen, doch es gelang ihr nicht. Die Macht bestimmte ihre Worte. Und die Macht bestimmte ihre Schritte. Sie hatte das beklemmende Gefühl, dass der Raum immer kleiner wurde. Gleich … gleich würde sie beginnen, mit dem Kopf voran gegen die Wände zu laufen, würde mit den Fäusten dagegenschlagen, bis sie einstürzten. Vor fünf Jahren wäre sie noch nicht stark genug dazu gewesen – aber seither war die

Macht in ihr gewachsen. Sie konnte mehr Sprachen sprechen als zuvor, trug viel mehr Wissen in sich – aber sie hatte nicht die geringste Kontrolle über sich.

Ihre Verzweiflung wuchs, als sie wieder und wieder im Kreis lief ... nein, gelaufen wurde, eine Gefangene ihrer selbst und diesmal nicht von gnädiger Schwärze überwältigt. Ihre Kräfte, das spürte sie, würden sich nicht so schnell erschöpfen. Immer weiter und weiter musste sie rennen, ganz gleich, ob sie es ertragen konnte oder nicht.

Nein!, rief sie stumm. Nein!

Die Macht gab sie nicht frei, aber plötzlich stieg wieder Caras Gesicht vor ihr auf, dieses schöne, ebenmäßige, beruhigende Gesicht. Die grünen Augen waren starr auf sie gerichtet, bezähmten kurz, was in ihr tobte, zumindest so lange, dass sie nicht mehr in fremden Sprachen sprechen musste, sondern einfach nur flehen konnte: »Hilf mir, Cara! Hilf mir! Was soll ich denn jetzt tun?«

VI.

Auf seine Frage, ob ich Nathan überdrüssig sei, hatte ich nicht geantwortet. Ich starrte ihn nur an, bewegte mich nicht – genauso wenig wie er. Er hatte sich an den Türrahmen gelehnt und musterte mich von dort: Caspar von Kranichstein. Ohne Zweifel, er war es wirklich und nicht etwa ein Doppelgänger; zu offenkundig war die Ähnlichkeit, zu wissend der Blick der schwarzen Augen, zu schmal das Lächeln. Aber er war nicht mehr der Alte.

Er war zwar lebendig – aber von Augenblick zu Augenblick wurde mir bewusster, dass niemand toter sein konnte als er. Er atmete, er hatte zu mir gesprochen – und doch war diese Gestalt vor mir nur ein Zerrbild, eine leblose Hülle, in der nichts mehr von dem zu stecken schien, was mir früher so große Angst gemacht und was mich zugleich so fasziniert hatte. Der alte Caspar war immer elegant gewesen mit seiner streng anmutenden schwarzen Kleidung und dem nach hinten gekämmten Haar. Jede seiner Regungen war stets mit Bedacht ausgefallen: Seine Selbstbeherrschung schien so extrem, dass ihm diese eigentümliche Starre anhaftete. Und er war immer unglaublich präsent gewesen. Ihn zu sehen hieß immer auch, ihn zu fühlen. Seine Aura legte sich um sein Gegenüber wie ein erstickendes Tuch und rang Ehrfurcht ab, ohne dass er dafür laut und fordernd werden musste.

Doch dieser Caspar, der heute vor mir stand, hatte nichts von all dem: Seine Kleidung war zwar schwarz, aber zerrissen und dreckig, das Hemd hing aus seiner Hose, die Schuhe waren schlammbefleckt, seine Haare standen wirr vom Kopf ab. Das weiße Gesicht war von Bartstoppeln übersät, die Tränensäcke unter den Augen wirkten wie bläuliche Geschwülste, sein Kinn hing so schlaff herunter, als hätte sich die Haut gänzlich von der Gesichtsmuskulatur gelöst. Schon früher hatte ich oft den Eindruck gehabt, sein Gesicht wäre nichts weiter als eine wächserne Maske gewesen, die manchmal verrutscht war – doch diese Maske jetzt war nicht einfach nur aus Wachs, sondern aufgequollen und schief.

Und auch von der üblichen Starre war nichts zu spüren. Er löste sich nun vom Türrahmen, ging, nein taumelte auf mich zu, nicht aufrecht, nicht beherrscht, sondern wie eine Marionette, die lustlos an den Fäden baumelte, weil niemand sie hielt. Erschreckend war dieser Anblick, aber weder angst- noch respekteinflößend, eher mitleiderregend und widerwärtig. Unmöglich konnte man diesen Caspar ernst nehmen! Er wirkte so lächerlich wie eine stümperhafte Karikatur!

Ein leicht gequälter Ausdruck zeichnete sich nun auf seinem Gesicht ab, aber verflüchtigte sich schnell wieder. Dass ich ihn in diesem jämmerlichen, erbärmlichen Zustand sah, schien ihn nicht sonderlich zu stören. Stärker als Qual und Spott, stärker als Scham und Ärger schien seine Gleichgültigkeit.

»Du … du lebst?«, brachte ich endlich hervor.

Ein Ruck ging durch seine Gestalt. Drei Schritte hatte er mittlerweile ins Zimmer gemacht, nun wankte er auf mich zu. Nur mühsam schien er die Balance halten zu können. Ich wich instinktiv zurück, doch er kam mir nicht zu nahe, ging einfach an mir vorbei, bis er vor dem Tisch stand und sich schwer darauf abstützte. Das Brummen der Fliegen schien anzuschwellen. Seine Stimme, blechern wie damals, wurde fast gänzlich davon übertönt.

»Ja, ich lebe«, sagte er – und klang nicht nur gleichgültig, sondern auch irgendwie gelangweilt. »Wenn man es denn leben nennen will. Mir fällt das schwer, aber manch einem würde es reichen. Ein Bett, ein Dach, genug zu saufen … was will man mehr … die meisten wollen nicht mehr … die meisten …«

Er brach ab, aber ich hatte gleich im Ohr, wie er früher seinen Satz beendet hätte. Dem Menschenpack würde es reichen … dem Füllfleisch, das nichts anderes antriebe, als sich gegenseitig totzuschlagen oder sich träge fettzufressen, wenn es die Nephilim nicht gäbe, die ihm Befehle erteilten.

Voller Verachtung und Arroganz hatte er damals gesprochen – während sein heutiges Bekenntnis eher kleinlaut ausfiel.

Als er sich zu mir umdrehte und sich vom Tisch löste, schwankte er wieder leicht. »Ja, ich lebe«, wiederholte er freudlos. »Aber ich könnte gerne darauf verzichten, glaub mir. Nur scheint es, dass ich genauso feige bin wie meine liebe Schwester Cara. Sie hat es nicht geschafft, mich zu töten – und ich schaffe es leider auch nicht. Ich habe oft mit unserem Vater über sie gespottet, weil sie sich so erbärmlich anstellte. Aber jetzt denke ich mir: Ich bin nicht besser als sie. Ich tauge zu nichts.«

Fassungslos hörte ich zu. Ich erwartete, dass dieses Eingeständnis des absoluten Scheiterns irgendeinen Triumph in mir auslösen würde – niemand hatte mir je so zugesetzt wie Caspar. Er hatte Nathan töten wollen, er hatte mich selbst bedroht, er hatte vor meinen Augen Menschen umgebracht, er hatte versucht, mir Aurora wegzunehmen. Ja, Caspar war ein Feind … ein Feind gewesen … in diesem Augenblick war er das nicht mehr … war er nur eine mitleiderregende Kreatur.

»Cara hat geschworen, sie habe dich umgebracht …«, stammelte ich.

»Dann hat sie gelogen«, gab er heiser zurück. »Oder vielleicht hat sie sogar die Wahrheit gesagt. Schau mich doch an! Mein Körper mag halbwegs lebendig sein, aber alles andere hat sie vernichtet.«

Sein Gesicht verzerrte sich, die Andeutung eines Grinsens erschien auf seinen bläulich schimmernden Lippen.

Ich wich noch weiter zurück und stieß dabei gegen eine Weinflasche, die auf dem Boden stand. Sie fiel um, und die rote Flüssigkeit versickerte im Teppich.

»Siehst du«, höhnte er, »nicht einmal das bringe ich zustande. Ich kann mich nicht betrinken. Es geht einfach nicht. Ich dachte mir, wovon das Menschenpack etwas versteht, das bringe ich auch zustande. Vergessen. Verdrängen. Mich blind stellen. Aber es funktioniert nicht. Ich habe es immer wieder versucht – doch am Ende war ich schwach oder schläfrig, aber ich hatte nicht vergessen oder verdrängt.«

Er hob die Hand, fuchtelte zunächst ziellos durch die Luft und tippte sich dann an die Stirn.

»Ich kann mich an alles erinnern. Ich sehe alles deutlich vor mir. Ich sehe, wie Nathan Serafina und meinen Sohn getötet hat. Ich sehe Cara … Aurora … dich …

Ihr verfolgt mich, ihr gebt keine Ruhe. Und zugleich«, er senkte seine Hand, zuckte mit den Schultern, »und zugleich fühle ich nichts mehr.«

Er machte eine Pause, rieb die Lippen aufeinander, fuhr schließlich etwas ruhiger fort: »Ich frage mich oft, ob Aurora irgendeinen Zauber ausgesprochen hat, damals, als sie auf dem Felsvorsprung meinen Namen rief. Ich meine … in ihr steckt doch eine ganz außergewöhnliche Nephila. Sie ist anders als die anderen. Was hat sie damals gemacht? Was hat sie mit mir gemacht?«

Zum ersten Mal zeigte seine Gleichgültigkeit Risse – genauso wie meine Starre. Dass er ihren Namen auszusprechen wagte, brachte Leben in mich zurück – und Zorn. Vorhin hatte ich mich in seiner Gegenwart zu keiner schnellen Regung mehr fähig gefühlt, nun ballte ich meine Hände zu Fäusten und stürzte auf ihn zu.

»Du Ungeheuer!«, schrie ich. »Wo ist Aurora? Wohin hast du sie gebracht?«

Nur ein Schritt trennte mich noch von ihm. Ich hätte ihn mit meinen Fäusten getroffen – ihn schlagen können. Was mich zurückhielt, war nicht sein ehrlich verwirrter Gesichtsausdruck, der nahezu menschlich wirkte, sondern mein Ekel vor dieser ungesunden, schlaffen Haut. Nein, ich würde ihn nicht freiwillig berühren und sei es nur, um ihn zu schlagen.

»Ach so«, stellte er fest, nachdenklich nun, und ein wenig erschöpft. »Du bist also nicht wegen Nathan hier, sondern … ihretwegen.«

»Wo ist sie?«, schrie ich wieder. »Was muss ich tun, dass du sie mir wiedergibst?«

Irgendwo tief drinnen reifte die Ahnung, dass ich ihm Unrecht tat, dass – so bösartig und zerstörerisch er früher auch gewesen war – er mir diesen leblosen Caspar jetzt nicht vorspielte und so gar nicht in der Lage wäre, mein Kind zu entführen. Doch Wut war leichter zu ertragen als Furcht – und in dieser Einöde konnte ich mit dieser Wut nichts anderes tun, als sie gegen ihn zu richten. Jetzt schien er langsam, ganz langsam zu begreifen, was mich hierhergetrieben hatte und was ich von ihm wollte.

»Was du tun musst, damit ich sie dir wiedergebe?«, wiederholte er meine Frage – verwirrt zunächst, dann mit einem bissigen Unterton, der an den Caspar von früher erinnerte. Irrte ich mich oder rötete sich seine bislang so fahle Haut ein wenig? »Du bist verzweifelt«, stellte er nicht ohne Genugtuung fest – und schien darüber selbst am meisten überrascht: nicht über meine Verzweiflung, sondern darüber, dass ihm das gefiel. Dass ihm überhaupt irgendetwas gefiel.

»Was verlangst du für sie?«, stöhnte ich nur. »Was willst du von mir?«

»Oho«, machte er und schwieg dann lange. Seine rechte Augenbraue hob sich, dann zuckte er mit den Schultern.

»So wie ich dich kenne, bist du bereit, für Aurora jedes Opfer zu bringen. Nicht auszudenken, was ich in diesem Augenblick von dir verlangen könnte … und was du mir vielleicht geben würdest. Wenn alles noch wie früher wäre …«

Er trat auf mich zu, nicht ganz so schwankend wie vorhin. Seine Beine schienen steif wie Stöcke zu sein, doch seine Spinnenhände waren so geschmeidig wie einst, als sie plötzlich hochfuhren und vor meinem Gesicht innehielten. Ich wappnete mich gegen eine Berührung, fühlte die Hände schon über meine Wangen streicheln, als er sie wieder kraftlos sinken ließ.

»Was soll's«, murmelte er, »es macht keinen Spaß mehr. Es amüsiert mich überhaupt nicht mehr. Ich fühle … nichts.«

So leer wie sein Blick war und so tonlos seine Stimme, glaubte ich ihm sogar. Und ich konnte mich dennoch nicht damit zufriedengeben.

»Hör auf, mir etwas vorzuspielen!«, fuhr ich ihn an. »Ich kenne die Wahrheit!«

»Die da wäre?«

»Du hast Nathan irgendwie dazu gebracht, uns zu verlassen. Du hast Aurora entführen lassen. Du willst sie immer noch, und mich auch und …«

Ich verstummte mitten im Satz. Die Worte klangen selbst in meinen Ohren lächerlich. Wie sollte Caspar Nathan in diesem Zustand zu irgendetwas gebracht haben, was dieser nicht wollte? Und warum sollte er sich in dieser Einöde verschanzen, wenn er Aurora in seiner Gewalt hätte?

Genau das schien auch Caspar durch den Kopf zu gehen. »Sophie«, setzte er gedehnt an, »dein Vertrauen in meine Fähigkeiten ehrt dich. Aber kannst du mir bitte erklären, warum ich hier oben hocken und Wein saufen sollte, der seine Wirkung verfehlt, wenn ich all das tatsächlich getan hätte?«

»Du willst mich in die Irre führen. Du willst …«

»Dich in die Irre führen?«, unterbrach er mich – unerwartet heftig diesmal, ein neuerlicher Ruck ging durch seine Glieder. Ja, der Wein mochte seine Wirkung auf ihn verfehlen – aber ich nicht. Ich wusste nicht, was genau ihm dieses bisschen Lebendigkeit schenkte – ob vergangene Liebe oder vergangener Hass, nur diesmal war es eindeutig keine Sinnestäuschung, dass seine Wangen an Farbe gewonnen hatten und seine schwarzen Augen ein wenig glänzten. »Warum sollte ich dich in die Irre führen?«, rief er erneut. »Wenn du denkst, dass ich dazu fähig bin, Nathan zu vertreiben und Aurora zu entführen – warum sollte ich dir dann etwas vormachen? Warum dir Lügen auftischen? Ich könnte dich auf der Stelle töten oder weiß Gott was sonst mit dir anstellen – und du hättest nicht den Hauch einer Chance gegen mich.«

Ich senkte meinen Blick. Auch wenn ich es nicht wahrhaben wollte – er hatte recht. Er hatte nichts mit Nathans Verschwinden und Auroras Entführung zu tun. Vielleicht war seine Erschöpfung und Gleichgültigkeit zum Teil gespielt – aber nicht ganz.

»Aber …«, stammelte ich, »aber wer hat Aurora dann? Wer hat sie entführt?«

»Mhm«, machte er und legte seinen langen Finger nachdenklich auf die Lippen. Sie waren nicht mehr ganz so bläulich, aber immer noch sehr schmal. »Da ich es nicht war, ist das in der Tat eine interessante Frage.«

Er ließ den Finger wieder sinken und zeigte nun den Anflug eines Lächelns, nein, eines Grinsens – bösartig, schadenfroh –, und in seinen Augen blitzte es.

»Du weißt doch etwas!«, rief ich.

Schlagartig schwand das Grinsen wieder. Wieder vermeintlich gleichgültig zuckte er mit den Schultern. »Ich weiß so vieles, was ich überhaupt nicht wissen will.«

»Sag es mir!«, rief ich flehentlich.

»Und warum sollte ich?«, gab er zurück. »Ach ja … jetzt fällt es mir ein … du sagtest es bereits: Dass du … alles dafür tun würdest, Aurora wiederzubekommen. Aber was bringt mir das?« Beinahe entschuldigend hob er die Hände. »Cara hat mir die Gier genommen … meine Gier nach Rache, nach dir, nach Aurora …

Meinetwegen könnt ihr glücklich leben. Es lässt mich kalt.«

»Wir leben nicht glücklich. Nicht mehr.«

»Tja«, machte er nur und wandte sich ab.

Er ging zurück zum Tisch, trommelte mit seinen Fingern auf dem einzigen winzigen Fleckchen, dass frei war. Die Fliegen summten ärgerlich.

»Tja«, wiederholte er. »Nathan fort … Aurora fort … Du ganz allein … Ich hätte dich nie allein gelassen. Nicht angesichts der vielen Gefahren.«

Ich zuckte zusammen. »Gefahren?«, brachte ich flüsternd hervor. »Welche Gefahren?«

Caspar antwortete nicht darauf. »Wenn ich mich recht erinnere, hat Nathan dich schon einmal im Stich gelassen, nicht wahr? Er ist einfach gegangen, ohne sich dir zu erklären … O böser, böser Nathan.« Vermeintlich missbilligend schüttelte er den Kopf, doch als er sich wieder zu mir umdrehte, sah ich erneut ein Funkeln in seinen Augen – diesmal unzweifelhaft belustigt. Trotz seiner Lethargie hatte er nicht verlernt, mir zuzusetzen – und er schien immer noch genau zu wissen, welche Worte er dazu wählen musste. »Dass Nathan aus seinen Fehlern aber auch so gar nicht lernt«, fügte er hinzu. Immer heftiger schüttelte er nun den Kopf. »Ich meine – immer geht er, wenn's bedrohlich wird, und hofft, dass das genügt. Man muss doch dem Feind ins Gesicht sehen.«

»Welchem Feind?«

Er trat zum Fenster, blickte in den Nebel, der dort draußen wie eine weiße Wand stand. Kurz verschwamm das Bild vor meinen Augen. Sein Körper glich einem schwarzen Strich, dessen Ränder sich langsam im Grau auflösten.

»Welchem Feind?«, fragte ich und trat zu ihm.

Im Profil betrachtet, wirkte sein Gesicht nicht einfach nur schlaff, verbraucht, leblos, sondern aufgrund der nach unten gezogenen Mundwinkel schwermütig – ein Eindruck, der sich in der lähmenden Stille, die auf uns lastete, noch verstärkte.

»Weißt du, warum ich mich nach hier oben zurückgezogen habe?«, fragte er plötzlich in die Stille hinein. »Weil ich das Schwarz und das Weiß liebe und ansonsten keine Farben brauche. Hier oben, wo die Luft dünn wird, wo die Pflanzen immer karger wachsen, wo man von mächtigen Bergen umgeben ist, findet man viel Schwarzes und Weißes. Aber dann gibt es Tage wie heute. Graue Tage. Alles fließt ineinander, alles verschwindet, die Grenzen, die Orientierung. Ob schwarz oder weiß. Ob gute oder böse Nephilim ... Sie alle werden eins.«

Sein Blick blieb starr auf die Nebelwand gerichtet, auch dann noch, als er geendet hatte.

»Wovon redest du nur?«, rief ich. »Irgendetwas weißt du doch, nicht wahr? Deine Andeutungen – was ...«

»Ich kann mir denken, was geschehen ist«, sprach er. Er atmete tief ein, doch es klang wie ein Seufzen, in dem sich all die Lethargie, die Selbstverachtung, die Gleichgültigkeit der letzten Jahre entlud. »Ich habe einmal Besuch bekommen ... von meinem Halbbruder César, der herausgefunden hat, dass Cara mich nicht töten konnte ...«

Er machte eine kurze Pause, in der ich mir über seine Familienverhältnisse den Kopf zerbrach. Ich hatte von Caras und Caspars gewalttätigem Vater gehört, jedoch noch nie davon, dass er noch weitere Geschwister hatte. Im nächsten Augenblick zählte das aber auch nicht mehr: »César hat mir von einem Streit berichtet … von einem großen Streit, der die Alten der Wächter entzweite. Es hat ihn zutiefst amüsiert … mich hingegen ließ es kalt … so wie mich alles kaltlässt.«

Er wandte sich mir zu. Seine Lider hingen schwer über seinen schwarzen Augen.

»Die Alten sind die Nephilim der Urzeiten, die gemeinsam einen Rat bilden«, stieß ich aus, »Nathan steht nicht gut mit ihnen, weil er in ihren Augen seine Berufung vernachlässigt und sich so manchen Feind gemacht hat. Aber … aber … haben sie auch damit zu tun, dass Nathan Hallstatt verlassen musste?« Ich hielt inne, mir kam ein Gedanke. »Wir hätten es doch bemerkt, wenn sie uns beobachtet hätten, oder nicht? Nathan sagte, die Alten leben nicht einzeln, sondern in Gemeinschaften. Sie wären uns doch aufgefallen, und …«

Sichtlich gelangweilt wandte sich Caspar von mir ab. »Du weißt nicht sonderlich viel …«

»Was … was sollte ich denn wissen?«

»Das fragst du mich? Warum hast du es nicht Nathan gefragt? Du hast fünf Jahre Zeit dafür gehabt, fünf ach so glückliche Jahre!«

Ich biss mir auf die Lippen. »Bitte …«, stieß ich aus. »Sag es mir … sag mir, was du weißt.«

Er kreuzte seine Hände vor der Brust, sein Oberkörper begann leicht hin und her zu wippen – vielleicht verriet das Ungeduld, vielleicht einfach nur, dass er seine Regungen nicht unter Kontrolle hatte.

»Die Hierarchie der Nephilim ist ungleich komplexer, als du glaubst«, setzte er an. »Auch die Alten übernehmen verschiedene Funktionen – mit je eigenen Aufgaben … Das bringt es mit sich, dass sie nicht immer einer Meinung sind und …«

Viel zu schnell verstummte er wieder.

»Und deswegen ist es zu einem Streit im Ältestenrat gekommen«, versuchte ich die wenigen Andeutungen in einen Zusammenhang zu bringen. »Worüber?«

Er hob die rechte Augenbraue. »Warum verschwende ich eigentlich meine Zeit? Warum muss ich mich überhaupt mit dir abgeben? Darf ich dich erinnern, dass du dich entschieden hast? Für unseren schönen Cellisten nämlich. Nicht für mich. Spielt ihr eigentlich noch gemeinsam?«

Kaum merklich runzelte er die Stirn.

»Caspar ...«

»Ich hoffe, ihr tut es nicht«, brach es plötzlich aus ihm heraus, und das Funkeln in den Augen, das vorhin einfach nur Reste an Lebendigkeit verheißen hatte, wurde bösartig. »Ich hoffe, dass euch zumindest diese Freude genommen worden ist. Eigentlich ist es ein geradezu lächerlicher Preis, den ihr zahlen musstet. Aber zumindest musstet ihr irgendetwas opfern. So ist das Leben. Man kriegt etwas, und es wird einem etwas dafür genommen. Cara hat mir mein Leben geschenkt. Aber sie hat mich meiner Gefühle beraubt, meiner Rachsucht, meines Hasses.«

Er löste seine langen, dünnen Hände von der Brust und betrachtete sie aufmerksam – wie es schien, zum ersten Mal seit langer Zeit, denn er starrte darauf, als gehörten sie nicht zu ihm. »Ich habe seit Jahren kein Schwert mehr geführt. Aber ich könnte dich töten, Sophie, schnell, ganz einfach. Auch wenn ich müde und ausgelaugt bin – dafür würde es noch reichen.«

Sein Blick schweifte über meine Gestalt, wieder mit diesem boshaften Funkeln, aber auch mit dieser tiefen Traurigkeit.

»Wenn du mich töten wolltest, hättest du es gleich

getan. Was weißt du über Auroras Entführung? Was weißt du über diesen … Streit der Alten?«

»Ich weiß, dass man niemandem trauen sollte, einfach niemandem«, gab er zurück. »Wahrscheinlich hat sich alles direkt vor deinen Augen abgespielt. Und du hast es nicht bemerkt. Menschen sind so blind … sie sind stets mit ihren kleinlichen Angelegenheiten beschäftigt … sie heben nie den Kopf, um die Wahrheit zu erkennen.«

»Welche Wahrheit?«

»Dass die Welt nicht schwarz und weiß, sondern grau ist. Dass alle Grenzen verlaufen. Dass Gut und Böse sich nicht trennen lassen.« Er schüttelte den Kopf. »Eigentlich ist das hier alles ein Irrwitz! Der gute Nathan verlässt dich – und du kommst ausgerechnet zu mir und bettelst um Hilfe.«

Kicherte oder schluchzte er?

»Ich bettle nicht um deine Hilfe. Ich will, dass du mir Antworten gibst.«

»Weil ich der Letzte bin, der dir helfen kann.« Nun kam eindeutig ein Kichern über seine Lippen. »Cara, Nathan, Aurora … alle fort. Jetzt hast du niemanden mehr, der dir die Welt der Nephilim erklärt.«

»Dann tu du es!«

Das Kichern verstummte. Langsam, sehr langsam trat er auf mich zu, beugte sein aufgeschwemmtes Gesicht ganz nah zu meinem. Ob es die veränderte Perspektive war oder einfach die Kraft, die ihm die vielen Wort gegeben hatten – die Haut wirkte nicht mehr so schlaff. Wieder hob er seine Spinnenhände, viel zu lang, um schön und elegant zu wirken. Eher monströs schienen sie, wie sie plötzlich vorschnellten, sich auf meine Stirne legten, sacht über meine Wangen strichen. Die Berührung fiel so sanft aus, dass ich mir nicht sicher sein konnte, ob sie vielleicht einfach nur eine Sinnestäuschung war. Meine Haut schien zu schmelzen – und gleichzeitig zu verhärten.

Ich wich zurück, stolperte fast über die eigenen Füße, und da lachte er plötzlich – kicherte nicht einfach nur verstohlen, sondern lachte laut und blechern, lachte, wie der alte Caspar gelacht hatte.

»Du hast deine Wahl getroffen«, zischte er. »Und jetzt hau ab!«

Keinen Augenblick länger würde ich nun noch glauben können, dass seine Gefühle tatsächlich erkaltet waren. Vielleicht hatte es sich in den letzten Jahren tatsächlich für ihn so angefühlt, als wäre es so, aber in diesem Moment hasste er. Hasste sich aus ganzem Herzen. Hasste Nathan. Und hasste auch mich.

Panik stieg in mir hoch, Grauen – und zugleich altvertraute Faszination. Ich konnte mich all dem nicht länger aussetzen, stürmte zur Tür, riss sie auf und stürzte hinaus. Sein Gelächter begleitete mich den Gang entlang, es echote auch dann noch in meinen Ohren, als ich die Lodge schon längst verlassen hatte, zur Seilbahnstation lief und gerade noch die letzte Gondel erreichte, die an diesem Tag hinunter ins Tal fuhr.

Als ich zu Hause ankam, war ich völlig durchgefroren, doch erst als ich die Türschwelle überschritten hatte, bemerkte ich, wie sehr ich zitterte. Die Nässe war durch meine Schuhe gedrungen, meine Haare hatten sich in der feuchten Luft gekräuselt. Ich hatte vergessen, im Auto die Heizung anzumachen, und jetzt klapperten mir die Zähne. Lukas stürzte mir entgegen. Das Entsetzen, das in seinem Gesicht stand, wuchs bei meinem Anblick.

»Sophie … Sophie, wo warst du nur?«

Ich blieb stehen und konnte ihn nur wortlos anstarren. Mein Zittern verstärkte sich. Eigentlich war Lukas ein Mann, der seine Gefühle stets im Griff hatte – doch nun spiegelte sich meine eigene Qual in seinem Blick.

»Sophie …«

Zunächst war er zögernd vor mir stehen geblieben. Nun nahm er mir die Handtasche ab, zog mir die Jacke aus und führte mich ins Wohnzimmer zum Sofa. Kaum saß ich, bückte er sich, um mir die Schuhe aufzuschnüren und sie mir von den Füßen zu ziehen. Wehrlos ließ ich alles über mich ergehen, zutiefst dankbar, dass er nicht noch mehr Fragen stellte, obwohl es ihm bestimmt schwerfiel, sich zurückzuhalten. Schließlich holte er eine Decke und hüllte mich darin ein.

»Sophie«, seine Stimme klang nicht mehr panisch wie vorhin, sondern beruhigend, »Sophie, wo warst du?«

»Ich kann es dir nicht sagen«, brach es aus mir hervor. »Ich kann dir so vieles nicht sagen, glaub mir, ich würde es so gerne, aber ich … ich … kann nicht … ich darf nicht. Ich darf es einfach nicht!«

»Wer verbietet es dir denn?«

Ich schüttelte heftig den Kopf. »Ich muss es doch geheim halten … ich … ich …«

»Was musst du geheim halten? Hat es mit den Kindern zu tun?«

Ich schüttelte wieder den Kopf – was ohne Zweifel eine Lüge war. Natürlich hatte das Verschwinden der Kinder mit der Existenz der Nephilim zu tun. Auch wenn Caspar nicht dafür verantwortlich war, so hatte eben ein anderer dieser … Brut seine Hände im Spiel. Aber ich wusste – wenn ich nur die geringste Andeutung gemacht hätte, hätte Lukas weitergebohrt.

Das Zittern hatte ein wenig nachgelassen. Erst jetzt merkte ich, dass er mich an den Schultern gepackt hatte und mich nun zaghaft streichelte. Ich fühlte, wie sich wieder Wärme in mir ausbreitete – und wie ich mich langsam wieder beruhigte.

»Nathan …«, murmelte ich. »Ich habe Nathan gesucht. Er … er ist seit zwei Tagen verschwunden, und ich weiß nicht, wo er ist. Mir war noch ein … Ort eingefallen, wo er sein könnte. Doch auch dort habe ich ihn nicht gefunden.«

Zu meiner Erleichterung hinterfragte Lukas diese Erklärung nicht. »Hast du versucht, ihn telefonisch zu erreichen? Heutzutage hat doch jeder sein Handy dabei. Und er kann doch nicht einfach gehen, ohne …«

Er verstummte, schüttelte nun selbst irritiert den Kopf.

»Glaub mir«, sagte ich tonlos, »er kann …«

Auch wenn ich Lukas so vieles andere verschwieg – meinen Schmerz über Nathans unerklärliches Verschwinden konnte ich nicht vor ihm verbergen.

»Er kann«, wiederholte ich. »Er hat es schon einmal getan.«

Lukas ließ mich los und setzte sich neben mich. »Was?«, fragte er verständnislos. »Dich einfach verlassen?«

Ich gab keine Antwort, was er für eine Bestätigung hielt. »Das … das verstehe ich nicht. Ihr habt doch so glücklich miteinander gewirkt!«

»Das waren wir ja auch.« Erst als ich Worte ausgesprochen hatte, merkte ich entsetzt, dass ich in der Vergangenheit gesprochen hatte.

»Und trotzdem ist er einfach gegangen?«

Ich schwieg, denn was hätte ich auch sagen sollen? Dass er zwar nicht grundlos so gehandelt haben mochte? Aber dass ich dennoch schrecklich enttäuscht und verzweifelt war, weil er sich mir nicht anvertraut hatte, sondern einfach gegangen war?

Wenn er dieses Opfer wirklich zu meinem und Auroras Wohl gebracht hatte, dann war es vergebens gewesen ... denn Aurora befand sich in den Händen dieser unbekannten Entführer.

Ich schluchzte auf.

»Sophie ... es tut mir so leid ... ich hatte ja keine Ahnung.«

Ich schluchzte weiter – weil es mir schwerfiel zu lügen und so vieles zu verschweigen. Und weil sich darin all meine Anspannung entlud. Lukas hielt mich fest, presste schließlich meinen Kopf an seine Brust und streichelte über mein Haar. Er wirkte unsicher, etwas verlegen, aber er hörte nicht damit auf.

»Wir waren wirklich glücklich«, sagte ich wieder und wieder; es klang nicht überzeugt, trotzig vielmehr, als glaubte ich selbst nicht so recht daran. Ja, wir waren glücklich, aber rückblickend betrachtet schien es mir plötzlich ein ängstliches, vorsichtiges Glück gewesen zu sein, ein Glück, das wir nie in seiner ganzen Fülle hatten ausschöpfen können, über dem stets ein bedrohlicher Schatten gelegen hatte. Wenn man mich noch vor einer Woche gefragt hätte, wie ich mich fühlte, so hätte ich von Herzen beteuert, dass es mir nicht besser gehen könne. Doch nun erschien es mir einfach nur feige und naiv, jemals geglaubt zu haben, dass wir eine normale Familie sein könnten. Nathan war ein Nephil ... Caspar lebte noch ... und Aurora trug dieses Erbe in sich. Wie ein Film liefen Bilder der vergangenen Jahre vor mir ab, und alles, was mir bislang als ungetrübte Idylle erschienen war, bekam nun den bitteren Beigeschmack der Lüge, des Verdrängens, des Sich-blind-Stellens. Und alles, was mich schon früher belastet hatte – die Distanz zwischen Nathan und Aurora, seine Weigerung, weitere Kinder in die Welt zu setzen –, erschien mir nun unerträglich.

Ich weinte in Lukas' Armen, bis ich keine Tränen mehr hatte, bis alles aus mir herausgeflossen war, Panik, Furcht, Entsetzen, Ohnmacht – aber auch sämtliche Kraft. Als mein Schluchzen verstummte, fühlte ich mich unendlich ausgelaugt und begann wieder zu zittern.

»Du darfst nicht die Nerven verlieren, Sophie«, beschwor mich Lukas. »Hörst du?«

Ich nickte schwach. Ich hatte das Gefühl, als könnte ich nie wieder weinen, nie wieder schreien, müsste ewig so sitzen bleiben und stumpf vor mich hin starren.

»Ich mache dir etwas zu essen«, entschied er.

»Ich habe keinen Hunger«, erwiderte ich schwach.

»Keine Widerrede! Du musst zu Kräften kommen! Und ich lasse dir ein Bad ein! Du bist immer noch völlig durchgefroren.«

Als er mich losließ, hätte ich mich am liebsten an ihm festgeklammert, doch ich unterdrückte diese Regung.

»Danke«, murmelte ich. Als ich ihm nachsah, schämte ich mich, dass ich mich so gehen ließ. Er war doch genauso verzweifelt wie ich! Und außerdem war er zusammengeschlagen worden!

Ich sah, wie er sich an den Kopf griff, wo sicherlich schlimme Schmerzen tobten. Doch diese hielten ihn nicht von seinem Vorhaben ab: Wenig später hörte ich, wie Wasser in die Badewanne floss und wie er sich in der Küche zu schaffen machte.

Als ich aus dem Bad kam, war mir nicht mehr kalt. Ich hatte ein dickes Handtuch um meinen Körper geschlungen und auch einen Bademantel und dicke Socken angezogen. Hunger fühlte ich keinen, aber der Duft, der durch das Haus zog, war verführerisch. Ich hatte keine Ahnung, wie Lukas es geschafft hatte, aber es war ihm gelungen, aus spärlichen Resten etwas Leckeres zu kochen. Bei dem köstlichen Geruch musste ich daran denken, wie Nathan das letzte Mal gekocht hatte – erst vor wenigen Tagen, als Lukas und Mia zum Abendessen gekommen waren. Vorhin hatte ich noch geglaubt, nie wieder weinen zu können, nun stiegen mir wieder Tränen in die Augen. Mit aller Macht schluckte ich sie herunter – und befahl mir, etwas zu essen, wenn auch nur Lukas zuliebe.

Zuerst tischte er eine Kartoffelsuppe auf, die er mit Curry verfeinert hatte (von dem ich gar nicht wusste, dass ich ihn überhaupt im Haus hatte). Außerdem hatte er Brot getoastet und mit Schinken, Champignons und Mozzarella überbacken.

Jeder Bissen, den ich zu mir nahm, war eine Überwindung und fühlte sich wie ein Verrat an, weil ich dennoch mit gutem Appetit aß, obwohl ich nicht wusste, wie es Aurora ging und ob sie vielleicht hungerte. Aber am Ende siegte der Hunger – und Lukas, der sich einfach nicht damit zufriedengab, dass ich den Teller gleich wieder wegschieben wollte, und darauf bestand, dass ich weiteraß.

Nachdem wir zu Ende gegessen hatten, machte er wieder Kaffee. Mittlerweile schien er sich gut in meiner Küche zurechtzufinden, denn er öffnete auf Anhieb die richtigen Schubladen.

Es war etwas ungewohnt, ihn so zu sehen. Auch wenn

ich wusste, dass er den Alltag mit Mia allein bewältigte, hatte ich ihn bisher eher als wortkargen Bergarbeiter und nicht als fürsorglichen Hausmann gesehen.

»Woher kannst du so gut kochen?«, fragte ich.

Er sah mich nicht an, während er die Kaffeebohnen in die Maschine füllte. »Ich musste es lernen ... damals ...« Er brach mitten im Satz ab, hob kurz lauschend den Kopf, als hätte er ein Geräusch gehört, ließ ihn aber bald wieder enttäuscht sinken. »Warum ... warum meldet sich nur niemand?«

Ich wusste nichts zu sagen, weil ich weder lügen noch ihm die Hoffnung nehmen wollte, dass sich über kurz oder lang der Entführer melden und uns sagen würde, was wir zu tun hätten, um die Mädchen wiederzubekommen.

Nachdem er den Kaffee zubereitet hatte, nahm er mir gegenüber Platz. Die Wunde schien gut zu verheilen, denn es drang kein Blut unter dem Pflaster hervor, doch seine Haut wirkte fast grau.

»Mia ... Mia ist doch das Einzige, was mir geblieben ist ...«, stieß er plötzlich aus. »Für sie habe ich damals vor fünf Jahren weitergelebt, nur für sie. Wenn es sie nicht gegeben hätte, ich hätte keinen einzigen weiteren Tag überstanden. Aber ich musste für sie sorgen, und so ist Stunde um Stunde vergangen, und irgendwann war der Schmerz nicht mehr ganz so unerträglich.«

Nun schien ihn dieser Schmerz förmlich zu überwältigen. Tiefe Trauer vereinte sich mit der Sorge um seine Tochter.

»Bis zu ihrem Tod hat Mathilda alles gemacht«, fuhr er mit gesenktem Blick fort. »Wir haben ganz traditionell gelebt – ich ging arbeiten, sie hat den Haushalt übernommen. Als es sie nicht mehr ... gab, musste ich plötzlich alles lernen. Es ist mir nicht leichtgefallen, das kannst du mir glauben.«

Die Andeutung eines Lächelns erschien auf seinem Gesicht, und zugleich sah ich, wie Tränen in seinen Augen glitzerten. »Ich hatte so große Angst, alles falsch zu machen … Es schien mir unmöglich, Mathilda zu ersetzen. Eigentlich kann ich das bis heute nicht.«

Bis jetzt hatte er erst ein- oder zweimal den Namen seiner Frau ausgesprochen, und auch jetzt tat er es mit einem nahezu ehrfürchtigen Unterton, als wäre er zu kostbar, um ihn leichtfertig in den Mund zu nehmen.

Ich erhob mich mit der Kaffeetasse in der Hand, aus der es dampfte. »Komm!«, forderte ich ihn auf. »Lass uns ins Wohnzimmer gehen.«

Das schmutzige Geschirr ließen wir einfach stehen. Schweigend saßen wir auf dem Sofa, jeder in den Anblick der eigenen Kaffeetasse versunken – und in seinen Gedanken. Erst nach einer Weile blickte ich wieder auf.

»Es ist fünf Jahre her, dass deine Frau …«, ich brachte den Satz nicht zu Ende.

»Ja«, sagte er knapp. »Eigentlich eine lange Zeit. Und doch nicht lang genug, um damit fertig zu werden. Manchmal sage ich mir, ich habe mich ganz gut geschlagen. Aber manchmal denke ich, dass ich Mia so vieles nicht geben kann, was sie braucht.«

»Sag so etwas nicht!«, widersprach ich heftig. »Mia ist ein tolles Mädchen! So stark und selbstbewusst! Aurora ist durch die Freundschaft zu ihr richtig aufgeblüht. Ich bin sicher, Mia …«

Ich brach ab.

Ich bin sicher, sie wird auch die Entführung gut überstehen, hatte ich sagen wollen. Aber das wäre eine Lüge gewesen, denn ich war mir alles andere als sicher. Ein beängstigender Gedanke kam mir: Falls die Entführer nur an Aurora interessiert waren – was würden sie mit ihr, einem lästigen Menschenkind, machen? Dass sie so geschickt und stark war, war kein Trost – im Gegenteil. Schlangensöhne würden sie nicht einfach gehen lassen, würden sich diese Fähigkeiten vielmehr einverleiben …

Ich fühlte, wie ich blass wurde, und stellte rasch die Kaffeetasse ab, weil meine Hände zitterten.

»Was hast du?«, fragte Lukas besorgt.

Ich wich seinem Blick aus. »Nichts«, sagte ich hastig, »es ist einfach nur dieses Warten …«

Auch er stellte nun die Tasse ab und rang seine Hände. »Es macht mich verrückt!«, brach es aus ihm heraus. »Erst vor kurzem dachte ich noch, es würde nun endlich bergauf gehen. Hier in Hallstatt haben wir uns doch so wohl gefühlt. Es gibt hier keine schmerzhaften Erinnerungen. Wir konnten nach vorne blicken – vor allem ich, Mia ist das ja schon immer leichter gefallen. Ich dachte sogar … ich dachte …«

»Was dachtest du?«

Nun war er es, der meinem Blick auswich. »Ich dachte sogar, dass ich vielleicht irgendwann wieder eine Frau finden könnte. Bis vor kurzem war das noch unvorstellbar. Niemand konnte … niemand kann Mathilda ersetzen. Und doch – das Leben geht weiter. Ich weiß, dass ich bis zu meinem letzten Atemzug um sie trauern werde, aber ich weiß jetzt auch, dass es nicht unmöglich ist, wieder zu … lieben.«

In seinen Augen glänzten erneut Tränen, und das rührte mich noch mehr als seine Worte. Lukas war ein Mann, der sich sicher nicht oft gestattete zu weinen.

Wahrscheinlich hatte er es sich selbst kurz nach Mathildas Tod oft genug verboten. Auch jetzt rieb er sich verlegen seine Augen, seine Schultern zitterten leicht. Ich war bestürzt … voller Mitleid … und auch beschämt, weil ich ihm so viel verschwieg. Und weil ich mir sicher war, dass Nephilim die Verantwortung für die Entführung trugen – und folglich auch irgendwie ich selbst, da ich die Augen vor dieser anderen, beängstigenden Wirklichkeit, die hinter meiner kleinen, heilen Welt lauerte, verschlossen hatte.

»Lukas …«, murmelte ich hilflos.

»Ja«, bekräftigte er, »ich dachte wirklich, ich könnte wieder lieben. Nicht zuletzt wegen … dir. Ja, es hat mir so gut getan, mit dir … mit euch zusammenzusein! In den letzten Jahren haben Mia und ich so abgeschottet gelebt, auch sie tat sich schwer, sich anderen Kindern zu öffnen. Aber dann hat sie sich mit Aurora angefreundet. Und alles wurde so selbstverständlich … mit dir zu reden, bei dir … bei euch zu Abend zu essen. Das war einfach wieder ein Stück Normalität. Und dann … ich wusste natürlich, dass du Nathan hast … aber ich muss gestehen: Ich habe mir vorgestellt, wie es wäre, wenn du mit Aurora allein wärst … so wie ich mit Mia, und …«

»Lukas …«

Er schüttelte den Kopf. »Es tut mir leid, ich rede wirres Zeug. Ich weiß gar nicht, was mit mir los ist. Sonst … sonst bin ich nicht so.«

Er beugte sich vor und stützte seinen Kopf schwer auf seine Arme.

»Das ist die Anspannung«, murmelte ich. »Vielleicht solltest du ein bisschen schlafen …«

Er fuhr ruckartig hoch, wich nicht länger meinem Blick aus, sondern starrte mich aus immer noch feuchtglänzenden Augen an. »Dennoch«, setzte er an, »auch wenn ich nicht recht weiß, was ich da rede … eins meine ich doch ganz ehrlich: Du bist eine bemerkenswerte Frau, Sophie. Du bist so stark, du ruhst in dir …«

Seine Worte hörten sich völlig absurd an. Nie hatte ich mich weniger stark und in mir ruhend gefühlt.

»Das stimmt nicht!«, stritt ich ab.

»Doch«, bekräftigte er. »Doch, so ist es! Du erinnerst mich auch ein wenig an Mathilda. Auf den ersten Blick war sie sehr sanft und sensibel, aber zugleich stand sie doch mit beiden Beinen im Leben. Kein Sturmwind konnte sie umfegen.«

»Wie … wie ist sie gestorben?«

Der Kummer verzerrte sein Gesicht. »Ein Unfall …«, presste er knapp hervor. Ich fühlte, wie die Erinnerungen ihn peinigten, und meine unbedachte Frage tat mir leid. Ich wollte ihm nicht noch mehr Schmerzen zufügen. Hastig ergriff ich seine Hand und drückte sie.

»Ich wollte nicht daran rühren, ich …«

»Ach, Sophie …«

Er erwiderte den Druck meiner Hand und beugte sich zu mir. Sein Gesicht war nun ganz dicht vor meinem. Ich konnte sehen, wie gefurcht seine Haut war – Spuren seiner harten Arbeit, aber vor allem seiner Trauer.

Nathan hatte keine einzige solche Furche. Seine Seele war gewiss auch von viel Leid gezeichnet, aber sein Gesicht war schön und glatt und weich und würde es immer bleiben. Die Spuren der Zeit würden an ihm nicht nagen so wie bei mir. Er würde ewig jung bleiben, ewig schön, während ich irgendwann eine alte Frau wäre, die zu einem alten Mann viel besser passen würde ... einem Menschen, wie ich selbst einer war.

Vor diesem Gedanken war ich in den letzten Jahren immer davongelaufen, aber jetzt stieg er mit aller Macht in mir auf. Wenn Nathan und ich uns damals vor fünf Jahren getrennt hätten, ging es mir durch den Kopf, dann wäre ich heute tatsächlich in der gleichen Situation wie Lukas. Ich wäre immer noch voller Trauer um die Liebe meines Lebens, aber es wäre genügend Zeit vergangen, um langsam wieder nach vorne zu blicken. Wenn ich Lukas nun kennengelernt hätte – vielleicht wäre ich wie er bereit für eine neue Beziehung gewesen. Vielleicht würden wir dann nicht als Freunde hier sitzen, sondern als Liebende ... und vielleicht wären Aurora und Mia nicht entführt worden.

Plötzlich hatte ich ein Bild vor Augen – von uns vieren in dieser Villa. Ich wollt es verdrängen, aber es gelang mir nicht. Es schien förmlich von mir Besitz zu ergreifen. So wenig wie gegen diese Vorstellung konnte ich mich dagegen wehren, dass Lukas plötzlich meine Hand losließ und über mein Gesicht strich. Ich fühlte die raue Haut auf seinen Fingerkuppen – viel rauer als Nathans. Etwas ungelenk hob er die zweite Hand, legte auch diese auf meine Stirn, zog schließlich mein Gesicht zu seinem. Nur mehr eine Handbreit waren unsere Lippen voneinander entfernt.

»Lukas ...«, presste ich heiser hervor.

»Ich bin so alleine«, murmelte er, »trotz Mia fühle ich mich oft so einsam. Aber ich will nicht alleine sein. Ich ertrage es nicht! Gerade jetzt nicht!«

»Lukas ...«

Die Worte blieben mir in der Kehle stecken. Er zog mein Gesicht noch näher an das seine, und dann lagen unsere Lippen aufeinander. Es war kein echter Kuss, denn wir bewegten uns nicht, öffneten die Lippen nicht. Und dennoch konnte ich fühlen, wie rau seine Haut war und wie warm. Er streichelte vorsichtig über mein Haar, über meinen Nacken. Ein Schauer lief über meinen Rücken. Und plötzlich ging mir auf, dass ich noch nie einen Mann, einen Menschen geküsst hatte – nur Nephilim. Nathan war der Erste gewesen – und einmal hatte ich Caspar geküsst, aber sonst niemanden.

Wie würde Lukas schmecken? Was würde passieren, wenn ich meine Lippen öffnete, mit seiner Zunge verschmolz?

Ich sehnte mich danach – sehnte mich weniger nach dem Kuss eines Mannes, eines echten Mannes, als danach zu vergessen. Mich blind und taub zu stellen. Mich in die Umarmung fallenzulassen, mich der Wärme hinzugeben, die Lukas in mir entfachte, nachdem eben noch Kälte … Caspars Kälte sich in mir breitgemacht hatte.

Aber dann riss ich mich entschieden los.

Betroffen senkte Lukas sein Gesicht. »Ich wollte dir nicht zu nahe treten«, erklärte er heftig. »Es tut mir leid.«

»Nein!«, rief ich. »Mach dir keine Vorwürfe. Es ist nur …«

»Nathan?«, fragte er schlicht.

Plötzlich konnte ich ihn ganz deutlich vor mir sehen – nicht Nathan mit seinen blauen melancholischen Augen, seinen feinen Zügen, seiner sehnigen Gestalt, sondern Caspar, und sein Blick war nicht leer und gleichgültig wie vorhin auf der Dachsteinlodge, sondern glänzte voller Spott und Hass. Der alte Caspar, ging mir auf, hätte Lukas auf der Stelle getötet, wenn er diesen Kuss ... diesen Ansatz eines Kusses gesehen hätte. Es war ihm schwer genug gefallen, Nathan als Nebenbuhler zu ertragen – aber niemals hätte er zugelassen, dass mir ein Mensch zu nahe käme. Zum ersten Mal dachte ich daran, wie gefährlich es für jeden Mann gewesen wäre, wenn er sich in den ersten sieben Jahren von Auroras Leben, als Nathan uns verlassen hatte, Caspar uns hingegen heimlich beobachtete, mir genähert hätte. Auch damals, als ich noch nichts von den Nephilim wusste, hatte ich kein normales Leben führen können. Wie lächerlich, je geglaubt zu haben, dass es später möglich sein würde!

»Sophie, ich wollte wirklich nicht ...«

»Sag einfach nichts mehr«, unterbrach ich ihn schnell.

Schweigend saßen wir nun nebeneinander. Auch wenn ich mich von ihm gelöst und den Kuss beendet hatte – als Lukas wieder meine Hand ergriff, brachte ich es nicht übers Herz, ihn zurückzuweisen. Es wurde Abend, es wurde Nacht, immer noch saßen wir auf dem Sofa. Sachte streichelte Lukas über meine Hand. Irgendwann wurden seine Bewegungen langsamer, er nickte ein. Selbst dann ließ ich ihn nicht los und war mir nicht sicher, ob ich es tat, um ihn zu trösten – oder mich selbst.

»Hilf mir, Cara! Hilf mir! Was soll ich tun?«

Aurora konnte ihre absonderlichen Schritte und Sprünge nicht verlangsamen. Sie konnte auch nicht verhindern, dass neben ihrem verzweifelten Hilferuf weiterhin so viele andere Worte über ihre Lippen kamen, förmlich hervorquollen, als wäre ihr Gehirn viel zu klein, um sie alle bei sich zu behalten. Und da waren nicht nur die eigenen Worte, sie hörte auch Mia – hörte ihre nackte, pure Angst … hörte ihre verzweifelten Gedanken … entführt … hilflos … mit einer Freundin zusammen, die sich wie eine Wahnsinnige aufführte …

Aber dann, inmitten dieses Wirrwarrs, vernahm sie etwas anderes. Vernahm Cara, die sich einst zu ihr gebeugt hatte, ihr fest in die Augen geblickt und ihr eindringlich gesagt hatte: »Du hast bei deiner Geburt große Macht geschenkt bekommen, Aurora, eine ganz besondere und auch seltene Macht. Du verfügst über immens viel Wissen und du kannst viele Sprachen sprechen. Du kannst die Gedanken anderer lesen, und du kannst diese Gedanken auch lenken. Eines Tages wirst du vielleicht sogar Gegenstände allein kraft deines Geistes bewegen können. Aber das wird dir nicht gelingen, wenn diese Macht über dich Oberhand gewinnt, hörst du? Du darfst dich ihr nicht einfach überlassen, du musst sie befehligen. Nur dann ist sie eine Gabe und kein Fluch.«

Damals war ihr ein Stein vom Herzen gefallen. Als sie sich Cara anvertraut und ihr erzählt hatte, was in ihr vorging, war diese nicht befremdet gewesen – im Gegenteil. Ein wissender Ausdruck war in ihrem Gesicht zu sehen gewesen. Cara hatte erkannt, was in ihr wütete – sie hatte keine Angst davor gehabt, und sie hatte ihr erklären können, wie sie damit umgehen sollte.

»Aber wie?«, hatte Aurora gefragt. »Wie soll ich dieser Macht etwas befehlen?«

»Du darfst deinen spontanen Regungen nicht einfach folgen. Ich weiß, so vieles zerrt an dir – aber du musst versuchen, es irgendwie zu ignorieren, und stattdessen überlegen, was du willst. Das ist das Einzige, was zählt. Setz dir ein Ziel und konzentriere dich darauf. Jene Fähigkeiten, die dir helfen, das Ziel zu erreichen, musst du

nutzen. Aber die Fähigkeiten, die dir dabei im Weg stehen, musst du unterdrücken. Überleg dir nicht, was du alles kannst! Überleg dir vielmehr, was du willst!«

Überleg dir, was du willst ... Konzentriere dich darauf ...

Die Worte echoten in Aurora. Sie wusste, dass Cara recht hatte, aber sie hatte keine Ahnung, wie sie ihren Ratschlag befolgen sollte. Ihre Lippen formten immer noch unwillkürlich Worte, die sie gar nicht sagen wollte. Ihre Füße liefen immer noch unruhig durch das Gefängnis, ihr Körper wurde von einer Wand zur nächsten geschleudert.

Ich kann doch nichts dagegen tun!, dachte Aurora verzweifelt – doch dann ging ihr auf, dass das nicht stimmte. Eines konnte sie durchaus: Sie konnte denken.

Überleg dir, was du willst ...

Ja, sie konnte denken, sie konnte sich überlegen, was sie wollte. Und sie brauchte nicht lange dafür.

Ich will, dass es aufhört, dachte sie.

Wieder gab Cara ihr eine Antwort: »Das ist noch zu wenig. Du brauchst ein klares, konkretes Ziel. Es hilft nicht, wenn du eine Sache nur verneinst.«

Etwas in Aurora verkrampfte sich – etwas Dunkles, Absolutes, Starkes. Gleich würde es sich nicht nur damit begnügen, sie durch den Raum zu jagen, gleich würde es sie wieder zu Boden werfen, ihren Körper verbiegen ...

Aber sie bemühte sich, es zu ignorieren, beschwor stattdessen Caras eindringliche Worte herauf.

Überleg dir, was du willst ...

Ich will meine Schritte selber lenken können!

Gut. Was brauchst du dafür?

Körperbeherrschung ..., dachte Aurora. Ich will, dass meine Glieder tun, was ich ihnen sage ... ich will nicht so schnell gehen, ich will nicht springen, ich will stehen bleiben …

Die Krämpfe in ihrem Magen wurden schlimmer, das Kribbeln auf ihrer Haut verstärkte sich. Kurz wurde es so unerträglich, dass sie glaubte, die Haut würde zerreißen, würde ihr nacktes Fleisch bloßlegen. Doch dann fühlte sie plötzlich gar nichts mehr. Es war, als hätte eine dünne Schicht aus Stein ihren Leib überzogen und ihn völlig erstarren lassen. Sie blieb so abrupt stehen, dass sie beinahe über die eigenen Füße gefallen wäre. Aber immerhin – sie war stehen geblieben.

Ich will, dass meine Glieder tun, was ich ihnen sage …

Sie wünschte es sich so sehr, und dieser Wunsch bekam plötzlich Gewicht – Gewicht, das sie der fremden Macht entgegenschleudern konnte wie eine Waffe.

Aurora lächelte, als ihr aufging, dass es funktioniert hatte, und ihr war, als würde ihr auch Cara zulächeln.

Ich will selbst bestimmen, wann ich in fremden Sprachen rede, dachte sie nun. Ich will selbst bestimmen, wann ich mein Wissen verkünde.

Diesmal überzog keine dünne Steinschicht ihre Haut. Vielmehr stellte sie sich vor, dass ihre Gedanken solche kleinen Steine wären. Sie musste nur die Hand heben, sie werfen, und wenn auch ihr Ziel, diese fremde Macht, unsichtbar war, so hatte sie doch das Gefühl, sie würde sie treffen.

Ihre Lippen verschlossen sich. Keine weiteren Worte drangen aus ihr hervor.

Und nun?, fragte Cara. Was willst du noch?

Aurora atmete tief durch. Nun, da sie ruhig dastand, konnte sie Mia eingehend betrachten. Diese hockte in der Ecke, gekrümmt, das Gesicht immer noch kalkweiß.

Diesmal sprach Aurora ihre Worte laut aus: »Ich will

hier raus. Ich will wieder nach Hause. Gemeinsam mit Mia.«

Als ich erwachte, war es bereits kurz vor Mittag. Erst im Morgengrauen war ich eingeschlafen – in Lukas' Armen, meinen Kopf auf seiner Brust. Gegen Morgen musste er sich vorsichtig von mir gelöst haben, ohne mich aufzuwecken, denn nun saß er gegenüber der Couch auf einem Stuhl und betrachtete mich. Er war frisch rasiert und gekämmt und hatte ein neues Pflaster auf seine Wunde geklebt, doch sein Blick war müde.

»Guten Morgen!«

Ganz kurz, für die Dauer von nur wenigen Sekunden, fehlte den Erinnerungen an das gestrige Grauen die Macht; ein wohliges Gefühl stieg in mir hoch, von der Gewissheit getragen, nicht allein zu sein – und von der Vertrautheit zwischen uns, die beinahe zu einem Kuss geführt hatte. Doch als ich ruckartig hochfuhr, zerplatzte dieses Gefühl in mir wie eine Seifenblase.

»Ich … ich habe geträumt …«, stammelte ich. Ich versuchte, nach den wirren Bildern zu greifen, die irgendwo im Hinterkopf festzusitzen schienen, doch es war, als würden sie wie Asche zerfallen, ehe sie sich klärten. Hatte ich wieder vom Kerker geträumt? Oder vielmehr von meiner Begegnung mit Caspar und seinen wirren Worten, wonach Schwarz und Weiß ihre Schärfe verloren und alles zu einem Grau wurde?

Was immer ich geträumt hatte und wie verwirrend es gewesen war – eines wurde mir plötzlich ganz klar: Auch wenn Caspar nicht an Auroras Entführung beteiligt war – es gab keinen anderen, der mir jetzt noch helfen konnte. Gestern war ich einfach nur erleichtert gewesen, heimzukommen und von Lukas umsorgt zu werden – heute Morgen begriff ich, dass es wohl ein Fehler gewesen war, so überstürzt vor Caspar zu fliehen.

»Willst du etwas frühstücken?«

»Nein … nein … ich … muss …«

Ich hielt inne. Es auszusprechen war immer noch schwer – aber zumindest denken konnte ich es: Ich muss noch einmal zu Caspar. Ich muss mit ihm sprechen. Und diesmal werde ich auf seinen Anblick … seinen Zustand besser vorbereitet sein.

»Was musst du?«, fragte Lukas leise.

Ich blickte ihn ratlos an und wusste nicht, wie ich erklären sollte, warum ich schon wieder fortwollte. Mein Blick richtete sich auf das Telefon.

»Immer noch keine Nachricht …«, murmelte er, und jetzt erst sah ich, dass seine Hände die Stuhllehne umkrampften. Seine Anspannung schien fast unerträglich zu sein.

»Vielleicht«, setzte ich zögernd an, »vielleicht sollten wir doch die Polizei informieren …«

Noch während ich es aussprach, wusste ich, dass ich einen großen Fehler machte. Ihn zur Polizei zu schicken erschien mir zwar das beste Mittel, um ihn abzulenken. Doch brachte ich damit nicht unschuldige Menschen in höchste Gefahr? Hatten hier in meiner Villa Nephilim nicht schon einmal ein schreckliches Blutbad unter Polizisten angerichtet?

Wenn Aurora in die Hände von Nephilim geraten war, so würde die Polizei vergeblich nach Spuren des Verbrechens suchen, würde sie den Entführern immer um viele Schritte hinterherhinken und sie unmöglich dingfest machen können.

Lukas griff zum Telefon. »Nein!«, rief ich hastig. Ich

sprang auf, wollte seinen Arm eigentlich am Ellbogen packen und ihn zurückziehen, aber berührte stattdessen seine Hand. Prompt schlossen sich seine Finger um meine.

Männerhände … nicht Nephilimhände … schwieliger und rauer als die von Nathan …

Nathans Händen sah man nicht an, wie oft sie das Schwert geschwungen, erbittert gekämpft, sogar getötet hatten. Lukas' Händen hingegen sah man auf den ersten Blick an, dass sie einem Mann gehörten, der zupackte. Hastig zog ich meine Hand zurück.

»Vielleicht … vielleicht solltest du aufs Revier fahren …«, schlug ich vor. »Und ich warte hier, falls sich in der Zwischenzeit jemand meldet.«

Sein Gesichtsausdruck war zweifelnd, als sein Blick über mich glitt. Ich versuchte überzeugt zu wirken, entschlossen und gefestigt. Schließlich nickte er. »Ich habe mein Handy bei mir«, erklärte er und stand auf. »Melde dich, wenn jemand anruft.«

Ich blieb auf dem Sofa sitzen, bis er seine Jacke angezogen hatte und die Tür ins Schloss gefallen war. Ich hörte seine Schritte auf dem Kies, dann wie eine Autotür zufiel und der Motor ansprang. »Verdammt!«, entfuhr es mir, und ich schlug mir verärgert vor die Stirn. Bestrebt, ihn fortzuschicken, hatte ich nicht daran gedacht, dass mein Auto kaputt war und ich nun unmöglich zur Seilbahnstation fahren konnte.

Jetzt war es zu spät, ihn zurückzuholen, und obwohl ich nicht wusste, was ich nun tun sollte, zog ich mich rasch an. Meine Hose von gestern war noch nass, also schlüpfte ich in eine neue Jeans und in einen warmen Pulli, suchte im Schuhschrank nach festen Sportschuhen und bei den Wintersachen nach einer dickeren Jacke. Vor dem Vorzimmerspiegel band ich mir die Haare zusammen – und erschrak, als ich mich dabei betrachtete. Mein Gesicht wirkte blass, verschlafen; meine Augen jedoch waren weit aufgerissen, spiegelten meine Ängste – und mein schlechtes Gewissen. Aurora war in der Hand von Entführern … Nathan spurlos verschwunden … und ich hatte nichts Besseres zu tun, als beinahe unseren Nachbarn zu küssen und mich an ihn zu klammern, als gäbe es nur uns beide!

Ich schüttelte den Kopf, konnte diesem unangenehmen Gefühl, meine Liebsten verraten zu haben, nicht nachgeben – nicht jetzt. Ich trat ins Freie. Der Nebel von gestern hatte sich aufgelöst, nur über dem See hing noch der Morgendunst. Auf der Wiese hingegen funkelte Raureif in der Sonne. Sonderlich stark schien sie nicht. Sie blendete, aber wärmte nicht.

Die Orquals, ging mir durch den Kopf … ich könnte zu Fuß zu Susanna gehen, ihr Auto ausleihen und damit zu Caspar fahren. Plötzlich stieg ein Bild vor meinem geistigen Auge auf, vage zunächst, so dass ich dachte, es entstamme einem der finsteren Träume, doch dann wurde es schärfer … es war die Erinnerung an den bleichen Marian, wie er während des Gewitters um das Haus geschlichen war und sein Gesicht an die Fensterscheibe gepresst hatte.

GEH!, hatte er mir sagen wollen. GEH!

Warum hatte er mich gewarnt? Was wusste er?

Und hatte dieses Geh!, wie mir nun aufging, vielleicht gar nicht mir gegolten, sondern Aurora, weil sie, nicht ich in höchster Gefahr war?

Ich konnte nicht länger darüber nachdenken. Als ich meinen Kopf hob, bemerkte ich den Schatten einer großgewachsenen, schmalen Gestalt. Ich trat einen Schritt vor, sah, wer eigenmächtig das Tor geöffnet hatte, nun im Garten stand, jedoch nicht weiter auf das Haus zuging – und wusste, dass es nicht mehr notwendig war, Susanna Orquals Auto auszuleihen.

VII.

Caspars Stirn war leicht gerunzelt. Er blickte starr in den Garten, aber schien ihn nicht wirklich wahrzunehmen; seine Haare standen nicht mehr wirr vom Kopf ab wie gestern, sondern waren streng zurückgekämmt wie damals. Obwohl er so verwirrt, fast hilflos wirkte, als sei er gerade aus einem langen Traum erwacht, weckte sein Anblick die Erinnerung an den alten Caspar, der damals fast an der gleichen Stelle gestanden und Auroras Erbe geweckt hatte. Vorsichtig hatte er über ihre Haare gestreichelt, hatte sie die Göttin der Morgenröte genannt – und einen schlimmen Krampfanfall bei ihr ausgelöst.

Ich trat näher. Es war ein Schock, ihn zu sehen – und dennoch auch eine Erleichterung. Wenn Aurora in seiner Gewalt wäre, wenn alles, was er mir gestern gesagt hätte, nur eine Lüge gewesen wäre – dann würde er nicht hier sein. Und wenn er es darauf abgesehen hätte, sich an mir zu rächen, dann hätte er mich gestern nicht gehen lassen. Er würde jetzt auch nicht starr an mir vorbeischauen, als gäbe es mich nicht.

»Wer hat sie?«, flüsterte ich. »Wer?«

Meine Worte schienen ihn nicht zu erreichen. »Es sieht beinahe so aus wie früher«, setzte er gedehnt an. »So ist das auf dieser Welt. Im Grunde ändert sich nichts. Das Leben ist eine Endlosschleife. Jemand, der so lange gelebt hat wie ich, weiß das noch besser als das Menschenpack. Es dreht sich alles im Kreis. Es gibt nichts Neues unter der Sonne.«

Ich war langsam auf ihn zugegangen, hatte ihn nun erreicht. Er musste schon lange hier stehen, denn sein Haar war so hauchdünn von Raureif überzogen wie die Wiesen. Die vermeintlich akkurate Frisur war also Produkt des Zufalls – nicht seines Willens, sich wieder um sein Äußeres zu kümmern und sich zu kämmen.

»Warum bist du hierhergekommen?«, fragte ich.

»Du hast mich zuerst gesucht.«

»Aber jetzt bist du hier.«

»Ist das nicht köstlich?«

Abrupt löste er sich aus der Starre, warf den Kopf in den Nacken und begann zu lachen. Es war ein merkwürdiger, erschreckender Ton – er hatte nichts mit diesem bedrohlichen Zischeln von einst gemein, nichts von diesem Scheppern und Klirren, als würde Porzellan zerschlagen werden. Es war eher der erbärmliche Laut einer verlorenen Seele – wenn er eine solche denn überhaupt je gehabt hatte.

So plötzlich, wie er damit begonnen hatte, hörte er auch wieder zu lachen auf. Der schrille Laut schien förmlich in seiner Kehle stecken zu bleiben. Er senkte seinen Kopf wieder, fixierte mich nun mit den leeren, schwarzen Augen. »Es ist so ungewohnt zu lachen«, begann er beinahe entschuldigend und mit einem Ausdruck ehrlichen Erstaunens. »Gestern, als du bei mir warst, habe ich zum ersten mal seit Jahren gelacht. Ich kann mich nicht erinnern, wann mich das letzte Mal etwas so erheitert hat wie dein Besuch. Und ich dachte ...«, er zögerte kurz, »ich dachte: Wenn du mich zum Lachen bringst, dann kannst du vielleicht noch mehr. Mir nämlich die Gefühle zurückgeben, die mir Cara gestohlen hat.« Etwas blitzte in seinen Augen auf, das ich nicht deuten konnte. Selbstverachtung? Trauer? Oder einfach nur Müdigkeit?

»Aber es funktioniert nicht«, fuhr er fort, »da ist nichts … einfach gar nichts …« Er schlug sich auf die Brust und erzeugte damit einen hohlen Klang, der mir durch Mark und Bein ging. »Du weißt, wir haben blaues Blut … und mein Herz … das ist auch nichts weiter als ein kalter, blauer Klumpen.«

Er zuckte mit den Schultern, wandte sich ab, ging unendlich langsam davon, so steif, als wären seine Glieder gefroren. »Nein, ich fühle auch weiterhin nichts. Es ist nicht einmal mehr komisch, dich leiden zu sehen.«

Seine körperliche Nähe hatte mich eingeschüchtert, und dass er ging, erleichterte mich zunächst. Doch dann lief ich ihm nach und stellte mich ihm in den Weg.

»Bitte …«, setzte ich an.

Das schlichte Wort schien meine Kehle zu zerkratzen. Vor wenigen Tagen hatte ich noch in diesem Garten mit Nathan gesessen und wir hatten uns gegenseitig unsere Liebe beteuert – jetzt flehte ich ausgerechnet Caspar von Kranichstein, den alten Erzfeind, um Hilfe an.

»Bitte …«, wiederholte ich dennoch, »ich weiß nicht, an wen ich mich wenden soll. Es ist niemand hier, den ich fragen kann, niemand, der mir helfen würde, niemand, der …«

Sein Blick schweifte über meine Gestalt – eher bedauernd als anzüglich. »Vorhin hattest du doch noch Besuch … von diesem Mann. Weiß Nathan eigentlich davon?« Er schien kurz nachzudenken. »Aber richtig, ich vergaß, Nathan ist ja fort, also kann es ihm egal sein, mit wem du dir die Zeit vertreibst! Und Nathan ist auch einer der Guten. Er würde dich nicht töten, wenn du ihn hintergehst und betrügst – so wie ich dich getötet hätte … früher … vor Ewigkeiten. Als ich dich noch geliebt habe …«

»Lukas Arndt ist Mias Vater. Sie wurde mit Aurora entführt, doch er kann mir nicht helfen …«

»Wie auch?«, unterbrach er mich. »Er ist nur ein Mensch. Einer dieser kostbaren Menschen, die nichts können und nichts wissen und die trotzdem beschützt werden müssen vor uns grässlichen Schlangensöhnen, nicht wahr?«

Seine Stimme klang nun nicht mehr gleichgültig – Trotz lag darin und ein wenig Verachtung. Noch überwältigten ihn diese Gefühle nicht, schienen nur langsam, allmählich in ihm zu erwachen. Und doch waren sie ein unsägliches Zeichen dafür, dass er innerlich nicht ganz so tot war, wie er mir hatte weismachen wollen. Genau das konnte ich nutzen. Ich trat noch einen Schritt näher an ihn heran.

»Es stimmt nicht, dass du nichts fühlst«, sagte ich. »Du bist verbittert, du verachtest die Menschen genauso sehr wie früher. Und du hasst die Wächter.«

»So, so«, äffte er meinen aufgeregten Tonfall nach. »Tue ich das?«

Er hob die Augenbrauen, musterte mich abschätzig. Kurz hatte es den Anschein, als würde er sich von mir abwenden wollen, um einfach wegzugehen, aber dann blieb er abwartend stehen, wohl doch neugierig, was ich darauf sagen würde. Mir kamen keine Worte in den Sinn, die ich entgegnen könnte, aber etwas anderes.

Ehe ich so recht wusste, was ich überhaupt tat, hob ich meine Hand und legte sie auf seine Brust. Es fiel mir schwer, nicht sofort zurückzuzucken, aber ich biss die Zähne zusammen und zwang mich dazu, so zu verharren. Sein Herz sei ein blauer, kalter Klumpen, hatte er gesagt … und ja, genau das glaubte ich auch zu fühlen: einen Klumpen mit einer leblosen Hülle darum … einer *fast* leblosen Hülle.

»Sophie …«

Dieses Raunen war ganz schwach – und so vertraut. Ebenso leise hatte er damals vor fünf Jahren mit mir geredet, als er mich entführt, als er neben mir gesessen, mich berührt hatte, mit diesen langen, unheimlichen Spinnenhänden.

Kalt … er war so kalt … aber vielleicht war das nur eine Täuschung. Vielleicht stieg die Kälte nur vom Boden auf. Der Raureif hatte sich aufgelöst, aber das Grün der Wiesen wirkte farblos, fast schwarz. Eigentlich musste Caspar das gefallen. Schwarz und Weiß waren ihm doch die liebsten Farben. Wobei er gestern gesagt hatte, dass alles im Grau zerliefe …

»Es stimmt nicht, dass du nichts fühlst«, wiederholte ich. »Du hast mich geliebt. Und tief in deinem Inneren tust du es noch immer.«

Ich hielt weiterhin meine Hand auf seine Brust gepresst. Immer noch gelang es mir, meinen Widerwillen zu unterdrücken. Doch nun war er es, der zurückwich – so ruckartig war bislang keine seiner Bewegungen ausgefallen. Er schlug meine Hand weg, und kurz verdunkelte sich das eben noch ausdruckslose Gesicht.

»Sag mir nicht, was ich fühle!«

Ich gab nicht auf. »Auch wenn ich dir gleichgültig bin – Aurora ist es nicht. Du wolltest sie damals auf die Seite der Schlangensöhne ziehen! Du wolltest sie zu deinem Kind machen! Das war damals das Wichtigste für dich – und jetzt soll es plötzlich keine Bedeutung mehr haben?«

»Plötzlich? Das ist fünf Jahre her!«

»Was sind fünf Jahre für einen wie dich! Du lebst seit Jahrhunderten auf dieser Welt!«

Er hatte sich leicht abgewandt. »Lange genug, um zu wissen, dass sich manche Kämpfe nicht lohnen.«

»Welche Kämpfe? Dein Kampf gegen Nathan? Oder der Kampf der Alten? Du hast einen Streit der Alten erwähnt – hat er mit Nathan zu tun?«

Der Ärger war aus seinem Gesicht geschwunden. »So viele Fragen«, murmelte er, »und so wenig Antworten …«

Er zuckte mit den Schultern, und ich dachte schon, er würde mich einfach stehen lassen. Doch dann murmelte er: »Wenn ich es recht verstehe, hast du auch gekämpft. Nicht nur gegen mich. Sondern dafür, dass Aurora ein normales Kind bleibt.«

Er sprach die Worte so aus, als wären sie eine schlimme Beleidigung. »Schade …«, fügte er hinzu, »schade für dich, dass es nicht geglückt ist.«

Mir stockte der Atem. »Was weißt du über sie?«, brach es aus mir hervor.

In seinen schwarzen Augen blitzte es auf, aber dann senkte er rasch seinen Blick. »Nichts weiß ich … gar nichts. Ich ahne es nur – ahne, dass man eine Nephila, wie sie in Aurora schlummert, nicht so einfach unterdrücken kann. Damals auf der Felsspitze, als sie den Kampf zwischen Nathan und mir entschieden hat … hat sie sich als so stark erwiesen … viel stärker als die meisten erwachsenen Nephilim …«

Er schien den Erinnerungen nachzuhängen, beinahe wehmütig nun, weil dieser Augenblick, auch wenn er zu seinem endgültigen Scheitern geführt hatte, ein starker Augenblick gewesen war, ein Moment ohne Halbheiten, ein Moment der Entscheidung. Auch ich konnte mich deutlich daran erinnern, wie Aurora da in ihrem dünnen Kleid im Morgenlicht gestanden, wie sie Caspars Namen gerufen und ihn allein kraft ihrer Stimme zu einer willenlosen Marionette gemacht hatte. Sie hatte ihm für einen kurzen Moment die Gewalt über seinen eigenen Körper genommen, und so hatte er von Nathan überwältigt werden können.

»Diese Macht, die sie damals hatte«, fuhr er fort, »kann man nicht ablegen wie ein altes Kleid. Ich verstehe, dass du das vielleicht gehofft hast. Aber ich verstehe nicht, dass Nathan das nur einen Augenblick lang glauben konnte. Hat er in all den Jahren denn nie etwas angedeutet?«

»Was soll er angedeutet haben?«

Ungeduldig verdrehte er die Augen. »Ach, Sophie«, meinte er, ohne auf meine Frage zu antworten: »Nur weil ihr euch blind gestellt habt, heißt das nicht, dass das alle anderen auch getan haben.«

»Du redest von den Alten, oder? Haben sie Aurora entführt? Weil Nathan nicht ausreichend für ihre Erziehung zur Nephila gesorgt hat?«

Er hob die Hand, und ich zuckte zurück, doch er wollte mich nicht berühren, winkte nur ab.

»Ich habe es dir doch gestern schon gesagt: Die Welt ist nicht weiß oder schwarz, sondern grau. Und das Grau hat so viele Schattierungen. Die Wahrheit ist kompliziert. Die Wahrheit über Aurora. Aber auch die Wahrheit über die Nephilim. Ihre Hierarchie ist viel komplexer, als du denkst. Es gibt nicht nur die Alten und die normalen Nephilim. Es gibt ungleich mehr …«

»Was? Was gibt es noch?«

Er machte den Mund auf, schien etwas sagen zu wollen, aber schwieg dann. Sein Mund verzerrte sich zu einem Lächeln.

»Du hättest es längst herausfinden können«, sagte er schließlich, »auch ohne Nathan … Du wusstest genug über die Nephilim, um zu ahnen, welche Bücher du hättest lesen und mit welchen Themen du dich eingehender hättest beschäftigen müssen, um mehr über sie zu erfahren. Aber du wolltest nicht, nicht wahr? Es hat dich einfach nicht interessiert. Wer wir sind, wie wir leben – du hast dich blind gestellt, und Nathan hat mitgespielt, indem er sich dir ganz und gar angepasst hat. Hauptsache, ihr hattet eure kleine heile Welt. Pah!«

Abrupt wandte er sich ab und entfernte sich mit steifen Schritten. Mit zitternden Knien rannte ich ihm nach.

»Wie? Wie hätte ich mehr über die Nephilim herausfinden können?«, rief ich.

Er ging eine Weile, ohne sich umzudrehen, dann blieb er endlich stehen. Meine Nerven waren zum Zerreißen gespannt.

»Stell dich nicht dümmer, als du bist, Sophie!«, kam es verächtlich. »Nathan hat es dir damals doch sicher erzählt: dass die meisten Menschen nichts von uns wissen, aber dass einige von ihnen uns begegnet sind und mehr über uns erfahren haben. Und das fand seinen Niederschlag in Legenden, in Mythen, in Märchen. Von verschiedenen Gestalten ist da die Rede – von Elfen, von Vampiren, von Werwölfen, von Zwergen und Riesen … Nun, und welchen Gestalten sind wir wohl am ähnlichsten? Welche Geschichten verraten am meisten über uns?«

Ich zögerte, und wieder verdrehte er die Augen.

»Engel«, stieß ich schließlich aus, »ihr stammt von gefallenen Engeln ab …«

»Richtig«, er nickte grimmig, »die Engel. Damit hättest du dich beschäftigen können. Wenn du es getan hättest, hättest du zwar nicht alles über uns erfahren, aber doch einiges mehr. Du würdest jetzt nicht völlig im Dunkeln tappen.«

»Was … was hätte ich erfahren?«

»Sind etwa alle Engel gleich?«, gab er zurück. »Haben sie dieselben Fähigkeiten? Die gleiche Macht?«

Ich zuckte mit den Schulter. »Es gibt Erzengel … und Engel …«

»Mein Gott, wie erbärmlich!«, stieß er aus.

Erst jetzt bemerkte ich, dass ich wieder unwillkürlich meine Hand auf seine Brust gelegt hatte, um ihn davon abzuhalten, fortzugehen. Rasch zog ich sie zurück. Die Hand fühlte sich an, als wäre sie eingeschlafen, die Finger waren vor Kälte ganz taub.

»Sag es mir! Sag mir, was du weißt, damit ich Aurora finden kann!«

»Ach, jetzt plötzlich geht es dir um Aurora!«

»Es ist mir immer nur um sie gegangen!«

»Und warum hast du dann einfach die Macht ignoriert, die in ihr schlummert?«

Er schrie mich beinahe an. Sein Gesicht kam dabei ganz nahe an meines heran. Plötzlich fuhren seine Hände hoch, packten mich an den Schultern, rüttelten mich – zumindest fühlte es sich so an. Vielleicht kam das Beben nicht von ihm, sondern von mir. Es war, als ginge ein Stromschlag durch meinen Körper – aber auch durch seinen. Hastig ließ er mich los, fuhr ruckartig zurück.

»Caspar …«

Da öffnete er den Mund, begann etwas zu raunen, etwas, was ich zunächst nicht verstand. Doch als er es wiederholte, glaubte ich einzelne Namen herauszuhören. *Akibeel, Ramuel, Ezeqeel, Sartael, Asael, Anani …*

»Wer … wer ist das? Sind das die Alten?«

Als Antwort kam nur ein Schulterzucken.

»Wer von ihnen hat Aurora entführt? Was werden sie mit ihr tun? Wenn sie über solch große, außergewöhnliche Macht verfügt, werden sie ihr doch kein Leid zufügen, nicht wahr?«

Er atmete schwer. Es schien, dass es ihm nicht minder zugesetzt hatte, mich zu berühren, wie auch mir diese Berührung fast unerträglich gewesen war. »Ich glaube nicht, dass ihr irgendjemand ein Leid zufügen kann«, sagte er. »Das kann nur sie selbst tun.« Er zögerte kurz. »Und vielleicht ist das die größte Gefahr.«

Aurora redete auf Mia ein. Es hatte keinen Sinn, dass sie sich ihr näherte, denn sie wich stets angstvoll vor ihr zurück. Aber je länger sie mit ihr sprach, desto ruhiger wurde Mia, was weniger an ihren Worten als vielmehr an ihrer rauen Stimme lag. Irgendwann war der in die Ecke gepresste Körper nicht mehr ganz so verkrampft, das Gesicht nicht mehr ganz so bleich, und schließlich wagte Mia, die bis jetzt Auroras Blick ausgewichen war, sie anzusehen und zu fragen: »Haben sie dir etwas gegeben?«

Aurora blickte sie zunächst verständnislos an, begriff dann aber, was sie meinte: Offenbar wollte Mia wissen, ob die dunklen Männer ihr gewaltsam irgendwelche Drogen eingeflößt hatten und sie sich deswegen so merkwürdig verhalten hatte.

Aurora zuckte mit den Schultern. »Vielleicht«, murmelte sie ausweichend.

Mia stand langsam auf. »Aber jetzt hat die Wirkung nachgelassen?«, fragte sie hoffnungsvoll.

Wieder zuckte Aurora mit den Schultern. Es schien, als hätte sie die Macht vorerst unter Kontrolle – aber sie war nicht sicher, wie lange das andauern würde. »Fürs Erste …«, sagte sie knapp.

Mia trat auf sie zu. Aurora sah, dass ihre Augen rot verweint waren und dass sie vor Kälte schlotterte.

Hastig schlüpfte sie aus ihrer Jacke. Kälte war ihr geringstes Problem. Genaugenommen fühlte sie dergleichen gar nicht. »Hier, die kannst du haben …«

»Aber …«

»Ich brauche sie nicht.«

Mias Blick wurde wieder misstrauisch, aber dann überwog das Bedürfnis, sich zu wärmen. Nachdem sie die Jacke angezogen hatte, blickte sie sich suchend im Raum um. »Und ich habe Durst«, murmelte sie mit jämmerlicher Stimme.

Aurora deutete hinter sich, ohne sich umzudrehen. »Der Neph … der Mann hat vorhin etwas zu essen mitgebracht.« Sie hatte es nicht gesehen – und dennoch wusste sie es. Und tatsächlich hörte sie Mia bald erleichtert aufatmen, als sie in die Richtung stürzte, in die Aurora gedeutet hatte. Ein kleiner Korb stand dort, in dem sich eine Wasserflasche und ein paar Brote befanden. Hastig öffnete Mia die Flasche und trank gierig.

»Wie in früheren Zeiten«, stellte sie danach fest, »da wurden Gefangene auch bei Wasser und Brot gehal-

ten ...« Ihre Stimme klang nicht mehr ganz so verzweifelt, sondern fast ein bisschen spöttisch.

Als Mia ihr die Wasserflasche hinhielt, wich Aurora instinktiv zurück. Nur mit Mühe konnte sie sich überwinden, sie schließlich doch entgegenzunehmen, um Mia nicht zu beunruhigen. Als sie am Wasser nippte, schmeckte es schal. Allein beim Anblick der Brote, die Mia in sich hineinschlang, wurde ihr ganz flau im Magen.

»Und jetzt?«, fragte Mia, als sie satt war.

Nachdenklich hatte Aurora begonnen, auf und ab zu gehen.

Überlege dir, was du willst ... Konzentrier dich auf dein Ziel ...

»Wir müssen irgendwie hier raus!«, verkündete sie.

»Wir wissen nicht einmal, wo wir sind!«, entgegnete Mia entsetzt. »Und dieser Mann, der vorhin hier war ... er ist nicht allein. Ich glaube, es waren fünf oder sechs, die uns entführt haben, ich habe sie gesehen. Und die Tür ... sie ist sicher abgesperrt. Wir müssen warten, bis ...«

»Nein, wir müssen raus«, unterbrach Aurora sie schroff. Während Mia gegessen hatte, hatte Aurora sich von ihr abgewandt, nun sah sie ihr starr ins Gesicht. Prompt senkte Mia den Blick.

»Aurora, was ist mit deinen Augen?«

Aurora war nicht sicher, was sie meinte – das blaue Leuchten, das von ihren Augen ausging, oder einfach nur die Macht, die in ihrem Blick lag.

»Der Neph ... der Mann, der das Essen gebracht hat, ist irgendwo da draußen«, erklärte sie rasch, ohne auf Mias Frage einzugehen. »Wir müssen nach ihm rufen, ihn irgendwie hierherlocken. Vielleicht kann ich ihn überwältigen ...«

Mia lachte auf. »Du?«, rief sie ungläubig. Sie schien

nicht länger von Auroras Blick irritiert, sondern hatte jetzt die Ungeschicklichkeit der Freundin, die nicht jonglieren oder auf Bäume klettern konnte, vor Augen. Aber als Aurora sie weiterhin unverwandt anstarrte, senkte sie rasch wieder den Kopf.

»Wie … wie willst du das anstellen?«, stotterte sie.

Ein unangenehmes Kribbeln überzog Auroras Arme. Am liebsten hätte sie zugegeben, dass sie das auch noch nicht wusste. Stattdessen erklärte sie entschlossen: »Lass das nur meine Sorge sein.«

Ich muss wissen, was ich will, dachte sie, ich muss mich ganz fest darauf konzentrieren, und jetzt will ich hier raus …

Das Kribbeln ließ nach, doch stattdessen fühlten sich nun ihre Knie weich an. Als sie vorhin durch den Raum gehastet war, hatte sie so viel Kraft in sich gespürt, dass sie überzeugt gewesen war, sie könnte die Mauern einreißen, wenn sie es denn nur wollte. Nun war sie sich nicht einmal sicher, ob sie die Stahltür öffnen konnte. Vielleicht könnte es gelingen, wenn sie sich ganz dieser Macht hingab … aber das würde bedeuten, die Kontrolle aufzugeben …

Nein, es musste anders gehen.

»Also, was willst du nun tun?«, fragte Mia, der ihr Zögern nicht entgangen war.

Aurora überlegte kurz und deutete dann wieder in die Ecke, in die sich Mia vorhin angsterfüllt gepresst hatte. »Ich will, dass du dich auf den Boden legst.«

»Ich soll was?«

»Tu es einfach!«

Mit knappen Worten erläuterte sie Mia dann den ganzen Plan. Mias Ausdruck blieb skeptisch, aber ob es nun ihre entschiedene Stimme war, die sie dazu bewog, oder

der Blick ihrer blauen Augen – am Ende fügte sie sich. Wenig später legte sie sich tatsächlich auf den Boden, wie Aurora es ihr befohlen hatte, und begann sich zu krümmen und zu stöhnen. Zunächst war dieses Schauspiel alles andere als überzeugend, aber als sie schließlich kläglich um Hilfe schrie, machte sie tatsächlich den Eindruck, sie würde von schlimmen Schmerzen gebeutelt werden. Ihre Stimme klang etwas unnatürlich, aber die Panik, die darin lag, war nicht gespielt.

Aurora lauschte aufmerksam. Zunächst war bis auf Mias Schreien nichts zu hören, und sie fürchtete schon, dass die Wände zu dick waren, als dass ein Laut nach draußen drang. Doch als Mia auf ihr Zeichen hin noch lauter schrie, vernahm sie plötzlich Schritte.

»Er … er kommt«, murmelte Aurora.

Vor Schreck hörte Mia zu schreien auf, doch da wurde die Tür bereits geöffnet. Auroras Körper spannte sich an. Während Mia deutlich sichtbar in der Ecke lag, hatte sie sich selber hinter der Tür versteckt. Ihre Anspannung wurde unerträglich, das Kribbeln überzog wieder ihren gesamten Körper.

Konzentrier dich auf das Ziel … konzentrier dich auf das Ziel … konzentrier dich …

Jetzt trat der Mann … das Wesen in den Raum, blickte sich um. Mia klagte etwas von Schmerzen, krümmte sich noch mehr. Die Tür quietschte, als sie hinter dem Nephil zufiel. Wo sind wir nur?, überlegte Aurora kurz … und diese Frage bedingte, dass ihre Konzentration nachließ. Obwohl sie noch stillstehen wollte, machte ihr Körper unwillkürlich einen Satz nach vorne. Sie hielt den Atem an, wich hastig wieder zurück und nahm erleichtert zur Kenntnis, dass der Nephil sie nicht gehört zu haben schien, sondern weiterhin auf Mia starrte.

Aurora betrachtete seinen Rücken und war froh, dass sie dem Blick der schwarzen Augen nicht ausgeliefert war, unter dem Mia sichtlich erstarrt war. Sie fühlte sich siegesgewiss.

Es ist kein mächtiger Nephil, ging es ihr durch den Kopf, er gehört nur zum Fußvolk, ist nichts weiter als ein Diener …

Dann verstummten all ihre Gedanken. Sie versuchte sich leer zu machen, nur an eines zu denken, an das Schwert, das der Nephil unter seinem schwarzen Mantel trug. Vorhin hatte sie es nicht gesehen, und auch jetzt war es unter dem Stoff verborgen, und dennoch war sie sich sicher: Es war da. Ein Nephil, der sie entführte, war nicht unbewaffnet.

Eben trat er dichter auf Mia zu. Aurora zählte innerlich bis drei, dann stürzte sie – diesmal willentlich – erneut hinter der Tür hervor. Ihr Ziel war es, knapp neben ihm stehen zu bleiben und noch im Sprung nach dem Schwert zu fassen. Doch sie hatte ihre Kräfte falsch eingeschätzt, sie prallte mit voller Wucht gegen ihn, so dass er umfiel – und ihre Hand ins Leere griff.

Entgeistert sah er sie an, kurz zu erstarrt, um sich aufzurappeln. Sie nutzte den Moment der Verwirrung, um sich wieder auf ihn zu stürzen, und diesmal bekam sie das Schwert zu fassen. Der Griff war aus kaltem Metall, und dennoch fühlte sich die Waffe an, als wäre sie lebendig. Es schien, als würde nicht nur sie das Schwert festhalten, sondern sich dieses an sie klammern, sie glauben lassen, dass sie stark genug wäre, es zu erheben, den Nephil zu töten …

Ihr Magen zog sich schmerzhaft zusammen. Sie vergaß, was sie wollte, und sie vergaß, sich zu konzentrieren.

Nein!, dachte sie nur. Nein! Ich kann es nicht! Ich kann ihn nicht töten!

Der Augenblick des Zögerns dauerte zu lange. Sie starrte immer noch verwirrt auf das Schwert in ihrer Hand, als die Wucht des Schlägers sie zurücktaumeln ließ. Der Nephil hatte sich aufgerappelt und so heftig nach ihr getreten, dass sie vor Schreck das Schwert losließ. Klirrend fiel es auf den Boden. Prompt griff er danach und ließ das kalte, scharfe Metall über ihrem Kopf kreisen. Die Klinge traf sie nicht – doch sein Lachen schien in ihre Haut zu schneiden, schmerzhaft, unerträglich.

»Du denkst, du kannst es mit mir aufnehmen?«

Aurora duckte sich. Die Mischung aus Erstaunen, Enttäuschung, Ärger und Hilflosigkeit überwältigte sie. Und da war wieder das Zittern, das sie überkam, nein, kein Zittern, sondern ein Krampf, ein schrecklicher Krampf.

Nein!, dachte sie verzweifelt, nicht schon wieder!

Mia schrie, als der Nephil das Schwert erneut kreisen ließ. Hilflos den Zuckungen ihres Körpers ausgeliefert, musste Aurora zusehen, wie er schließlich nicht länger über ihrem Kopf mit dem Schwert fuchtelte, sondern die Klinge langsam auf Mia senkte.

Aurora konnte förmlich hören, was er dachte: Sie selbst war eine Nephila – und hatte darum Wert für ihn. Doch Mia war nur ein lästiges, unbrauchbares Menschenkind. Als Strafe für Auroras Angriff würde er sie töten.

Caspar hatte mich jetzt endgültig stehen lassen und war davongestapft. Er blieb nicht auf der Straße, sondern bog in den Wald ab und war binnen weniger Augenblicke zwischen den Bäumen verschwunden. Das Letzte, was ich sah, war, dass nasse Blätter seinen schwarzen Mantel streiften, doch er achtete nicht darauf – genauso wenig wie darauf, ob ich ihm folgte oder nicht. Tatsächlich hastete ich hinter ihm her, stellte mich ihm diesmal aber nicht in den Weg, sondern wahrte Distanz. Meine Schritte wurden vom feuchten Moos gedämpft. Nachdem wir die Straße hinter uns gelassen hatten, wurde der Wald dichter, das Dickicht undurchdringlicher. Eine Ranke blieb an meiner Hose hängen, doch der Jeansstoff war dick genug, um mich vor den Dornen zu schützen. Als ich mich einmal kurz umdrehte, war von unserer Villa nichts mehr zu sehen. Auch der Blick auf den See war von den Bäumen verdeckt. In der Ferne hörte man das Geräusch vorbeifahrender Autos, sonst drang nichts durch die Stille. Die hohen Bäume verschluckten das Sonnenlicht. Fast schwarz war der Boden, die abgefallenen Blätter nicht golden, sondern von fahlem Braun.

Unbeirrt ging Caspar weiter, und ich folgte ihm, rutschte jedoch plötzlich auf dem feuchten Moos aus und schlitterte über den regendurchtränkten Boden, der leicht bergab ging, wie über Eis. Ich fiel in seine Richtung und blieb unmittelbar hinter ihm liegen. Abrupt fuhr er herum. Das Lächeln, das auf seinen Lippen erschien, wirkte gelangweilt – und zugleich falsch. Plötzlich war ich mir sicher: So gleichgültig, wie er sich gab, war er nicht. Er hatte es vielmehr darauf angelegt, dass ich ihm folgte, hatte mich immer tiefer in den Wald gelotst, wo es keine Zeugen mehr gab … für was auch immer.

Fröstelnd erhob ich mich und wischte meine schmutzigen Hände an der Hose ab.

»Hast du Angst?«, fragte er; das Lächeln wurde breiter, war nicht länger nur gelangweilt, sondern spöttisch.

Ein Spiel, ging mir plötzlich durch den Kopf, für ihn ist es ein Spiel. Und wenn ich mehr aus ihm herausbekommen will, muss ich den Einsatz in die Höhe treiben.

Ich reckte selbstbewusst mein Kinn. »Und du?«, gab ich zurück. »Hast du Spaß?«

Er schien ernsthaft nachzudenken, ehe er bekannte: »Ich muss gestehen … ich hätte nicht erwartet, dass es so unterhaltsam sein würde, in die Welt zurückzukehren. Einmal war ich bereits ganz in deiner Nähe, aber damals hat es mich kaltgelassen.«

Mich gruselte es bei dem Gedanken.

»Du hast Nathan und mich beobachtet?«, fragte ich dennoch.

»Ich habe euch gesehen, ja. Aber da drin«, er schlug sich wieder gegen die Brust wie vorhin, und wieder gab es ein hohles, dumpfes Geräusch, »da drin tat sich nichts. Rein gar nichts. Doch jetzt, wo du so verwirrt bist, nicht weißt, was du tun sollst, keine Ahnung hast, in was du da hineingeraten bist … Nathan fort, Aurora fort … jetzt fühlt es sich viel besser an, als sich zu betrinken.« Beinahe kokett zwinkerte er mir zu.

Ich hielt seinem Blick stand. »Dann tu es!«, forderte ich ihn auf, unterdrückte ein Beben, »berausch dich doch! Weide dich an meiner Hilflosigkeit! Aber hilf mir herauszufinden, was mit Aurora passiert ist!«

»Eigentlich ist es nicht sonderlich viel, was du mir anzubieten hast«, meinte er gedehnt. »Vor Jahren hast du mir noch vorgelogen, du würdest dich für mich entscheiden, um deine Ziele zu erreichen. Du hast mich sogar geküsst. Und was bietest du mir jetzt? Nur deine Ohnmacht, deine Unwissenheit, deine Dummheit …«

Als er den Kuss erwähnte, glaubte ich kurz, diese

schmalen, bläulichen Lippen auf meinen zu spüren. Ich unterdrückte den Ekel, der in mir aufstieg. »Du möchtest doch auch wissen, was es mit all den rätselhaften Vorkommnissen auf sich hat. Es ist dir nicht gleichgültig. Erst wenn du weißt, was mit Nathan und Aurora passiert ist, kannst du die Entscheidung treffen, ob du dich weiterhin in die Berge zurückziehen oder wieder in der Welt mitmischen willst. Und da alles irgendwie mit mir zu tun hat, kannst du am meisten herausfinden, wenn du an meiner Seite bleibst.«

»Oho!«, lachte er auf. »Das ist aber ein erbärmlicher Pakt, den du da vorschlägst. Du hast nichts weiter zu geben, als gemeinsam mit dir im Dunkeln zu tappen.«

»Nein«, erklärte ich fest. »Ich habe dir vor allem … Lebendigkeit zu geben.«

»Tja«, diesmal heulte er nicht ganz so schrill auf. »Ich fühle mich nur leider gar nicht so lebendig. Genau betrachtet fühlte ich mich vielmehr ziemlich schwach auf den Beinen. Eine kleine Stärkung wäre nicht zu verachten. Schade, dass das Wetter so schlecht ist. Ich meine, wenn ein Wanderer oder Jogger des Weges käme – ich hätte nichts dagegen. Ich habe zwar schon so lange nicht mehr getötet … aber ich glaube, das verlernt man nicht. Genauso wenig wie schwimmen oder Rad fahren, oder was denkst du?«

Ich war mir nicht sicher, wie viel Ernst in seinen Worten steckte oder ob er mich einfach nur erschrecken wollte – aber ich wusste, dass er auf mein Spiel eingestiegen war. Dass er mich auf eine merkwürdige Weise *brauchte*, so wie auch ich auf ihn angewiesen war. Und dass es keinen Unterschied machte, ob wir beide es nur zähneknirschend ertrugen.

»Nun, es muss ja nicht unbedingt ein Wanderer oder

Jogger sein«, sinnierte er laut. »Dich könnte ich zum Beispiel auch töten. Eigentlich wollte ich immer schon gern gut Klavier spielen können.« Wieder zwinkerte er mir zu und machte herausfordernd einen Schritt in meine Richtung. Ich reckte mein Kinn noch höher. Eine Falte grub sich in seine schlaffe Stirn ein, von der ich nicht wusste, was sie zu bedeuten hatte – Erschöpfung, Spott oder Gier.

»Sag es mir, Caspar!«, presste ich hervor. »Sag mir alles, was du weißt.«

Die Falte verschwand von seiner Stirne. Zunächst schwieg er, als er sich abwandte und wieder weiterging, doch dann begann er auf eine meiner Fragen, die ich vorhin gestellt hatte, zu antworten. Das feuchte Laub raschelte unter seinen Schuhen. »Du weißt, warum man sie die Alten nennt, nicht wahr? Weil sie im wahrsten Sinne des Wortes die Ältesten unter uns sind. Die erste Generation der Nephilim sozusagen. Die Kinder der Gottessöhne und der Menschentöchter, von denen die Bibel erzählt – und von denen auch im Buch Henoch die Rede ist. Vieles davon ist nur ein Mythos, unzulänglich oder verkürzt wiedergegeben. Doch die Namen der gefallenen Engel, die im Buch Henoch genannt werden, sind teilweise dieselben Namen wie die der Alten.«

Er geriet ins Stocken. Auch wenn er nichts über Auroras Schicksal andeutete, wollte ich die Chance nicht ungenutzt lassen, zumindest etwas zu erfahren. »Und diese Namen«, sagte ich atemlos, »diese Namen hast du vorhin aufgezählt, nicht wahr?«

Er zuckte mit den Schultern und ich befürchtete, dass seine Mitteilungsbereitschaft schon wieder abgeklungen wäre. Doch dann begann er erneut zu murmeln:

»Akibeel, Ramuel, Ezeqeel, Sartael, Asael, Anani …« Er machte eine kurze Pause. »Ja, das sind einige Namen von Engeln, die sich mit Menschen einließen – und auch die Namen ihrer Söhne, der Nephilim. Sie tragen diese Namen mit ungeheurem Stolz, auch wenn sie nicht viel von diesen Vätern wissen, im Grunde nicht mehr als wir, die Nachkommen. Keiner kennt die Geschichte, die wahre Geschichte unseres Ursprungs, die sich hinter den alten Mythen verbirgt. In jedem Fall halten sich die Alten für etwas Besseres – und in der Tat sind sie ja auch mächtiger und einflussreicher als die gewöhnlichen Nephilim.«

Während er wieder zu reden begonnen hatte, war er weitergegangen, nun blieb er so abrupt stehen, dass ich fast in ihn hineingelaufen wäre.

»Wenn sie also diese Macht und diesen Einfluss haben«, versuchte ich, »und wenn sie durchsetzen wollen, dass Aurora zur Nephila erzogen wird; wenn sie also, die Alten, mit ihrer Entführung zu tun haben – warum haben sie dann auch Mia mitgenommen? Sie hätten sie doch einfach bei Lukas lassen können. Sie werden doch kein Interesse an einem gewöhnlichen Menschenkind haben!«

»Hm«, machte er, »das ist in der Tat merkwürdig.«

»Und wenn Nathan gewusst hat, dass sie es auf Aurora abgesehen haben – warum hat er sie nicht in Sicherheit gebracht, anstatt selbst zu gehen und nur diesen Brief zu hinterlassen? Den er nicht hätte schreiben können, wenn sie ihn gewaltsam fortgeschafft hätten.«

»Was steht in diesem Brief?«

Ich zögerte kurz. Auch wenn ich froh war, diese Neugierde in ihm entfacht zu haben – eine Neugierde, die mir nützlich sein könnte, die rätselhaften Vorgänge zu entschlüsseln –, stellte es doch eine Überwindung dar, dem alten Erzfeind etwas anzuvertrauen, was nur Nathan und mich betraf. Allerdings war der Brief, wenn man die wenigen Zeilen überhaupt so nennen konnte, völlig unpersönlich und nüchtern gehalten. Ich gab unsere Liebe folglich nicht preis, wenn ich von Nathans Aufforderung, Hallstatt sofort zu verlassen, erzählte.

Caspar runzelte die Stirn, während ich den Inhalt des Schreibens wiedergab. »Es ist ziemlich merkwürdig, dass er dich von hier fortschickt. Wenn die Alten es tatsächlich auf Aurora abgesehen haben, dann kannst du ihnen an keinem Ort der Welt entkommen.«

»Nathan meinte, dass sie nicht alleine leben – sondern in Gruppen. Und dass es uns hätte auffallen müssen, wenn sie hier in Hallstatt aufgetaucht wären.«

»Gewiss. Aber wenn sie es gewollt hätten, dann hätten sie alles von euch erfahren können, ohne jemals einen Fuß in die Nähe eurer Villa zu setzen.«

»Warum?«, frage ich aufgeregt – und insgeheim erleichtert, dass er mittlerweile so selbstverständlich mit mir sprach, das Gespräch nicht mehr so holperte wie am Anfang, obwohl ich das Gefühl hatte, dass durch jede Information alles noch verworrener anstatt klarer wurde. »Ist jene Fähigkeit, wie sie Cara auch im verstärkten Maß hat – nämlich die Gegenwart anderer Nephilim zu wittern, bei ihnen besonders ausgeprägt?«

Nachdem er vorhin so abrupt stehen geblieben war, begann er nun wieder zu gehen, allerdings nicht geradeaus, sondern im Kreis. Seine Füße hinterließen im feuchten Boden eine schmale Spur. »Natürlich haben die Alten besondere Fähigkeiten – weil sie schließlich auch mehr Zeit hatten, sich diese anzueignen. Allerdings bin ich auch einigen begegnet, deren Talente nicht sonderlich ausgeprägter waren als die von anderen Nephilim. Ihre Macht und ihr Einfluss haben weniger mit ihrem speziellen Können zu tun als mit ihren vielen Dienern. Und dass sie über diese verfügen, liegt wiederum in der strikten Hierarchie der Nephilim begründet.«

»In der Hierarchie, die du vorhin schon erwähnt hast?«

Während er sprach, hob er die Hände, spreizte sie und presste dann die Fingerspitzen so aufeinander, dass die Hände ein Dreieck formten. Er hob sie über seinen Kopf, so dass der dunkle Stoff seines Mantels einen Teil seines Gesichts verbarg. Der Wind rauschte durch die Blätter, Äste knackten. Kurz wirkte seine Pose aggressiv, gefährlich, und ich wich zurück, bis ich gegen einen Baumstamm stieß. Prompt ließ er die Hände sinken, blickte mich halb verächtlich, halb spöttisch an. Erst nach einer Weile wiederholte er die Geste und ergänzte sie diesmal mit erklärenden Worten. »Die meisten Hierarchien funktionieren doch auf diese Weise: Ganz oben an der Spitze gibt es nur wenige Mächtige. Nach unten hin wird die Pyramide immer breiter. Das Fußvolk ist in Massen vorhanden …«

Ich glaubte zu verstehen. »Das heißt, an der Spitze der Nephilim stehen die Alten, die die Macht für sich beanspruchen – und weiter unten Nephilim wie du und Nathan, die sich ihrem Willen unterwerfen müssen.«

Er seufzte wie ein strenger Lehrer, dem es manchmal an Nachsicht fehlt. »Du hast wirklich keine Ahnung, oder?«

»Ahnung wovon?«

Er seufzte wieder. »Nathan und ich stehen tatsächlich rangmäßig unter den Alten. Aber alles ist ungleich komplizierter.«

»Dann erklär es mir!«

»Wie schon gesagt – du hättest längst mehr herausfinden können, wenn du es gewollt hättest. Du hättest dich mit den Schriften über jene Wesen beschäftigen können, von denen wir anscheinend abstammen.«

»Den Engeln«, sagte ich, »derer es gute und böse gibt. So wie bei euch.«

»Es gibt noch viel mehr Engel als gute und böse.«

»Nämlich?«

»Wusstest du, dass es in der Theologie eine eigene Disziplin gibt, die sich mit den Engeln beschäftigt? Nicht mit den putzigen Gestalten in den barocken Kirchen oder den lieblichen Schutzengeln der Romantik. Sondern mit den Heerscharen Gottes. Angelologie heißt diese Disziplin … die Lehre von den Engeln. Diverse Kirchenväter, die Theologen der ersten Jahrhunderte, haben sich mit den Engeln beschäftigt. Vieles, was sie schrieben, ist blanker Unsinn – Konstrukte armseliger Geister, die so vieles nicht fassen konnten. Aber manches ist dabei, was die Sache so akkurat trifft, dass man meinen könnte, ein paar Nephilim hätten auf den Schultern dieser Theologen gesessen und hätten ihnen die Wahrheit eingeflüstert.«

Langsam trat er näher. Ich stand immer noch gegen den Baumstamm gelehnt und presste unwillkürlich meinen Kopf dagegen. Sein schwarzer Mantel blähte sich erneut und nahm mir die Sicht auf die anderen Bäume.

»Welche Wahrheit?«, fragte ich.

»Dionysios Aeropagita. Sagt dir der Name etwas?«

Ich schüttelte den Kopf, woraufhin ihm ein Laut entfuhr, der viel schriller war als alles, was er bisher gesagt hatte.

»Ein Jammer, dass selbst die Auserwählten oft so

dumm und ungebildet sind wie das restliche Pack! Ich habe ganz vergessen, wie wenig die Menschen wissen. So viel weniger als wir. Und dennoch halten die Narren von Wächtern sie für wert, vor uns beschützt zu werden!« Seine Stimme wurde immer durchdringender, ehe er verstummte, fast verwundert dreinblickte – so als hätte er nicht damit gerechnet, jemals wieder zu solch einem Ausbruch fähig zu sein. Er atmete ein paar Mal tief durch, ehe er ausdruckslos fortfuhr: »De Coelesti Hierarchia. So heißt eine Schrift dieses Dionysios. Sie ist noch vor der ersten Jahrtausendwende entstanden.«

»Von der himmlischen Hierarchie«, übersetzte ich.

Anerkennend hob er die Braue. »So ist es. Es geht um die Hierarchie der Engel – um die Pyramide also, die ich vorhin andeutete. Denn laut Dionysios gibt es verschiedene Arten von Engeln – und jede Art nimmt einen unterschiedlichen Rang ein.«

Plötzlich hob er die Hände und ließ sie auf mich herabsausen. Mit einem Aufschrei drehte ich meinen Kopf zur Seite, duckte mich – und begriff erst dann, dass er mich nicht hatte packen wollen, sondern lediglich mit seinen Fingernägeln drei horizontale Striche nebeneinander in die Rinde ritzte. Die Rinde war hart, doch seine Nägel offenbar härter, denn die Striche waren ziemlich tief geworden.

»Es … es gibt drei Arten von Engeln?«, versuchte ich die drei Striche zu deuten.

Er verdrehte die Augen. »Nein, es gibt viel mehr, aber es gibt insgesamt drei Sphären. Ja, genauso nennt Dionysios das. Sphären. Man könnte das in etwa mit ›Machtebenen‹ übersetzen.«

»Drei Sphären …«, echote ich schwach.

»Die oberste Sphäre, so schreibt zumindest Dionysios, steht Gott am nächsten. Sie ist jene Sphäre, die über die irdische Welt vollkommen erhaben ist. Nur die mächtigsten aller Engel gehören dieser obersten Sphäre an, die Cherubim, Seraphim und die Thronoi. Nach dem Weltbild von Dionysios leben sie im Himmel und lassen sich nie zu den Menschen herab. All das Irdische interessiert sie nicht …«

»Und diese Art von Nephilim gibt es auch?«, fragte ich aufgeregt.

»Sagen wir es so – die Bezeichnungen, die Dionysios wählt, haben zwar nichts mit unseren zu tun. Doch was er über die drei Sphären und ihre Charakteristika sagt, trifft auch für die Welt der Nephilim zu, insbesondere was die Cherubim anbelangt. Laut Dionysios sind sie es, die über die letzte Weisheit und die Erkenntnis aller Dinge verfügen. Das sagt ja auch ihr Name: Cherubim kann man übersetzen mit ›Fülle der Weisheit‹, ›Träger der Erkenntnis‹. Und die Nephilim, die mit ihnen gleichzusetzen sind, die Nephilim der ersten Sphäre also, sind hinsichtlich ihres Wissens und ihrer Fähigkeiten den anderen haushoch überlegen. Sie werden von uns die ›Weisen‹ genannt.«

Ich nickte, obwohl mich seine Worte verwirrten. »Ich dachte immer, die mächtigsten Nephilim wären die Alten.«

»Das trifft insofern zu, als dass die Weisen ihre Macht kaum ausüben – die Alten hingegen schon. Aber wenn es darauf ankommt, sind die Weisen den Alten überlegen. Deren Rang sagt im Übrigen nichts über ihr Alter aus. Auch ganz junge Nephilim können Weise sein. Man wird nicht erst im Laufe des Daseins zu einem solchen, man wird bereits so geboren. Natürlich müssen sie ihre Fähigkeiten schulen – aber entweder hat man sie oder nicht. Denk an das musikalische Genie eines Mozart oder einen außergewöhnlich hohen IQ. Wer darüber verfügt, muss natürlich entsprechend gefördert werden, aber dennoch ist eine Basis vorhanden, die andere mühsam und jahrelang erarbeiten müssten – um dann doch nie an solche Fähigkeiten heranzureichen. Es gibt nur ganz wenige dieser Weisen, und von den meisten weiß man nicht einmal, dass sie solche sind. Ich kenne Nephilim, die sogar deren Existenz leugnen wollen, weil sie so selten in Erscheinung treten.«

»Aber Nathans Verschwinden hat doch nichts mit den Weisen zu tun, oder? Vielmehr mit den Alten, die ihm sicherlich die Untätigkeit der letzten Jahre anlasten!«

»Die ›Weisen‹ würden sich nie in solche Niederungen hinabbegeben«, bestätigte er. »Ob nun ein Nephil seine Pflicht tut oder nicht, ob jemand wie Aurora richtig erzogen wird oder nicht, ist nicht ihre Sache. Für so etwas sind die Alten zuständig – und jene wiederum sind vergleichbar mit den Engeln der zweiten Sphäre, wie sie Dionysios beschreibt.« Seine Finger strichen über die zweite Linie, die er in die Rinde geritzt hatte. »Herrschaften, Mächte und Gewalten nennt er sie. Sie haben unterschiedliche Funktionen – genauso wie die Alten –, doch es würde zu weit führen, das alles zu erklären. Fest steht, dass die Engel oder Nephilim der zweiten Sphäre konkrete Macht über die ihnen Unterlegenen ausüben. Während die Weisen über die Welt erhaben sind und sich in deren Belange nur im äußersten Notfall einmischen, obliegt es den Alten, die Nephilim zu führen, zu belehren, zu erziehen, ja, ihnen zu befehlen.«

»Und sie können sie zur Verantwortung ziehen, wenn sie ihren Pflichten nicht nachkommen«, murmelte ich.

»Nun, nicht alle sind gleichermaßen daran interessiert – aber ja, der ein oder andere Alte würde gewiss gern einschreiten, wenn jemand wie Nathan sein Liebesglück genießt und jemand wie ich sich in die Berge flüchtet.«

Seine Stimme nahm erst einen beißenden, dann einen verlorenen Tonfall an, ehe ein Ruck durch seine Gestalt ging und seine Hand hochschnellte, um bedächtig über die dritte Rille zu fahren.

»Das nun ist die unterste Sphäre.«

Mir lagen noch viele Fragen zu den Alten auf den Lippen, doch ich schob sie fürs Erste beiseite, um seinen Redefluss nichts ins Stocken zu bringen.

»Die ganz normalen Nephilim«, versuchte ich zu erraten. »Nephilim wie du und Nathan.«

Er runzelte die Stirn – ich wusste nicht, ob wegen meiner Unkenntnis oder weil ich sie so selbstverständlich auf eine Stufe stellte.

»Auch das ist wieder ungleich komplexer. Die erste Sphäre, die der Weisen, befindet sich jenseits unserer Vorstellungskraft. Schon auf der zweiten gibt es jedoch unterschiedliche Funktionen. Und auf der dritten gibt es erst recht Rangunterschiede. Dionysios unterscheidet die Fürsten, die Erzengel und die gewöhnlichen Engel. Und so ähnlich ist es auch bei uns. Ganz zuunterst in der Hierarchie gibt es das Fußvolk – die gewöhnlichen Soldaten im Krieg sozusagen.«

Ich erinnerte mich an die dunklen Scharen, die er damals ausgebildet hatte, um im Kampf gegen Nathan einen Vorteil zu haben. Keinen menschlichen Wesen hatten diese geglichen, eher ferngesteuerten Robotern.

»Dann müsstest du den Status eines Erzengels oder Fürsten haben«, murmelte ich, »ähnlich wie Nathan.«

»So ist es«, bestätigte er. »Wobei der Unterschied zwischen Erzengel und Fürst bei uns sehr fließend ist. Der Begriff Erzengel … Erznephil bedeutet zunächst nur, dass man ungleich mehr Fähigkeiten hat als das Fußvolk. Fürst wiederum ist einer, dessen Pflichten über die des gewöhnlichen Kampfes hinausgehen.« Seine Stimme wurde ungeduldig, und ich war mir nicht sicher, ob das nur so war, weil er einen Anflug von Wehmut unterdrücken wollte, der ihn beim Gedanken an die Vergangenheit überkam. »Uns Nephilim geht es letztlich um weitaus mehr, als die Menschen nur zu schützen oder zu töten. Mit den Herausragenden unter ihnen pflegen wir Kontakte. Wir bilden sie aus, fördern sie, nutzen sie dann und wann als Verbündete.«

Wieder blitzte Wehmut in seinen Zügen auf. Wahrscheinlich dachte er an die vielen Manager, für die er seinerzeit Kurse angeboten hatte. In unseren einstigen Gesprächen hatte er nicht alle Menschen als Füllfleisch oder Pack bezeichnet, sondern betont, dass es auch ein paar klug Köpfe unter ihnen gäbe. Als besonders talentiert hatte er jene bezeichnet, die er unter seine Fittiche genommen hatte. Als besonders ehrgeizig, skrupellos und gierig hätte wohl ich sie bezeichnet.

»Das heißt, du zählst zu den Fürsten?«, fragte ich.

Er zuckte die Schultern, offenbar nicht mehr sicher, ob das heute noch galt, und wechselte das Thema.

»Um auf die Erzengel zurückzukommen – in der christlichen Angelologie sind sie häufig Boten. Und ein wenig trifft das auch auf uns Nephilim zu: Es gibt welche, die die Kommunikation untereinander aufrechterhalten und zum Beispiel Botschaften von den Alten ausrichten.«

»Den Alten, den sie zu Gehorsam verpflichtet sind. Genauso wie die Alten den Weisen unterstehen.«

»Nun, die Weisen erteilen eigentlich keine Befehle. Wenn sie wollten, könnten sie die Gedanken der anderen allein kraft ihres Willens lenken. Die Macht der Weisen liegt nicht in ihren offenen Worten, meist auch nicht in ihren Taten. Die Macht liegt in ihrem Geist.«

Bis eben noch hatte er die drei Ritzen im Baum betastet, nun ließ er seine Hand sinken und wich zurück. Das lange, ungewohnte Reden über eine Welt, mit der er eigentlich nichts mehr zu tun haben wollte, schien ihn erschöpft zu haben.

Auch mir schwirrte der Kopf. Endlich hatte ich nicht mehr das Gefühl, ahnungslos im Dunkeln zu tappen – doch die vielen Informationen halfen mir nicht zu verstehen, wo Nathan war, warum nicht nur Aurora, sondern auch Mia entführt worden war. Überdies hatte ich immer noch den Eindruck, dass mir die wichtigste Information fehlte, ein letzter Puzzlestein, der endgültig Licht ins Dunkel bringen würde.

Caspars Worte echoten in meinen Ohren.

Eine Hierarchie … Sphären … die Weisen und die Alten … die Erzengel und die Fürsten …

Gewiss hatte mir Caspar all das nicht grundlos erklärt. Er musste wissen … oder zumindest ahnen, dass alle rätselhaften Vorfälle mit dieser Hierarchie zu tun hatten.

Als ich endlich wieder aufblicke, war Caspar verschwunden. Obwohl ich den Eindruck hatte, gleich viel freier atmen zu können, erschreckte mich das – ich brauchte ihn noch!

»Caspar!«

Ich lauschte, blickte in sämtliche Richtungen, glaubte endlich etwas Schwarzes zu sehen. Ich folgte ihm rasch. Die Bäume standen hier so dicht nebeneinander, dass ich mehrmals hängen blieb. Feuchte Blätter klatschten mir ins Gesicht.

»Caspar!«

Ich zwängte mich an weiteren Bäumen vorbei, erreichte schließlich eine Lichtung. Er war dort stehen geblieben, hielt sein Gesicht ins fahle Licht, als wollte er prüfen, ob er die Wärme noch genießen konnte.

»Warum hast du mir das alles erzählt?«, fragte ich. »Und was sollen wir jetzt tun?«

Er hielt seine Augen geschlossen, und ich dachte schon, er hätte mich nicht gehört, doch ehe ich die Frage wiederholen konnte, gab er – ohne darauf einzugehen – zurück: »Was ist eigentlich genau passiert, bevor Nathan verschwunden ist?«

Wieder fuhr der Wind in seinen Mantel, kurz sah er aus wie ein schwarzer Flügel, der nach mir zu greifen drohte. Ich versuchte, ihn zu ignorieren.

»Es … es fing alles damit an, dass ich dich in deiner Villa gesehen habe«, setzte ich zögerlich an.

»Was genau hast du gesehen?«

»Nun, einen Mann, der am Fenster stand. Mit einem dunklen Mantel. Und schwarzen Haaren.«

Und schwarzen Augen, setzte ich nur im Stillen hinzu, mit einem durchdringenden, bösartigen, spöttischen Blick …

»Nathan wollte es später nicht glauben – er hat versucht, mir einzureden, dass ich einen Immobilienmakler gesehen hätte.«

»Hat Nathan diesen dunklen Mann auch gesehen?«, fragte er und wirkte plötzlich sehr angespannt.

Ich schüttelte den Kopf. »Er nicht. Aber Samuel Orqual. Er ist der Großvater von einem Jungen, dem ich Klavierunterricht gebe. Er sitzt seit Jahren im Rollstuhl, er hatte mehrere Schlaganfälle und scheint für gewöhnlich völlig weggetreten. Doch an diesem Tag … da ist plötzlich ein Ruck durch seinen Körper gegangen und er hat panisch hochgestarrt zu dieser schwarzen Gestalt.«

Er ging nicht auf meine Worte ein. »Und wie hast du mich auf der Lodge gefunden?«

»Nun, wegen des Buchs. Du hast es in deinem Wohnzimmer zurückgelassen, nicht wahr?«

»Welches Buch?«

»Welches wohl? Das Buch über die Gletscher und den Dachstein. Zwischen den Seiten lag der Prospekt der Lodge.«

Abrupt wandte er sich ab, ging wieder ein paar Schritte, bis er die Lichtung verlassen hatte, diesmal etwas langsamer und mit nachdenklich gesenktem Kopf. »Ich soll also in der Villa gewesen sein und dir einen Hinweis auf meinen Aufenthaltsort hinterlassen haben.«

»Du hast doch vorhin gesagt, dass du einmal in unserer Nähe gewesen bist …«

»Gewiss. Aber das ist schon Jahre her. Und ich war damals weder auf meinem Anwesen, noch habe ich dort ein Buch hinterlegt. Oder gar einen Prospekt. Wer immer das getan hat, wer immer diese schwarze Gestalt war …«

»Du warst es nicht«, schloss ich. »Aber wer …«

»Was ist passiert, nachdem Nathan verschwunden ist?«, fiel er mir ins Wort. »Hast du da die schwarze Gestalt wiedergesehen?«

»Nur noch einmal, und außerdem …« Ich hielt inne, glaubte förmlich den Donner zu hören, der von den Bergen hallte.

Das Gewitter … Marian, der mich vor etwas hatte warnen wollen … den ich nach Hause gebracht hatte … wo sein Großvater von einem Arzt untersucht worden war …

Jetzt hatte ich Samuel Orquals Gesicht vor Augen, wie er mich zu sich lockte, ähnlich panisch wie in dem Augenblick, als er die dunkle Gestalt gesehen hatte und er irgendetwas gemurmelt hatte, das wie »holen« klang.

Hatte er gewusst – genauso wie Marian es gewusst oder zumindest geahnt hatte –, dass jemand Aurora *holen* wollte?

In all der Aufregung hatte ich nicht mehr an den alten Mann und seinen verstörten Enkelsohn gedacht, doch jetzt begann ich zu laufen – und diesmal nicht, um Caspar zu folgen. Vielmehr drängte ich mich an ihm vorbei. Bald standen die Bäume nicht mehr ganz so dicht beisammen, sondern gaben meinen Blick auf den See frei, der das Herbstlaub reflektierte und darum in einem matten Goldton glänzte. Nicht weit von uns entfernt sah man die Dächer der nächstgelegenen Häuser.

»Kannst du mir sagen, was du vorhast?«, fragte Caspar ganz dicht neben mir. Er war mir gefolgt, ohne einen Laut von sich zu geben.

»Orqual«, presste ich hervor. »Sagt dir der Name Orqual etwas?«

»Der Name des Mannes, der mich offenbar auch gesehen hat?«

»Er hat etwas gewusst, genauso wie Marian, und …«

Ich hatte keine Zeit mehr für längere Erklärungen,

sondern lief wieder los. Ob zufällig oder nicht – Caspar hatte vorhin jene Richtung eingeschlagen, die nach Lahn und somit unmittelbar zum Haus der Orquals führte. Wenige Minuten später hatte ich die Hauptstraße erreicht, die an ihrem Haus vorbeiführte.

»Ich habe den Namen noch nie gehört«, antwortete Caspar mir jetzt nachdenklich.

»Marian weiß irgendetwas«, murmelte ich. »Und Samuel Orqual auch. Ich muss mit ihnen reden.«

Ich ging, nein lief entlang der Hecke auf das Gartentor zu. Als ich es erreicht hatte, konnte ich einen Blick auf das Anwesen werfen – und schrie entsetzt auf.

Caspar war mir lautlos gefolgt.

»Tja«, murmelte er, »es scheint jemand vor uns da gewesen zu sein.«

Die Haustür der Orquals stand sperrangelweit offen. Sie musste gewaltsam aufgebrochen worden sein, denn sie hing nur lose in den Angeln, und die Klinke schien beschädigt. Der Wind rüttelte daran und verursachte ein leises Quietschen. Ansonsten war nichts zu hören. Totenstille hatte sich über das Haus der Familie Orqual gesenkt.

VIII.

Über einen schmalen Weg, der durch den Garten führte, erreichten wir die aus ihren Angeln gehobene Haustür. Dort angekommen, zögerte ich, die Schwelle zu übertreten. Immer noch war kein Laut zu hören, nicht einmal das Geräusch vorbeifahrender Autos oder Vogelgezwitscher. Irgendetwas lag in der Luft, was ich nicht benennen konnte – es war nicht nur das Gefühl einer vagen Bedrohung, sondern nahezu eine elektrische Spannung.

Ich wandte mich von der Eingangstür ab und blickte in den Garten. Er sah so harmlos aus mit dem kleinen Gartenhäuschen, das erst kürzlich grün gestrichen worden war und ein rotes Giebeldach besaß, den vielen Blumenbeeten, der sorgfältig beschnittenen Hecke. Gepflegt wirkte das Anwesen, und zugleich etwas altmodisch; es verhieß Bürgerlichkeit, aber nicht den unverhohlenen Reichtum wie Caspar von Kranichsteins Besitz.

Susanna Orqual war eine begeisterte Gärtnerin: Im Sommer hatte sie mir regelmäßig Rosen mitgebracht, wenn sie Marian abholte – und im Frühling pflückte sie Narzissen, die sie zum jährlich stattfindenen Narzissenfest im Mai zu einem Kranz band. Doch die Narzissen waren nun längst verblüht, die Hortensien kümmerlich, und anstelle der kräftigen roten Rosen ragte nur dorniges Gebüsch aus der dunklen Erde. Umso auffälliger war der Keramikfrosch, der mit riesigen Glupschaugen neben dem Biotop hockte. Als mein Blick auf ihn fiel, hatte ich das Gefühl, er würde mich anschauen – dreist, herausfordernd und ein wenig feindselig.

Ich wandte rasch meinen Blick von ihm ab.

»Willst du hier Wurzeln schlagen?«, fragte Caspar ungeduldig.

Ich atmete tief durch. Der Blick auf den so normal anmutenden Garten hatte das Gefühl einer diffusen Gefahr nicht vertrieben, aber ich zögerte nicht mehr länger, dieser Gefahr ins Gesicht zu sehen.

Ich läutete zweimal an der Klingel neben der kaputten Haustür. Keine Antwort.

»Nun mach schon«, spottete Caspar. »Wer immer vor uns hier gewesen ist, hat auch nicht darauf gewartet, erst hereingebeten zu werden.«

Langsam, ganz langsam setzte ich meinen Fuß über die Schwelle, machte einen Schritt, noch einen, wich dann wieder zurück.

»Du meine Güte!«, stieß ich aus.

Der Schirmständer, der gleich neben der Eingangstür stand, war umgekippt, und die Schirme waren herausgerollt. Gleich daneben lag der Kleiderständer, den irgendjemand mitsamt Susanna Orquals heller Herbstjacke achtlos mitgerissen hatte.

»Das scheint kein besonders höflicher Besucher gewesen zu sein«, murmelte Caspar.

»Frau Orqual?«, rief ich in die Stille.

Wieder keine Reaktion.

Vorsichtig ging ich weiter. Ich stieg über den umgekippten Kleiderständer hinweg und erinnerte mich an die Male, die ich hier gewesen war und aus grün-weißen Gmundner Keramiktassen Kaffee getrunken hatte.

Ich hatte mich immer ein wenig unwohl gefühlt, nicht, weil hier irgendetwas angsteinflößend gewirkt hätte, sondern weil ich der ohnehin überlasteten Frau Orqual keine weitere Mühe machen wollte. Trotz Widerrede ließ sie es sich aber nie nehmen, Kuchen und Kekse aufzutischen und den Kaffee frisch mit einer Espressomaschine zuzubereiten. Es gäbe keinen besseren Kaffee als diesen, hatte sie jedes Mal behauptet, aber hatte dabei stets so gleichgültig geklungen, als merkte sie schon seit langem nicht mehr, ob und welchen Kaffee sie trank. Es schien nichts zu geben, was sie richtig genießen konnte, kaum Zeiten, die sie ganz allein ihren Bedürfnissen widmen konnte.

Ich verließ nun den Vorraum, um den Flur zu betreten – und schrie auf. Der Spiegel, der rechts an der Wand hing, war zu Boden gefallen und zu Bruch gegangen. Tausende kleine Scherben bildeten ein silbriges Meer.

Ich hatte schon vorhin nicht daran gezweifelt, aber jetzt hatte ich Gewissheit: Es musste nicht nur jemand gewaltsam ins Haus eingedrungen sein, sondern es musste auch ein heftiger Kampf stattgefunden haben.

Anders als ich wirkte Caspar nicht entsetzt. Der Anflug eines Lächelns verzog seine Lippen, als er einfach auf die Scherben trat. Die schlaffe, bleiche Haut schien nach dem langen Marsch durch den Wald etwas rosiger, der Blick lebendiger. Ich wusste nicht, was so stimulierend wirkte – dass jemand dieses Chaos bereitet hatte oder dass er gemeinsam mit mir hier war.

»Worauf wartest du?«, drängte er mich. »Du musst keine Angst haben – hier ist keiner mehr!«

Ich wusste, dass seine Schwester Cara die Fähigkeit hatte, die Präsenz von anderen Nephilim zu fühlen, doch dass auch er dazu fähig war, noch dazu in seinem Zustand, befremdete mich.

»Ich dachte, du hättest weder Lebenskraft noch Lebenslust, und trotzdem kannst du das doch fühlen?«

»Wie es scheint – ja.« Er klang verwundert und ließ seinen Blick kurz über seinen Körper streifen, als wäre dieser ein ungewohntes Kunstwerk, das es respektvoll zu erforschen galt.

»Es ist also kein Nephil hier«, murmelte ich, »aber vielleicht ein Mensch?«

»Wenn ich es mir recht überlege, würde es mir nichts ausmachen, einen kleinen Happen zu mir zu nehmen …« In seinen schwarzen Augen funkelte es. Wie vorhin im Wald war ich mir nicht sicher, ob er sich über mich lustig machte oder tatsächlich nach Menschenfleisch gierte.

»Du hast kein Schwert bei dir«, stellte ich fest – und mein Unbehagen ließ meine Stimme schärfer klingen.

»Wenn du wüsstest, was ich mit meinen Händen tun kann«, stieß er aus. Abrupt hob er diese Hände – Spinnenhände – ganz dicht vor mein Gesicht. Sie verkrampften sich und glichen Krallen. Erneut wich ich zurück – was er mit einem Kichern quittierte.

»Arme Sophie«, spottete er, »so ganz allein … mir ausgeliefert … Wenn Nathan das nur wüsste …«

Meine Furcht vor ihm war nun größer als vor dem, was mich im Inneren des Hauses erwartete. Entschlossen öffnete ich die Wohnzimmertür – und atmete erleichtert auf. Anders als im Vorraum und Flur sah hier alles ganz normal aus.

Das Gebäude war ziemlich alt, schon um die letzte

Jahrhundertwende herum errichtet worden, doch es war von Grund auf saniert und renoviert worden. Dem ursprünglich ländlichen Stil war man bei der Einrichtung in vielem treu geblieben, sowohl was die Holzvertäfelung der Wände anbelangte, den Natursteinboden, die hellen Möbel aus Fichtenholz als auch die Gemälde an den Wänden, die allesamt Seen und Berge der Umgebung zeigten und in deren Mitte sich sogar ein Hirschgeweih befand. Doch manches moderne Detail stand im Kontrast zum vermeintlich Altmodischen: eine sehr teuer anmutende Stereoanlage, ein Flatscreen, ein Designerstuhl aus rostrotem Leder.

Ich drehte mich einmal um die eigene Achse und ging dann in die Küche. Sie war so unaufdringlich und zugleich so edel eingerichtet wie das restliche Haus, und auch hier waren alte und moderne Elemente kombiniert worden: So hatte das Waschbecken die Form einer Alt-Wiener Bassena, und der Glastisch wurde von einem alten Wagenrad gestützt – doch die Geräte waren allesamt auf dem neuesten Stand der Technik.

Auch in der Küche gab es keine Spuren von Gewalt. Vielmehr wirkte sie steril, als wäre hier schon seit Tagen nicht mehr gekocht worden. Ich öffnete den Kühlschrank: Er war zwar randvoll gefüllt, aber keine einzige Packung war geöffnet worden – weder Milch, Orangensaft, Schinken noch Eier.

Ich schloss die Kühlschranktür wieder, und zeitgleich mit ihrem Quietschen ertönte ein dumpfes Poltern. Ich folgte dem Laut und ging durch das Wohnzimmer hindurch zur Bibliothek. Caspar hatte den Raum vor mir betreten – und hatte bereits das Chaos erblickt: ein Durcheinander an Büchern, die man sämtlich aus den raumhohen Wandschränken aus weißem Lack gezogen und achtlos auf den Boden geworfen hatte. Es gab kaum ein Fleckchen, wo man stehen konnte, ohne auf einen der Bände zu treten.

»Wie's scheint, war unser unhöflicher Besucher eine Leseratte!«, stellte Caspar trocken fest. Er hatte eines der Bücher hochgehoben, blätterte darin, ließ es wieder fallen – das war das Poltern gewesen – und griff schon nach dem nächsten.

»Was tust du denn da?«, rief ich zutiefst schockiert über dieses Chaos.

»Unser Eindringling hat offenbar etwas gesucht. Ich würde gerne wissen, was.«

Das schien mir einleuchtend, und ich bückte mich nun auch, um nach einem Buch zu greifen. Als ich es aufschlug, wurde ich prompt von einer Staubwolke eingehüllt. Das Buch war ein naturwissenschaftliches Lexikon aus dem 19. Jahrhundert.

Eine Weile sichteten wir schweigend einige Bücher, dann hielt ich inne. »Wenn hier wirklich jemand etwas gesucht hat – dann hat er es entweder gefunden und mitgenommen, oder es war nicht da.«

»Aber das hier ist dennoch sehr interessant!«, rief Caspar triumphierend aus und hielt mir eines der Bücher dicht vors Gesicht. Nur zögerlich nahm ich es entgegen, weil ich nicht wollte, dass meine Hände seine berührten. Auf den ersten Blick glich es mit seinem braunen Ledereinband den anderen Lexika, doch als ich es aufschlug erkannte ich, dass es sich um ein altes Fotoalbum handelte.

Alle Fotos darin hatten etwas gemeinsam: Sie zeigten Menschen in unterschiedlichen Konstellationen, mal nur zwei, mal vier, mal über ein Dutzend, doch aus jedem einzelnen war das Gesicht eines jungen Mannes herausgeschnitten worden. Man konnte nur seine Statur erkennen, die – so schlank, sehnig und elegant gekleidet, wie sie war – viel mit der von Nathan gemeinsam hatte. Da nicht nur das Gesicht, sondern der gesamte Kopf fehlte, ließ sich nicht mit hundertprozentiger Sicherheit sagen, ob tatsächlich er auf diesen Fotos zu sehen gewesen war, doch möglich war es durchaus.

Aber warum sollten die Orquals ein Album mit Fotos von Nathan besitzen? Und warum sollten sie sein Gesicht daraus entfernt haben?

Mühsam versuchte ich mir in Erinnerung zu rufen, wie Nathan zu den Orquals stand. Manchmal hatten wir über sie geredet – das hieß, ich hatte erzählt, wie begabt Marian beim Klavierspielen war und dass mir Susanna leidtat. Er selbst hatte sich von Marian meist ferngehalten, weil der Junge Angst vor Männern hatte, und ich konnte mich auch nicht erinnern, dass wir jemals gemeinsam bei Susanna Kaffee getrunken hätten.

»Weißt du, was das bedeutet?«, fragte ich verwirrt.

Caspar verneinte, während ich im Album weiterblätterte. Die Fotos weiter hinten waren nicht mehr zerstört, zeigten aber auch keinen Mann mehr, sondern ein Kind. Es war etwa ein oder zwei Jahre alt, und es ließ sich nicht genau erkennen, ob es ein Junge oder ein Mädchen war. Die dunklen Haare ließen auf Marian schließen – nur das strahlende Lächeln passte nicht zu dem schüchternen Jungen, den ich kannte. Das Schockerlebnis, das Susanna angedeutet und das ihn hatte verstummen lassen, musste erst später eingetreten sein und ihm diese Offenheit und Fröhlichkeit geraubt haben. Hatte dieser Schock womöglich mit dem Mann zu tun, der Nathan glich und dessen Fotos zerstört worden waren?

»Hast du dieses Kind schon einmal gesehen? Und hast du …«

Ich verstummte. Als ich mich umdrehte, merkte ich, dass Caspar einfach verschwunden war.

Ich stieg über die Bücher hinweg. »Caspar!«, rief ich. Es war irgendwie unheimlich, seinen Name aus meinem Mund zu hören. Es war ein gefürchteter Name. Ein verhasster Name. Und nun hallte er von den Wänden wider, während es ansonsten still blieb.

»Caspar!« Meine Stimme wurde panischer.

»Hier bin ich!«, entgegnete er.

Ich war ihm in den Raum gefolgt, der hinter der Bibliothek lag – das Krankenzimmer, in dem Samuel Orqual untergebracht gewesen war, seitdem er im Rollstuhl saß und das obere Stockwerk nicht mehr bewohnen konnte.

»Mein Gott!«, stieß ich aus.

Die hellen, gelben Vorhänge waren von der Stange gerissen worden; der Metallständer, an dem sonst Infusionen hingen, umgefallen. Die Schubladen des Nachttischs waren allesamt herausgerissen worden, als hätte auch hier jemand ungeduldig nach etwas gesucht, und lagen über den ganzen Boden verstreut – ebenso wie ein in Scherben gegangenes Wasserglas, ein Bademantel, die Pantoffeln.

Den schlimmsten Anblick bot der Rollstuhl: Er war zur Seite gekippt, die Räder hingen nutzlos in der Luft. Vor allem war er leer.

Wer immer hier die Bücher durchforstet hatte – sein oberstes Ziel war es nicht gewesen, *etwas* zu finden und mitzunehmen, sondern *jemanden*: Samuel Orqual. Er war entführt worden. Genauso wie Aurora und Mia entführt worden waren.

»Mein Gott!«, rief ich wieder.

Schlagartig ging mir auf, dass ich mich geirrt hatte.

Als Samuel Orqual mich vor zwei Tagen voller Angst angesehen hatte und etwas von »holen« gestammelt hatte, hatte er nicht Aurora gemeint. Nicht sie würde »geholt« werden. Sondern er selbst.

Ja, das war es, was er mir unter großen Mühen hatte sagen wollen: *Sie werden mich holen.*

Ich konnte meine Augen nicht von dem umgekippten Rollstuhl lassen, auch dann nicht, als Caspar sich längst abgewandt hatte, um das Haus weiter zu durchsuchen. Ich lehnte mich an den Türrahmen. Warum dieser alte, gelähmte Mann? Wer hatte ein Interesse daran, ihn in seine Gewalt zu bringen?

Selbst wenn er etwas wusste, was ein anderer geheim halten wollte – er konnte ohnehin nicht reden oder sich bewegen. Er stellte doch keine Gefahr dar!

»Sophie!«

Ich zuckte zusammen. Es fiel mir schwer, meinen Blick vom Rollstuhl zu lösen. Zurück im Flur deutete Caspar auf eine Stahltür, die offenbar in einen Keller führte.

»Ich habe sämtliche Räume durchsucht«, berichtete er, »aber nichts Ungewöhnliches entdeckt … Der Keller fehlt noch.«

Ich versuchte die Klinke der Kellertür herunterzudrücken, sie aufzuziehen, doch sie war verschlossen.

»Kannst du …?«, fragte ich knapp.

Ein überhebliches Lächeln erschien auf Caspars Lippen. Unsere Suche – nach wem oder was auch immer – hatte offenbar genügend Kräfte in ihm geweckt, um ihm wieder das alte Gefühl von Stärke zu verleihen. Doch als er den Fuß hob und damit gegen die Tür trat, schwand das Lächeln augenblicklich. Seine Stärke reichte nicht aus, um die Tür mühelos zu öffnen.

»Verdammt!«, knurrte er und war sichtlich in seinem Stolz gekränkt. Mir war zwar nicht danach zumute, aber ich musste grinsen, als er mit immer grimmigerem Gesicht die Tür bearbeitete, weitere Male mit dem Fuß dagegenstieß, schließlich mit den Händen darauf einschlug und sich zuletzt mit seinem ganzen Gewicht dagegen warf. Erst nach mehreren vergeblichen Versuchen ertönte endlich ein Knirschen, und die Tür gab nach.

Langsam begann er die Treppe hinunterzusteigen, die unmittelbar hinter der Tür auf uns wartete. Ich folgte ihm zögernd, tastete nach einem Lichtschalter, doch auch als ich einen gefunden und ihn gedrückt hatte, blieb das Licht trübe. Es gab kein Geländer, weswegen ich mich gegen die Wand presste, als ich Caspar Stufe für Stufe nach unten folgte. Modrige Luft drang in meine Lungen, doch so unheimlich mir dieser Keller auch war – er erweckte zugleich einen Funken Hoffnung in mir.

Wir gingen geradewegs in einen finsteren, kalten Raum … in ein unterirdisches Gefängnis … vielleicht Auroras Gefängnis.

Ich beschleunigte meinen Schritt. Die Stufen waren teilweise schief und unterschiedlich hoch. Wenn ich mich nicht an die Wand gepresst hätte, wäre ich längst gestolpert und gefallen. Putz regnete auf mich herab, ich griff in etwas Feuchtes, und das Licht wurde noch diffuser. Nach etwa zehn Stufen drang kein Tageslicht, das von der Kellertür kam, mehr zu uns vor. Die einzige

Lichtquelle war nun eine Glühbirne, die von der Decke des Kellerraums baumelte und flackernde Schatten auf die Wände zeichnete.

Die letzte Stufe war besonders hoch, und als ich endlich meinen Fuß aufsetzte, knickten mir fast die Knie weg. Ein Geräusch hallte von den Wänden wider und ließ mich zusammenzucken, bis ich bemerkte, dass es das Echo meines letzten Schrittes gewesen war. Schutzsuchend verschränkte ich meine Arme über der Brust und konnte mich des Gefühls nicht erwehren, dass ich nicht einfach nur in einen Keller geraten war, in dem schlimmstenfalls altes Obst verfaulte, sondern in einen Kerker, den man – einmal betreten – nicht so einfach wieder verlassen sollte. Ich zog den Kopf ein, weniger um mich instinktiv vor einer unsichtbaren Gefahr zu schützen, sondern weil die Decke so niedrig war und ich fürchtete, mir den Kopf zu stoßen.

So bedrückend und unheimlich dieser Raum auch war, mit dem Gefängnis aus meinen Träumen hatte er nichts zu tun. Noch ehe ich ihn in Augenschein genommen hatte, war ich mir sicher: Hier würde ich Aurora und Mia nicht finden. Ich seufzte enttäuscht, und als ich wieder tief einatmete, hatte ich das Gefühl, die modrige Feuchtigkeit würde sich auf meine Lungen legen und sie förmlich verkleben. Ein Frösteln überkam mich. Die Kälte hier … sie schien so … *alt* zu sein. Ja, mir fiel kein besseres Wort dafür ein. Es war, als würde sie mich nicht nur zum Zittern bringen, sondern auch meine Haare ergrauen lassen und mein Gesicht mit Runzeln zeichnen.

Immerhin – das Licht, das die Glühbirne ausstrahlte, schien mir nicht mehr ganz so diffus. Meine Augen hatten sich an das Grau gewöhnt und konnten nun Schattierungen ausmachen, das Hellere der Decke vom Dunkleren der Ecken unterscheiden. Schimmel und Staub hockten dort, und im flackernden Licht der Glühbirne glichen sie einem grauen Tier, das sich windet und duckt. Weiter oben waren die Wände nicht schimmelig, sondern trocken, aber der weiße Kalk war abgeblättert und auf Spinnweben gerieselt, die so aussahen, als wären sie im ewigen Eis erstarrt, in das sich schon seit langem nichts Lebendiges mehr verirrt hatte.

Der Raum war verwinkelt. Vom größeren, in dem die Glühbirne hing, ging ein kleinerer, noch niedrigerer ab. Von dort hörte ich plötzlich ein unterdrücktes Stöhnen.

Ich fuhr herum.

»Hast du das auch gehört?«, rief ich.

Caspar war knapp vor mir stehen geblieben, stürmte nun aber als Erster in den zweiten Raum. Er trat beiseite, so dass ich sehen konnte, was dort in einer der Ecken lag. Ich erkannte zunächst nur etwas Dunkles, Unförmiges, doch dann ertönte das Stöhnen ein zweites Mal. Das Dunkle war ein Mensch … eine Frau.

Ich unterdrückte einen Aufschrei, sank neben ihr auf die Knie, aber wagte erst nicht, sie anzufassen. Sie lag auf dem Bauch, die Glieder schienen unnatürlich verrenkt, und um den Kopf herum hatte sich eine Blutlache ausgebreitet. Das Blut wirkte in dem diffusen Licht nicht rot, sondern schwarz.

Als zum dritten Mal das Stöhnen erklang, hob ich schließlich doch die Hand und berührte die Frau an den Schultern. Obwohl ich sie nur sehr zaghaft berührte, krümmte sie sich – vielleicht vor Schmerzen, vielleicht vor Schreck. Ihr Kopf kippte zur Seite, und ich konnte ihr Gesicht erkennen. Es war über und über mit dem schwarzen Blut verschmiert – und dennoch so vertraut.

Es war Susanna Orqual, die hier im Keller lag. Jemand hatte sie die Treppe hinuntergestoßen, sie schwer verletzt liegen lassen und hinter ihr die Kellertür verschlossen.

Ich wollte ihr nicht noch mehr Schmerzen zufügen und zog hilflos meine Hände zurück. Ich hätte ihr gerne das Gesicht abgewischt, ihre Wunden untersucht, aber ich hatte Angst, alles noch viel schlimmer zu machen. Ihr Mund war verzerrt, ihre Augen glasig.

»Susanna!«, rief ich. Ich hatte sie noch nie mit dem Vornamen angesprochen, doch in diesem Augenblick war es ganz selbstverständlich. »Susanna! Erkennen Sie mich? Ich bin es! Sophie … Sophie Richter!«

Zunächst schien es, als würden meine Worte sie nicht erreichen. Die glasigen Augen starrten an mir vorbei, das Stöhnen verstummte.

Ich drehte mich zu Caspar um.

»Was stehst du einfach da?«, fuhr ich ihn an. »Tu doch etwas! Ruf einen Krankenwagen!«

Er zuckte nur mit den Schultern, hob dann abwehrend die Hände. Ich wollte nicht wahrhaben, was er wohl schon auf den ersten Blick erkannt hatte – dass es für Susanna keine Rettung mehr gab und dass es uns nur unnötig aufhalten würde, wenn wir Hilfe holten.

»Wir können sie doch nicht einfach …«, setzte ich an – und verstummte schlagartig. Susannas Mund verzerrte sich noch weiter. Sie stöhnte nicht mehr, aber versuchte etwas zu sagen. Erstickte Laute waren zu hören.

»Susanna!«, rief ich. »Susanna, was ist geschehen? Was …«

Ich beugte meinen Kopf ganz dicht über ihren Mund und glaubte, nun tatsächlich etwas zu verstehen.

»Sie haben ihn geholt … einfach geholt. Er erträgt es nicht … in seinem Zustand.«

Ich hatte wieder das Bild des umgekippten Rollstuhls vor Augen. »Aber warum?«, fragte ich verzweifelt. »Was wollen sie von ihm?«

»Habe versucht … gekämpft … wollte ihn schützen … Haben mich zurückgestoßen.«

Jedes einzelne Wort war eine Qual und raubte ihr unendlich viel von der schwindenden Lebenskraft.

»Sie brauchen einen Arzt«, rief ich. »Wir müssen Sie unbedingt …«

Ihr Atem klang rasselnd. Blut floss über ihre Lippen, heller und klarer als die dunkle Masse, die sich um ihren Kopf ausgebreitet hatte.

»Nein«, quälte sie sich zu sagen, »zu spät … keine Hilfe mehr möglich … aber Sie … Sie müssen ihn suchen … müssen ihn befreien … in seinem Zustand … er erträgt es doch nicht.«

»Warum hat man ihn entführt?«

Noch mehr Blut floss über ihre Lippen, nein, schoss förmlich hervor. Ihre eben noch glasigen Augen weiteten sich, schienen förmlich aus den Höhlen zu treten. Ich wusste nicht, was ihr noch einmal diese Kraft gab, aber plötzlich hob sie ihre Hand und umklammerte meine schmerzhaft fest.

»Er … weiß … alles.«

Sie atmete rasselnd aus – ein gequältes, langgezogenes Geräusch. Als es verstummt war, löste sich ihr Griff und fiel schlaff auf ihre Brust zurück. Die weitaufgerissenen Augen waren starr – und leer.

»Marian!«, schrie ich, obwohl ich wusste, dass sie tot

war. »Wo ist Marian? Hat er miterlebt, was hier geschehen ist? Und was weiß Ihr Mann?«

Meine Worte verhallten im Keller, und dann war da nichts mehr, nur Stille, die Stille des Todes, erdrückend und absolut.

Ich weiß nicht, wie lange ich neben Susannas Leichnam hockte und ihn hilflos betrachtete. Als ich endlich aufstehen konnte, schoss kribbelnd Blut in meine eben noch abgeknickten Glieder. Ungeachtet des Moders und der Spinnweben lehnte ich mich gegen eine der Wände und schloss die Augen.

Als ich sie wieder öffnete, hielt mir Caspar etwas vors Gesicht. Ich konnte nicht erkennen, was es war, nur, dass es über und über mit dem zähen, dunklen Blut bedeckt war.

»Das hat sie in der Hand gehalten!«, sagte er triumphierend. »Sie hat es losgelassen, als sie dich gepackt hat!«

Er hielt es ins Licht der Glühbirne, so dass ich es eingehender betrachten konnte: Es war ein Stück Papier.

Das Papier war völlig zerknüllt. Susannas Finger mussten es mit ganzer Kraft festgehalten haben. Als wir es etwas geglättet hatten, waren vor allem Blutflecken zu sehen, die einzelnen Worte, die darauf geschrieben standen, jedoch so blass, dass man sie bestenfalls erahnen konnte, auch dann noch, als wir das Papier ganz dicht an die Glühbirne heranhielten. Ich wollte schon enttäuscht resignieren, als Caspar plötzlich sagte: »Warte!«

Er benetzte seine Finger mit Speichel und strich dann mehrmals über den Zettel.

»Du verwischst doch alles noch mehr!«, rief ich.

»Wenn es tatsächlich Papier wäre, dann ja«, erwiderte er, »aber es ist kein Papier, sondern … Pergament.«

Ich hatte mich schon von ihm abgewandt, nun trat ich wieder näher und befühlte diesen Fetzen noch einmal. Er schien tatsächlich etwas ledrig zu sein, und Caspars Speichel hatte ihn nicht aufgeweicht, sondern diese grau anmutenden Schriftzeichen etwas klarer hervortreten lassen. Es war eine sehr ungewöhnliche Schrift, die mich ein wenig an karolingische Minuskeln erinnerte. Mühsam entzifferte ich einzelne Worte, aber sie ergaben keinen Sinn.

August.

Beschluss.

SAR.

Fluch.

Was sollte das bedeuten?

Ich beugte mich tiefer über das Pergament und fuhr mit dem Finger über die Zeilen – genauso wie Caspar, wodurch sich unsere Hände kurz berührten. Ich zuckte zurück.

»Kannst du das lesen?«, fragte ich rasch.

Das Pergament war nicht nur mit Blut verschmiert, sondern auch von vielen bräunlichen und schwarzen Flecken übersät, so als wäre das Schriftstück zu lange zu feucht gelagert worden. Insbesondere an den Rändern wurde die Schrift so durchsichtig, als hätte jemand das Pergament abgeschabt.

»Also?«, fragte ich, als er nicht antwortete. »Kannst du es entziffern?«

Er zuckte mit den Schultern, aber erklärt dann: »Das scheint eines der Protokolle zu sein.«

Er sprach das Wort beinahe ehrfürchtig aus, aber fügte nichts hinzu.

»Protokolle?«

Jetzt verstand ich zumindest, was das Wort »August« bedeutete – offenbar war das das Datum, an dem dieses Schriftstück entstanden war.

»Was sind Protokolle?«, drängte ich.

Wieder zuckte er mit den Schultern. »Die Alten treffen sich regelmäßig zum Rat. Dort werden zu strittigen Punkten Beschlüsse gefasst – und diese dann in den Protokollen festgehalten. Sie werden immer noch auf Pergament geschrieben so wie einst.«

Er hielt das Schriftstück in verschiedenen Winkeln unter die Glühbirne, um es besser entziffern zu können, doch er hatte damit nicht viel Erfolg. Anstatt noch etwas zu sagen, versank er in Schweigen. Die Stille tat fast in meinen Ohren weh – umso mehr, als Susannas tote, starre Augen immer noch auf uns gerichtet waren. Ich versuchte sie zu ignorieren und stattdessen alles zu tun, um ihre letzte Bitte zu erfüllen – ihren Mann zu finden und ihn in Sicherheit zu bringen. Das wiederum würde mir nicht gelingen, wenn ich mich durch den Anblick ihres Leichnams in Panik versetzen ließ, sondern nur, wenn ich mich auf das Pergament konzentrierte und mir Caspars Worte noch einmal durch den Kopf gehen ließ.

»Strittige Punkte«, murmelte ich. »Du hast mir vorhin gesagt, dass die Alten nicht immer einer Meinung sind. Aber warum eigentlich? Sie haben doch alle das gleiche Ziel – ihre Feinde zu besiegen.«

Jemanden wie dich, fügte ich im Stillen hinzu.

»Du erinnerst dich doch noch, was ich dir über die Hierarchie der Nephilim erzählt habe«, gab Caspar zurück, ohne die Augen vom Pergament zu lassen und es wieder und wieder unter der Glühbirne zu drehen.

»Natürlich. Du hast von diesen drei Sphären gesprochen. Die der Weisen, die der Alten und die der gewöhnlichen Nephilim.«

»Bei den gewöhnlichen Nephilim gibt es besagte Unterschiede, es gibt mächtigere und weniger mächtige, Fürsten, Erznephilim und Mitläufer.«

»Und bei den Alten ist das auch so?«

»Sagen wir so: Mächtig und einflussreich sind sie alle – aber sie haben unterschiedliche Funktionen. Dionysios Aeropagiate unterscheidet die Engel der zweiten Sphäre in Mächte, Kräfte und Gewalten. Und dementsprechend gibt es auch drei Arten von Alten.«

Er ließ das Pergament sinken und sah mich an – auf jene verächtliche Weise wie vorhin schon im Wald, als ich mich in so vieler Hinsicht als völlig unwissend erwiesen hatte. Zugleich lag etwas Gönnerhaftes in seinem Blick, weil einzig er mich belehren konnte.

»Nun sag schon!«, drängte ich ungeduldig. »Welche drei Arten?«

Er zögerte seine Antwort deutlich hinaus.

»In Dionysios' Engelhierarchie sieht es folgendermaßen aus«, erklärte er endlich. »Die Mächte üben eine Art Befehlsgewalt über die anderen Engel aus. Die Kräfte bestimmen die Naturgesetze. Und die Gewalten sind diejenigen, die gegen die Dämonen kämpfen. Diese Dreiteilung sagt viel, eigentlich fast alles über unsere Alten aus, ganz gleich, ob es die der Schlangensöhne oder die der Wächter sind. Die einen sind so etwas wie die Innenminister: Sie halten die eigenen Leute zusammen, bilden sie aus, kontrollieren sie, sind quasi die Ordnungshüter unter den Nephilim. Die zweite Gruppe gleicht eher einem Kriegsminister oder vielmehr einem Feldherrn: Sie sind für den Krieg verantwortlich – sie planen Kampfhandlungen, beobachten den Feind, dirigieren die Truppen, entwickeln Taktiken. Die dritte Gruppe hingegen agiert am diplomatischsten. Sie ähnelt der UNO. Sie hat weder mit der Ausbildung oder Führung der Nephilim zu tun noch mit den Kampfhandlungen. Stattdessen sorgen sie dafür, dass von Kriegen und Kämpfen der Lauf der Welt nicht gestört wird – sprich, dass die Menschen nichts von den Nephilim erfahren.«

Ein anzügliches Lächeln begleitete seine letzten Worte. Offenbar war er der Meinung, dass diese Schonung nicht notwendig war – sollte das dumme Menschenpack doch mit der steten Bedrohung irgendwie fertig werden.

»Diese dritte Gruppe ist gewiss die friedlichste«, schloss ich aus seinen Ausführungen, »die erste hingegen die strengste und die zweite die aggressivste.«

Er nickte, und ich begriff nun, wie es zu Unstimmigkeiten unter den Alten kommen konnte. Nicht immer war es möglich, all ihre Ziele – der Gehorsam der Nephilim, der Kampf gegen den Feind und die Geheimhaltung vor den Menschen – auf gleiche Weise zu erreichen.

»Wenn sie sich in einer Sache nicht einig sind, dann treffen sie sich zur Ratssitzung und stimmen ab«, fuhr Caspar fort, »und die Minderheit muss sich dem Beschluss der Mehrheit beugen.«

»Was wiederum in einem der Protokolle festgehalten wird.«

»So ist es.« Er hob nun wieder das Pergament. »Wenn wir nur lesen könnten, worum es sich hier handelt ...«

»Du hast doch etwas von einem ganz bestimmten Streitfall der Alten angedeutet, als ich bei dir in der

Lodge war! Du meintest, dass sich Weiß und Schwarz immer mehr vermischen, schließlich ein Grau ergeben. Was hast du damit gemeint?«

Er konzentrierte sich auf das Pergament. »Wie gesagt: Mein Bruder César war zu Besuch und hat mir davon berichtet«, erklärte er lediglich vielsagend. »Er hat sich darüber totgelacht, dass es beim Rat der Alten vor kurzem eine sehr turbulente Sitzung gegeben habe, bei der es zu Schreiduellen und Tumulten gekommen sei.«

»Und weiter?«

»Nichts weiter! César hoffte, dass mich das genauso aufheitern würde wie ihn. Aber er steckte mich mit seinem Gelächter leider nicht an.«

Auch jetzt lachte Caspar nicht, aber er grinste immerhin.

»Aber was war der Grund für diesen Aufruhr! Du musst mehr wissen, sonst hättest du nicht von diesem Grau geredet, das …«

»Es hatte etwas mit Gehorsam zu tun«, unterbrach er mich. »Besser gesagt, dem Fehlen von Gehorsam.«

»Weil einer der Alten sich dem Mehrheitsbeschluss nicht fügen wollte? Weil …«

»Ha!«, unterbrach mich Caspar erneut und deutete auf eine Stelle auf dem Pergament. »Das hier heißt Claudius!«

Ich nahm das Schriftstück und hielt es ganz dicht vor meine Augen. Wenn er es mir nicht gesagt hätte, hätte ich den Namen nie entziffern können, doch nachdem er ihn ausgesprochen hatte, glaubte ich, ihn auch zu lesen.

»Claudius? Wer ist das?«

Caspar runzelte kaum merklich die Stirn.

»Mein Vater«, presste er hervor. »Einer der mächtigsten Schlangensöhne überhaupt.«

Ich erschauderte. Obwohl Cara seinen Namen nie ausgesprochen hatte, hatte sie damals vor fünf Jahren doch manches über ihren Vater angedeutet. Wie grausam er sei, und wie oft er sie gequält habe, weil sie sich geweigert habe, Menschen zu töten. Manchmal hatte er sie selbst dafür bestraft – manchmal hatte er es Caspar tun lassen …

»Und er hat mit dem Streit zu tun?«, fragte ich eifrig. »Er hat …«

»Nein«, fiel er mir ins Wort. »Aber ich weiß jetzt, wie man diese Seite lesen muss. Pergament kann man mehrmals verwenden, indem man die Wörter, die darauf geschrieben sind, wieder abkratzt. Vor dem letzten Protokoll, in dem es um den Streit der Alten geht, ist auf diesem Pergament schon einmal früher ein Protokoll aufgeschrieben worden, bei dem es um eine Angelegenheit ging, die meinen Vater betraf. Offenbar ist das Pergament nur schlampig abgekratzt worden, so dass es also zwei Texte gibt, die hier mehr oder weniger übereinanderstehen – und das macht es so schwer, sie zu entziffern. Allerdings ist hier noch ein zweiter Name, den man gut lesen kann …«

»Ja?«, fragte ich begierig. »Welcher?«

Er deutete wieder auf eine Stelle. Es war jene, die ich schon vorhin zu lesen versucht hatte. SAR, stand da. Oder nein: Vielmehr Sartael.

Diesen Namen hatte ich schon einmal gehört.

»Das ist einer der Namen aus dem Buch Henoch, nicht wahr?«, rief ich aufgeregt.

»Scheinbar war er bei dem Streit einer der Wortführer«, murmelte Caspar, »er hat die meisten Argumente vorgebracht und die Abstimmung schließlich für sich entschieden. Und dafür gesorgt, dass ein anderer … verflucht wurde.«

»Verflucht?«, fragte ich.

»Ein etwas archaisches Ritual. Es stammt aus uralten Zeiten. Jemanden zu verfluchen hieß damals, jemanden aus der Gemeinschaft zu verbannen. Es bedeutet also, dass einer der Alten aus dem Rat ausgeschlossen wird – was bei dieser besagten Abstimmung der Fall war.«

»Und worüber wurde abgestimmt?«

»Es ging darum, dass …«

Caspar verstummte. Die Schatten auf den Wänden tanzten plötzlich noch unruhiger als zuvor. Ein Luftzug hatte die Glühbirne in Bewegung versetzt, schaukelte sie sachte hin und her – ein Luftzug, der von oben kam. Und da waren Schritte zu hören – leise, langsame. Dann ein schleifendes Geräusch, als würde derjenige, der den Flur betreten hatte, seine Füße kaum heben, sondern sie über den Boden ziehen. Dann war dieses Geräusch wieder verschwunden. Caspars Spinnenfinger krampften sich förmlich um das Pergament, doch anders als ich zuckte er nicht zusammen.

»Wie es aussieht, sind wir nicht länger allein«, flüsterte er.

Mir stockte der Atem – die Schritte kamen näher. Immer noch waren sie sehr langsam. Wer immer dort oben hinter der Kellertür auf und ab ging, versuchte zu schleichen. Warum? Weil er auf die Spuren der Zerstörung gestoßen war und sich nun vor einem unsichtbaren Feind fürchtete? Oder weil er selbst ein Feind war, der sein Opfer überraschen wollte?

»Wer … wer …«, stammelte ich. Caspar legte seinen

Finger auf die Lippen – ein Zeichen, dass ich leise sein sollte. Wenn dort oben ein Nephil war, würde er Caspars Präsenz vielleicht ahnen – falls es ein Mensch war, konnten wir hingegen hoffen, dass er uns hier unten nicht finden würde.

Und tatsächlich: Zunächst schienen die Schritte zwar näher zu kommen – dann entfernten sie sich aber wieder zögerlich. Wer immer das Haus durchsuchte, sparte den Keller aus.

Mein Herz pochte schmerzhaft in meiner Brust, erst vor Schrecken, dann vor Erleichterung. Ich verkniff es mir, laut und hörbar auszuatmen, aber mein eben noch verkrampfter Körper entspannte sich ein wenig. Doch in dem Augenblick, als die Schritte sich immer weiter in Richtung Haustür entfernten und ich mich sicher wähnte, dass die Gefahr ausgestanden war, begann mein Handy zu klingeln. Der schrille, hohe Ton hallte von den Wänden wider. Ich erschrak fürchterlich. Mit zitternden Händen kramte ich in meiner Tasche, zog das Handy hervor. Ich las Neles Namen auf dem Display – Nele, die offenbar wissen wollte, ob ich nun noch mit Aurora nach Salzburg kommen würde oder nicht. Ich drückte den Anruf schnell weg – aber es war zu spät. Die Schritte kamen wieder näher.

Versagt … sie hatte versagt.

Es war ihr nicht gelungen, dem Nephil das Schwert abzunehmen. Stattdessen umklammerten seine Hände nun fest den Griff. Er hob es, durchschnitt mit der Klinge die Luft, ließ sie dann auf Mia herabsausen … um erst im allerletzten Augenblick und nur Millimeter über ihrem Kopf innezuhalten. Mia schrie nicht einmal. Mit offenem Mund starrte sie auf die tödliche Waffe, ohne sich zu du-

cken oder zur Seite zu weichen. Auch Aurora konnte nur regungslos zusehen. Er wird sie töten, ging es ihr durch den Kopf, Mia ist nutzlos für ihn … wer immer uns in seine Gewalt gebracht hat … es geht ihm um mich, nicht um Mia.

Kurz, nur kurz gab sie sich der Angst um die Freundin hin – und prompt übernahm die fremde Macht in ihr wieder das Kommando.

Ihre Hände verkrampften sich ineinander, ihre Füße verdrehten sich unnatürlich, ihr Mund spuckte Wortfetzen aus. Und sie konnte sich nicht einmal wehren.

Sie waren viel zu stark … der Nephil, der Mia bedrohte … und diese Macht …

Alles drohte in diesem Meer aus Furcht und Panik und Schmerzen und Hilflosigkeit zu versinken. Doch wie vorhin fand sie Halt, kam sie auf einem Fleckchen zu stehen, einer Sandbank gleich, die aus den Fluten ragt. Caras Stimme war lauter als das Rauschen der schwarzen Wellen.

Du musst wissen, was du willst!, rief sie wieder. Und dann tu es!

Aurora atmete gegen die Krämpfe an, die ihren Körper schüttelten.

Ich will hier raus. Ich will Mia retten. Ich will den Nephil überwältigen.

Und plötzlich wusste sie nicht nur, was sie wollte. Sie wusste auch, dass sie es konnte.

Eine Verachtung stieg in ihr auf, die sie nicht kannte, ein glühender Hass und ein tiefer Ekel – befremdende Gefühle, weil sie keinen Funken Menschlichkeit in sich trugen und zugleich so unfassbar stark waren.

Sie starrte auf den Nephil, der grinsend mit dem Schwert spielte.

Er ist doch nur Fußvolk, ging ihr durch den Kopf, einer von den Schlangensöhnen, den Awwim … den Bastarden, den Hurensöhnen … und ich bin um so vieles stärker als er.

Die Krämpfe ließen nach, das unangenehme Kribbeln auf ihrer Haut verging. Sie merkte kaum, wie sie wieder auf die Beine kam, sich vor Mia aufrichtete, um sie vor dem Schwert zu schützen.

Noch wirkte der Nephil keineswegs beunruhigt. Seine schwarzen Augen funkelten sie vielmehr herausfordernd an. »Wenn du dich uns nicht bedingungslos unterwirfst, ist sie tot«, drohte er. »Schwör mir, dass du nie wieder versuchen wirst, mich anzugreifen.«

Vermeintlich einlenkend senkte Aurora ihren Blick. »Ich werde dich nicht wieder angreifen«, murmelte sie scheinbar demütig.

Doch in Gedanken fügte sie hinzu: Weil ich das nicht muss. Weil ich dich auch überwältigen kann, ohne körperliche Kräfte einzusetzen.

Langsam hob sie ihren Blick wieder – den Blick, in dem sie ihre Macht zu bündeln versuchte, jene Macht, mit der sie damals vor fünf Jahren einen wilden Hund besänftigt hatte. Er hatte sich von seinem Besitzer losgerissen, war bellend und mit gefletschten Zähnen auf sie und ihre Mutter zugerast, bereit, sie anzufallen und zuzubeißen. Doch ehe er ihr seine Zähne ins Fleisch schlagen konnte, hatte sie ihre Hand gehoben, hatte ihm ohne Worte befohlen zurückzuweichen, ja, hatte ihn allein kraft ihrer Gedanken überwältigt.

Deine größte Stärke liegt nicht in deinem Körper, hatte Cara ihr später erklärt, sondern in deinem Geist.

Auroras blaue Augen bohrten sich in die schwarzen des Nephil. Sie unterdrückte ein letztes Zögern und diese tiefe Verwirrung über sich selbst, gab sich stattdessen ganz der Verachtung für diese Kreatur hin und dem festen Willen, Mia vor ihr zu schützen.

Ich bin stark. Ich bin stärker als du.

Die dunklen Augen glichen harten Knöpfen. Kurz hatte sie das Gefühl, von ihnen zurückgestoßen zu werden. Doch sie ließ es nicht zu, stellte sich stattdessen vor, wie die Macht, die eben in ihr gewütet hatte, sich einem Laserstrahl gleich auf die schwarzen Augen des Feindes richtete, in diese Schwärze eindrang, immer tiefer vorstieß, das Gehirn des Nephil erforschte, besetzte, vernichtete.

In ihrem Kopf begann es zu rauschen; Wortfetzen vermischten sich, wirr und beängstigend. Sie verstand nicht, was sie verhießen, nur dass sie in der blechernen Sprache der Awwim ausgesprochen wurden, zuerst als leises Raunen, dann als durchdringender Schrei. Ja, der Nephil schrie. Schrie nicht mit seinem Mund, der immer noch geschlossen war, sondern schrie mit den Gedanken – den Gedanken, die nun ihr gehörten oder vielmehr der Macht, über die sie verfügte, Gedanken, die sie drehen und wenden konnte, wie sie es wollte, die ihr ähnlich ausgeliefert waren wie Staubkörner einem Windstoß.

Aurora richtete sich zur vollen Größe auf. Ohne den Blick von ihm zu lassen, hob sie nun ihre rechte Hand. Der stumme Schrei wurde immer erbärmlicher.

Lass das Schwert fallen!, befahl sie.

Die Macht, die in den Kopf des Nephil eingedrungen war, schien sich erst zu einer Faust zusammenzuballen und dann zu wachsen; so groß wurde sie, dass seine Gedanken und sein Schreien förmlich zerplatzten. Er verstummte. Sein Blick, schon vorher leer und starr, wirkte jetzt wie tot.

Lass das Schwert fallen!, befahl Aurora erneut. Und dann schlaf ein!

Aurora hob nun auch die linke Hand. Obwohl sie Distanz wahrte, hatte sie das Gefühl, mit dem Nephil zusammenzuwachsen. Keine Umarmung der Welt konnte inniglicher ausfallen als diese. Ekel stieg in ihr hoch, aber sie unterdrückte ihn und löste sich nicht aus dieser Umarmung, bis der Nephil daran zu ersticken schien. Zuerst krachte das Schwert mit einem lauten Klirren auf den Boden, dann fiel er selbst. Er wehrte sich nicht dagegen, kippte einfach zur Seite wie ein Mehlsack, streckte nicht einmal schützend seine Hände aus, um den Sturz abzufangen. Reglos lag er nun auf dem Rücken. Seine Augen waren weit aufgerissen, doch sie sahen nicht mehr, was sich vor ihnen zutrug.

Nun erst gab Auroras Macht ihn wieder frei. Doch so langsam, wie diese in sein Denken eingedrungen war, so schnell ergriff sie wieder von ihr Besitz, einem angespannten Gummi gleich, der zurückschnellt, sobald man ihn loslässt. Es war, als würde der Schlag sie mitten ins Gesicht treffen, schmerzhaft wie ein Peitschenhieb. Aurora keuchte, fühlte, wie etwas sie in die Knie zwang.

Nein, rief sie innerlich, nein, keine Krämpfe! Ich will raus! Ich will mich und Mia befreien!

Kurz hatte sie das Gefühl, mit einem unsichtbaren Wesen zu ringen. Es hatte mehr Hände, mehr Füße als sie, kniff, biss, schlug zu. Mehrmals drohte sie zu unterliegen, doch sie wehrte sich eisern, und irgendwann war das Wesen zu erschöpft oder überdrüssig, um sich weiter mit ihr anzulegen. Es ließ von ihr ab, und ihr Atem beruhigte sich.

Der Nephil lag immer noch reglos vor ihr, Mia stieß ein trockenes Schluchzen aus.

»Was hast du nur getan, Aurora, was …«

Aurora wollte sich zu ihr umdrehen – aber konnte es kaum. Ein unglaubliches Gewicht schien auf ihren Schultern zu lasten und zwang sie zu Boden – nicht die Macht, wie sie instinktiv erahnte, sondern pure Erschöpfung. Sie konnte sich nicht daran erinnern, sich jemals so ausgelaugt und erbärmlich gefühlt zu haben. Sämtliche Lebenskraft verflüchtigte sich, floss nicht einfach aus ihr heraus, sondern schoss wie ein Sturzbach dahin. Bald … bald würde nichts mehr übrig bleiben, nur eine leere Hülle.

»Aurora …« Mia war aufgesprungen, beugte sich zu ihr und umklammerte ihre Hände. »Aurora, was hast du nur?«

Langsam hob sie den Kopf und hatte dabei das Gefühl, mindestens eine Tonne Stahl stemmen zu müssen. Sie ahnte, welch elenden Anblick sie bot: Ihre Lippen waren so weiß wie ihr Gesicht, die Augen hatten jeden Glanz verloren; die Haare erstrahlten nicht im kräftigen Rotbraun, sondern wirkten grau.

»Wir … wir … wir müssen raus hier …«

Ihre Stimme war fast unhörbar leise. Sie wusste nicht, ob sie sich Mia überhaupt verständlich machen konnte. Doch sie sprang schon auf und zog sie am Arm.

»Dann komm doch … komm doch!«

Wieder hatte Aurora das Gefühl, von der Tonne Stahl erdrückt zu werden, doch sie kämpfte dagegen an, stand irgendwann auf ihren Beinen, machte erste Schritte – und erreichte die Tür. Es war ihr, als hätte sie nicht nur einen Raum, sondern eine ganze Wüste durchqueren müssen.

»Warte!« Ihre Stimme klang nun etwas kräftiger. Sie deutete auf das Schwert, das der Nephil fallen gelassen hatte. »Wir müssen es mitnehmen.«

Mia bückte sich nach dem Schwert. Als sie den Griff berührte, überlief ein Zittern ihren Körper. Sie ignorierte es, versuchte sich nicht von der Angst vor dieser unheimlichen Waffe überwältigen zu lassen – und schaffte es dennoch nicht, sie hochzuheben. »Es ist viel zu schwer«, stieß sie aus. Mit zusammengebissenen Zähnen bemühte sie sich weiter, doch sie konnte das Schwert gerade mal um wenige Zentimeter heben, ehe es wieder klirrend zu Boden fiel.

Aurora seufzte. Wenn sie das Schwert mitnehmen wollte, musste sie es selber tun.

Atme regelmäßig! Konzentriere dich auf dein Ziel! Du willst mit Mia hier raus! Und du weißt nicht, gegen wie viele Gefahren du dich noch schützen musst! Auch wenn du andere kraft deiner Gedanken besiegen kannst … vielleicht wird dir das Schwert noch von Nutzen sein!

Der Takt ihres Herzschlags war immer noch holprig, aber wenigstens schlug es nun wieder laut und kräftig, pumpte Blut durch ihren Körper, blaues Nephilim-Blut. Sie fühlte, wie sie sich erholte, wieder erstarkte, wie das Gewicht von ihren Schultern schwand.

»Ich mach das«, erklärte sie knapp.

Sie trat zu Mia, packte nun ihrerseits den Griff, und obwohl sich ihr ein neuerliches Keuchen entrang, schaffte sie, es aufzuheben. »Und nun fort …«

Mia fragte nicht, warum sie über so viele Kräfte verfügte. Nach all dem, was sie beobachtet hatte, schien sie nichts mehr zu verwundern. Sie hastete zur Tür, stellte fest, dass sie nur angelehnt war, und öffnete sie. Hinter der Tür wartete ein schmaler, dunkler Gang auf sie. Mia überschritt die Schwelle, machte ein paar Schritte in die Dunkelheit – und schrie auf. Aurora war ihr gefolgt, aber so darauf konzentriert gewesen, das Schwert zu halten, dass sie nicht sah, was am Ende des Gangs vor sich ging. Als Mia abrupt stehen blieb, lief sie fast in sie hinein. Sie hob den Blick und sah erst jetzt, worauf Mia schreckerfüllt starrte.

Aurora unterdrückte ein Seufzen und umklammerte den Griff des Schwertes fester. Vom anderen Ende des Ganges her kamen fünf dunkle Gestalten auf sie zu.

Wer immer dort oben war – er stand nun vor der Kellertür. Ich wagte kaum zu atmen. Caspar hingegen lachte plötzlich auf – ein fast so schriller Ton wie eben das Klingeln des Handys. Offenbar hatte er Neles Namen auf dem Display gelesen, denn er spottete: »Ein nettes Pläuschchen mit deiner besten Freundin, warum nicht?« Er gab sich keine Mühe mehr, die Stimme zu senken.

»Grüß Nele von mir«, fügte er hinzu. »Sie kann sich sicher noch gut an mich erinnern.«

Damals vor fünf Jahren hatte Caspar Nele fast getötet. Nicht zuletzt das, was sie durch ihn erlitten hatte, hatte zu dieser unüberwindbaren Distanz zwischen uns geführt.

»Halt endlich deinen Mund!«, zischte ich.

»Wie wär's, wenn ich mich an deiner Stelle mit ihr unterhalte? Du könntest in der Zwischenzeit mal nachschauen, wer dort oben vor der Kellertür steht.«

Ich steckte mein Handy in die Tasche.

Totenstille. Die Schritte waren verstummt.

Wie kalte, feine Tropfen rieselte die Furcht über meinen Nacken, über meine Oberarme, schließlich über meinen Rücken. Meine Härchen stellten sich auf. Der Geruch, der mich umgab, schien noch intensiver zu werden. Ich hatte das Gefühl, Moder, Staub und Schimmel förmlich einzuatmen und mich langsam genauso grau zu färben wie diese.

»Nun geh schon hoch!«, sagte Caspar wieder. »Wer immer es ist – lenk ihn ab!«

Ich blickte ihn empört an und schüttelte den Kopf. Undenkbar, allein die Treppe hinaufzusteigen! »Bist du verrückt?«, entfuhr es mir.

»Wer es auch ist ... wenn er erst einmal mit dir beschäftigt ist, kann ich mich heimlich anschleichen ... ihn notfalls überwältigen ...«

»Wenn es ein Nephil wäre, würdest du es doch fühlen?«

Er runzelte die Stirn, schien sich zu konzentrieren. Nach einer Weile zuckte er mit den Schultern.

»Ich bin mir nicht sicher. Nun geh!«

Am liebsten hätte ich wieder den Kopf geschüttelt, aber dann fiel mein Blick auf die tote Susanna. Wer immer ihr das angetan hatte – die zerfetzte Seite aus den Protokollen bewies, dass sie bis zuletzt gekämpft hatte: für ihren Mann und für ihren Enkelsohn. Wenn sie den Mut dazu gehabt hatte, dann musste auch ich meine Ängste besiegen.

Ich löste mich aus der Starre und machte mich auf den Weg nach oben. Von dort war nichts mehr zu hören, stattdessen war jedes Mal ein leises Klicken zu vernehmen, wenn ich, so vorsichtig wie nur möglich, meine Füße auf die jeweils nächste Stufe setzte. Der Weg nach unten war mir schon lang vorgekommen – der Rückweg schien eine Ewigkeit zu dauern. Im düsteren Licht war das Ende der Treppe nur zu erahnen, jedes Mal wenn ich glaubte, oben angekommen zu sein, gab es eine weitere Stufe zu erklimmen, und mit jeder Stufe wuchs meine Angst vor dem, was mich dort oben erwartete.

Endlich hatte ich das Ende der Treppe erreicht. Die Tür, die zum Keller führte, war zugefallen. Meine Hand zitterte, als ich sie auf die Klinke legte und sie langsam herunterdrückte. Ich spitzte wieder die Ohren, lauschte wieder angestrengt. Nichts. Wer immer sich dem Keller genähert hatte, musste jetzt reglos verharren. Ich öffnete die Tür, trat in den Gang. Die Eichendielen knarzten unter meinem Schritt – ein Geräusch, das noch viel lauter schien als meine Schritte auf der Treppe. Ich zuckte zusammen, als hätte jemand unmittelbar neben meinen Ohren laut geklatscht. Nach dem düsteren Licht im Keller blendete mich das Tageslicht. Dennoch konnte ich die Gestalt deutlich sehen, die vor mir stand – eine schmale, kleine Gestalt.

Erleichtert atmete ich auf.

»Marian!«

Der Junge, dem ich seit langem Klavierunterricht gab, hatte immer schüchtern und ängstlich gewirkt und, als er während des Gewitters vor der Villa aufgetaucht war, regelrecht panisch. Doch nie hatte er so verzweifelt ausgesehen wie jetzt. Großer Kummer schien auf seinen schmächtigen Schultern zu lasten, schwer, tief – und alt. Als unsere Blicke sich trafen, öffnete er den Mund, aber wie immer kamen keine Laute hervor.

Ich beugte mich zu ihm. »Marian, geht es dir gut?«

Er schüttelte den Kopf, kaute auf den Lippen.

»Marian«, beschwor ich ihn. »Was ist hier passiert? Dein Großvater … und deine Großmutter …«

Ich brachte es nicht übers Herz, die Wahrheit auszusprechen – dass man den einen gewaltsam entführt hatte und die andere tot war. Vielleicht wusste er es, so verzweifelt wie er blickte, vielleicht hatte er es miterlebt und sich irgendwo versteckt. Allerdings: Caspar hatte eben das ganze Haus durchsucht, was bedeutete, dass er von draußen gekommen sein musste. Doch von woher genau?

»Marian … bitte! Ich weiß, du kannst es mir nicht sagen, aber schreib es wenigstens diesmal auf. Alles, was du weißt. Und du weißt doch etwas, du …«

Er starrte mich weiterhin wortlos an, sein verzweifelter Blick wurde nahezu flehentlich. Vorsichtig trat er einen Schritt auf mich zu, aber erstarrte plötzlich wieder. Die Panik, die sich in seinem Gesicht ausgebreitet hatte, schien noch zu wachsen. Die Eichendielen knackten – jedoch weder unter meinen noch unter seinen Schritten. Ein Luftzug streifte mich, und als ich herumfuhr, stand Caspar da, der mir zunächst lautlos aus dem Keller gefolgt war, nun aber einen Satz auf Marian zumachte. Sein Gesicht war gierig verzerrt – und zugleich voller Hass.

»Caspar!«, schrie ich fassungslos.

Woher rührten diese starken Gefühle? Und warum ging er auf den Jungen los, obwohl dieser für mich keine Gefahr darstellte?

Ich begriff es schon im nächsten Augenblick. Caspar hatte beide Hände erhoben, ließ sie nun auf Marian herabsausen, um ihn zu packen, doch der wich blitzschnell zurück, drehte sich um und flitzte davon. Ich sah kaum mehr als einen Schatten – dann war er schon durch die ausgehängte Tür ins Freie geflohen.

»Verflucht!«, tobte Caspar.

Ich brachte keinen Ton hervor.

So schnell bewegte sich kein Kind … kein normales Kind. Und ein normales Kind hätte in Caspar auch nicht diesen Hass, diese Gier ausgelöst. Ein normales Kind hätte er nie als seinen Feind betrachtet.

»O mein Gott!«, stieß ich aus, als ich die Wahrheit begriff.

»Ein Nephilim-Kind …«, knurrte Caspar. Der Ausdruck der nackten, puren Gier war wieder erloschen. Er wirkte verdrießlich.

»Wie … was …«, stammelte ich.

Es gelang mir nur mühsam, die Fassung wiederzufinden. Ich wusste, dass es unauffällige Nephilim gab, die sich den Menschen anpassten und oft nicht einmal von ihresgleichen erkannt wurden, aber ich hätte nie geahnt, dass ausgerechnet in dem ängstlichen, schüchternen, zarten Jungen dieses jahrhundertealte Erbe schlummerte, dass er keine gewöhnlichen Eltern hatte, sondern von einem Nephil abstammte. Vielleicht war es auch umgekehrt – sein Vater war ein Mensch und seine Mutter die Nephila. Ja, so musste es sein – das war wohl auch der Grund, warum Marian bei seinen Großeltern väterlicherseits und nicht bei seinen Eltern aufwuchs: Sie wollten ihm eine Kindheit fernab dieses jahrhundertealten Kampfes ermöglichen, umso mehr nach diesem rätselhaften Schockerlebnis in früher Kindheit, das ihn hatte verstummen lassen. Doch nun hatte dieser Kampf ihn eingeholt, nun konnten ihn Samuel und Susanna nicht länger schützen.

Ich folgte Caspar, der zur Tür gestürzt war.

»Er ist nur deinetwegen fortgelaufen«, rief ich erbost. »Er hätte mir mehr sagen können …«

»Er ist doch stumm«, warf Caspar ein. »Ob nun Nephilim-Kind oder nicht – er hätte dir nichts sagen können.«

»In jedem Fall hatte er schreckliche Angst … und Kummer … und ich bin sicher …«

»Wenn er etwas weiß, dann macht es in seinem Fall

wohl mehr Sinn, ihm zu folgen, anstatt mit ihm zu reden«, knurrte Caspar. Im nächsten Augenblick fühlte ich wieder einen kalten Luftzug, dann stand er schon am Gartentor. Als auch ich es erreicht hatte, war er bereits im Wald verschwunden. Wieder brauchte ich eine Weile, bis ich ihm gefolgt war.

»Dort!«, rief er, kaum dass ich neben ihm stand. Ich folgte seinem Blick – doch was immer er gesehen hatte, ich nahm nichts Ungewöhnliches war. Weit und breit war keine Spur von Marian. Caspar schien jedoch mehr zu sehen als ich, machte wieder einen Satz und war schon im nächsten Augenblick an die zwanzig Meter von mir entfernt. Wild blickte er in sämtliche Richtungen. Ich lief atemlos hinterher.

»Vorhin …«, fiel es mir wieder ein, »du hast gesagt, du wüsstest, worum es beim Streit der Alten ging. Du meintest, dass …«

»Wie es aussieht war es nicht einfach nur ein Streit … sondern eine Grundsatzentscheidung. Es ging um die Frage, ob …«

Er brach ab, deutete in eine bestimmte Richtung, und diesmal konnte auch ich Marian sehen – zumindest für den Bruchteil einer Sekunde. Kurz stand er ganz steif, starrte zu uns herüber, lief dann weiter – oder, wie es in dem Fall wohl zutreffender lauten musste: schoss wie ein Blitz davon. Caspar versuchte ihm zu folgen, verlor ihn aber bald wieder aus den Augen.

Ohne Zweifel: Der Junge war schneller als er. Doch dass er immer wieder stehen blieb, bedeutete, dass er zwar nicht in Caspars Hände geraten wollte, wir ihm aber folgen sollten. Wohin wollte er uns bringen? Wusste er, wo sein Großvater gefangen gehalten war – oder gar Mia und Aurora?

Trotz meiner Verwirrung keimte Hoffnung in mir auf, und ich rannte Caspar hinterher.

Wir liefen erst durch den Wald, später ein Stück die Hauptstraße entlang, die zu meiner Villa führte, zuletzt wieder in den Wald hinein. Eine Weile sah es so aus, als würde Marian auf Hallstatt zulaufen, doch dann nahm er einen Weg, der den Berg hinaufführte. Caspar stürzte ihm weiterhin blitzschnell nach, während ich Mühe hatte, auf diesem steilen Hang, der nicht mit weichem Moos, sondern glitschigen Blättern bedeckt war, nicht auszurutschen. Ich hielt mich an Ästen fest und zog mich von einem Baum zum nächsten. Als ich Caspar endlich auf einer kleinen Anhöhe erreicht hatte, war ich schweißgebadet – und er verärgert.

»Er spielt mit uns!«, zischte er.

»Wo ist er hin?«

Caspar deutete auf einen Baum, hinter dem sich Marian offenbar versteckt hielt.

»Er hat Angst vor dir, aber er will uns irgendwohin führen.«

»Oder er stellt uns eine Falle.«

Es fiel mir schwer, daran zu glauben – doch nach allem, was geschehen war, konnte ich auch das nicht ausschließen. Kurz glaubte ich Marians Gesicht zu erkennen, als er den Kopf hinter dem Baum hervorsteckte, doch prompt war er wieder verschwunden und Caspar ebenso. Wieder zog ich mich von einem Ast zum nächsten. Rinde bohrte sich in meine Haut. Nasse Blätter klatschten in mein Gesicht.

»Verdammt!«, hörte ich Caspar fluchen. »Dieses Kind ist so viel schneller als ich! Vor Jahren hätte es noch keine Chance gehabt, mir zu entkommen!«

Hatte er sich bislang als spöttisch, distanziert und vermeintlich unbeteiligt gezeigt, hatte Marian jetzt offenbar seinen Ehrgeiz geweckt – und Erinnerungen.

Wie viele Nephilim-Kinder hat er wohl getötet?, fragte ich mich unwillkürlich. Kinder des Feindes … in dem sensiblen Alter von sieben bis vierzehn nicht stark genug, sich gegen einen ausgewachsenen Schlangensohn zu wehren …

Ich schüttelte den Kopf und versuchte, nicht daran zu denken. Die Bäume standen mittlerweile nicht mehr ganz so dicht beisammen. Unter uns lag Hallstatt und dahinter der See, auf dessen leicht gekräuseltes Wasser die Sonne ein kaltes, weißes, nicht länger goldenes Licht warf. Wir mussten ganz in der Nähe der Zahnradbahn sein, die die Touristen zum Eingang zum Salzbergwerk hochfuhr. Als ich aufmerksam lauschte, glaubte ich aus der Ferne Stimmen zu hören, die der Wind zu mir trug.

Und weiter ging es den Berg hinauf – Caspar folgte Marian, und ich folgte Caspar. Bald war der Boden nicht mehr von Laub, sondern von Lärchennadeln bedeckt. Sie knackten unter meinen Füßen und verhinderten, dass ich ausrutschte.

»Dieser Sartael, der im Protokoll erwähnt wird«, stieß ich keuchend aus, als ich wieder einmal zu Caspar aufschloss. »Weißt du mehr über ihn?«

»Soweit ich mich erinnere, ist er einer der einflussreichsten unter den Alten der Wächter.«

»Könnte … könnte er das alles veranlasst haben?«

Caspar zuckte mit den Schultern. »Wenn ich mich nicht irre, gehört Sartael zu den Diplomaten. Und die wiederum sind nicht …«

Er brach ab. Über uns war ein Knirschen zu hören –

so, als würde ein uraltes, verrostetes Tor geöffnet werden. Und tatsächlich: Als wir die nächsten zehn Meter überbrückt hatten, stießen wir auf einen Eingang zum Bergwerk. Er befand sich unter einem Steinbogen, den man direkt in einer steilen Felswand errichtet hatte. Und er stand weit offen.

Mühsam rief ich mir ins Gedächtnis, was ich über das Bergwerk wusste. Die Touristen betraten es bei den Führungen über den Christina-Stollen, und dann gab es noch den berühmten Franz-Joseph-Stollen, der im 19. Jahrhundert errichtet und nach dem damaligen Kaiser benannt worden war. Aber wahrscheinlich führten noch weitere Stollen in den Berg. Über dem Eingang war ein Schild angebracht, das zwei überkreuzte Hammer zeigte, und gleich dahinter führten Schienen ins Innere.

Von Marian war nichts zu sehen. Zögernd ging Caspar zum weit geöffneten Tor, blieb auf der Schwelle zum Stollen stehen und sah sich nachdenklich um.

Ich folgte ihm, trat in den langen Gang. Gut zehn Meter weit fiel das Licht auf die grauen Wände, dahinter verlor sich alles in Schwärze.

»Marian!«, rief ich. »Marian!«

Caspar lauschte, aber schien nichts zu hören.

»Wir müssen ihm folgen!«, erklärte ich energisch.

»Ohne etwas zu sehen?«

»Du willst mir doch nicht sagen, dass du Angst hast!«

Nun, ich selber hatte Angst, als ich in die Dunkelheit starrte und mir ausmalte, was dort auf mich warten könnte – obendrein mit Caspar an meiner Seite. Und dennoch: Auroras Gefängnis … vielleicht befand es sich nicht in irgendeinem Keller, sondern in einem unterirdischen Stollen … einem Stollen des Salzbergwerks.

Ich atmete tief durch, fühlte plötzlich rötliches Licht auf mich fallen. Durch die Wolkendecke, nicht dicht und grau, sondern aus dünnen, weißen Fäden gesponnen, stahlen sich ein paar Strahlen der untergehenden Sonne und entfalteten für wenige Augenblicke ihre ganze blendende Kraft. Kurz waren die Strahlen eine Wohltat, erschien sie mir wie ein letzter Gruß von einer Welt, in der noch alles licht, warm und in Ordnung war – und zugleich wie ein Ansporn, die Hoffnung nicht aufzugeben. Doch als ich die Augen schloss, mein Gesicht in die Strahlen hielt und aus der Wärme Kraft und Mut ziehen wollte, musste ich an jenen Augenblick auf der Tribüne denken, als das Licht mich ebenso geblendet und das Erste, was ich danach erblickt hatte, Auroras ebenso fremd anmutendes, wie entsetztes Gesicht gewesen war. Heute wusste ich, dass dies der Moment gewesen war, in dem sich irgendetwas verändert hatte, irgendetwas aus den Angeln gehoben worden war, und der Zauber, der in diesem letzten Licht des Tages lag, schien plötzlich ebenso trügerisch wie gefährlich: Ja, das Licht, in das die Abendröte die Welt tauchte, war so weich und schön – doch die Nacht, die bald auf sie folgen würde, umso dunkler und unheimlicher.

Als ich den Kopf senkte und die Augen wieder öffnete, war ich fast blind – doch das machte keinen Unterschied. Bald würde ich ohnehin nichts mehr sehen.

»Los!«, erklärte ich entschlossen. Ich betrat den Stollen und ging vermeintlich selbstsicher an Caspar vorbei. Wie erwartet, konnte ich schon nach wenigen Schritten nur noch Konturen erkennen, und schließlich verloren sich auch diese in Schwärze.

»Es soll Nephilim geben, die im Dunkeln sehen können«, meinte Caspar, der mir gefolgt war. Sein zweifelnder Tonfall verriet, dass er nicht zu diesen gehörte.

»Und es soll Menschen geben, die sehr erfindungsreich sind«, gab ich zurück. Ich kramte in der Tiefe meiner Jackentasche und fand, wonach ich suchte – meinen Autoschlüssel. Er hing an einem Anhänger, den mir Nele einmal geschenkt hatte, und auf diesem Anhänger war ein winzig kleines, blaues Lämpchen befestigt, das man für jeweils fünfzehn Sekunden anknipsen konnte, um in der Finsternis das Schloss zu finden.

Das Licht reichte kaum aus, um weiter als einen halben Meter zu sehen, und es leuchtete auch nicht stark genug, um zu erkennen, ob die Wände aus Stein, Holz oder Stahl errichtet worden waren, doch immerhin verhinderte es, dass ich gegen eine dieser Wände lief. Die Luft schien feucht und staubig zugleich. Kälte legte sich nicht nur über jede Faser meiner Haut, sondern drang auch in meine Lungen. Einmal gabelte sich der Weg, und ich nahm entschlossen den breiteren Gang, unsicher, ob das nicht ein Fehler war.

Eine Weile hörte ich nur meinen eigenen Atem und unsere Schritte, doch dann gesellte sich ein unerwarteter Laut dazu: ein Summen, hoch und melodisch.

Stammte es von Marian? Konnte der überhaupt, wenn auch nicht sprechen, so doch summen? Und wollte er mir mit dem Ton Ähnliches sagen wie mit den Tonleitern, die er auf dem Klavier gespielt hatte?

»Wenn dieses Balg nur sein Maul halten würde!«, schimpfte Caspar.

»Ich dachte, du magst Kunst – und Musik gehört dazu.«

»Wenn man sie beherrscht.«

»Nun, dann hättest du Nathan lieben müssen, so wie er Cello gespielt hat.«

Als Antwort kam nur ein Knurren, dann gingen wir schweigend weiter. Die Decke wurde niedriger, ich musste den Kopf einziehen, um nicht dagegenzustoßen. Derart gebückt kam ich nur viel langsamer voran. Die Kälte wurde beißender, die Luft modriger. Ich glaubte, noch nie eine solch absolute Finsternis erlebt zu haben wie in den Momenten, wenn die bläuliche Lampe erlosch. Nach und nach hatte ich das Gefühl, nicht nur in den Berg vorzudringen, sondern in ein Niemandsland – unwirklich, unheimlich und losgelöst von allen Gesetzen der Welt. Nur Marians Summen gab mir den Ansporn, immer weiterzugehen – und der Gedanke an Aurora. Ein Gutes hatte die Schwärze – sie schien alles zu verschlucken, nicht nur das Licht, sondern auch mein Misstrauen gegenüber Caspar, die Befürchtung, dass er mehr wusste, als er zugab, und alles ein ausgeklügelter Plan war, bei dem er selbst seine Hände im Spiel hatte. In diesem Augenblick spielte das alles keine Rolle. Es zählte nur, dass ich nicht ganz alleine hier war.

Einmal stieß ich fast mit ihm zusammen, und diese kurze Berührung löste widerstreitende Bedürfnisse aus – einerseits zurückzuzucken, andererseits, mich an ihm festzuklammern.

»Stell dir vor, wir finden nie wieder hinaus – und du musst die letzten Stunden deines Leben mit mir in absoluter Dunkelheit verbringen.«

Bis vor kurzem wäre das ohne Zweifel mein schlimmster Albtraum gewesen, nun schien mir ein anderer Gedanke viel unerträglicher: Dass nicht nur ich, sondern auch Aurora auf ewig in dieser Finsternis gefangen wäre.

Wo war sie nur? Warum verrieten mir keine neuen Visionen etwas über ihr Gefängnis?

Und warum verstummte plötzlich Marians Summen?

Ich blieb stehen.

»Marian!«, rief ich.

Anstelle des Summens hallte ein seltsamer Laut von den Wänden. Zunächst hielt ich ihn für ein Krächzen, dann wurde ein Quietschen daraus – vielleicht das Quietschen einer Tür, der Tür, die zu Auroras Gefängnis führte …

»Marian!«, rief ich wieder.

In diesem Augenblick begann der Schein des blauen Lämpchens zu zittern. Die Batterie schien zur Neige zu gehen. Während ich verzweifelt wieder und wieder auf das Knöpfchen drückte, drängte sich Caspar an mir vorbei. Er kam nicht weit. Ein Rumpeln, ein schmerzhafter Aufschrei und schließlich ein Fluch verrieten mir, dass er gegen ein Hindernis gelaufen war. Wieder drückte ich das Knöpfchen; das bläuliche Licht flackerte auf und fiel auf ein Tor am Ende des Gangs. Dann sah ich nichts mehr. Das blaue Licht war erloschen.

IX.

Die Schwärze hatte etwas Gefräßiges. Sie drang in mich ein, erfüllte mich ganz und gar, ließ mich jede Orientierung verlieren. Wo war oben, wo war unten? Wo war Caspar?

Ich streckte meine Hände aus und wusste nicht, wovor ich mich mehr fürchtete: ins Leere zu greifen oder ihn zu berühren.

Meine Fingerspitzen begannen zu kribbeln, Gänsehaut breitete sich auf meinem Körper aus.

»Verfluchtes Ding!«, schimpfte Caspar.

Ich wich zurück, bis ich begriff, dass er nicht mich meinte, sondern die Lampe. Im nächsten Augenblick entriss er sie mir – so schnell, dass ich die Berührung seiner Spinnenhände kaum bemerkte. Ich vernahm ein Knacken, als er wieder und wieder versuchte, sie einzuschalten.

Ich schloss die Augen, öffnete sie wieder. Pures, kaltes, nacktes Nichts. Kein Hauch eines Lichtscheins.

Dann plötzlich leuchtete die Lampe mit einem neuerlichen Knacken wieder auf. Das grelle Licht schnitt in meine Augen. Caspar lachte auf und ließ den blauen Schein auf meinem Körper kreisen.

»Du und ich in der Dunkelheit«, spottete er, »das hätte interessant werden können …«

Ich trat energisch auf ihn zu, scheute mich nicht, ihn zu berühren, sondern packte ihn bei der Hand, um den Schein der Taschenlampe auf die Tür zu lenken, auf die wir gestoßen waren. Sie erinnerte mich tatsächlich an das Tor einer mittelalterlichen Stadt – sie war aus schwerem Eichenholz mit eisernen Scharnieren gebaut worden und sah sehr stabil aus. Prüfend schlug ich dagegen, das Pochen hallte durch den Gang, aus dem wir gekommen waren, doch von der anderen Seite der Tür ließ sich kein Geräusch vernehmen.

»Aurora!«, schrie ich. Wahrscheinlich war es nutzlos, nach ihr zu rufen, aber ich konnte nicht anders. Zu groß war die Hoffnung, dass Marian uns nicht willkürlich hierhergelockt hatte, sondern aus einem bestimmten Grund.

»Lass es mich versuchen!«, sagte Caspar.

Auch er klopfte gegen die Tür, unvergleichlich kraftvoller als ich. Das Holz knirschte prompt. Doch die Tür bewegte sich nicht einmal um einen Millimeter.

»Verdammt!«, schimpfte er. Er kniff die Lippen zusammen, die im Licht der Lampe bläulich wirkten, und ging dann zwei Schritte zurück, um Anlauf zu nehmen. Er warf sich mit seinem ganzen Gewicht gegen die Tür. Wieder knirschte es bedrohlich, doch sie gab nicht nach.

»Bitte«, murmelte ich, »bitte … versuch es noch einmal! Aurora könnte da drinnen sein.«

Kurz trafen sich unsere Blicke – meiner war beschwörend, seiner verächtlich. Doch gerade aus diesem Widerspruch schien er Kraft zu ziehen. Wieder nahm er Anlauf, wieder warf er sich mit aller Kraft gegen die Tür, und diesmal sprang sie mit einem grässlichen Quietschen, das noch eine Weile in meinen Ohren nachhallte, auf. Durch die Wucht des Aufpralls war ihm die kleine Lampe aus der Hand gefallen. Ich bückte mich schnell, hob sie auf. Sie funktionierte wieder nicht auf Anhieb, und ich musste mehrmals das Knöpfchen drücken, ehe das Licht wieder aufleuchtete. Ich hob die Lampe weit über meinen Kopf, beleuchtete den Raum, der sich hinter der schweren Tür befand – nein, nicht einfach ein Raum … ein Gefängnis.

In so vielem glich es dem Kerker aus meinem Traum: Der Geruch war modrig, die Wände feucht, das Licht war fahl.

Doch etwas war anders. Aurora war in meinem Traum zwar an einem ähnlichen Ort eingesperrt gewesen – doch sie hatte sich frei bewegen können. Der Gefangene, auf den wir hier stießen, war hingegen in Ketten gelegt worden, in große, schwere Eisenketten.

Das Licht der Lampe wurde von blauen Augen reflektiert. Entsetzt schrie der Gefangene erst meinen Namen, dann den von Caspar.

Ich hingegen konnte nicht schreien, konnte nur flüstern, erstickt und heiser. »Was … was …«

Das Licht der Lampe erlosch wieder. Doch ich hatte genug gesehen.

Mia wich zurück, als die fünf dunklen Gestalten auf sie zukamen, und stieß fast mit Aurora zusammen. Auch deren erste Regung war es, zu fliehen – doch der einzige Weg, der von diesen Gestalten wegführte, führte zurück in den Kerker, und dorthin wollte sie nicht! Sie wollte raus hier!

Sie drängte sich an Mia vorbei, versuchte mehr zu er-

kennen. Der Gang war nicht beleuchtet, stattdessen hielten die fünf Gestalten Taschenlampen in ihren Händen und ließen sie kreisen. Das Licht blendete Aurora so stark, dass sie nur unscharfe Konturen erkennen konnte, keine Gesichter. Sie seufzte. Es war eine Sache, kraft ihrer Gedanken, einen Nephil auszuschalten – doch wie sollte es ihr bei fünf gleichzeitig gelingen? War es vielleicht doch besser, zurück in das Gefängnis zu fliehen?

»Na, Mädchen?«, sagte da plötzlich eine Stimme. »Wohin seid ihr unterwegs?«

Diese Stimme klang ohne Zweifel kalt und höhnisch. Nicht das geringste Mitleid lag darin – was für mich ein eindeutiger Hinweis dafür war, dass diese fünf hier zu den Entführern gehörten. Doch was der Stimme vollständig fehlte, war das metallische Zischeln, das den Schlangensöhnen eigentümlich war. Nein, diese Stimme kam nicht aus dem Mund eines Nephil … sondern eines Menschen.

Aurora umklammerte das Schwert. Die Taschenlampen wurden gesenkt, und sie konnte zumindest in zwei Gesichter sehen. Die Männer waren großgewachsen und kräftig – und ja, ohne Zweifel, es waren Männer, keine Nephilim. Die gegerbte Haut, die leicht angegrauten Schläfen verrieten es.

Drohend trat einer auf sie zu und hob die Hand: »Endstation, meine Süßen!«

Aurora war zu verwirrt, um darauf zu reagieren. Wie konnte es sein, dass ihre Entführer nicht ausschließlich Nephilim waren, sondern auch Menschen? Für gewöhnlich waren Nephilim doch auf strikte Trennung bedacht! Gerade die Schlangensöhne kamen den Menschen meist nur dann nahe, wenn sie sie töteten, wenn sie sich mit Auserwählten paarten oder wenn sie ein paar wenige herausragende Menschen belehrten. So hatte Caspar von Kranichstein damals auch Kurse für Manager angeboten. Doch diese Männer hier waren gewiss keine Manager, die von einem Nephil gelernt hatten, ihrer nackten Gier zu folgen.

»Wird's bald?«, knurrte der Mann. »Zurück in den Raum!«

Mia wollte den Befehl befolgen, machte ein paar Schritte in die Richtung der Türe und zog dann, als Aurora sich nicht rührte, diese mit sich. Doch Aurora widersetzte sich ihrem Griff. Warum diese Männer an ihrer Entführung beteiligt waren, wusste sie nicht – aber fest stand, dass sie nicht so stark wie Nephilim waren … und somit nicht auch nur annähernd so stark wie sie.

Vermeintlich schüchtern senkte sie ihren Blick, um dann ganz leise zu sagen: »Ich will euch nicht weh tun.«

Der Mann blieb knapp vor ihr stehen. Zwei weitere standen direkt hinter ihm. Der Gang war nicht nur eng, sondern auch niedrig – ihre Köpfe stießen fast an die Decke.

»Was sagst du da, Mädchen?«

Aurora hob den Kopf, blickte dem Mann nunmehr trotzig ins Gesicht. »Ich sagte, ich will euch nicht weh tun. Lasst uns vorbei.«

Kurz blickte der Mann sie nur ungläubig an, dann brach er in schallendes Gelächter aus. »Du willst uns nicht weh tun? Ausgerechnet du?«

Aurora schloss die Augen, um Kräfte zu sammeln – und um eine ganz neue Erfahrung zu machen. Auch wenn sie mit geschlossenen Augen nichts sah, fühlte sie ganz genau, wo die Männer standen, nicht nur die drei unmittelbar vor ihr, sondern auch den vierten und fünften weiter hinten im Gang. Wieder zog Mia sie am Arm, wieder schüttelte sie sie ab. Sie öffnete die Augen und sagte ein drittes Mal. »Ich will euch nicht weh tun. Also lasst uns durch.« Diesmal klang es eisig.

Das Gelächter verstummte; Zorn verzerrte das Gesicht des Mannes, ließ es erröten. »Du kleine Göre willst mir doch nicht ernsthaft …«

Mit erhobener Faust stürzte er auf sie zu – und wurde im letzten Moment von einem anderen zurückgehalten. »Pass auf! Sie hat ein Schwert! Das muss sie Anastasios entwendet haben.«

Der Nephil hatte also Anastasios geheißen. Und die Männer kannten ihn – was bedeutete, dass sie tatsächlich mit ihm zusammengearbeitet hatten.

»Das ist doch viel zu groß und schwer für sie.« Der Mann, der vor ihr stand, verzerrte verächtlich den Mund. »Sie kann es kaum halten.«

»Wirklich?«, fragte Aurora. Ihre Stimme war nun leise, kaum mehr als ein Flüstern und klang beängstigend fremd. Sie hatte nicht das Gefühl, dass sie selbst es war, die sprach, sondern eine uralte Frau. Aber ihr Körper war jung – ihre Bewegungen fielen wendig und blitzschnell aus. Sie überlegte nicht, was sie tat, folgte einfach ihren Instinkten; es fühlte sich ganz selbstverständlich an, sie musste nicht einmal Caras Gesicht heraufbeschwören, um ihre Hilfe bitten oder sich fest auf ihr Ziel konzentrieren. Nein, sie musste einfach nur das tun, was ihr gerade in den Sinn kam.

Sie hob das Schwert und spürte sein Gewicht nicht länger, ließ es erst über ihrem Kopf kreisen und richtete es dann bedrohlich auf den Mann. Sie war nicht sicher, ob sie es zustande bringen würde, mit dem Schwert auf diesen Mann einzuschlagen, ihn zu verletzen, gar zu töten. Und doch: Der Griff schien förmlich mit ihrer Hand zu verschmelzen. Kein fremder Gegenstand war dieses Schwert mehr, sondern ein Teil von ihr.

Der Mann wich zurück und stieß mit den anderen zusammen. Die letzten beiden fassten sich als Erstes und flohen den Gang entlang – etwas, was Aurora unbedingt vermeiden wollte. Sie musste alle gleichzeitig ausschalten, durfte keinem die Flucht ermöglichen. Sie hob das Schwert wieder, sah kurz, wie sich Mias Gesicht in der Klinge spiegelte. Die Männer duckten sich ängstlich, pressten sich an die Wand, und Aurora nutzte den gewonnenen Platz, um einen gewaltigen Satz über sie hinweg zu machen. Noch im Sprung drehte sie sich zweimal um die eigene Achse, sorgsam darauf bedacht, dass ihr Schwert niemanden traf. Kaum landete sie auf dem Boden, hob sie wieder das Schwert – und schnitt den zwei Flüchtigen den Weg ab. Langsam drängte sie die fünf nun auf das Gefängnis zu. Sie fühlte ihre panischen Blicke und fühlte auch, wie kurz Mitleid in ihr aufstieg, aber sie unterdrückte diese Regung, verhärtete sich innerlich. Sie durfte kein Gefühl für diese Männer empfinden – es war schwer genug, deren Gedanken zu ertragen, die sie laut und deutlich hören konnte, als würden sie sie aus sich herausschreien: Wie hat sie das gemacht … habt ihr gesehen … es ist unmöglich … sie ist doch nur ein Mädchen …

In ihrem Kopf schwirrte es, aber sie versuchte, nicht darauf zu achten. Sie wollte die Gedanken der Männer nicht hören, wollte sie vielmehr lenken – um diese fünf hier ebenso zu bezwingen wie eben noch den Nephil. Obwohl sie weiterhin das Schwert drohend erhoben hielt, nutzte sie als eigentliche Waffe wieder ihren Geist. Sie zwang die Männer, schrittweise zurückzuweichen, bis sie die Tür zu ihrem Kerker erreicht hatten und über die

Schwelle stolperten. Einer musste den am Boden liegenden Nephil erblickt haben, denn er schrie entsetzt auf, ein anderer ließ seine Taschenlampe zu Boden fallen.

Aurora achtete nicht darauf, sondern trieb auch die anderen weiter – mit dem Schwert und mit stummen Befehlen. Drei waren im Gefängnis ... nun der Vierte ... es fehlte nur noch der Fünfte, dann ...

Wieder durchfuhr ein Schrei ihre Gedanken, diesmal kam er nicht aus dem Mund einer der Männer, sondern von Mia. Sie hatte auf der anderen Seite der Tür gewartet – und war dort schutzlos dem fünften Mann ausgeliefert gewesen, der sie urplötzlich gepackt hatte und ihr nun mit seinen kräftigen Händen die Kehle zuzudrücken drohte. Triumphierend drehte er sich zu Aurora um, während Mia hilflos mit den Füßen strampelte.

»Lass das Schwert fallen«, drohte er heiser, »sonst erwürge ich sie ...«

Der Schrei aus Mias Mund wurde immer dünner, ging in ein Keuchen über.

Aurora ließ tatsächlich das Schwert sinken, doch sie ließ es nicht fallen, sondern starrte unverwandt auf den Mann und schüttelte schließlich leicht den Kopf.

Tu das nicht!, befahl sie stumm. Du hast keine Macht über mich.

Doch ehe sie ihn bezwingen konnte, ehe der unbarmherzige Griff seiner Hände sich lockerte, wusste sich Mia selbst zu helfen. Sie war zwar nicht so stark wie Aurora, aber sehr geschickt. Anstatt sinnlos zu strampeln, nahm sie alle Kraft zusammen, hob den Fuß und stieß ihn gegen das Schienbein ihres Angreifers. Ein Schmerzensschrei entfuhr ihm, und diesen kurzen Moment, in dem er völlig überrumpelt war, nutzte Mia, um ihren Hals seinen Händen zu entwinden, ihren Oberkörper gegen die

Wand zu pressen und den Mann ein zweites Mal zu treten – diesmal in den Unterleib. Er stöhnte gequält auf, knickte ein.

Auroras und Mias Blicke trafen sich – und erstmals stand nicht Panik in Mias Gesicht, sondern nur Triumph.

»Es ist nicht so, dass ich mich selber gar nicht wehren kann«, murmelte sie.

Der Triumph währte nicht lange, schon hatte der Mann sich wieder aufgerichtet und funkelte Mia zornig an. Doch da war Aurora an ihrer Seite, hob das Schwert und zwang ihn, den anderen zu folgen. Laut schlug sie die Tür zu. Wenn sie sich recht erinnern konnte, befand sich auf der anderen Seite keine Klinke, so dass sich die Männer nicht selbst befreien konnten.

Mia hatte unterdessen die Taschenlampe aufgehoben, die einer der Männer hatte fallen lassen, und leuchtete die Wände ab.

»Ich glaube, ich weiß, wo wir sind!«, rief sie aufgeregt. »Wir sind im Salzbergwerk!«

Aurora antwortete nicht. Eben hatte sie noch gedacht, ihre Hände würden mit dem Schwert regelrecht verschmelzen, nun fühlten sie sich taub an. Sie atmete tief durch, lehnte sich gegen die Wand. Die Erschöpfung war noch übermächtiger als vorhin. Doch das war es nicht, was ihr am meisten Angst machte – es war die vage Ahnung, die sie überkam.

»Caspar …«, stieß sie aus, »Caspar von Kranichstein … und mein Vater … Nathan … ich glaube, sie sind beide in der Nähe.«

Nein, nicht Aurora und Mia waren hier in diesem Kerker gefangen. Es war ein Mann … ein Nephil … Nathan …

»Nathan!«

Ich lief auf ihn zu. Die Lampe war zwar endgültig erloschen, aber von der Decke her kam ein diffuses Licht. Es war eine kreisrunde Neonlampe, die den Raum beleuchtete. Die Wände waren schief und aus Stein gehauen, die Decke mit Holzpfosten abgestützt, die verwittert wirkten. Der Boden war glitschig, beinahe rutschte ich aus, aber ich fand das Gleichgewicht wieder und hatte ihn auch schon erreicht. Nathan, meinen Liebsten, Nathan, der lebte.

Als sich unsere Blicke trafen, sich seine blauen Augen förmlich in meine gruben, durchfluteten mich Liebe, Erleichterung, Dankbarkeit. Aber all das währte nicht lange. Ängstlich fuhr ich mit der Hand über die Ketten, diese schweren, kalten Ketten, aus denen sich selbst ein so starker Nephil wie er nicht befreien konnte. Kalt war auch sein Gesicht, als ich es berührte, seine Finger, als ich meine mit ihnen verschränkte. Sie erwiderten meinen Druck, spannten sich dann an. Mit aller Kraft stemmte er sich gegen die Ketten, nicht zum ersten Mal, wie sein erschöpftes Gesicht verriet, doch bald resignierte er wieder.

»Sophie …«, Nathans Stimme klang heiser. »Sophie … du darfst hier nicht bleiben … du musst gehen … sofort … Flieh, solange du noch kannst!«

Nun war ich es, die eine dieser Ketten packte und daran zerrte, obwohl es ein lächerliches Ansinnen war. Wenn er sich nicht selbst befreien konnte, konnte ich es erst recht nicht. Doch es hätte mich verrückt gemacht, untätig zu bleiben. »Ich lass dich nicht allein.«

»Bitte, Sophie, bitte geh!«

»Verlang das nicht von mir!«, rief ich verzweifelt. »Ich lass dich doch hier nicht zurück!«

»Ach, wie rührend!«, ertönte es plötzlich hinter uns.

Ich fuhr herum, sah, wie Caspar an der Tür lehnte und keine Anstalten machte, näher zu kommen – noch nicht. Kurz hatte ich ihn vergessen, kurz war nur wichtig gewesen, dass Nathan lebte … Nun wurde mir bewusst, dass Nathan hilflos seinem schlimmsten Feind ausgeliefert war, und ich stellte mich schützend vor ihn – obwohl ich wusste, dass ich gegen Caspar, wenn es darauf ankam, ebenso wenig ausrichten konnte wie gegen die Ketten.

»Ach, wie rührend!«, wiederholte Caspar und blieb immer noch starr stehen.

Nathans durchdringend blaue Augen lösten sich von mir, sahen jetzt Caspar an. Er musste Angst haben, weniger um sich selbst als um mich, doch er ließ sich nichts anmerken, hatte seine Gesichtszüge vollkommen unter Kontrolle. »Ich hätte mir denken können, dass du mit … *ihm* unter einer Decke steckst.«

Nüchtern klang die Stimme, nicht das leiseste Zittern war darin, und auch ich unterdrückte ein Schaudern, als Caspar sich nun doch von der Tür löste und näher kam. Nein, diesen Triumph sollte er nicht haben – wir würden ihm keine Angst zeigen.

Sein Gang wirkte beschwingter als vorhin, seine Augen waren glänzender.

Er ist am Ziel …, durchfuhr es mich, er hat endlich bekommen, was er will … seinen Erzfeind … mich … wir beide ihm schutzlos ausgeliefert …

Ich ballte meine Hände zu Fäusten. »Du verfluchter …!«, setzte ich an, plötzlich sicher, dass es kein Zufall war, dass wir Nathan hier gefunden hatten. Caspar musste das alles geplant haben, musste gewusst haben, dass wir ihn hier finden würden. Er hatte sich nur schwach gestellt, damit ich selbst ihm den Weg zu Nathan weisen und dadurch seinen Sieg noch vollkommener machen würde …

Ich ballte meine Fäuste noch fester zusammen. Fast hatte er mich erreicht, ich glaubte schon, seinen Atem zu spüren.

»Fass Nathan nicht an!«, rief ich.

Das Funkeln in Caspars Augen verstärkte sich – in sichtlicher Vorfreude darauf, die lang ausstehende Rache zu nehmen und Nathan zu töten. Und es vor meinen Augen zu tun verhieß noch mehr Vergnügen. Genugtuung. Spaß. Schadenfreude. Wir hatten ihm beide zu viele Qualen bereitet, um jetzt gnädig sein zu können – Nathan, weil er vor vielen Jahren Caspars geliebte Serafina getötet hatte, und ich, weil ich Caspar zurückgestoßen und mich für Nathan entschieden hatte. Caspars Hass auf Nathan war mehrere Jahrhunderte alt, der auf mich hatte ungleich kürzer sein Leben vergiftet – so oder so war es ein starkes, unbändiges Gefühl, das ich beinahe körperlich spüren konnte, als er auf uns zukam.

Ich ließ meine Faust auf seine Brust herabsausen – und hatte das Gefühl, auf eine Wand aus Stahl zu treffen. Noch verkniff ich mir einen Schmerzenslaut, aber ich konnte nicht verhindern aufzuschreien, als nun Caspar seinerseits die Hand hob, mich scheinbar nur leicht an der Schulter stieß – und ich quer durch den Raum flog, bis ich krachend gegen eine der schiefen, klammen Wände fiel.

Ich hörte die Ketten rasseln, als Nathan wieder an ihnen riss.

»Du hast mit ihm unter einer Decke gesteckt, nicht wahr?«, schrie er Caspar an. »Von Anfang an!«

Ich rappelte mich wieder auf, während Caspar seine Hände über der Brust verschränkte.

»Ich muss dich enttäuschen«, begann er gedehnt. »Ich wusste wirklich nicht, was mich hier erwarten würde. Und ich weiß auch nicht, wer dich in Ketten gelegt hat. Allerdings muss ich zugeben, dass es sehr amüsant ist, dich in dieser Lage vorzufinden.«

Seine schwarzen Augen huschten über Nathans wehrlosen Körper – es war nur eine Frage der Zeit, wann seine Hände folgen würden. Er war zwar nicht bewaffnet, aber er würde gewiss Mittel und Wege finden, diese Gelegenheit zu nutzen, ihn trotzdem zu töten und endlich die Rache zu nehmen, auf die er seit Ewigkeiten wartete. Kaum merklich leckte er sich über die rauen Lippen – ein Zeichen seiner wachsenden Gier.

Obwohl mir alle Knochen vom Sturz weh taten, sprang ich auf und stellte mich erneut schützend vor Nathan.

»Geh!«, stöhnte Nathan verzweifelt in meine Richtung. »Versuch zu fliehen!« Und an Caspar gewandt: »Ich glaub dir kein Wort! Mach mit mir meinetwegen, was du willst. Aber lass Sophie in Ruhe. Und Aurora auch.«

Caspar machte keine Anstalten, mich ein zweites Mal zurückzustoßen. So gierig wie sein schwarzer Blick über Nathan geglitten war, musterte er mich jetzt, als mein Name gefallen war.

»Ich fürchte, das ist nicht möglich. Schließlich war es deine Liebste selbst, die mich gebeten hat, sie bei der Suche nach der entführten Aurora zu unterstützten. Du warst ja leider nicht zur Stelle. Und ich sehe mich außerstande, mich nun wie ein herzloser Schuft zu gebärden und eine so entzückende Frau einfach im Stich zu lassen.«

Bis jetzt hatte Nathan seine Gesichtszüge irgendwie zu beherrschen gewusst, hatte Caspar nicht gezeigt, was in ihm vorging. Doch nun konnte er seine Gefühle nicht länger unterdrücken – seine Furcht, Sorge, Verwirrung, Ohnmacht, Verzweiflung.

»Aurora wurde entführt?«, brach es aus ihm heraus. »Aber das ist ...«

Ich griff wieder nach seiner Hand. »Es stimmt. Gemeinsam mit Mia ... Sie ...«

Ich verstummte.

»Du Scheusal!«, zischte Nathan.

Caspar löste seine Arme aus der Verschränkung, jedoch nur, um beinahe entschuldigend die Hände zu heben. »Ich ein Scheusal?«, fragte er gespielt gekränkt. »Oh, ich habe wirklich nichts damit zu tun, das schwöre ich! Wenn ich wüsste, wo Aurora ist, wärst du schon tot, und sie in meinem Besitz. Aber ich weiß es eben nicht. Und ich weiß auch nicht, wie du es geschafft hast, in diese hoffnungslose Lage zu geraten.«

Er lachte auf, und kurz schlossen sich seine schwarzen Augen. Nicht länger diesem gierigen, bösartigen Funkeln ausgeliefert, wurde ich doch wieder unsicher. Sagte er vielleicht doch die Wahrheit? Hatte er tatsächlich nicht gewusst, dass Nathan hier gefangen war?

Caspar öffnete die Augen wieder. »Also«, begann er belustigt, »wie dumm muss man sein, um sich in solch gewaltige Ketten legen zu lassen?«

Nathan presste die Lippen fest aufeinander, doch ein anderer gab an seiner statt die Antwort.

»Wenn du willst, kann ich es dir gerne erklären«, ertönte plötzlich hinter uns eine fremde Stimme.

Ich fuhr herum und sah von der Gestalt, die dort stand, zunächst nur die Umrisse. Jener Mann … jenes Wesen glich einem Mönch. Er trug eine lange Kutte mit einer spitzen Kapuze auf dem Kopf, in deren Schatten sein Gesicht einem schwarzen Loch glich. Er war sehr groß und schien noch größer zu werden, als er die Hände hob und sie uns einladend entgegenstreckte.

»Willkommen, Caspar von Kranichstein, willkommen.«

Seine Stimme klang fremd, doch als er näher trat, schlug er die Kapuze zurück, und ich konnte sein Gesicht sehen. Mir stockte der Atem. Das Gesicht passte nicht recht zu seinem Körper: Sehnig, straff, gespannt wirkte dieser, während das Gesicht so faltig war, das Haar so schütter. Es war, als hätte er eine Verjüngungskur hinter sich, die nur zum Teil ihre Wirkung gezeigt hatte und die aus einem Ganzen etwas Zusammengestückeltes gemacht hatte.

Doch nicht das war es, was mich aufschreien ließ. Ich schrie, weil ich diesen Mann … diesen Nephil kannte. Auch wenn es absurd schien, ihn aufrecht stehen, gehen, ja, reden zu hören, wusste ich sofort, wer es war: Es war Samuel Orqual.

Zunächst war Samuel Orquals Blick nur auf Caspar gerichtet, dann fiel er auf mich. Seine Augen waren so blau wie die der Wächter, jedoch so starr und bösartig wie die der Schlangensöhne.

»Sophie …«, setzte er gedehnt an. Er nutzte ganz selbstverständlich meinen Vornamen.

Während Nathan den Atem anhielt und Caspar instinktiv zurückwich, versteifte ich mich.

»Eine Lüge!«, stieß ich heiser aus. Im Schock konnte

ich zunächst nicht mehr sagen, als immer wieder dieses Wort. Dann presste ich mühsam hervor: »Es war alles eine Lüge!«

Er lächelte, doch wegen der schmalen, farblosen Lippen wirkte es schal. »Warum ein so hässliches Wort?«, gab er zurück. »Nennen wir es einfach Tarnung. Oder meinetwegen auch Täuschung …«

Ich konnte nichts mehr sagen. Blitzartig hatte ich Bilder vor Augen – und diese bekamen plötzlich eine ganz neue Bedeutung: Samuel Orqual, wie er entsetzt in Richtung des schwarzen Mannes auf dem kranichsteinschen Anwesen gestarrt hatte, obwohl er diesen Mann in Wahrheit wohl selbst beauftragt hatte, dort zu sein. Marian, der mich unbedingt warnen wollte – vor seinem eigenen Großvater. Ein Mann, der sich über ihn beugte, nachdem er vermeintlich einen Schwächeanfall erlitten hatte – und wahrscheinlich ein Nephil und Diener war, der in Caspars Anwesen das Buch hinterlassen hatte und der in der Gestalt eines Arztes mein Misstrauen nicht erweckte. Der umgekippte Rollstuhl schließlich, die Zeichen eines heftigen Kampfes, die Bücher, die man aus den Regalen gerissen hatte – all das diente wohl nur dazu, mich und Caspar auf die falsche Fährte zu locken. Und Susanna, die von Anfang an gewusst hatte, wer ihr Mann in Wahrheit war, war von ihm brutal in den Keller gestoßen und dort schwer verletzt liegen gelassen worden, weil sie am Ende kein gemeinsames Spiel mehr mit ihm machen wollte, sich vielmehr gegen ihn stellte und mir das Blatt mit dem Protokoll bringen wollte, dem Protokoll, in dem vielleicht nicht nur Sartaels Namen stand, sondern auch seiner …

»Ich bemerke eben mit Entsetzen, dass ich mich nie

richtig bei dir vorgestellt habe«, setzte der Mann, den ich bis jetzt für einen schwerkranken alten Menschen gehalten hatte, an. »Gestatten: Ich bin Saraqujal.«

Er nickte mir zu und trat noch einen Schritt näher.

Samuel Orqual. Saraqujal.

Wenn wir nicht nur Sartaels, sondern auch diesen Namen auf dem Protokoll entziffert hätten, wäre mir vielleicht früher aufgegangen, was hier vor sich ging, dann hätte ich vielleicht auch Susannas letzte Worte richtig verstanden. Und sie nicht völlig falsch interpretiert.

Sie haben ihn geholt ... in seinem Zustand verkraftet er das nicht.

Ich hatte geglaubt, dass von Samuel Orqual die Rede war, dem kranken, gelähmten, alten Mann, doch in Wahrheit hatte sie den schreckhaften, sensiblen Marian gemeint. Wahrscheinlich hatte sein Großvater ihn erst gewaltsam mitgeschleppt, um ihn später zurück ins Haus zu schicken, damit er mich und Caspar hierher ins Bergwerk lockte.

Saraqujal machte einen weiteren Schritt auf mich zu. Vertraulich, ja nahezu anbiedernd fuhr er fort: »Sophie ... wenn es sich hätte vermeiden lassen, hätte ich dich in all das nicht hineingezogen. Ich hätte dir das wirklich gerne erspart.«

Seine Stimme klang bedauernd – aber ich wusste, dass er heuchelte. Von Anfang an hatte er darauf gesetzt, dass ich mitspielen würde. Erst hatte er meine Angst geschürt, Caspar könnte noch leben – und mir dann den Hinweis gegeben, wo er sich aufhielt. Was immer er über mich und Caspar wusste – er hatte darauf gesetzt, dass ich ihn so gut wie niemand sonst aus seiner Lethargie reißen konnte.

»Warum?«, stammelte ich.

»Warum ich vorgab, ich sei nach einem Schlaganfall gelähmt und müsse im Rollstuhl sitzen?«, gab er zurück. »Nun, auf diese Weise war ich sehr unauffällig. Weder hast du jemals hinterfragt, wer ich in Wahrheit bin – noch Nathan. Ich konnte mich unbemerkt in euer Leben schleichen, euch in aller Ruhe beobachten und dann ans Werk gehen.«

Ich schüttelte den Kopf. Das hatte ich nicht gemeint. »Warum musste Susanna sterben?«, stieß ich aus.

»Pah!«, antwortete er so leichtfertig, als hätte er lediglich eine lästige Fliege zerdrückt. »Sie hat ihr ganzes Leben an meiner Seite verbracht … doch am Ende hat sie die notwendige Loyalität vermissen lassen. Wie lästig sie mir wurde! Ständig lag sie mir in den Ohren und flehte mich an, Marian aus allem herauszuhalten und dich in Ruhe zu lassen! Sie hat einfach nicht verstanden, dass mir keine andere Wahl blieb. Nicht nach dem, was Sartael mir angetan hat.«

»Sartael …«, echote ich. Den Namen, den Caspar auf dem Protokoll entziffert hatte.

»Mein werter Bruder«, sagte Samuel Orqual … nein, Saraqujal, mit bissigem Unterton. »Wir standen uns immer nah, viel näher als die anderen Alten. Doch das hat ihn nicht davon abgehalten, den Fluch auf mich zu legen.«

Worte schossen mir ohne rechten Zusammenhang in den Sinn.

Der Rat … Mehrheitsbeschlüsse … die diplomatischen Alten … die, die den Nachwuchs ausbilden … die Feldherren … man muss sich dem Ergebnis der Abstimmung beugen … wer es nicht tut, wird ausgeschlossen und mit dem Fluch belegt.

Genau das war offenbar mit Saraqujal geschehen: Er

hatte für Aufruhr und Tumult gesorgt, hatte sich den anderen widersetzt, hatte nicht ihre Meinung geteilt, wie man mit Nephilim umzugehen hatte, die sich ihrer eigentlichen Berufung widersetzten, Nephilim wie Nathan – und dafür bittere Konsequenzen tragen müssen. Eine Konsequenz, die er nicht hinnehmen wollte.

Doch das alles war doch kein ausreichender Grund, seine Frau zu ermorden – eine Auserwählte, wie ich eine war, wie mir nun aufging.

»Du hast sie die Kellertreppe hinuntergestoßen! Du hast sie ermordet!«

»Ich wollte nicht, dass sie stirbt«, meinte er ohne jegliche Gefühlsregung. »Aber ich war wohl etwas zu grob … ihr Menschen ertragt leider nicht sonderlich viel. Ach, wenn sie nur nicht darauf bestanden hätte … *ihn* schützen zu müssen.«

Ich dachte kurz, er meine Nathan, sah dann aber, dass Saraqujal seinen Blick nach innen gerichtet hatte, als hinge er unschönen Erinnerungen nach.

»Wen?«, fragte ich. »Wen wollte sie schützen?«

»Unseren Sohn«, erklärte er knapp.

Ich begriff zunächst nicht, was er meinte, aber als ich sah, wie sein Blick langsam erkaltete, immer abfälliger, aber zugleich auch enttäuschter wurde, erkannte ich die Wahrheit.

Er sprach von Susannas und seinem Sohn. Als mir klargeworden war, dass Marian ein Nephilim-Kind war, hatte ich gedacht, Samuel Orquals Schwiegertochter gehörte der unsterblichen Rasse an, doch nun, wo ich seine wahre Existenz kannte, nahm ich an, dass Marians Vater das Nephilim-Erbe in sich trug … der ständig abwesende Vater, der in New York seinen Geschäften nachging. So lautete zumindest die offizielle

Erklärung. In Wahrheit war er wohl nicht nur vor seinen Pflichten gegenüber Marian, sondern vor denen als Nephil davongelaufen – und zugleich vor seinem Vater, der das nicht duldete. Warum sonst fehlte in den Familienalben sein Gesicht, wenn nicht Samuel Orqual alles darangesetzt hatte, die Erinnerung an ihn auszumerzen? Und warum sonst hätte Susanna ihn schützen müssen?

Und noch etwas anderes ging mir auf. Das Schulfest …, fiel es mir wie Schuppen von den Augen, Auroras erschrockenes Gesicht … die Tribüne, die einstürzte … mein Versuch, diesen vermeintlich alten Mann zu retten, der da hilflos im Rollstuhl nach vorne zu kippen drohte … Nathan, der eingriff …

Das alles war kein unglücklicher Zufall gewesen. Das alles hatte dieser alte Mann … nein, dieser *Alte* der Nephilim bewusst herbeigeführt.

Er schien zu ahnen, was in mir vorging. »Nicht nur zwei, sondern gleich drei Fliegen auf einen Streich«, meinte er sichtlich stolz.

Fassungslos starrte ich ihn an. »Du hast Nathan gezwungen, sich als Nephil zu erkennen zu geben. Du hast mich in der Annahme bestärkt, dass du ein hilfloser, kranker Mann bist. Und du hast Aurora …«

Ich stockte. Zu ungeheuerlich war der Gedanke, der mir kam – und doch zugleich so schlüssig, nun, da ich wusste, wer er in Wahrheit war. Sein Einfluss war es, unter dem langsam die Nephila in ihr erwacht war. Durch beschwörende Blicke, vielleicht sogar durch Berührungen oder Worte, hatte er am Tag des Schulfests an ihr geheimes Erbe appelliert. Noch hatte es nicht mit aller Macht an die Oberfläche gedrängt, noch waren die Zeichen, die ihre Veränderung bekundeten, diffus – aber er hatte den Samen gesät, und der Schock durch ihre Entführung hatte sein Übriges getan, damit dieser Samen aufging.

»Sie bedurfte nur eines winzigen Anstoßes«, bestätigte er meine Vermutungen und machte eine Bewegung, als würde er sanft über ein unsichtbares Gesicht streicheln. »Ein Wunder, dass ihr es geschafft habt, diese Macht so lang im Zaum zu halten ... diese unglaubliche Macht ... Ja, ich musste mir keine besondere Mühe geben, sie zu erwecken.«

»Aber, warum hast du ...«, setzte ich an, aber brachte den Satz nicht zu Ende.

Samuel Orqual ... Saraqujal hatte offenbar beschlossen, dass er sich nun lange genug mit mir abgegeben hatte, und wandte sich Caspar zu.

Der hatte nach dem ersten Schrecken die Fassung wiedergefunden und straffte nun seinen Rücken. Widerstreitende Gefühle verzerrten sein Gesicht: Scheu kämpfte mit Spott, Unbehagen mit Belustigung, Hass mit Schadenfreude. Nicht nur sein Gesicht, sondern sein ganzer Körper verriet seine Anspannung; er setzte zum Sprung an, obwohl ich mir nicht sicher war, ob er lieber auf Saraqujal losgegangen oder vor ihm davongelaufen wäre. In jedem Fall wollte er alle Kräfte in sein Vorhaben legen.

In Caspars Gegenwart hatte ich damals das Gefühl gehabt, meine Sinne seien zu schwach, seiner Präsenz standzuhalten – und ähnlich musste nun auch Caspar gegenüber Saraqujal empfinden, dessen Anwesenheit eine ebenso einschüchternde wie belebende, zerstörende wie mitreißende Wirkung zu haben schien. Ich konnte ihm ansehen, wie sich sein Herz verkrampfte – und es längst nicht mehr kalt und leblos war, wie er vorhin noch behauptet hatte. Stattdessen pumpte es jahrhundertealte Gefühle durch seinen Leib, Gier nach Krieg und Gewalt, nach schonungslosem Kampf und nach Rache. Das war seine Natur. Dazu war er geboren und erzogen worden. Doch zugleich hatte er gelernt, dass diese starken Instinkte manchmal von einem nicht minder starken Willen bezwungen werden mussten, weil er nur so überleben konnte.

»Caspar von Kranichstein!«, rief Saraqujal mit freudiger Stimme.

»Wag es nicht, meinen Namen auszusprechen«, presste Caspar hervor, »du Ausgeburt an ...«

»Lassen wir die Beleidigungen«, fiel Saraqujal ihm ins Wort. »Uns allen ist klar, dass wir keine Freunde werden, warum also Zeit verschwenden, unseren Hass zu beschwören oder das Gegenteil zu heucheln. Doch dass wir auf unterschiedlichen Seiten stehen, du ein Schlangensohn bist und ich ein Wächter, heißt nicht, dass wir einander nicht nützlich werden könnten.«

Noch ehe Caspar etwas sagen oder tun konnte, ertönte ein Klirren. Nathan zerrte wieder an den Ketten – und wieder war es ein sinnloses Unterfangen. »Du hast versprochen, dass ihr nichts geschehen wird. Nur deswegen ...«

»Ich habe dich belogen«, unterbrach Saraqujal ihn kühl.

Nathans Finger umkrampften meine. Ich sah keinen Hass mehr in seinem Gesicht, nur Schmerz, tiefsten Schmerz, und ich wusste, dass dieser und all seine Sorgen nicht ihm selbst galten, sondern mir. Seine Finger waren so kalt, ich drückte sie dennoch fest. Nein, ich konnte sie nicht wärmen, aber ich konnte ihm zumindest das Gefühl geben, dass ich nun auch dies verstand –

verstand, dass er sich Saraqujal ausgeliefert hatte, weil er darin die einzige Möglichkeit gesehen hatte, mich und Aurora zu schützen. Dass er ernsthaft angenommen hatte, Saraqujal ginge es nur darum, ihn – stellvertretend für seinen Sohn – zu bestrafen, weil er sich in all den Jahren seinen Pflichten widersetzt und sich hier versteckt gehalten und von Cara die Lüge hatte verbreiten lassen, er sei tot.

Es war ein Irrtum gewesen zu denken, dass Saraqujal sich damit zufriedengeben würde. Offenbar wollte er mehr, viel mehr – wenn ich auch nicht verstand, was genau.

Caspar schien es gar nicht erst wissen zu wollen. »In diesem Raum befinden sich nach meinem Geschmack viel zu viele Wächter«, stellte er fest. »Ihr erlaubt, dass ich mich zurückziehe.«

Blitzschnell, mit eingezogenem Kopf, wollte er an Saraqujal vorbeihuschen. Doch mitten in der Bewegung wurde er gestoppt.

Ich hörte, was Saraqujal sagte – »Nein, ich erlaube es nicht ...« –, aber sah nicht, was genau er tat, dazu ging alles viel zu schnell. Ein Schwert blitzte auf, klirrte, dann lag Caspar plötzlich am Boden, und das Schwert kreiste über ihm.

Zunächst fassungslos starrte er auf Saraqujal, ehe er plötzlich kreischend zu lachen begann. Der Laut ging mir durch Mark und Bein. Caspars Gelächter war immer so schrill gewesen, dass ich glaubte, meine Ohren müssten platzen, aber nun klang es richtig hysterisch.

»Töte mich doch!«, schrie Caspar – oder nein, er schrie es nicht: er heulte, er kreischte es. »Töte mich! Bring zu Ende, was Cara begonnen hat! Denk nicht, ich würde mich an diese elende Existenz klammern!«

Erst jetzt sah ich, dass Saraqujal ihn nicht nur mit dem Schwert bedrohte, sondern seinen Fuß auf Caspars Brust gesetzt hatte und ihn niederdrückte. Nun zog er ihn kopfschüttelnd zurück.

»Wie schnell ihr alle bereit seid, euer Leben aufzugeben«, sagte er gelangweilt. »Nathan würde für Sophie sterben. Sophie wahrscheinlich für Aurora. Du einfach nur aus schlechter Laune. Wo sind die Zeiten geblieben, als euresgleichen noch kämpfen konnte? Ich habe so viele Kriege angeführt, grausame Kriege, blutige Kriege. Und jetzt? Meine Brüder sind bequem geworden und faul. Ziehen den Kopf ein und wollen nur mehr im Geheimen wirken. Haben die Diplomatie für sich entdeckt, als könnte man dadurch diese erbärmliche Brut von Schlangensöhnen ausrotten. Wobei diese nicht minder erbärmlich sind! Hier wie dort gibt es zu viele Deserteure! Pah! Ihr widert mich an.«

Bedrohlich ließ er das Schwert kreisen.

»Bring es zu Ende!«, zischte Caspar und sah ihn herausfordernd an. Was immer ihm Cara einst genommen haben mochte – den Stolz, seinem Tod aufrecht entgegenzutreten, hatte sie ihm nicht ausgetrieben.

Saraqujal umkrampfte den Griff des Schwertes, hob es hoch, schien es niedersausen lassen zu wollen. Doch anstatt mit aller Gewalt zuzuschlagen, ließ er das Schwert ganz langsam sinken und hielt kurz vor Caspars Gesicht inne.

»Nicht nur, dass ihr keine Lust zum Kämpfen habt«, klagte er. »Ihr habt auch keine Geduld. Immer wollt ihr alles haben, immer sofort – und sei es euren eigenen Tod. Aber wenn man so alt ist wie ich, wenn man nicht nur all diese Menschen kommen und gehen gesehen hat, sondern auch so viele Nephilim sterben – dann lernt man eines: zu warten. Rache genießt man wie eine kostbare Delikatesse. Man würgt sie nicht einfach so herunter, nur um seinen Hunger zu stillen.«

Er trat zurück und steckte das Schwert in die Scheide.

Caspar rappelte sich auf. Sein Blick flackerte, seine Haare standen wirr nach allen Richtungen ab. Auch wenn er eben noch so getan hatte, als sei es ihm egal zu sterben, ja, als wünsche er es sich sogar, wirkte er jetzt doch erleichtert.

»Warum nur?«, stammelte ich heiser. »Warum ausgerechnet Nathan?«

Gelangweilt streifte mich Saraqujals Blick, ehe er sich erst auf Caspar, dann auf Nathan richtete. Er antwortete nicht, erklärte stattdessen: »Auch das lernt man, wenn man so alt ist wie ich – dass sich Gesetzmäßigkeiten, denen unser Leben unterworfen ist, nicht einfach ändern, nur weil man es laut fordert. Was aber tut die Jugend, anstatt sich von uns belehren zu lassen? Glaubt doch tatsächlich, man könnte Pflichten abschütteln wie ein Hund kaltes Wasser!«

Ich versteifte mich, als er einen Schritt auf uns zumachte.

»Du hast eine Tochter, wie es kaum eine zweite gibt, Nathan, und erweckst nicht die Nephila in ihr. Du lebst mit einer Auserwählten, aber zeugst mit ihr keine weiteren Kinder. Vor allem kämpfst du nicht, sondern verkriechst dich wie eine Maus im Loch. Als sei es unsere Wahl, ob wir die Schlangensöhne zu vernichten haben oder nicht. Als sei das eine Sache, die man nach Lust und Laune entscheidet.«

Caspar strich sich sein Haar zurück und klopfte sich vermeintlich gemächlich den Staub von seinem Mantel. »Wenn du die Schlangensöhne vernichten musst, warum lässt du mich dann leben?«, warf er ein. »Hat es vielleicht damit zu tun, dass du es selbst mit deinen Pflichten nicht so genau nimmst? Deiner Pflicht, dich den Beschlüssen des Ältestenrats zu beugen?«

Wütend fuhr Saraqujal zu ihm herum. »Nicht, wenn dieser Rat selbst Regeln bricht!«

»Du hast deinen Brüdern den Gehorsam verweigert«, sagte Caspar. »Und deswegen bist du verflucht worden.«

»Pah!«, schimpfte Saraqujal. »Schlappschwänze, Feiglinge! Verführbar allesamt. Ich wollte, dass Nathan und seinesgleichen mit allen Mitteln dazu gezwungen werden, endlich ihre Pflichten zu erfüllen – doch anstatt dieser Ansicht zu folgen, hat man sich gegen mich gestellt. Weil ein Alter«, er imitierte eine fremde Stimme, »weil ein Alter, der sich gegen die Mehrheit des Rats stellt und einen Beschluss nicht akzeptieren will, gefährlicher ist als ein Nephil, der ein friedliches Leben führt. Nun gut«, schlagartig wurde seine Stimme wieder ernst. »Ich brauche keinen Ratsbeschluss, um Recht und Ordnung aufrechtzuerhalten. Ich kann ganz allein dafür sorgen.«

»Aber warum ich verhasster Schlangensohn noch lebe, hast du mir immer noch nicht gesagt«, zischte Caspar.

Saraqujal seufzte ungeduldig und verdrehte die Augen. Flüchtig ging sein Blick wieder zu mir, verharrte aber nicht lange, als wolle er andeuten, dass normalerweise doch nur die dummen Menschen so begriffsstutzig seien.

»Ich hätte dich für schlauer gehalten, Caspar von Kranichstein«, höhnte er. »Dass mich Sophie mit großen

Augen anstarrt und nicht fassen kann, wer der arme, alte, kranke Nachbar in Wahrheit ist – damit habe ich gerechnet. Aber ich hätte erwartet, dass du schon eher misstrauisch wirst und die Wahrheit ahnst. Wie blind ihr seid, alle beide! Ist es dir nicht merkwürdig vorgekommen, dass alles so reibungslos vonstattenging? Zugegeben, es war nicht ganz leicht, Sophie endlich in dein Anwesen zu locken – ich musste den guten Anastasios mehrfach beauftragen, deine Kleidung anzulegen und hinter dem Fenster zu stehen – auch er übrigens ein Schlangensohn, der bösartig genug war, an meiner kleinen ... Täuschung mitzuarbeiten, während die Wächter sich weigerten, mir zu dienen. Aber nun gut, lassen wir das. Endlich hat sie also das Anwesen betreten – und prompt einen Hinweis auf deinen Aufenthalt gefunden. Und siehe da: Kaum folgt sie ihm, sucht sie die Lodge auf – schon findet sie Caspar. Gewiss, all das wird sie so überfordert haben, dass sie nicht nachgedacht hat, was es mit all dem auf sich haben könnte. Aber du, Caspar ...«, er schüttelte mahnend den Kopf. »Warum hast du von dem Namen Samuel Orqual nicht schon eher auf meinen Namen geschlossen, wo du doch sämtliche Namen der Alten kennst?« Er verdrehte wieder die Augen. »Dass Susanna am Ende nicht mehr mitgespielt hat, war ärgerlich, und dass Marian Sophie so gerne hatte, machte überdies alles schwerer, aber ihr seid mir dennoch blindlings in die Falle getappt. Und Marian war mir am Ende sogar nützlich: Er dachte doch wirklich, er würde euch helfen, indem er euch in den Berg lockte. Aber leider ... leider hat er unbeabsichtigt genau das getan, was mir von Vorteil war.«

Ich schüttelte den Kopf. »Er ist Ihr Enkelsohn, er ist ...«

»Er ist eine missratene Kreatur! Nicht wert, ein Nephil genannt zu werden! Viel zu blass, zu klein, zu schwach für sein Alter!«, schimpfte Saraqujal. »Ich hätte ihn anständig erzogen, aber Susanna … Susanna lag mir ständig in den Ohren, dass ihn das umbringen würde. Ich habe nur nachgegeben, weil ich sie auf diese Weise zwingen konnte, an meiner Maskerade mitzuwirken. Nun ja, ein Gutes hatte das alles – so ist er Nathan nicht aufgefallen. Wobei er ihn trotzdem hätte erkennen können, wenn er ein wenig aufmerksamer durch die Welt gegangen und nicht ständig damit beschäftigt gewesen wäre, sein wahres Wesen zu unterdrücken. Ihm ist ja auch entgangen, wer ich bin, obwohl er mir – Rollstuhl hin oder her – nur einmal kurz in die Augen hätte schauen müssen. Stattdessen war er einzig mit eurer erbärmlichen, kleinen Familienidylle beschäftigt! Anstatt wachsam zu sein, hat er all seine Aufmerksamkeit nur der geliebten Frau und dem Kind geschenkt. Alle wart ihr blind. Einzig Aurora wäre es nicht gewesen. Sie hätte mir gefährlich werden können – wenn er endlich die Nephila in ihr erweckt hätte.«

Nathans Finger umkrampften meine immer fester. »Was hast du mit ihr gemacht?«, fragte er. »Und was hast du jetzt mit ihr vor?«

Saraqujal starrte ihn so nachdenklich an, als wüsste er das selber nicht mehr genau. »Eins nach dem anderen«, erklärte er schließlich. »Zuerst geht es doch um Rache … oder vielmehr um Strafe. Eine gerechte Strafe. Ich bin ja kein Unmensch.« Er lachte über sein Wortspiel.

»Wir hätten es alle längst hinter uns haben können«, fuhr er fort. »Als ich vom Ältestenrat eine Strafe für ungehorsame Nephilim einforderte, wollte ich es den anderen überlassen, die Art der Bestrafung festzulegen. Aber mein Bruder Sartael wollte nicht darauf eingehen. Er wiederholte so oft, dass ein Soldat, der nicht freiwillig in den Krieg marschiert, nichts taugt, bis er die anderen schließlich davon überzeugt hatte.« Er schüttelte den Kopf. »Und nun, wo ich alles selber machen muss, treffe ich auch bezüglich der Strafe ganz allein die Entscheidung.«

Ich spürte, wie ein Ruck durch Nathans Körper ging. »Du hättest mich schon längst töten können. Ich habe doch alles getan, was du wolltest! Ich habe mich dir ausgeliefert!«

Und du hast diesen Brief an mich geschrieben, setzte ich im Stillen hinzu und begriff erstmals, warum er sich dafür entschieden hatte. Um mich aus Saraqujals Nähe zu vertreiben, hätte es nicht genügt, mir nur Angst zu machen. Er hatte dafür sorgen müssen, dass ich auf ihn zornig wurde, von ihm enttäuscht war – und das konnte er am besten erreichen, indem er sich genauso verhielt wie damals vor zwölf Jahren.

»Warum … warum hast du jetzt auch noch Sophie hierhergelockt?«

Saraqujal grinste breit. »Genau betrachtet, habe nicht ich Sophie, sondern Sophie hat Caspar hierhergelockt. Denn nur darum ging es. Wer sonst, wenn nicht sie, hätte seine Lebensgeister wecken können? Zu diesem Zweck musste sie verzweifelt sein, sehr verzweifelt … was wiederum nur zu erreichen war, indem ihre Tochter spurlos verschwand.«

Während er sprach, hatte er wieder das Schwert erhoben, jedoch nicht, um es erneut drohend durch die Luft zu schwingen, sondern um es mit einer unterwürfigen Bewegung Caspar zu überreichen.

»Warum … ausgerechnet er?«, brachte ich stammelnd hervor.

Saraqujal starrte mich eine Weile an, als würde er nicht recht verstehen, was mich so verwirrte. Dann riss er die Augen auf, so als habe er eine plötzliche Eingebung.

»Ach, du willst wissen, warum ich mir nicht selbst die Hände schmutzig mache?«, fragte er mit einer so nachsichtigen Stimme, als spräche er mit einem kleinen Kind. »Ich fürchte, dann würde mich der Ältestenrat nie wieder aufnehmen. Doch dass Caspar Nathan getötet hat – das wird jeder, der davon hört, auch mein lieber, guter Bruder Sartael, sofort glauben. Schließlich hassen sich die beiden schon seit Jahrhunderten. Nicht der kleinste Verdacht wird auf mich fallen. Caspar scheint zwar kurzfristig vergessen zu haben, wie tief sein Hass sitzt, aber schließlich hast du ihm«, er nickte mir aufmunternd zu, »seine Gleichgültigkeit gekonnt ausgetrieben. Mein Kompliment, keine hätte das besser zustande gebracht als du.«

Er wurde wieder ernst, wandte sich an Caspar, drückte ihm das Schwert nun entschieden in die Hand.

»Ja, du bist ein verhasster Schlangensohn, aber ungemein nützlich. Weil ihr seit Urzeiten miteinander verfeindet seid. Weil du ihn hasst. Weil du ihn nun endgültig besiegen und dich dafür rächen kannst, dass er einst deine Frau Serafina getötet hat. Und ich ermögliche dir noch mehr: Du kannst nun Sophie haben … als Ersatz für Serafina und weil du sie ja nicht minder geliebt hast … Und nicht nur Sophie kannst du haben, sondern auch Aurora.«

Nathan ließ meine Hand los. Ich wollte es nicht zulassen, klammerte mich an ihn, presste meinen Körper, so gut es trotz der Ketten möglich war, an seinen. Er schüttelte nur den Kopf.

»Sophie … bring dich in Sicherheit!«

Wir sahen uns an, und in unseren Blicken lag alles, was wir uns nicht sagen, vielleicht nie mehr sagen konnten.

Sein Blick sagte, dass er mich liebte. Dass er mir vertraute. Dass er keinen anderen Ausweg gesehen hatte, als diesen Brief zu schreiben – weil er dachte, dass Ärger und Wut es für mich leichter machen würden, Hallstatt zu verlassen.

Und mein Blick sagte, dass es mir so unendlich leidtat, auch nur einen Augenblick lang gezweifelt zu haben – nicht nur an ihm, sondern auch an unserem gemeinsamen Glück. Dass ich mich kurz nach einem normalen Mann wie Lukas gesehnt hatte, an dessen Seite ich davor gefeit gewesen wäre, in diesen uralten Kampf zwischen Gut und Böse zu geraten.

Aber das war nicht mein Weg, das wusste ich jetzt, das würde nie mein Weg sein. Nathan war meine Liebe. Nathan war mein Leben. Für Nathan würde ich meines opfern.

»Geh!«, rief er. »Geh weg von mir!«

Er schüttelte meine Finger ab, doch damit erreichte er nur, dass ich mich noch fester an ihn drückte, meinen Körper wie ein Schutzschild über seinen beugte. Caspar kam näher.

»Wenn du ihn töten willst, musst du erst mich töten.«

In Caspars Augen blitzte etwas auf, das ich nicht deuten konnte. Vielleicht war es Bedauern, vielleicht aber einfach nur Genugtuung. Saraqujal hingegen runzelte ungeduldig die Stirn. »Ach, diese Menschen …«, sagte er gelangweilt, »nie vermögen sie ihre eigenen Kräfte einzuschätzen …«

Ich ignorierte ihn, fixierte stattdessen Caspar. »Du willst doch nicht seinem Befehl gehorchen!«, rief ich eindringlich. »Trotz allem, was geschehen ist, ist er immer noch ein Wächter! Lass dich doch nicht benutzen! Mach dich nicht zu seinem Erfüllungsgehilfen! Das wäre doch erbärmlich! Und bis eben noch hast du doch geschworen, keinen Hass mehr fühlen zu können, keine Rachegelüste … weil es tot ist in deiner kalten, harten Brust, weil …«

Mir gingen die Argumente aus. Als ich zu reden begonnen hatte, war Caspar kurz stehen geblieben, nun machte er einen weiteren Schritt auf uns zu, stand unmittelbar vor mir.

»Flieh!«, stöhnte Nathan hinter mir. »Flieh!«

Und Caspar sekundierte grinsend: »Wie es aussieht, sind Nathan und ich einmal einer Meinung. Geh zur Seite, Sophie.«

Ich schüttelte stur den Kopf – und machte mich zugleich auf seine Berührung gefasst. Ich wusste nicht, was ich gleich zu spüren bekommen würde, seine dunkle, schwere Faust, die mich durch den Raum schleudern würde, oder nur den leichten Druck seiner Finger, wenn er mich zur Seite schob. Oder würde er gar das Schwert gegen mich erheben, das Schwert, das er von Saraqujal erhalten hatte, um Nathan zu töten? Würde er auch mein Blut vergießen?

Noch hielt er die tödliche Waffe gesenkt, und noch bevor ich erkennen konnte, ob er sie hob, wurde ich plötzlich von einem grellen Licht geblendet, das direkt in mein Gesicht schien.

Ich hob die Hand, um meine Augen zu schützen. Der

Lichtstrahl schien aus dem Gang zu kommen. Jemand stand dort, trat nun in den Raum, ließ den Lichtschein kreisen.

Als die Lampe gesenkt wurde und ich die Hand wieder von den Augen nahm, erkannte ich, dass auch Caspar und Saraqujal von diesem Besuch überrascht worden waren. Sie fuhren herum, blickten ihm feindselig entgegen.

»Sophie, was ist hier los?«

Es war Lukas, der dort stand – in seinem grauen Overall, den er als Bergmann trug, und mit einem gelben Helm auf dem Kopf.

Ratlos blickte er in die Runde. Seine Augen weiteten sich, als er Nathan erblickte und die Ketten erkannte, mit denen er gefesselt war.

»Geh!«, rief ich schnell – und konnte nun nachfühlen, wie es Nathan zugesetzt haben musste, als er mich vergebens zur Flucht aufgefordert hatte. Denn auch Lukas ignorierte meine Aufforderung und trat in die Mitte des Raums. »Als ich von der Polizei zurückgekommen bin, warst du weg. Also habe ich nach dir gesucht. Man hat dich gesehen, wie du in Richtung des Bergwerks gegangen bist … in Begleitung eines Fremden. Da bin ich dir gefolgt …«

Wieder wanderte sein Blick von einem zum anderen, blieb diesmal – verwirrt und angewidert zugleich – bei Caspars Schwert hängen. Der erwiderte den Blick nachdenklich, so, als müsste er erst entscheiden, ob dieser Störenfried das bevorstehende Vergnügen, Nathan und mich zu töten, mindern oder mehren würde.

»Was zum Teufel …«, begann Saraqujal hingegen zischend und starrte Lukas an, als wäre er ein lästiges Insekt.

»Geh!«, rief ich panisch. »So geh doch!«

Und dann redeten plötzlich alle durcheinander.

»Sag mir, was los ist?«, fragte Lukas, und gleichzeitig Caspar: »Wer ist das?«

»Mias Vater«, gab ich hastig zur Antwort, um sofort Lukas wieder aufzufordern: »Geh endlich!«

»Die Mädchen! Was ist mit den Mädchen?«, rief dieser, während Saraqujal irgendetwas von einem Störenfried murmelte und Nathan mir immer wieder zuraunte: »Bringt euch in Sicherheit … bringt euch in Sicherheit.«

»Das ist Mias Vater?«, stellte Caspar fest, um dann gereizt hinzuzufügen: »Warum diese erbärmliche Brut von Menschen immer zu Unzeiten auftauchen muss!«

Noch während er sprach, hatte er das Schwert leicht gehoben, nicht sonderlich bedrohlich, eher spielerisch, als würde er zunächst nur bedächtig prüfen wollen, wie sicher es in seinen Händen lag.

Da stürzte Lukas auf mich zu, packte mich am Arm, riss mich von ihm fort. Es kam so überraschend, dass ich ihm wenige Schritte folgte, ehe ich mich zu wehren begann, mich energisch aus seinem Griff zu befreien versuchte, schließlich, als er mich nicht losließ, mit Händen und Füßen um mich trat. Es kam zu einem Gerangel. Sosehr ich mir wünschte, dass Lukas floh – ich selbst war entschlossen hierzubleiben, hier bei Nathan.

»Nein!«, schrie ich. »Nein!«

Der verzweifelte Ruf galt nicht Lukas, sondern Caspar. Eben hatte dieser das Schwert noch höher gehoben, durchschnitt damit – nicht weit über Nathans Kopf – die Luft. Nathan trotzte ihm mit Todesverachtung.

»Lass nicht zu, dass er Aurora bekommt!«

Es waren die letzten Worte aus seinem Mund, die ich verstand, dann wurde seine Stimme von anderen übertönt – von Caspars Gekicher, das in meinen Ohren schmerzte, von Saraqujals Aufforderung, Nathan endlich zu töten, und von Lukas erneuter Frage, was hier vor sich ging.

Sein Griff wurde etwas lockerer, und endlich konnte ich mich von ihm befreien, konnte auf Caspar zustürzen, konnte versuchen, mich erneut vor Nathan zu werfen, mich an ihn zu klammern. Doch ehe ich ihn erreicht hatte, ehe das Schwert heruntersauste und ehe Lukas mich wieder zu fassen bekam, erhielt ich einen Schlag auf den Kopf. Wie in Zeitlupe fühlte ich, wie der Schmerz durch meinen Körper brandete, das Bild vor mir in viele kleine Funken zerstob und sich schließlich auflöste, ich erst auf die Knie sackte und dann auch mit dem Oberkörper auf dem Boden aufschlug.

X.

»Wir sind im Bergwerk!«, rief Mia wieder.

Der Gang war am Ende immer dunkler, immer niedriger geworden. Die Mädchen mussten sich erst bücken, um weiterzukommen, schließlich sogar kriechen.

Mia hielt inne und klopfte prüfend gegen die Wände. Aurora wusste nicht, was sie damit bezweckte, und hatte auch keine Kraft mehr, die Gedanken der anderen zu erforschen. Sie schleppte schwer genug an dem Schwert und stand kurz davor, es einfach zurückzulassen. Aber das tat sie dann doch nicht. Untrüglich war das Gefühl, dass sie es noch brauchen würde, dass Caspar und Nathan in der Nähe waren und dass Gefahr in der Luft lag … Krieg … und Tod.

»Weiter!«, rief Mia.

Sie krochen wieder eine Weile, dann wurde der Gang etwas breiter und höher, und sie konnten sich aufrichten. Dennoch bereitete Aurora jeder Schritt Mühe. Je länger sie durch dieses Labyrinth irrten und je näher sie der Gefahr zu kommen schienen, desto schmerzhafter pochte jede einzelne Ader in ihr.

In der kurzen Zeit hatte sie viel gelernt. Sie konnte die fremde Macht in ihr kontrollieren, sich auf ein Ziel konzentrieren und uralten Instinkten folgen – aber eines beherrschte sie noch nicht: Sie wusste nicht, wie sie den

Prozess beschleunigen konnte, um neue Energie in ihrem ausgelaugten Körper aufzunehmen, und sie wusste nicht, wie Sie herausfinden konnte, woher sie neue Kräfte beziehen sollte, wenn die vorhandenen verbraucht waren.

Sie versuchte sich daran zu erinnern, ob Cara sie auch diesbezüglich belehrt hatte, doch die Worte, die ihr in den Sinn kamen, waren wenig tröstlich: Du bist etwas Besonderes, Aurora, auch unter den Nephilim. Du verfügst über ungewöhnliche Kräfte. Aber du musst noch viel lernen, bis du sie vollkommen beherrschst. Du musst geschult werden, und das ist keine Sache von Tagen oder von Wochen, sondern von Jahren …

Aber so viel Zeit hatte sie nicht! Nicht angesichts der drohenden Gefahr!

Sie umklammerte den Griff des Schwertes fester, obwohl ihr die Handinnenflächen weh taten, als Mia erneut stehen blieb. Auch sie war mittlerweile ziemlich erschöpft.

»Ich war mit meinem Vater schon öfter im Salzbergwerk«, stellte sie fest. »Nicht genau an dieser Stelle … aber in so ähnlichen Gängen.«

Kurz überkam Aurora das Gefühl, nicht nur die Last des Schwertes, sondern das ganze Gewicht des Berges stemmen zu müssen. »Kannst du uns herausführen?«

Mia klopfte wieder die Wände ab. »Diese Kammer, in der wir eingesperrt waren, war mit einer Stahltür verschlossen … aber hier … hier sind sämtliche Pfosten aus Holz.«

Aurora musterte die Wände; ihre Gedanken lahmten ebenso wie ihre Beine. »Und was heißt das?«

»Im Berg gibt es verschieden Stollensysteme – aus unterschiedlichen Zeiten. Ich glaube, wir befinden uns jetzt im prähistorischen Stollensystem, die modernen Stollen

werden mit Stahl oder Beton gestützt, nicht mit Holz. Das Salzbergwerk bietet manchmal Exkursionen in diesen Bereich der Stollen an. Eine habe ich mal mitgemacht.«

»Und kannst du uns nun herausführen?«, fragte Aurora wieder.

»Das Stollensystem ist insgesamt fast vier Kilometer lang. Wir könnten überall sein. Ich weiß noch, dass sich hier irgendwo die älteste Treppe der Welt befindet. Von dort aus wüsste ich ungefähr, wohin wir weitergehen müssen.«

Aurora blickte sich zweifelnd um. »Hier sieht es nicht nach einer Treppe aus.«

»Aber sieh doch nur …«

Mia trat zurück und leuchtete die Wände ab. Sie waren nicht glatt, sondern wiesen Abbauspuren auf, die wiederum die Form von Herzen hatten. »Das sind die Hallstätter Herzen«, rief Mia aufgeregt, »in dieser Form haben die Menschen einst den Stein aus den Wänden geschlagen! Es ist bis heute nicht geklärt, warum sie ausgerechnet diese Form wählten.«

Kurz schwiegen sie und betrachteten staunend die Herzen. Aurora hatte sich eben noch selbst uralt gefühlt – aber angesichts eines Zeugnisses, das auf eine Zeit vor vielen tausend Jahren verwies, auf Menschen, die auf der Suche nach dem weißen Gold sämtliche Widerstände zu überwinden versucht hatten, kam sie sich plötzlich klein und unbedeutend vor.

»Komm, lass uns weitergehen!«, murmelte sie nach einer Weile.

Sie ließen die Herzen hinter sich, gingen schweigend weiter. Das Schwert schien nicht mehr ganz so schwer in ihrer Hand zu liegen. Bei jedem Schritt glaubte sie, wieder mehr Kraft zu fühlen. Sie sah die Wände des Gangs nicht nur – sie begann sie zu fühlen, genauso wie sie fühlte, dass der Gang so schnell nicht zu Ende sein würde. Noch ehe Mias aufgeregter Aufschrei es bekundete, wusste sie auch, dass der schmale, niedrige Gang in einen großen mündete und schließlich in einen Hohlraum führte.

»Da ist eine alte Winde!«, rief Mia. Sie leuchtete auf ein merkwürdig anmutendes Gebilde, doch Aurora musterte es nicht lange, sah sich vielmehr in dem Raum um, der nach dem engen Gang extrem hoch und breit schien.

»Die Winde muss aus dem Mittelalter stammen«, rief Mia. »Mein Vater hat mir mal erzählt, wie die Menschen damals Salz gewonnen haben. Sie haben zuerst zwei Stollen übereinandergegraben und dann einen Hohlraum dazwischen ausgesprengt, der die beiden Ebenen verband. Nach oben hin haben sie ihn offen gelassen und nach unten durch einen Damm verschlossen. Nun wurde Wasser in den Hohlraum geleitet und das hat das Salz aus den Wänden gelöst. Die Sole hat man dann mit Schöpfgefäßen aus dem Berg gebracht. Später hat man Rohre gebaut und den Damm einfach nach unten geöffnet, so dass die Sole von selbst aus dem Berg lief … direkt in die Sudhäuser.«

Sie sprach sehr schnell und atemlos, und Aurora ahnte, dass sie nicht nur ihr Wissen unter Beweis stellen, sondern sich irgendwie die Furcht von der Seele reden wollte. Mia begriff nicht, was genau um sie herum geschehen war – aber wie der Salzabbau funktionierte, das wusste sie, und das gab ihr offenbar Sicherheit.

»Die Sudhäuser befinden sich doch außerhalb des Bergwerks, oder?«, fragte Aurora.

»Ja!«, rief Mia eifrig. »Und wenn wir nun eines der Rohre finden, das damals die Sole dorthin geleitet hat, dann könnten wir ihm einfach folgen. Die Sudhäuser

sind zwar allesamt abgerissen worden, aber vielleicht finden wir ins Freie.«

Nachdenklich blickte sich Aurora um. Ja, wenn sie Glück hatten, würden tatsächlich die Rohre den Weg ins Freie weisen. Doch wenn es keine Sudhäuser mehr gab, dann bedeutete dies, dass die Rohre vielleicht längst verschlossen oder zugeschüttet worden waren.

Würde sie stark genug sein, solche Hindernisse zu überwinden, sie gar einzureißen?

Laut rauschte das Blut in ihren Ohren ... Nephilim-Blut.

Sie wusste nicht, ob ihre Kräfte ausreichten, aber sie wusste, dass sie alles versuchen würde, um Mia und sich selbst heil durch die Gefahr zu bringen, die sie deutlich spüren konnte.

Finsternis, überall Finsternis.

Ich hob die Hand, stieß aber auf keinen Widerstand, wälzte mich zur Seite und fühlte den Schmerz in meinem Kopf förmlich explodieren. Wie eine grelle Flamme, die dicht vor meinen Augen in Funken zerstob – aber diese Funken verhießen kein tröstendes Licht, sie waren wie Nadelstiche. Ich schloss die Augen, öffnete sie wieder. Immer noch war es schwarz um mich, aber der Schmerz hatte etwas nachgelassen. Ich setzte mich auf, kam auf meine Beine, tastete nach einer Wand. Zunächst hoffte ich, auf ein Hinderniss zu stoßen, in diesem Nichts irgendetwas zu spüren, was auf eine reale Welt verwies – doch kaum lief ich tatsächlich gegen eine Wand, war sie doch nur eins: ein Zeichen, dass ich gefangen war.

Ich schrie auf, wieder explodierte ein Schmerz, diesmal in meiner Kehle. Und dann, dann war da endlich

Licht. Jemand blendete mir ins Gesicht, hielt mich fest, zog mich an sich.

Ich schrie weiter, achtete nicht auf den Schmerz, sondern schlug wild um mich. Panik höhlte meine Gedanken aus, die Schwärze schien sämtliche Erinnerungen geschluckt zu haben. Ich wusste nicht mehr, was passiert war, nur, dass es etwas Schreckliches, Grauenhaftes gewesen war und ich ihm hilflos und ohnmächtig ausgeliefert gewesen war. Ich stieß die fremden Hände zurück, umklammerte meine eigenen Schultern, krümmte mich. Ich konnte das Grauen fast körperlich spüren, es legte sich wie ein schwerer Mantel auf mich und nahm mir die Luft zum Atmen.

»Sophie!«

Ich ließ die Hände sinken. Die Stimme klang vertraut. Wieder blendete mich ein Lichtschein, und diesmal erkannte ich, dass seine Quelle eine Taschenlampe war und dass Lukas diese Lampe hielt.

»Sophie, ich bitte dich! Beruhige dich! Ich bin es doch nur!«

Freudiger Schrecken flutete durch meine Adern, zu schnell, zu stark, um ihm standzuhalten.

Lukas ... er lebte noch ... ich war nicht allein ...

Doch als ich ihn eingehender musterte, entfuhr mir wieder ein spitzer Schrei. Nicht nur, dass sich in seinen Augen mein Entsetzen spiegelte. Außerdem war seine Wunde, die ihm die Entführer zugefügt hatten, wieder aufgeplatzt. Am schlimmsten anzusehen war aber nicht das rote Blut, das aus seiner Verletzung trat, sondern diese bläuliche Flüssigkeit, die an seinem Gesicht, an seinen Händen klebte und auch die Bergmannsuniform befleckt hatte.

Nephilim-Blut.

Ich riss ihm die Lampe aus der Hand und drehte mich hektisch im Kreis, um den Raum auszuleuchten. Feucht tropfte es von den Wänden, kein farbloses Wasser, wie ich zunächst hoffte, sondern noch mehr Blut, blaues Blut. Ich wagte kaum die Lampe in die Richtung zu lenken, wo vorhin Nathan gefangen gewesen war, zwang mich aber schließlich doch dazu.

Die Ketten lagen auf dem Boden. Sie waren blutverschmiert, aber sie hielten niemanden mehr gefangen. Ich fuhr herum, beleuchtete nun die Tür – sie war verschlossen.

Die Lampe entglitt mir, als ich zur Tür stürzte und sie zu öffnen versuchte. Es gelang mir nicht, panisch schlug ich dagegen.

»Nathan!«, schrie ich. »Wo bist du, Nathan?«

Lukas Hände umfassten mich von hinten und zogen mich von der Tür fort.

»Es ist zwecklos«, sagte er – und ich wusste nicht, was er meinte: meinen Versuch, die Tür öffnen zu wollen oder nach Nathan zu rufen.

Ich verstummte, denn plötzlich wusste ich es doch – wusste, was passiert war. Zwecklos … sinnlos … hoffnungslos … alles vorbei … alles verloren …

»Nathan …«, stammelte ich.

Plötzlich schien ich nicht länger auf hartem, kaltem Boden zu stehen, sondern in einem Sumpf zu versinken, immer tiefer, immer haltloser – ein Sumpf aus Trauer und Verzweiflung.

Ich hatte das Gefühl, als würde sich etwas Klebriges, Dunkles, Giftiges auf meine Lungen legen. Auch wenn ich nicht in diesem Sumpf ertrinken würde, war ich mir dennoch sicher, dass ich nie wieder einen Atemzug machen würde, der nicht weh täte.

»Nathan …«, stammelte ich. »Nathan …«

»Sophie, es tut mir so leid.«

Er sprach es nicht aus, aber das musste er auch nicht. Das Blut … das viele Blut verriet deutlicher als alle Worte, was geschehen war, verriet, was ich verloren hatte, verriet, dass das Leben ab diesem Augenblick nur mehr ein Überleben sein würde, kein Lachen, kein Lieben, kein Necken, Spielen, Küssen, Sehnen, kein Träumen mehr. Auch wenn dieser Raum hell erleuchtet gewesen wäre – ich hätte doch alles nur in Grautönen gesehen, als hätte sich ein dicker, erstickender Schleier über meinen Blick gesenkt, der künftig alle Farben ermatten lassen würde, allen lebhaften Lärm ersticken, alles hoffnungsvolle, intensive Auskosten von Freude mit schalem Geschmack versetzen würde.

Irgendwann konnte ich es in Worte fassen, konnte es sagen, doch jedes einzelne Wort fiel mir schwer. »Er … hat … es … getan …«

Lukas war neben mir auf den Boden gesackt, nicht länger nur entsetzt, sondern auch kraftlos. Sein Gesicht war grau.

»Es tut mir so leid, Sophie«, wiederholte er tonlos.

Er hob hilflos die Hände, wagte aber nicht, mich erneut zu berühren – ahnend, dass es nichts gab, was mich trösten konnte, keine Hilfe, um mich aus dem Sumpf zu ziehen.

Ja, er hat es getan.

Caspar hat Rache genommen.

Saraqujals Plan ist aufgegangen.

Nathan ist tot.

Schon diese Gedanken waren unerträglich, noch schlimmer aber war dieser: Und ich bin schuld. Ich selbst habe Caspar hierhergebracht.

Ich wurde taub für alle Geräusche, sah zwar, wie Lukas etwas sagte, aber hörte es nicht. Hörte auch nicht das Klappern meiner Zähne, fühlte nur, wie mein Kiefer sich immer mehr verkrampfte, wie mein ganzer Körper zu zittern begann. Nun berührte mich Lukas doch, zuerst nur zaghaft an den Schultern, dann umarmte er mich, hielt mich fest, und mehr noch: hielt mich zusammen. Ja, ich war mir sicher: Wenn er nicht da gewesen wäre, hätte mich der Schmerz zerrissen. Der Schmerz um Nathan, meinen Liebsten, dessen Blut hier überall vergossen worden war.

»Es ist meine Schuld!«, schrie ich. »Es ist meine Schuld!«

»Nein, das ist es nicht! Du hättest nichts dagegen tun können! Dieser Mann, er hat einfach das Schwert … ich verstehe gar nicht, woher … und diese immense Kraft, mit der er …«

Ich riss mich aus der Umarmung und hob abwehrend die Hand. Nein, er durfte es nicht aussprechen, nicht schildern. Es war schlimm genug zu erahnen, was geschehen war, nachdem ich – entweder von Saraqujal oder Caspar – niedergeschlagen worden war.

»Ich habe Caspar hierhergebracht …«, klagte ich. »Ich habe ihn hierhergebracht, und nur deswegen konnte er Nathan töten. Er wollte ihn immer töten. Schon seit Hunderten von Jahren.«

Gedankenlos sprach ich es aus – das Geheimnis, dass Nathan und Caspar keine gewöhnlichen Sterblichen waren. Lukas schien kurz verwirrt, aber zog mich dann wieder an sich und achtete nicht auf das, was ich in meiner Trauer von mir gab.

»Sophie … was immer du getan hast … du hast es für Aurora getan. Du warst verzweifelt!«

»Ich habe mich von ihm täuschen lassen!«

Noch während ich es aussprach, war ich mir nicht sicher, ob das tatsächlich stimmte – vielleicht hatte Caspar nicht gelogen, vielleicht war er wirklich so lethargisch und gleichgültig gewesen, als ich ihm auf der Lodge begegnete, doch als er hier auf Nathan getroffen war, hatte er der Versuchung nicht widerstehen können. Saraqujal hatte erreicht, was er erreichen wollte: Ich hatte Caspar nicht einfach nur hierhergelotst; ich hatte ihm die Kraft gegeben, Nathan zu töten.

»Nathan ...«

Ich brachte den Namen nur flüsternd hervor, und doch klang er in meinen Ohren wie ein Schrei – der Schrei eines Verwundeten, der weiß, dass er nie wieder gesund wird.

Der Griff von Lukas' Armen wurde fester. Er schüttelte mich leicht. »Ich weiß, wie du dich fühlst, ich weiß es genau. Damals, nach Mathildas Tod ...« Wieder schüttelte er mich, sein Griff wurde fester, fast schmerzhaft, aber ich wehrte mich nicht dagegen, war vielmehr dankbar dafür, denn dieser Schmerz verdrängte für kurze Zeit den anderen, viel größeren. »Aber Sophie ... du darfst dich deiner Trauer nicht hingeben. Nicht jetzt. Noch nicht. Du musst versuchen, dich zusammenzureißen. Wegen Aurora. Und Mia. Und weil ...«

Seine Worte gingen in ein Rauschen über. Ich weiß nicht mehr, wie viel er noch sagte und was, ich weiß nur, dass er so lange auf mich einredete, bis ich wieder ruhig atmen konnte. Als er mich wieder losließ und ich aufstand, wankte ich nicht. Er hatte mich nicht nur beruhigt – sämtliche Gefühle schienen betäubt zu sein, mehr noch: Ich war wie tot. Mein Blick ging zur Tür, und ich konnte mir ganz nüchtern überlegen, was geschehen war.

Ja, als Lukas gekommen war, hatte mich entweder Saraqujal oder Caspar niedergeschlagen. Wenn ich es recht bedachte, dann musste es Saraqujal gewesen sein, Caspar hatte doch vor mir gestanden und irgendetwas gesagt. Ich ging erneut auf die Tür zu, versuchte, sie zu öffnen, drückte mich dagegen. Sie war fest verschlossen.

Saraqujal hatte mich also niedergeschlagen, damit ich nicht störte – und vielleicht sogar, weil er doch ein wenig Mitleid mit mir hatte und mir den Anblick ersparen wollte, wie Caspar …

Meine Gedanken stockten, doch zugleich kam ich nicht umhin, mich zu fragen, warum so dermaßen viel Blut vergossen worden war. Nathan hatte sich in seinen Ketten doch nicht wehren können! Und … und auf welche der drei Arten hatte Caspar ihn wohl getötet?

Ein trockenes Schluchzen entfuhr mir. Prompt war Lukas wieder an meiner Seite und stützte mich.

»Die Mädchen!«, beschwor er mich eindringlich. »Bitte, Sophie! Denk an die Mädchen! Hast du irgendeine Idee, wo sie sein könnten? Und diese Männer … diese merkwürdigen Männer … wer sind sie? Was wollen sie überhaupt? Warum sind sie so stark?«

Offenbar ging ihm auf, dass das zu viele Fragen auf einmal waren, und er biss sich auf die Lippen.

»Ich … ich kann es dir erklären … irgendwann … aber nicht jetzt …«, stammelte ich.

Er bedrängte mich nicht länger. »Jetzt zählen nur die Mädchen!«, rief er entschlossen.

»Wohin … wohin haben sie Nathans … Nathans …« Ich konnte das Wort Leichnam nicht aussprechen. »Wohin haben sie Nathan gebracht?«

Er zuckte hilflos die Schultern. Was immer er gesehen hatte, es musste – wie alles, was Nephilim taten – unglaublich schnell vor sich gegangen sein, viel zu schnell, als dass er es hätte begreifen können.

»Dieser alte Mann … er hat ihn getragen, als hätte er kein Gewicht. Es war merkwürdig. Und dieser andere, Caspar heißt er, oder? Er ist ihm gefolgt. Ich wollte ihnen nachlaufen, aber er hat mich einfach zurückgestoßen. Er ist unglaublich stark, auch wenn man ihm das nicht ansieht. Und dann hat einer der beiden die Tür versperrt. Ich habe schon versucht, sie zu öffnen, aber das ist unmöglich. Und dieser Stollen hier wurde längst stillgelegt. Hier hört uns niemand.«

Seine Worte waren längst verklungen, ehe ich ihre Bedeutung verstand: Wir waren eingesperrt, niemand würde uns befreien. Dies war Saraqujals Art, unliebsame Zeugen zu beseitigen, ohne dabei Gewalt einsetzen zu müssen. Und Caspar ließ es zu, weil er kein Interesse mehr an mir hatte – nur an Aurora. Sie war schließlich sein Lohn dafür, dass er Nathan getötet hatte. Endlich konnte er sich ihrer bemächtigen, wie er es schon seit so langem wollte … sie zur Nephila erziehen … zu einer, die auf der Seite der Schlangensöhne stand.

Der Gedanke, hier elendiglich zu verdursten, hatte mich kalt gelassen, aber als ich mir jetzt Aurora in Caspars Hände vorstellte, erfasste mich eine Woge unbändiger Wut und Verzweiflung.

Es war mir gleich, ob ich hier ewig gefangen blieb, ob ich nie wieder Tageslicht zu sehen bekäme, ob es die letzten, wenn auch warmen, aber trügerischen und unheilverkündenden Strahlen der Abendsonne gewesen waren, die ich jemals zu spüren bekommen würde. Ich hatte keine Angst mehr zu sterben, es schien vielmehr verlockend, würde ich auf diese Weise doch den Raubvögeln entgehen, die irgendwo dort oben lauerten und nur darauf warteten, wieder auf mich einzuhacken, mir kreischend vorzuhalten, dass Nathan tot war … tot … tot … tot. Und irgendwie war ich das ja selbst auch.

Aber Caspar durfte Aurora nicht bekommen!

Ich durfte mich nicht meiner Trauer überlassen, ich durfte nicht aufgeben, solange meine Tochter in Gefahr war!

Lukas trat zu mir. »Hast du eine Ahnung, wo die Mädchen sind?«, rief er eindringlich.

Ich schüttelte den Kopf. »Und selbst wenn ich es wüsste – wir kommen hier doch nicht raus.«

Nun war es Lukas, der den Kopf schüttelte – grimmig, entschlossen. »Das glaubt zumindest dieser Alte«, knurrte er.

»Aber …«

»Er hat offenbar nicht daran gedacht, dass ich hier im Bergwerk arbeite. Ich kenne hier jedes Eckchen, jeden Schacht, jeden Stollen, jede Kammer. Ich verspreche dir«, er ballte seine Hände zu Fäusten, »ich verspreche dir: Ich finde einen Weg nach draußen. Und dann suchen wir unsere Mädchen und bringen sie in Sicherheit.«

Lukas begann, erst die Wände, dann die Decke abzutasten. Um Letztere zu erreichen, genügte es nicht, sich auf die Zehenspitzen zu stellen – er musste sich vielmehr an einer der Ketten hochziehen. Zunächst sah ich ihm dabei zu und hatte abwechselnd das Gefühl, alles würde in Zeitlupe oder Zeitraffer vonstatten gehen, aber als Lukas die Ketten berührte und somit auch in das blaue Blut griff, senkte ich rasch den Blick.

Ich wusste, dass ich ihm wohl am besten half, wenn ich nichts anderes tat, als Panik und Trauer zu bezwingen, ganz ruhig zu bleiben und ihn in seiner Konzentration nicht zu stören. Ich sank auf den Boden, vergrub meinen Kopf in den Händen, atmete ruhig und versuchte mich meinerseits ganz auf Aurora zu konzentrieren. Vielleicht war sie ganz in der Nähe, vielleicht befand sich ihr dunkles Gefängnis gleich neben unserem. Und vielleicht würden wir sie wirklich bald befreien können. Die Hoffnung war nur ein kleines Stückchen Land inmitten dieses Ozeans aus Bedrohung und Leid. Aber noch fand ich Platz darauf, noch konnte ich mich an etwas festhalten.

Ich zuckte zusammen, als plötzlich ein lautes Krachen ertönte. Etwas regnete auf mich herab, und als ich nach meinen Haaren griff, spürte ich, dass sich Holzsplitter und grober Staub dort verfangen hatten. Staub drang auch in meine Lunge. Ich hustete. Lukas hatte sich zwar an den Ketten hochziehen können, war nun aber abgerutscht und auf den Boden gefallen, wo er gekrümmt liegen blieb. Erschrocken beugte ich mich zu ihm, doch er schien von dem Sturz keine weiteren Blessuren davongetragen zu haben, sondern sprang gleich wieder auf und deutete aufgeregt nach oben.

»Wusst ich's doch!«

»Was?«

Ich konnte zunächst nichts erkennen, nicht einmal, ob die Decke an dieser Stelle aus Stein oder Holz bestand, doch als Lukas nach seiner Taschenlampe griff und ihren Strahl nach oben richtete, sah ich eine winzige Öffnung, die kaum größer als ein Mauseloch war.

»Der Stollen, in dem wir uns befinden, muss aus dem letzten Jahrhundert stammen«, erklärte Lukas aufgeregt, »das heißt, er ist nicht mit Stahl ausgekleidet. Vielleicht ist er sogar noch älter – und das könnte bedeuten, dass sich parallel zu diesem Raum ein Kriechgang befindet.«

»Was ist ein Kriechgang?«, fragte ich verständnislos.

»Kriechgänge sind Stollen aus der prähistorischen Zeit, die die Menschen damals in den Berg geschlagen haben.«

Ich deutete auf das Loch. »Wir kommen doch nie da durch.«

Was in mir nur noch größere Hoffnungslosigkeit weckte, schürte in Lukas die Tatkraft. »Wir müssen dieses Loch dort oben irgendwie vergrößern. Und dann können wir uns vielleicht durchzwängen.«

»Aber wie …«, setzte ich an.

Noch ehe ich den Satz zu Ende gebracht hatte, zog er etwas aus seinem Gürtel hervor.

»Am besten wäre es, du würdest dich auf meine Schulter stellen, um die Decke einzuschlagen. Eigentlich bräuchten wir einen Hammer, aber vielleicht geht es auch damit.«

Er hatte einen Schraubenschlüssel hervorgezogen und reichte ihn mir. Ich bezweifelte, dass ich damit etwas gegen den harten Stein ausrichten konnte, und zögerte, als er mir bedeutete, auf seine Schultern zu klettern. Das hieß, ganz dicht an die Ketten heranzutreten, in denen Nathan gelegen hatte … Nathan, ach, Nathan …

Ich versteifte mich, wich zurück. Doch nicht nur Lukas' entschlossenes Nicken gab mir Mut, auch der Gedanke an Aurora.

Ich hielt den Schraubenschlüssel fest umklammert, während ich mich mit der anderen Hand an Lukas'

Nacken festhielt. Er hatte seinen Oberkörper an die Wand gepresst, und ich stieg zunächst auf seine Knie, dann, nachdem ich halbwegs das Gleichgewicht gefunden hatte, auf seine Schultern. Sehr lange würde er mein Gewicht nicht tragen können. Um mich leichter zu machen, ließ ich seinen Nacken los und hielt mich widerwillig an einer der Ketten fest. Mit ganzer Kraft versuchte ich, mich noch höher zu ziehen – während Lukas sich langsam etwas aufrichtete und mein Kopf fast an die Decke stieß. Ich ließ die Kette los und umklammerte nun mit der freien Hand den Rand des winzigen Lochs, der prompt nachgab. Nur mühsam behielt ich das Gleichgewicht. Wieder regnete es Staub, Stein und Holzsplitter auf mich herab. Ich konnte kaum mehr etwas sehen, doch als Lukas mich aufforderte, mit dem Griff des Schraubenziehers zuzuschlagen, tat ich es.

Ich hielt die Augen fest zusammengepresst und konnte so nicht sehen, ob mein Bemühen Erfolg hatte. Immerhin fühlte ich, dass die Decke nicht aus dem harten Stein war, wie ich befürchtet hatte, sondern rund um das Loch nachgab. Noch empfand ich aber keine Zuversicht – vielmehr wuchs meine Angst, dass die Decke über uns einstürzen konnte.

»Ja!«, rief Lukas hingegen begeistert. »Mach weiter so!«

Nun endlich öffnete ich doch die Augen. Lukas hatte die Taschenlampe auf den Boden gelegt, und in ihrem Schein konnte ich erkennen, dass das Loch mittlerweile groß genug war, um den Kopf durchzuschieben.

»Hör nicht auf!«

Meine Hände zitterten ebenso wie seine Beine, und ich fragte mich, wie lange er meinem Gewicht noch standhalten würde.

»Denk an Aurora!«, forderte er mich auf.

Das tat ich, als ich weiter zuschlug, und ich dachte nicht nur an sie, sondern auch an Caspar und an Saraqujal, und plötzlich gaben mir nicht nur Angst und Sorge Kraft, sondern Hass und Wut. Ich stellte mir vor, dass ich mit dem Schraubenzieher Caspar traf, in sein grinsendes Gesicht schlug, auf sein schwarzes, glattes Haar, auf seine Spinnenhände, und so wurde das Loch immer größer und größer.

Ich verlor jegliches Zeitgefühl. Die Welt schrumpfte auf die Größe jener staubigen Wolke zusammen, in der ich mich befand. Das Atmen fiel mir unendlich schwer, doch meine Hände taten unermüdlich ihr Werk, schlugen unbeirrt weiter, bis das Loch irgendwann groß genug war, dass ich nicht nur meinen Kopf, sondern auch meine Schultern hindurchzwängen konnte. Lukas musste das von unten erkannt haben, denn er nahm nun alle Kraft zusammen, um sich noch höher aufzurichten und mich durch das Loch zu schieben. Ich betastete den Boden, fühlte noch mehr Staub, aber auch Holz. Ich stützte mich darauf ab, biss meine Zähne zusammen, versuchte meinen Körper hochzuziehen. Zunächst knickten meine Arme gleich wieder ein, doch ich nahm alle Kraft zusammen und versuchte es erneut. Diesmal gelang es, nicht zuletzt, weil Lukas mich gleichzeitig an meinen Füßen nach oben stemmte. Bald hatte ich meinen Oberkörper in den Hohlraum neben dem Loch gezogen und robbte Millimeter für Millimeter weiter, bis ich auch meine Beine hochziehen konnte. Im Hohlraum erwartete mich nichts anderes als noch trockenere Luft und Finsternis. Als ich vorsichtig die Wände abtastete, fühlten sie sich feucht an, aber vielleicht war das auch mein eigener Schweiß, der an meinen Fingern klebte. Ich fühlte mich wie in Trance. Mechanisch befolgte ich Lukas' Befehle, ohne darüber nachzudenken, ob das, was er vorhatte, überhaupt zu schaffen sein würde. Er warf eine der Ketten hoch, und ich versuchte, sie an dem Holzpfosten, auf den ich vorhin gestoßen war, zu befestigen. Es knirschte fürchterlich, als sich Lukas an der Kette hochzog, und instinktiv rechnete ich damit, dass alles einstürzen und wir unter einem Haufen Schutt begraben werden würden. Doch ich fühlte mich viel zu müde, um Angst zu haben, und wenig später reichte mir Lukas die Taschenlampe, um sich dann tatsächlich selbst hochzuziehen, ungleich eleganter als ich. Ich ließ das Licht der Taschenlampe kreisen und erkannte, dass der Hohlraum groß genug war, um darin stehen zu können. Den erhofften Gang sah ich allerdings nicht.

»Wir … wir sind immer noch gefangen …«, murmelte ich.

Lukas ließ sich nicht entmutigen. Kaum war er auf seine Füße gekommen, begann er schon die Decke des Hohlraums abzutasten und schließlich – ich hatte ihm den Schraubenzieher gereicht – auf jene Stelle zu schlagen, wo ihm die Decke am dünnsten schien. Wenig später zwängten wir uns wieder durch ein Loch und zogen uns hoch, was dieses Mal nicht ganz so schwer war, da der Abstand zum Boden geringer ausfiel. Jetzt landeten wir nicht in einem weiteren Hohlraum, sondern endlich in einem Gang – auch wenn der gerade mal groß genug war, um auf allen vieren zu kriechen.

»Sophie? Sophie!« Offenbar redete Lukas schon eine Weile auf mich ein, doch ich hatte ihn nicht gehört. Es fühlte sich an, als hätte ich Watte in meinen

Ohren. »Sophie, mach jetzt nicht schlapp, ja? Ich krieche voran, du folgst mir. Sag mir Bescheid, wenn du eine Pause brauchst. Wir kommen hier irgendwie raus, das verspreche ich dir.«

Lukas verschwand in dem schmalen Schacht, und ich kroch hinterher. Die Luft schien hier noch dünner zu sein, und bald tat mir jede Bewegung in dieser unnatürlich gekrümmten Haltung weh. Am meisten schmerzten meine Knie und Handflächen, auf die ich mich stützte. Doch so eng und beklemmend es auch war – ich folgte Lukas unbeirrt, nicht nur, wegen seiner beschwörenden Worte, sondern vor allem, weil ich Auroras Gesicht ganz deutlich vor Augen hatte.

Sie war in der Nähe ... sie war gefangen ... ich musste sie finden ...

Einmal verschnauften wir kurz. Ich blickte zurück, doch von dem Hohlraum, aus dem wir gekommen waren, war nichts mehr zu sehen.

»Wie tief sind wir wohl im Berg?«, fragte ich.

Lukas zuckte mit den Schultern. »Insgesamt ist das Salzlager von Hallstatt 3000 Meter lang – und es geht bis zu 500 Metern tief in den Berg. Doch nicht alle prähistorischen Gänge sind erschlossen.«

Und wir krochen weiter durch den engen, niedrigen Gang. Mit jedem Meter, den wir zurücklegten, wurde es kälter. Es war keine Eiseskälte, die einem den Atem raubt, eher eine modrige Kälte, die langsam jede Faser des Körpers durchdringt, ihn nicht einfach nur zittern lässt, sondern sich wie ein schmutziges, graues Tuch auf ihn legt.

Ich spürte nun weder meine Handflächen noch die schmerzenden Kniescheiben. Irgendwann wurde der Gang breiter und höher, und wir konnten uns ein wenig aufrichten. Noch mussten wir uns bücken, aber immerhin konnten wir nun gehen und mussten nicht länger kriechen. Lukas streckte mir seine Hand entgegen, und ich nahm sie, um mich von ihm ziehen zu lassen. Es war noch immer kalt, doch die Luft war frischer und ließ uns befreiter atmen. Und dann fiel das Licht der Taschenlampe plötzlich in einen großen Raum – offenbar eine weitere Kammer.

»Ich glaube, ich weiß, wo wir sind!«, sagte Lukas erleichtert.

Er nahm meine Hand, zog mich weiter.

Wir durchquerten die Kammer – einen Hohlraum – und betraten einen weiteren Gang. Endlos lang erschien er mir, führte zu weiteren Hohlräumen und wieder hinaus. Manchmal konnten wir aufrecht gehen, manchmal nur gebückt. Die kalte und irgendwie tote Luft begann in meiner Brust zu schmerzen. Dennoch folgte ich Lukas unbeirrt, erleichtert, als wir endlich auf Gleise stießen – ein Zeichen, dass die prähistorischen Gänge hinter uns lagen. Doch die Hoffnung, dass uns die Gleise ins Freie führten, schwand rasch. Mehrmals gabelte sich der Weg – mehrmals entschied sich Lukas für eine Richtung, aber an seiner Anspannung merkte ich, dass er sich nie sicher war, ob er uns nicht womöglich in eine Sackgasse führte.

Rasch, entschlossen und hoffnungsvoll war er bislang vor mir hergegangen – doch als sich der Weg erneut gabelte, blieb er stehen.

»Warte hier kurz! Ich will erst in beiden Richtungen nachsehen.«

Die Vorstellung, allein im Dunkeln zu bleiben, machte mir Angst. Doch ich fühlte mich vom langen Herumirren in diesem unterirdischen Labyrinth so erschöpft, dass ich bald nachgab. Ich presste mich mit dem Rücken fest an eine Wand und sah zu, wie Lukas in einem der beiden Gänge verschwand. Die Wand fühlte sich klamm an. Etwas Kaltes fiel in meinen Nacken. Meine Sinne waren so überreizt, dass ich mich nicht entscheiden konnte, ob es ein Steinchen gewesen war oder ein Wassertropfen. Ich rückte von der Wand ab, und in dem Augenblick, als ich mich vorbeugte, sah ich im verblassenden Schein der Lampe etwas Dunkles auf der anderen Seite der Weggabelung liegen. Es regte sich nicht und wirkte doch bedrohlich.

»Lukas!«, schrie ich.

Er war fast sofort wieder da, und im Schein der Lampe schien dieses Dunkle noch zu wachsen. Vorsichtig trat ich näher, sah zuerst nur schwarzen Stoff. Dann einen Körper, der sich darunter verbarg … zumindest fast. Eine Hand ragte aus dem dunklen Stoff heraus. Eine über und über mit blauem Blut verschmierte Hand, deren Nägel im Lichtschein gelblich wirkten.

Ich zuckte zurück.

Vor mir lag jemand.

Ohnmächtig … oder tot.

Es hatte lange gedauert, bis sie den tiefer gelegenen Stollen erreichten. Die Öffnung nach unten war zu schmal, um sich hindurchzuquetschen, und so war Aurora schließlich hingegangen, hatte ihre Hand auf den Stein gelegt und sachte dagegengedrückt – als wollte sie eine angelehnte Türe öffnen. Noch während sie es tat, hatte es sich genau so angefühlt. Als jedoch die Wand einstürzte und einige Steine sie trafen, hatte sie prompt wieder das Gefühl gehabt, all ihre Kraft würde mitsamt der Wand in sich zusammenbrechen. Allein beim Gedanken, das

Schwert, das sie kurz abgelegt hatte, wieder zu ergreifen, überkam sie tiefste Erschöpfung.

Doch nachdem sie sich eine Weile auf nichts als ihren Atem konzentriert hatte, bückte sie sich wieder danach. Vielleicht täuschte sie sich, aber als sie den Griff umfassen wollte, vermeinte sie, er würde ihr bereits entgegenkommen, als wäre sie ein Magnet, der das Eisen anzog. Schwer war die Waffe trotzdem – wenn auch nicht so schwer wie für Menschenhände.

»Wie machst du das?«, fragte Mia fassungslos. »Dass du plötzlich so stark bist … das ist nicht normal.«

Aurora wusste nicht, worauf sie sich bezog – auf die Öffnung im Stein, die sie erweitert hatte, oder die Art, wie sie das Schwert ergriffen hatte. In jedem Fall stimmte sie ihr innerlich zu. Nein, es war tatsächlich nicht normal … nicht nur für einen Menschen, sondern selbst für eine Nephila. Nephilim potenzierten die Fähigkeiten von Menschen – doch zu diesen gehörte es nicht, eine Art magnetische Wirkung auf Eisen auszuüben. Vielleicht waren es ihre Gedanken, die das Schwert bewegt hatten – Gedanken, die über Dinge vielleicht ähnliche Macht haben konnten wie über lebendige Wesen.

Anstatt auf Mias Worte einzugehen, forderte sie sie auf, durch den Spalt nach unten zu klettern, und folgte ihr dann.

»Diese alte Sudhütte«, murmelte Mia, als sie den unteren Gang erreicht hatten, »sie befand sich bei Lahn, du weißt, dort, wo es zur Kalvarienbergkirche hochgeht – ganz in der Nähe des Campingplatzes. Dort gibt es eine kleine Tafel neben der Treppe, und auf dieser wird an die Sudhütte erinnert. Aber eben auch daran, dass sie abgerissen wurde. Schon vor vielen Jahren.«

»Vielleicht gibt es noch weitere Sudhütten …« Aurora

war sich sicher – wenn sie sich mit aller Macht darauf konzentriert hätte, hätte sie das vielleicht … fühlen … wissen können. Aber ihr Kopf schien plötzlich ganz leer zu sein – und nach dem Wüten der Macht war das ein beruhigender, angenehmer Zustand, an dem sie nur ungern etwas ändern wollte.

»Die Sole, die in die Sudhütte geleitet wurde, ist dort so lange erhitzt worden, bis das Wasser verdampft war und Hochsalz übrig blieb. Soweit ich weiß, musste die Sole aber dafür vorher gereinigt werden – und vielleicht gab es auch dafür ein eigenes Gebäude.«

Mia sprach wieder schnell, geradezu gehetzt. Wieder schien es, als wollte sie so ihre Furcht bezwingen. Die Furcht, nicht ins Freie gelangen zu können. Und die Frucht vor ihr … Aurora. Und vielleicht sprach sie auch so schnell, um nicht fragen zu müssen: Wer bist du? Wer bist du nur?

In jedem Fall verstummte sie, denn plötzlich hörten sie in der Ferne ein dumpfes Grollen, ähnlich dem eines aufziehenden Gewitters.

Mia hielt abrupt inne. »Was ist das? Hast du das auch gehört?«

Es wurde leiser, immer leiser, verklang endgültig – und ertönte plötzlich erneut. Diesmal klang es weniger wie ein Donner, sondern wie das Knurren eines ärgerlichen Hundes. Der Boden bebte, die steinernen Wände schienen zu wackeln. Stein und Sand regneten auf sie herab.

»Was immer es ist«, murmelte Aurora, »in jedem Fall sollten wir uns beeilen hinauszukommen.«

Immer noch fühlte sich ihr Kopf zu leer an, um die Ursache des Grollens zu ergründen. Doch als es ein drittes Mal zu hören war, hatte sie plötzlich ein Bild vor Augen, ein Bild von Schwertern … kämpfenden Nephilim …

von Blut … Toten: Sie waren enthauptet oder verblutet oder man hatte ihnen das Herz aus der Brust gerissen.

»Aurora, was hast du!«

Der Schrecken musste sich deutlich in ihrem Gesicht ausgebreitet haben. Das Bild verblasste. »Nichts … nichts … nur weiter.«

Bis jetzt hatte sie Mia den Vortritt überlassen, nun übernahm Aurora selbst die Führung und beschleunigte ihren Schritt. Sie konzentrierte sich auf den Weg vor sich, wurde blind für die eigenen Visionen, versuchte, nicht auf das Gewicht des Schwertes zu achten, das ihren Arm nach unten zog. Nur raus … raus …

Der Weg wurde schmaler und niedriger, führte eine Weile lang nach oben, dann wieder nach unten – nur leider nie ins Freie.

Einmal blieb Mia kurz stehen. »Und wenn wir in die falsche Richtung laufen?«, fragte sie verzweifelt. »Wenn wir immer tiefer in den Berg hineingehen statt hinaus?«

»Die Richtung stimmt«, gab Aurora knapp zurück, und nicht der geringste Zweifel war aus ihren Worten herauszuhören. Das Grollen schien etwas leiser zu werden, aber hielt doch an.

»Und wenn der Stollen zusammenbricht?«, fragte Mia nun ängstlich. »Wenn er nicht ausreichend gesichert ist?«

Und wieder antwortete Aurora knapp: »Es wird nichts passieren.«

Die Sicherheit, mit der sie antwortete, schien Mia Kraft zu geben – sie selbst fühlte vor allem bleierne Müdigkeit, und irgendwie war ihr diese Müdigkeit vertraut. Manchmal hatte sie sich in den letzten Jahren so gefühlt, hatte sich vorgestellt, dass etwas in ihr hockte, rumorte, ihre Energie förmlich auffraß. Sie konnte dieses Wesen zwar in Schach halten – aber zu dem Preis, dass sie sich oft auch nach vielen Stunden Schlaf noch immer ausgelaugt gefühlt hatte.

Trotz der Erschöpfung schaffte sie es, Schritt vor Schritt zu setzen. Während sie selbst den Blick nun starr zu Boden gerichtet hatte, ließ Mia mehrmals die Taschenlampe kreisen, um den Gang auszuleuchten, und rief plötzlich erleichtert: »Schau nur!«

In der Ferne verwob sich das Licht der Lampe mit einer Ahnung von Grau.

»Hier geht es raus!«, schrie Mia erleichtert, drängte an Aurora vorbei und begann zu rennen. Trotz der Müdigkeit hielt Aurora Schritt.

Aus dem Faden Grau wurde ein Lichtstreifen, und dieser schließlich immer breiter. Er floss durch die Ritzen einer alten, mit Eisen beschlagenen Holztür.

Ohne ihr Tempo zu drosseln, rannte Mia darauf zu, stieß mit ganzer Kraft dagegen – und prallte zurück. Ein Schmerzensschrei entfuhr ihr. »Was für ein Mist!«, rief sie aus, um gleich darauf an der Tür zu rütteln – vergebens.

Unaufgefordert machte Mia ihr Platz. Aurora ließ das Schwert fallen, schloss kurz die Augen, um die verbleibende Energie zu sammeln, schlug schließlich mit der Faust gegen die Tür. Das Holz knirschte, doch die Tür blieb verschlossen.

Aurora rieb sich die Hand, die zwar nicht schmerzte, sich aber taub anfühlte, hob dann das Schwert und bat Mia, noch weiter zurückzutreten.

Ein Ächzen entfuhr ihr, als sie das Schwert hob und es aufs Holz niedersausen ließ. Sie hatte keine Ahnung, ob die Waffe der Nephilim jemals zu etwas anderem genutzt worden war als zum Töten von Feinden … und Men-

schen. In jedem Fall war die Klinge schneidend scharf. Das Holz war zwar dick, aber morsch und barst sofort unter der Wucht des Schlages. Den Eisenbeschlägen konnte die Klinge zwar nichts anhaben, aber das war auch nicht notwendig, denn das Loch war groß genug, um hindurchzugreifen, die Klinke auf der anderen Seite zu erfassen und die Tür zu öffnen.

Mia hatte sich geduckt, nun aber war sie die Erste, die über die Schwelle trat und sich halb erstaunt, halb erleichtert umsah.

»Also gibt es doch noch eine der alten Sudhütten.«

Der Raum war düster, die Wände grau, die Decke aus Holz. Anstelle von Fenstern gab es nur winzige Luken, durch die sie nur mit Mühe würden hindurchklettern können, und das Licht, das von dort hereinfloss, war von einem schwachen Gelb, das wohl nicht von der Sonne, sondern von Straßenlaternen herrührte. Nur undeutlich sah man die Umrisse von riesigen Pfannen – mindestens zehn mal zehn Meter groß –, einer Feuerstelle, von Stühlen, Tischen und einem Kessel.

Wie Mia trat nun auch Aurora über die Schwelle. Eben noch hatte Erleichterung sie durchflutet, weil sie endlich dem Berg entkommen waren. Doch schon beim nächsten Schritt spannte sich ihr ganzer Körper an. Das Unbehagen traf sie noch kälter als die Woge frischer Nachtluft.

Gefahr … wieder lag Gefahr in der Luft … noch größer, noch unmittelbarer als die, die sie schon vorhin gefühlt hatte …

Ihre Hand begann zu zittern, ihre Beine zuckten unkontrolliert. Sie stieß einen Stuhl um, und das Krachen ließ sie zusammenfahren.

Vorhin hatte sie geglaubt, Nathans und auch Caspars Präsenz wahrzunehmen. Nun fühlte sie erneut, dass je-

mand in der Nähe war, doch es war unmöglich auszumachen, wer. Eine Macht ging von ihm aus, so stark, so absolut.

Mia war ihr Zittern entgangen.

»Los!«, rief sie. »Wir müssen hoch zu diesen Luken. Sie sind nicht groß, aber irgendwie müssen wir durchklettern. Beeil dich!«

Aurora blieb stocksteif stehen, ihr Herz schlug laut und schwer. Sie sah Mia auf eine der Luken zulaufen, wusste aber, dass es sinnlos war. Sie würden hier nicht hinauskommen, nicht unbemerkt. Langsam, ganz langsam stellten sich ihre Nackenhärchen auf, Kälte rieselte über ihren Rücken. Sie wusste – jemand stand hinter ihr, stand schon die ganze Zeit über dort und starrte sie an. Sie drehte sich um, nicht sicher, wer diese Regung bewirkte – ihr eigener Wille … oder seiner.

Auch Mia bemerkte nun diese Gestalt und erstarrte. Sie schrie auf, doch noch lauter als ihr Schrei war das Klirren des Schwertes, das Aurora entglitt.

Vor ihr stand ein Nephil, und anders als sie hielt er sein Schwert fest umklammert. Sie wusste: Er würde die Waffe ungleich fester und sicherer führen können als sie – er hatte es heute schon einmal getan: Die Klinge seines Schwertes war über und über mit dem blauen Blut der Nephilim beschmiert.

XI.

Ein Schrei hallte von allen Seiten wider. Erst nach einer Weile begriff ich, dass ich es war, die aufgeschrien hatte, nachdem ich diesen reglosen Menschen … dieses reglose Wesen gesehen hatte.

»Was … was …«, stammelte Lukas nicht minder verwirrt.

Beinahe war er über dieses dunkle, schwere Hindernis gestolpert …

Wer immer hier lag – er atmete nicht, keuchte nicht, stöhnte nicht.

Lukas' Hand zitterte, als er die Taschenlampe hob, sie auf den Toten richtete, ja, jetzt war ich mir sicher, dass dieses Wesen hier nicht nur ohnmächtig, sondern tot war. Er bückte sich, wollte den dunklen Mantel zurückziehen, um mehr zu sehen als nur die Hand.

»Nicht!«, stieß ich aus.

Nathan … der Tote könnte Nathan sein … von Saraqujal hierhergeschleppt und achtlos liegen gelassen. Zwar hatte diese schreckliche, blaubefleckte Hand keine Ähnlichkeit mit jener warmen, zärtlichen, die mich so oft gehalten und gestreichelt hatte – aber ich wusste schließlich nicht, was Caspar ihm alles angetan hatte. Unmöglich konnte ich den Anblick seines schmerzverzerrten, womöglich entstellten Gesichts ertragen!

Lukas ahnte, was in mir vorging. Er ließ seine Hand sinken, trat zu mir, strich beruhigend über meine Schultern.

»Lass mich nachsehen, wer es ist …«, beschwor er mich.

Meine Zähne klapperten, aber ich konnte kein zweites Mal widersprechen. Noch unerträglicher als Nathans Anblick war die Ungewissheit. Ich nickte schwach, und er beugte sich wieder über den Leichnam. Ich senkte zwar den Kopf, aber zwang mich, meine Augen offen zu halten.

Nathan … was haben sie nur mit dir gemacht?

Lukas hatte den Stoff ergriffen, zog ihn zurück; im Schein der Lampe war nun ein bleiches, ebenfalls mit blauem Blut verschmiertes Gesicht zu sehen …

Lukas schrie auf und ich auch – jedoch nicht vor Entsetzten, sondern vor Überraschung.

»Das … das ist nicht Nathan …«, stammelte er.

Es war widersinnig, mich darüber zu freuen. Nathan war schließlich tot, egal, ob wir seinen Leichnam gefunden hatten oder nicht; dennoch fiel dieser beklemmende Mantel aus Trauer und Furcht von mir ab. Auf wackeligen Knien trat ich zu Lukas.

»Wer ist es?«

Lukas antwortete nicht, sondern stand auf und gab den Blick auf den Leichnam frei. Ich erkannte, dass der Stoff, der das Gesicht bedeckt hatte, eine schwarze Kapuze gewesen war, in die der bodenlange Umhang überging. Die Augen des Toten waren starr und weit aufgerissen, wirkten weniger erschrocken, als vielmehr verwundert. Als ich das letzte Mal in dieses Gesicht gesehen hatte, war die Haut leicht gerunzelt gewesen, nun war sie unnatürlich aufgebläht, war glatt – und sehr bleich. Die Haare, weiß und dünn, standen wie Igelstacheln vom Kopf ab. Der Mund des Toten war wie zum Schrei geöffnet, die Zungenspitze trat leicht über die Lippen heraus; ein dünner Faden blauen Blutes zog sich über das Kinn.

Wie war es möglich, dass ausgerechnet … *er* tot war?

Vor meinen Füßen lag Samuel Orqual … Saraqujal.

»Warum …«, wollte ich sagen, doch aus meinem Mund kam nur ein Stammeln. Mein Erstaunen war so groß, dass ich nicht angewidert vor dem Toten zurückwich, sondern neben ihm auf die Knie ging, ihn weiterhin anstarrte, jedes grausige Detail registrierte: diese weiße Haut, die so wächsern wirkte, dieser starre Blick, das verkrustete, blaue Blut. Der Anblick war schrecklich – und doch wieder nicht. Denn es war nicht Nathan, der vor mir lag, sondern … sein schlimmster Feind.

Ich fuhr zu Lukas herum und erblickte auch in seinem Gesicht fassungsloses Erstaunen. »Was geht hier vor?«, murmelte er. »Dieser alte Mann hier … er war doch Anführer … von was auch immer …«

»Wer hat ihn nur getötet?«, konnte ich nur flüstern – und ahnte bereits die Antwort.

»Egal, wer es war«, erwiderte Lukas bestimmt. »Wir müssen fort von hier, Sophie!«

Mechanisch erhob ich mich – immer noch den Blick auf den Leichnam gerichtet. Trotz des Grauens stieg Befriedigung in mir auf.

Er ist gescheitert … es ist ihm gelungen, Nathan zu töten … aber danach musste er selbst sterben … durch Caspars Schwert … ja, ich war mir sicher, dass Caspar ihn ermordet hatte.

Lukas zog mich mit sich, und ich folgte ihm blind, ohne zu wissen, welchen Weg er nun nahm. So verworren dieses Labyrinth der unterirdischen Gänge war – meine Gedanken schienen immer klarer zu werden.

Ja, Caspar hatte Saraqujal getötet – was wiederum bedeutete, dass Caspar das Bergwerk doch nicht so unwissend betreten hatte. Vielleicht hatte er alles von Anfang an geplant, hatte von Saraqujals Plan erfahren, Nathan gefangen zu nehmen und ihn, Caspar, selbst den Mord ausführen zu lassen. Er hatte sich schwach gestellt, damit ich in diesem Vorhaben meine Rolle spielen und ihn hierherbringen konnte – doch in Wahrheit war er nur darauf aus gewesen, zwei Fliegen mit einer Klappe zu schlagen: nicht nur Nathan zu töten, sondern auch einen verhassten Alten der Wächter. Er hatte Lukas und mich im Verlies zurückgelassen, um Saraqujal in Sicherheit zu wiegen und ihn dann hinterrücks anzufallen, den Moment der Überraschung zu nutzen und das so blitzschnell, dass im Gesicht des Toten keine Furcht stand, nur Erstaunen.

Lukas beschleunigte seinen Schritt. Ich stolperte, fiel fast hin, aber er hielt nicht inne, zog mich nur weiter.

»Wir müssen hier raus!«, rief er wieder, und er, der bis jetzt doch so besonnen auf alle Gefahren reagiert hatte, klang erstmals panisch. »Das ist doch alles … vollkommen verrückt! Warum ist das Blut so blau? Warum ist er tot? Warum …«

Er brach ab und schloss die Augen, um seiner Panik Herr zu werden. Ich griff nach seiner Hand und drückte sie, obwohl meine eigene zitterte. »Wir … wir dürfen nicht durchdrehen!«, beschwor ich ihn.

Er öffnete die Augen, nickte. »Die Mädchen …«, murmelte er.

»Ja, die Mädchen. Wir müssen an sie denken! Alles andere zählt jetzt nicht.«

Mir wurde das Herz schwer, als ich an Aurora dachte … wo immer sie war … Caspar war gewiss schon auf dem Weg zu ihr …

Die Gänge schienen geradewegs ins Nichts zu führen. Das Echo unserer Schritte hallte von den Wänden wider, und dann, ganz ohne Vorwarnung, ein anderer Laut: ein durchdringendes Krachen. Ich duckte mich instinktiv, verlor Lukas' Hand, wurde im nächsten Augenblick von einer unsichtbaren Macht erfasst – einer Druckwelle, die stark genug war, mich auf den Boden zu reißen und mich um die eigene Achse zu rollen, bis ich endlich liegen blieb. Kleine Stein regneten auf mich herab.

Dann wieder ein Krachen, wieder eine Druckwelle. Ich zog die Beine an, um meinen Kopf zwischen den Knien zu schützen, und konnte doch nicht verhindern, dass ich gegen die Wand geschleudert wurde, mein Gesicht an einen der Holzpfosten schlug. Splitter bohrten sich in meine Hand.

Lukas!, wollte ich schreien, Lukas! Doch meine Stimme wurde von einem weiteren Krachen übertönt, und die Staubwolke, die sich jetzt gebildet hatte, war so dicht, dass ich ihn nicht mehr sehen konnte.

»Was war das?«

Ich wusste nicht, wie viel Zeit seit der dritten Explosion vergangen war. Reglos war ich an der Wand liegen geblieben, hatte mich auf nichts anderes konzentrieren können als auf den nächsten Atemzug. Bei jedem einzelnen hatte ich das Gefühl, dass eine schwarze Wolke in mich drang und sich klebrig wie eine Teerschicht über meine Lungen legte. Doch irgendwann hatte sich der Staub gelegt, und ich konnte wieder freier atmen und hochblicken. Ich sprang auf, hörte in meinen Ohren ein lautes Pfeifen. Als ich den Kopf schüttelte, wurde es nur noch stärker. Staub wirbelte aus meinen Haaren. Auch Lukas' Gesicht war von einer grauen Schicht überzogen.

»Sophie!« Erleichterung breitete sich auf seinem Gesicht aus. Doch im nächsten Augenblick war ein Knirschen neben mir zu hören. Die Taschenlampe fiel zu Boden, das Licht erlosch. Das Knirschen wurde immer lauter, und dann spürte ich schon, wie Lukas mich packte, mich zur Seite zog, mir zuletzt einen schmerzhaften Stoß versetzte.

»Lauf!«, schrie er.

Ich sah nicht einmal die Hand vor Augen, aber folgte seinem Befehl, setzte Schritt vor Schritt und wich gerade noch rechtzeitig einem einstürzenden Holzpfeiler aus. Eine weitere Staubwolke breitete sich aus, ließ mich husten, doch das bedrohliche Knirschen war endlich verstummt.

»Lukas?« Aus meinem Mund kam nur ein Krächzen. »Lukas!«

Wieder musste ich husten, meine Kehle schmerzte. Als ich mich wieder aufrichtete, leuchtete mir Lukas ins Gesicht. Er musste trotz des Chaos die Lampe wiedergefunden haben.

»Was geschieht hier nur?«, rief ich atemlos.

»Das … das war eine Sprengung.«

Ich starrte ihn verständnislos an.

»So etwas macht man hier eigentlich schon seit langem nicht mehr«, erklärte er, und an seiner leicht zitternden Stimme hörte ich, dass der Schreck ihm in allen

Gliedern saß. »Das sogenannte Kammerabbauverfahren ist eine Methode, um Salz zu gewinnen. Es werden Bohrlöcher gemacht, dann wird ein Material wie Ammoniumnitrat eingefüllt und dieses dann gesprengt. Das Haufwerk, das übrigbleibt, bringt man aus dem Berg, um später das Salz herauszulösen.«

Ich bereitete mich innerlich auf ein weiteres Knirschen und Krachen vor. Es blieb still, aber ich spürte, wie der Boden unter uns vibrierte. Rasch zog mich Lukas ein paar Schritte weiter, ehe er stehen blieb und auf einen Pfeiler deutete.

»Siehst du das? Diese Pfeiler stützen die Gänge – sie sind entweder aus Holz oder aus Salzgestein gemacht. Wenn man an ihnen ein Sprengladung anbringt, dann brechen sämtliche Kammern und Hohlräume ein. Das ganze Salzbergwerk könnte zum Einsturz kommen.«

»Und wir würden lebendig begraben werden«, schloss ich düster.

»Genau darauf scheint es jemand anzulegen. Die Explosion vorhin war viel zu stark. Normalerweise sprengt man nicht tiefer als ein, zwei Meter. Aber in diesem Fall ...«

Er schüttelte empört den Kopf, während ich ihn fassungslos anstarrte.

»Caspar!«, stieß ich aus.

Nun, da Saraqujal tot war, konnte nur er der Übeltäter sein. Doch so leicht es mir fiel, in ihm den Schuldigen zu sehen, so wenig begriff ich die Methode, die er wählte. Wenn er tatsächlich die ganze Zeit über bei Kräften gewesen und seine Lethargie nur Teil eines niederträchtigen Plans gewesen war, so konnte er diese Pfeiler doch mit der bloßen Hand einreißen. Und falls Aurora hier irgendwo noch gefangen war, würde er nie ihr Leben riskieren. Um mich zu töten, müsste er wiederum nicht das Bergwerk einstürzen lassen.

Während ich mir den Kopf über seine Motive zerbrach, wühlte Lukas in seinen Taschen.

»Was … was tust du denn da?«, fragte ich.

»Ich suche nur nach einem geeigneten Werkzeug. Ich muss irgendetwas tun, um die Stollen zu stützen und …«

Die letzten Worte gingen in einem weiteren Krachen unter. Diesmal war die Explosion nicht ganz so stark. Die Druckwelle warf mich nicht gegen die Wand. Dennoch ging ich instinktiv in die Hocke und barg meinen Kopf zwischen den Händen, bis es vorbei war. Ich hatte mich kaum erhoben, da zog Lukas mich schon weiter. Staub war mir in die Augen gerieselt. Sie brannten, doch als ich sie rieb, machte ich es nur schlimmer. Ich sah kaum mehr etwas, musste mich jetzt ganz auf Lukas verlassen.

In einem weiteren Hohlraum blieb er stehen und blickte sich prüfend um.

»Hier … hier kannst du bleiben!«, verkündete er, ehe er sich wieder an seiner Ausrüstung zu schaffen machte.

»Bleiben?«, rief ich entsetzt. »Aber wir müssen doch …«

»Wenn wir weiterhin wahllos durch die Gänge laufen, könnte einer über uns zusammenstürzen. Ich muss herausfinden, wo genau die Explosionen stattfinden und welcher Stollen am stärksten betroffen ist. Ich kann dich nicht mitnehmen, das wäre zu gefährlich für dich.«

»Du willst mich hier allein lassen?«

Lukas klopfte an die Wände. »Die Pfeiler hier sind nicht aus Holz oder Sandstein, sondern aus Stahl. Du bist hier sicher – viel sicherer als in den Gängen. Hier kann dir so schnell nichts zustoßen. Wenn es mir gelingt, die Sprengungen irgendwie zu beenden, dann kommen wir hier heil raus – und das kann ich nur tun, wenn ich weiß, dass du in Sicherheit bist. Ich weiß, ich verlange fast etwas Unmögliches von dir, wenn ich dich bitte, hier in der Finsternis auf mich zu warten! Aber du musst mir vertrauen!«

Ich blickte mich um, konnte aber immer noch nicht viel sehen. Es war ein dunkles, riesiges Loch, in das ich da geraten war.

»Warte hier auf mich und rühr dich nicht vom Fleck«, redete Lukas beschwörend auf mich ein. »Ich komme bald zurück …«

»Aber wenn du verschüttet wirst?«

Er schüttelte den Kopf. »Die Explosionen werden jede Menge Bergarbeiter anlocken. Wenn ich nicht zurückkomme, dann werden sie dich finden und ins Freie bringen.«

»Aber falls du Caspar begegnest … Lukas! Du kannst es unmöglich mit ihm aufnehmen!«

»Mit ihm vielleicht nicht. Aber gegen einen einstürzenden Stollen kann ich was ausrichten. Ich verstehe mein Handwerk. Du vertraust mir doch?«

Ich zwang mich zu nicken – überzeugt, dass ich Lukas ohnehin nicht würde aufhalten können.

Er hatte sich schon abgewandt und war einige Schritte gelaufen, als er sich plötzlich umdrehte, zu mir zurückstürzte, mich jäh an sich zog. Ich widersetzte mich seiner Umarmung nicht, gab mich kurz, ganz kurz dieser Wärme hin, die sein Körper verströmte, dieser Gewissheit, dass alles gut werden, er mich und die Mädchen hier rausbringen würde.

Als er sich von mir löste, ohne ein weiteres Wort ging und der Lichtschein immer schwächer wurde, schließlich ganz erlosch, fühlte ich mich umso verlassener. Ich ging erneut in die Hocke, barg wieder meinen Kopf in den Händen, diesmal nicht, um mich vor einer Staubwolke zu schützen, sondern vor dieser abgrundtiefen Schwärze um mich und in mir. Tausend unsichtbare Augen schienen mich zu beobachten, tausend bösartige Geister um mich zu schwirren.

Um mich nicht völlig von Trauer, Entsetzen, Angst, Panik einnehmen zu lassen, versuchte ich mich abzulenken. Mit den Fingern kämmte ich mir den Staub aus den Haaren, tastete dann meinen Körper ab, um zu fühlen, ob ich irgendwelche Verletzungen davongetragen hatte. Bis auf ein paar Kratzer und sicher auch blaue Flecken hatte ich die Explosionen heil überstanden.

Ich hatte mich eben aufgerichtet, als ich glaubte, jemanden neben mir atmen zu hören. Vielleicht war dieses Geräusch eine Sinnestäuschung – und dennoch war ich mir plötzlich ganz sicher: Ich war nicht mehr allein.

»Lukas?«, rief ich.

Nein, es konnte nicht Lukas sein. Der Schein der Lampe hätte ihn angekündigt. Um mich war es stockdunkel, als plötzlich und aus der Finsternis eine Hand nach mir griff.

Caspar von Kranichstein.

Vor ihr stand der alte Erzfeind mit den schwarzen Augen, der fahlen Haut, den glatt nach hinten gekämmten Haaren, in gleicher Weise elegant wie abstoßend, faszinierend wie furchterregend.

Bis eben hatte sie geglaubt, dass sie keine Erinnerungen an die damaligen Ereignisse gehabt hatte. Doch nun war Aurora sich sicher: Caspar von Kranichstein war immer irgendwie da gewesen, nicht in ihren Gedanken, aber in ihren Träumen. Den Blick aus seinen schwarzen Augen nachdenklich, sehnsuchtsvoll und gierig zugleich auf sich ruhen zu spüren war auf eine unangenehme Art erregend – und altvertraut. Es war, als würde sich dieser Blick in sie bohren, als würde sie das Schwarz seiner Augen einer Wolke gleich umhüllen, würde das Blau der eigenen Augen schlucken, bis sie farblos waren. Aber damit begnügte sich diese schwarze Wolke nicht, drang vielmehr in ihren Kopf ein und höhlte ihn aus. Ihr Herz, das eben noch so unruhig geschlagen hatte, schien sich zu verkrampfen – zu einem ebenfalls schwarzen Klumpen, leblos, kalt und starr wie sein Blick. Es schien ihr, als könne sie sich nie wieder rühren – und zugleich durchdrang doch ein seltsames Fieber jede Faser ihres Körpers.

Sie konnte sich nicht dagegen wehren. Sein Blick fraß sie auf, zwang sie in die Knie, begnügte sich jedoch nicht damit. Sie hatte das Gefühl zu fallen, immer tiefer zu fallen, in ein bodenloses Nichts, in dem sie sich aufzulösen schien. Wobei – irgendetwas musste übrig bleiben. Irgendetwas konnte noch denken: Ich überlebe es nicht. Nein, ich überlebe das nicht.

Doch da legte sich eine Hand auf sie, nicht Caspars Hand, wie sie zunächst meinte, sondern Mias. »Aurora, was hast du denn?«, fragte sie besorgt. Die Hand, die auf ihrer Schulter lag, war warm und weich.

Und da war sie sich sicher, dass sie nicht sterben musste. Sie dachte nur: Ich muss Mia beschützen.

Und etwas anderes fiel ihr ein: Sie war stärker als da-

mals. Viel stärker. Damals, als er ihr das erste Mal gegenübergestanden hatte, war sein Einfluss so groß gewesen, dass er nicht nur die Nephila in ihr erweckt hatte, sondern sie zu einer der Schlangensöhne hätte machen können. Heute war die Nephila in ihr bereits erwacht – und auch wenn sie bis zu ihrem 14. Geburtstag jederzeit die Seite würde wechseln können, wusste sie bereits jetzt ganz sicher, was sie sein wollte: Eine der Guten. Eine Wächterin. Eine Grigori.

Caspar löste sich aus seiner Starre und trat einen Schritt auf sie zu, sehr vorsichtig, fast lautlos, als wäre es verboten, in ihrer Gegenwart durchdringende Geräusche zu machen.

»Aurora«, sagte er. »Die Göttin der Morgenröte.«

Seine Stimme klang zischelnd und zugleich heiser, als fehlte ihr die letzte Kraft, als würde sich seine Kehle schmerzhaft zusammenziehen. Aurora schloss die Augen, und als sie diese wieder öffnete, hatte sie das Gefühl, das strahlende Blau hätte die schwarze Wolke ein wenig vertrieben. Eben noch hatte sie sich seinem Blick einfach nur ausgeliefert gefühlt – jetzt konnte sie ihn studieren, ihn deuten: Genugtuung stand darin, Spott, aber auch etwas anderes: Hingabe. So wie damals, auf dem Felsen, als Aurora Caspars und Nathans Kampf unterbrochen hatte, indem sie laut und deutlich seinen Namen gerufen hatte. Das tat sie jetzt wieder, einmal, zweimal.

»Caspar von Kranichstein.«

Sie hörte ihre eigene Stimme kaum, sie hörte nur Caras Stimme in ihrem Kopf.

Du musst keine Angst vor ihm haben. Du nicht.

Aurora wusste nicht, warum das so war, woher genau die Kräfte kamen, die heute in ihr erwacht waren, warum es diese Kräfte mit denen eines uralten Nephil aufnehmen konnten, sie wusste nur, das sie der Schwärze kein weiteres Mal erlauben würde, in sie zu dringen. Erschöpfung und Müdigkeit waren vergessen, ebenso das Gefühl, zu fallen, sich zu verkrampfen. Stattdessen spannte sich ihr Körper an, straffte sich, schien zu wachsen. Sie stellte sich auf die Zehenspitzen. Und als Caspar ihr noch näher kommen wollte, befahl sie kalt: »Keinen Schritt weiter.«

Hatte sie es laut gesagt oder es ihm nur in Gedanken befohlen?

In jedem Fall verzog sich sein Mund zu einem Lächeln. Seine Augen schienen größer zu werden, aus ihren Höhlen zu quellen. Wieder bohrte sich sein Blick förmlich in sie, doch diesmal war sie vorbereitet. Sie hob beide Hände, spreizte ihre Finger und hielt sie vor sich wie ein Schutzschild. Nein, er würde nicht an sie herankommen. Die Kräfte, die er hatte, die Macht, die er einst über sie ausgeübt hatte – sie würden nutzlos an diesem Schild abprallen. Seiner schwarzen Wolke setzte sie eine blaue entgegen. Für einen normalen Menschen waren diese Wolken unsichtbar, doch auch ein solcher musste das Knistern spüren, in dem sich die unerträgliche Spannung entlud. Rasch zog Mia die Hand von ihrer Schulter, als wäre es gefährlich oder schmerzhaft, sie zu berühren.

»Oho!«, stieß Caspar aus, und es klang gequält und trotzig zugleich. »Du hast dazugelernt.«

Aurora ließ ihre Hände wieder sinken und setzte nunmehr allein auf die Macht ihres Blicks. »Weiche von mir!«

Nicht nur die Stimme klang fremd und uralt – auch die Worte waren es. Nie hätte sie selbst solche gewählt, nun wiederholte sie sie immer wieder: »Weiche von mir!«

Und Caspar wich zurück, nein, es war eher, als würde

er zurückgeschleudert. Er fiel durch den halben Raum, prallte gegen die Wand, krümmte sich dann, als hätte ihn ein Schlag in die Magengrube getroffen.

Er fasste sich erstaunlich schnell, sprang auf, jetzt fast tänzelnd, lächelte wieder, nein, lachte. »Du kannst verhindern, dass ich dir zu nahe komme«, rief er. »Aber wenn du deine Mutter retten willst – solltest du das nicht tun.«

Da war keine Hingabe mehr – nur Wut. Und Spott.

Sobald er Sophie erwähnt hatte, sank sie von den Zehenspitzen zurück auf die Fersen. Die Kraft, deren sie sich eben noch so sicher gefühlt hatte, fiel von ihr ab. Beinahe wäre sie nach hinten gekippt, wenn Mia sie nicht gepackt hätte.

»Was … was hast du mit ihr gemacht?«, fragte Aurora. Dieses fremde, uralte Wesen in ihr, das heute erwacht war, mochte es vielleicht mit Caspar von Kranichstein aufnehmen. Aber es konnte nicht ihre Furcht bezwingen. Die Furcht um die Menschen, die sie liebte.

»Ich?«, fragte Caspar gespielt unschuldig. »Ich habe gar nichts gemacht!«

Wieder trat er auf sie zu, und diesmal unternahm sie nichts dagegen. Ihr Blick fiel auf seine Hände – die von blauem Nephilimblut ebenso besudelt waren wie sein Schwert. »Wen hast du getötet?«

»Ich?«, fragte Caspar wieder. Er blieb stehen, hielt nun freiwillig Distanz, doch seine Augen funkelten bösartig.

»Wenn du es mir nicht sagst, finde ich es auch selbst heraus!«

Er hob stolz den Kopf. »Nur zu!«, forderte er sie auf.

Ob diese Aufforderung nun ernst gemeint war oder nicht – Aurora zögerte. Sie wusste, dass es ihr irgendwie gelingen würde, in seinen Kopf einzudringen und seine

Gedanken zu lesen. Aber ob sie sie auch beeinflussen können würde, wusste sie nicht.

Allerdings – es musste klappen! Sie musste es wenigstens versuchen! Ihre Mutter … ihre Mutter war in Gefahr … schon die ganze Zeit über hatte sie das gespürt. Und jetzt stieg eine Vision in ihr auf – kurz, aber klar wie ein Blitz, von Schwertern, von noch mehr Blut, von Sophie, die verzweifelt schrie.

Dann sah und fühlte und hörte sie gar nichts mehr. Ganz leer wurde es in ihrem Kopf, als sie in seinem Blick versank, sich in diese Schwärze bohrte. Sie las nicht einfach nur seine Gedanken, sie konnte sie durch und durch fühlen. Caspars Gedanken waren schmerzhaft wie Peitschenhiebe. Und zugleich verwirrend.

Wieder sah sie Sophie, diesmal nicht schreiend, sondern vor Schreck erstarrt. Sah auch Lukas, Marian, Samuel Orqual, Nathan.

Nein, dachte sie, nein, das passt nicht zusammen! Er täuscht mich! Die Bilder machen keinen Sinn!

Ja, Samuel Orqual war in Wahrheit Saraqujal und Marian ein Nephilim-Kind wie sie. Das konnte sie noch verstehen, aber nicht das andere … nicht das andere …

»Das … das kann nicht sein.«

Caspar grinste schmal. Versuchte er womöglich, ihr Bilder vorzugaukeln, die nicht der Wirklichkeit entsprachen?

»Nein!«, diesmal rief sie es laut und zornig. »Nein, das kann nicht sein!«

Ihre Gedanken schienen gegen eine Mauer zu laufen, von dort zurückzuprallen. Wenn sie tatsächlich stärker war als Caspar – wie konnte es ihm dann gelingen, diese Lügen heraufzubeschwören?

Ehe sie endgültig an sich und ihren Kräften zweifelte,

ehe ihre Ohnmacht und Wut noch weiter wachsen, ehe noch weitere verwirrende Bilder in ihrem Kopf aufsteigen konnten, hörte sie eine Stimme. Caspar runzelte kaum merklich die Stirn, als er sie vernahm. Er fuhr herum, genauso wie Aurora sich nun umdrehte.

»Es ist keine Täuschung«, sagte die Stimme. »Genauso hat es sich zugetragen.«

Aurora weitete die Augen. Sie starrte auf die Gestalt, die zu ihr trat. Diesmal bereitete es ihr keine Anstrengung, irgendwelche Gedanken zu lesen. Sie erkannte die Wahrheit, die ganze Wahrheit, und sie zweifelte nicht länger daran.

Im ersten Schrecken wollte ich meine Hand zurückziehen, doch jene andere, die wie aus dem Nichts gekommen und nach mir gegriffen hatte, hielt mich unbeirrt fest. Sie wirkte nicht bedrohlich – war vielmehr warm, weich und klein. Eine Kinderhand. Die Hand von Marian. Dessen war ich mir plötzlich sicher, obwohl ich ihn nicht sehen oder hören konnte.

»Marian … Marian … was …«

In der Ferne war ein dumpfer Hall zu hören. Ungeduldig zerrte Marian an meiner Hand – er wollte mich offenbar von hier fortbringen.

»Nicht!«, wehrte ich mich. »Ich muss hier warten – auf Lukas!«

Obwohl er nichts sagte und es weiterhin stockdunkel war, glaubte ich den Ausdruck von Verzweiflung auf seinem Gesicht spüren zu können. Wieder zog er an meiner Hand, diesmal etwas vorsichtiger, halbherziger. Als Nephilim-Kind verfügte er im Ernstfall doch über größere Kräfte, oder nicht? Könnte er sie nutzen, um mich gewaltsam von hier fortzubringen?

Ob er es nun nicht konnte oder nicht wollte – er zögerte.

»Wir warten auf Lukas«, wiederholte ich.

Ich versuchte nach ihm zu greifen, ihm über den Kopf zu streicheln. Zuerst verfehlte ich ihn, griff ins Leere. Dann spürte ich seine bebenden Schultern, schließlich einen Kopf, den er mit Inbrunst schüttelte. Wieder konnte ich seine Verzweiflung fast körperlich spüren, sie schien auf mich überzugehen, mir den Atem zu rauben. Wusste er, dass sein Großvater tot war?

Ich brachte es nicht über mich, ihn zu fragen, beugte mich stattdessen zu ihm hinunter und umarmte ihn. Ich fühlte, wie über seine Wangen heiße Tränen liefen. Kurz kam mir in den Sinn, dass Marian womöglich gefährlich sein könnte, ein Verbündeter von Saraqujal. Doch für mich war und blieb er vor allem ein Kind. Dass er auch ein Nephilim-Kind war, machte keinen Unterschied – höchstens den, dass er mich an meine kleine Aurora erinnerte und ich mich umso mehr verantwortlich für ihn fühlte.

So hätte sich auch Aurora entwickeln können, wenn ihre Verwandlung durch den Unfall nicht schlagartig gestoppt worden wäre, ging es mir durch den Kopf – zu einem zwar besonderen Kind, aber auch einem einsamen, einem mit vielen Talenten, aber auch einem, das von allen anderen ausgeschlossen war, weil es stets das Geheimnis seiner Existenz hüten musste.

Nach einer Weile löste sich Marian aus meinem Griff, und aus seinem Mund kam ein erstickter Laut, vielleicht ein Schluchzen, vielleicht war es aber auch der missglückte Versuch zu sprechen.

Wieder packte er mich an der Hand und zog energisch daran.

»Ich muss doch warten …«

Ich sah es nicht und war mir doch sicher, dass er vehement den Kopf schüttelte.

»Nein, Marian, nein! Ich kann doch nicht!«

Er hielt mich unerbittlich fest, zerrte an mir. So schüchtern wie er ansonsten war, bedeutete das sicher eine große Überwindung für ihn. Es musste ihm sehr wichtig sein.

Ich zögerte noch, machte dann aber einen ersten, vorsichtigen Schritt in seine Richtung. Lukas würde vielleicht nicht verstehen, warum ich Marian vertraute, umso mehr aber, dass ich mir keine Chance entgehen lassen konnte, die Mädchen zu finden.

Marian legte nun meine Hand auf seine Schulter, offenbar ein Zeichen, dass ich mich daran festhalten sollte. Ich fühlte, dass er eine Strickweste anhatte, staubig wie meine eigene Kleidung. Mir kam ein Einfall.

»Ich komme mit dir«, sagte ich, »aber wir müssen Lukas ein Zeichen geben, wohin wir gehen.«

Wieder entwand sich seiner Kehle ein eigentümlicher Laut. Diesmal war ich mir sicher, dass es kein Schluchzen war, es klang eher wie ein einzelner Ton. Ja, er konnte nicht reden, aber er konnte Töne summen – so wie er damals am Klavier die Tonleitern gespielt hatte, um mich zu waren. GEH!, war damals seine Botschaft gewesen. Jetzt erklang ein A.

»Du weißt, wo Aurora ist, ja? Du führst mich zu ihr!«

Als Antwort verstärkte er das Summen. Ja, das war eindeutig ein A. Jetzt konnte es mir gar nicht schnell genug gehen, ihm zu folgen, aber ich gab meiner Hast nicht nach, sondern brachte ihn dazu, seine Strickjacke auszuziehen. Er überließ sie mir willig und hielt mich nicht davon ab, als ich einen Faden herausriss und das Gestrick aufzutrennen begann. Vielleicht würde er reißen, vielleicht war er nicht lange genug. Dennoch: Es war meine einzige Möglichkeit, Lukas einen Hinweis darauf zu geben, in welche Richtung ich gegangen war. Ich klemmte den Anfang des Fadens unter mehreren Steinen fest, dann legte ich wieder meine Hand auf Marians Schultern, um ihm anzudeuten, dass wir nun gehen konnten.

Trotz der Dunkelheit schien er sich mühelos zurechtzufinden. Zielstrebig führte er mich in eine bestimmte Richtung, ohne dass er sich an den Wänden der engen Gänge stieß. Manchmal blieb er stehen – ein Zeichen, wie ich bald herausfand, dass ich den Kopf senken sollte. Sein Sehsinn war ungeheuer geschärft – was vielleicht an seinem Nephilim-Erbe liegen mochte, vielleicht aber auch an der Tatsache, dass er stumm war und die anderen Sinne den fehlenden stets ersetzt hatten. Caspar hatte sich schließlich trotz seiner Fähigkeiten nicht in der Finsternis zurechtfinden können – was womöglich, wie mir nun in den Sinn kam, ein Trick gewesen sein konnte, um mich in Sicherheit zu wiegen.

Caspar ... verfluchter Caspar ...

Immer noch war aus der Ferne ein Krachen zu hören und auch das Vibrieren des Bodens ließ nicht nach, doch wir liefen immer weiter davon weg als darauf zu.

Hoffentlich ging es Lukas gut, bat ich im Stillen. Hoffentlich kann er das Schlimmste verhindern ...

Marian beschleunigte seinen Schritt, begann nun zu rennen. Da es mir nicht schnell genug gehen konnte, folgte ich ihm trotz meiner schmerzenden Glieder. Die Dunkelheit schien nicht mehr ganz so tiefschwarz zu sein. Ich glaubte, Konturen zu erkennen, hörte jetzt das

Rauschen von Wasser. Vielleicht kamen wir an Rohren vorbei, die die Sole aus dem Berg pumpten, vielleicht an einem unterirdischen Salzsee.

Trotz des Tempos hörte ich nicht auf, die Strickjacke aufzutrennen, damit Lukas später den Weg finden konnte. Einmal riss der Faden, und ich musste stehen bleiben, um die gerissenen Enden neu zu verknoten. Obwohl es noch zu finster war, spürte ich Marians Blick, mahnend und ungeduldig zugleich. Vorhin, als ich ihm endlich gefolgt war, war er verstummt, nun begann er wieder den Ton zu summen. Das A, immer nur das A.

Drängte er mich zur Eile, weil Aurora in höchster Gefahr war?

Meine Hände zitterten, doch dann hatte ich endlich den Knoten geschlungen und nickte in Marians Richtung, um ihm anzudeuten, dass es weitergehen konnte. Und wieder liefen wir, liefen durch Gänge und Kammern, liefen schließlich einer Lichtquelle entgegen; aus dem Schwarz wurde ein Grau, und aus dem Grau ein blasses Gelb. Die Strickjacke von Marian war nun vollständig aufgetrennt, doch ab hier konnte Lukas dem Licht folgen. Ich band das Ende des Fadens um einen Holzpfosten und konnte nun sehen, dass Marian die Stirn runzelte. Er schien mir außergewöhnlich blass zu sein – aber das lag möglicherweise auch an der dünnen Staubschicht auf seinem Gesicht.

Wieder erklang der Ton aus seinem Mund.

»Wenn ich nur wüsste, was du mir sagen willst …«

Sein Summen brach ob, offenbar sah er ein, dass es keinen Sinn hatte, mir diese geheimnisvolle Botschaft wieder und wieder mitzuteilen. Er nahm mich erneut an der Hand, zog mich weiter. Das Licht wurde greller.

War es künstliches Licht oder Tageslicht? Nein, Letzteres konnte es nicht sein: Wenn mein Zeitgefühl nicht vollends trog, war es mitten in der Nacht. Dennoch war ich mir sicher, dass dort hinten ein Ausgang wartete, wir endlich das Innere des Berges verlassen würden. Und noch ein anderes Gefühl wurde übermächtig. Aurora ... ich wusste, dass Aurora in der Nähe war ... ich fühlte es ...

Es ging nun bergauf. Eine Stufe folgte auf die nächste. Sie waren unterschiedlich hoch und glitschig. Ich musste achtgeben, nicht auszurutschen, und merkte darum erst, dass wir eine Tür erreicht hatten, als wir unmittelbar davor stehen blieben. Marian stieß sie auf.

Das Erste, was mir in dem Raum auffiel, waren riesige und zugleich völlig veraltete Kessel.

»Wo sind wir hier?«

Das Licht schmerzte in meinen Augen. Sie brannten so, als ob ich stundenlang geweint hätte. Ich kniff die Augen zusammen, blickte mich dann aufgeregt um. So grell mir das Licht nach der langen Finsternis erschienen war – es war doch zu schwach, um hinter den überdimensionalen Kesseln und Pfannen etwas auszumachen.

»Wo ist sie?«, rief ich verzweifelt.

Marian starrte mich eindringlich an, summte ein A, schon wieder ein A.

»Ja!«, sagte ich. »Aurora! Wo ist sie?«

Er schüttelte den Kopf. Es wirkte verlegen – und mitleidig.

»Aber du hast mich doch zu Aurora geführt? Deswegen summst du das A, nicht wahr?«

Der Ton verstummte, er schüttelte wieder den Kopf.

»Ach, Marian, was willst du mir sagen? Hat dein Summen etwa nichts mit Aurora zu tun?«

Diesmal nickte er. »Aber was …«

Ich verstummte, zuckte zusammen, Marian auch – denn in diesem Augenblick hörten wir die Schritte, weiche, leichte Schritte. Ich glaubte, mir würde der Atem aussetzen – vor lauter Erleichterung.

»Mama!«

Mir entging der panische Ton in ihrer Stimme. Das Einzige, was zählte, war, dass sie hier war, dass ich sie endlich gefunden hatte … Aurora … meine Tochter … hinter der nun auch Mia hervortrat, kalkweiß im Gesicht und mit verweinten Augen … aber auch das zählte nicht … das Einzige, was zählte, war, dass sie lebten und dass wir endlich wieder vereint waren.

Ich konnte nichts sagen, konnte Aurora nur an mich ziehen, ihr immer wieder übers Haar streicheln, über ihr Gesicht, ihre Schultern, wollte mich nur vergewissern, dass sie nicht verletzt war. Tränen stiegen mir in die Augen. Bevor sie mir über die Wangen laufen konnten, löste sich Aurora sanft, aber entschieden von mir.

»Endlich bist du da, Mama …«

»Alles wird gut«, murmelte ich, »jetzt wird alles gut.«

»Weißt du, was passiert ist?«

Die Frage beunruhigte mich. Hatte sie bereits erfahren, was Nathan zugestoßen war? Dass er …? Nein, ich konnte es nicht einmal denken. Und Saraqujal – wusste sie schon, dass er nicht einfach nur Marians kranker Großvater gewesen war? Und Caspar, der mich getäuscht hatte, der …

Doch auch daran wollte ich nicht denken, wollte sie

nur immer wieder umarmen. Wieder löste sie sich nach einer Weile aus meiner Umarmung, blickte mir ins Gesicht – und gab auch mir die Möglichkeit, sie genau zu betrachten. Vorhin war es mir nicht aufgefallen, es hatte nur gezählt, dass sie und Mia am Leben waren und es ihnen gutging – doch nun stellte ich fest, wie sehr sie sich in der kurzen Zeit verändert hatte, wenn ich auch nicht genau sagen konnte, auf welche Weise. Da war etwas Fremdes, Unbezähmbares, Geheimnisvolles an ihr. Sie wirkte erschöpft, aber zugleich so hellwach und konzentriert wie in Trance. Eine gewaltige Kraft ging von ihrem Körper aus und ging auf mich über, belebend und zugleich fast schmerzhaft. Am meisten verstörten mich ihre Augen, ihre blauen Augen …

Ich wusste, dass die Nephila wieder in ihr erwacht war, ich hatte insgeheim erwartet, dass mir mein Kind fremd sein könnte, aber nichts hatte mich auf diesen Anblick vorbereitet, auf dieses Strahlen.

Mir stockte der Atem, während hinter mir ein erstickter Laut ertönte. Ich war nicht die Einzige gewesen, die das Leuchten dieser blauen Augen wahrgenommen hatte. Als ich herumfuhr, sah ich, wie Marians Blick starr auf Aurora gerichtet war und wie seine Züge sich binnen weniger Sekunden veränderten. Eben noch hatte er verzweifelt und hilflos gewirkt, hatte immer wieder diesen Ton gesummt, ohne sich verständlich machen zu können. Nun war alles Kindliche, Verwirrte, Ängstliche von ihm abgefallen. Voller Faszination und zugleich voller Hingabe blickte er auf Aurora, kam langsam näher, mit Sehnsucht und Hoffnung, dass das blaue Licht ihn ganz und gar durchdringen, ihn wärmen konnte. Etwas Machtvolles, Befehlendes ging von ihrem Blick aus – und Marian fügte sich dem ohne Widerstand, beruhigt und zugleich tief aufgewühlt.

»Hast du es ihr gesagt?«, fragte Aurora. Nicht nur ihre Züge hatten sich verändert, auch ihre Stimme. Das war nicht die Stimme meiner Tochter, sondern eine viel tiefere, viel ruhigere, ältere.

»Aurora …«, brachte ich fassungslos hervor.

Sie achtete nicht auf mich, sondern sah weiter Marian an, der nun ganz nahe an uns herangetreten war und seinen Blick senkte, als wäre er zu schwach, ihrem noch einen Augenblick länger standzuhalten.

»Was soll er mir gesagt haben?«, fragte ich.

Ehe Aurora sich mir wieder zuwandte, schluchzte Mia hinter uns auf. Ich ging zu ihr, wollte auch sie umarmen – so verstört wie sie schien.

»Es wird alles gut«, sagte ich. »Dein Vater … dein Vater wird bald zu uns stoßen. Ich bin sicher …«

Meine Worte gingen in Mias lautem Weinen unter. Sie versteifte sich unter meiner Umarmung, entwand sich mir, schlug ihre Hände vors Gesicht. Ich war zwar irritiert, dass sie sich gegen mich wehrte, aber dachte mir, dass es gleichermaßen Schock und Erleichterung waren, die sich nun Bahn brachen.

»Ganz ruhig, Mia, ganz ruhig«, murmelte ich beschwichtigend.

Ehe sie antworten und ich noch mehr sagen konnte, ehe ich begriff, wohin wir überhaupt geraten waren und wie wir am besten fliehen konnten, ehe ich deuten konnte, was zwischen Aurora und Marian vor sich ging, ließ mich ein Geräusch innehalten. Aus den Augenwinkeln nahm ich eine schwarze Gestalt wahr. Mia zuckte zusammen, presste sich an die Wand. Ich fuhr herum.

»Du … !«, rief ich – entsetzt und wütend zugleich, voller Furcht, aber auch voller Hass.

Caspar von Kranichstein stand hinter mir.

Obwohl ich ihn nur flüchtig musterte, erkannte ich sofort, wie sehr er sich in den letzten Stunden verändert hatte. Von dieser Trägheit, dieser vermeintlichen Gleichgültigkeit war nichts geblieben. Mit dem Caspar von früher hatte er jedoch ebenso wenig gemein. Dieser hatte stets so elegant, so selbstbeherrscht, so steif gewirkt, während nun etwas Nervöses, Gehetztes, tief Beunruhigtes in seinen Zügen lag. Seine Haare standen wirr von seinem Kopf ab, sein Blick flackerte, seine Lippen waren aufeinandergepresst, seine Hände schienen zu zittern. Ja, er war angespannt – er war ängstlich!

Doch das war nichts, was meinen Hass auf ihn verminderte.

»Du Scheusal!«, entfuhr es mir. Er achtete gar nicht auf mich, sein Blick war vielmehr starr auf Aurora gerichtet. Sie betrachtete ihn ihrerseits – und kurz glaubte ich wieder jene Macht wahrzunehmen, mit der sie Marian beruhigt und ihn dazu gebracht hatte, den Kopf zu senken. Doch ich nahm mir nicht die Zeit, zu ergründen, was da genau zwischen ihr und Caspar vor sich ging.

Ich sprang nach vorne und stellte mich vor Aurora – folgte blind dem Instinkt, mein Kind zu schützen, so sinnlos dieses Trachten angesichts meiner begrenzten Mittel auch sein würde.

»Sophie, es ist keine Zeit …«, setzte Caspar an und wurde jäh von Aurora unterbrochen: »Sie weiß es noch nicht!«

Ganz offensichtlich sprach sie von mir, aber anstatt

zu fragen, was ich noch nicht wusste, schob ich mich nur weiter vor sie. Ich glaubte zu fühlen, wie sich ihre blauen Augen förmlich in meinen Rücken brannten.

»Wir können es jetzt nicht erklären, wir müssen …« Caspars Stimme war nicht einfach nur blechern wie sonst, sondern so heiser, als hätte er eine große Anstrengung hinter sich. »Sophie …«, erstmals löste er seinen Blick von Aurora und sah mich an, »Saraqujals Plan ging viel weiter, als wir dachten«, erklärte er hastig. »Es ging ihm gar nicht um Nathan und seinen Ausschluss aus dem Rat. Nicht nur, zumindest.«

Allein Nathans Namen aus seinem Mund hören zu müssen tat mir körperlich weh.

»Ich habe mich geirrt«, setzte Caspar hinzu. »Saraqujal gehörte nicht zu jenen, die die Nephilim zu Gehorsam erziehen wollen. Das habe ich zunächst zwar gedacht, warum sonst sollte er sich so über Nathan ärgern. Aber nein, stattdessen ist er für den Krieg verantwortlich. Begreifst du, was das bedeutet?«

Nein, ich begriff es nicht – begriff nur, dass er näher kam, immer näher kam, nun seine Hand ausstreckte. »Wir haben nicht mehr viel Zeit«, sagte er. »Wir sind in Gefahr.« Blaue Ringe – sichtbare Zeichen der Erschöpfung – waren unter seinen Augen. Er stand so dicht vor mir, dass ich die Kälte fühlen konnte, die von ihm ausging. Dennoch wich ich keinen Schritt zurück, versteifte mich, wappnete mich instinktiv dagegen, dass er mich durch den Raum stoßen würde wie vorhin in Nathans Gefängnis.

»Lass sie in Ruhe!«, presste ich hervor. »Lass meine Tochter in Ruhe! Ich habe dich durchschaut! Von Anfang an ging es dir darum, nicht wahr? Sie mir zu stehlen! Sie zu deinem Kind zu machen! Mich hast du damals verloren – aber sie … sie wolltest du einfach nicht aufgeben.«

Ich hob meine Hände, um sie vollends vor seinem Blick zu schützen, doch da trat Aurora hinter mir hervor und nickte ihm zu – alles andere als ängstlich oder hasserfüllt, sondern verständig.

»Wir sollten wirklich nicht hierbleiben!«, sagte sie. »Jetzt können wir noch fliehen, aber später …«

Kurz war ich so verblüfft, dass ich einfach nur starr stehen blieb. Mia schluchzte noch heftiger, Marian begann wieder zu zittern – und Aurora folgte Caspar offenbar bereitwillig.

Ein wütender Aufschrei entrang sich meiner Kehle. »Lass sie in Ruhe!«, schrie ich erneut, stürzte auf Caspar zu und bekam den schwarzen Mantel zu fassen. Verwundert sah er mich an, während ich ungestüm an seinem Mantel riss. Er ließ es tatenlos über sich ergehen. Aurora hingegen packte mich plötzlich mit unglaublicher Kraft am Handgelenk.

»Lass ihn!«, befahl Aurora mit dieser Stimme, die so fremd war wie ihre ungewohnte Stärke. »Er steht doch auf unserer Seite!«

Ihre Worte beschwichtigten mich keinesfalls – im Gegenteil. »Was hast du nur mit ihr getan?«, rief ich.

Denn das war es, was mir als Erstes durch den Sinn ging: dass er die gleiche Macht über sie gewonnen hatte wie damals, als er ihr Nephilim-Erbe erweckt hatte und sie ihm – vor Nathans und Caras Eingreifen – schutzlos ausgeliefert gewesen war. Ja, so musste es sein! Das erklärte auch ihre Kraft, ihren strahlenden Blick! Er hatte irgendetwas getan, um sie sich zu unterwerfen, um sie zu einer willigen Dienerin zu machen, zu einer ferngesteuerten Marionette – und wenn ich auch nicht genau wusste, wie er das erreicht hatte, so war ich mir einer Sache gewiss: Sie konnte sich nicht gegen ihn wehren. Aber ich konnte mich wehren, konnte es zumindest versuchen.

»Du kriegst sie nicht!«, schrie ich und zerrte wie verrückt an seinem Mantel. »Sie ist Nathans Kind, nicht deines!«

»Mama, er ist doch …«

»Sophie, es ist jetzt wirklich nicht die Zeit …«

Wir redeten alle wild durcheinander, und schließlich wollte sich Caspar doch gegen meinen Angriff wehren. Aurora hingegen hob beschwichtigend die Hand, um ihn zurückzuhalten. Und dann stürzte Mia auf uns zu und rief weinend: »Es tut mir so leid, Aurora, es tut mir so leid.«

Ich verstand nicht, was sie meinte, verstand auch nicht, was die Stimme von uns wollte, die Stimme, die da plötzlich rief: »Los! Sehen wir zu, dass wir von hier fortkommen!«

Nein, ich begriff nicht, was das alles bedeutete – aber die Stimme war vertraut, so tief vertraut, genauso wie das Gesicht, wie der Körper.

Er kam vom Bergwerk her, auf jenem Weg, den ich eben mit Marian genommen hatte. In seiner Hand hielt er ein Schwert, das ebenfalls mit blauem Nephilim-Blut besudelt war, so wie vorhin die Ketten – die Ketten, die ihn gefangen gehalten hatten. Ich hatte geglaubt, es wäre sein Blut gewesen. Doch das war es nicht. Er war nicht tot, er stand lebendig vor mir. Und sagte wieder und wieder: »Lasst uns von hier verschwinden.«

Nathan.

Mein Nathan.

XII.

Die Welt schrumpfte. Da war kein Caspar mehr, keine Aurora, keine Mia, kein Marian. Da waren nur noch Nathan und ich. Bis jetzt war es mir irgendwie gelungen, den unermesslichen Schmerz um ihn in Zaum zu halten, mich nicht völlig der Trauer hinzugeben, zumindest nicht, solange Aurora in Gefahr war.

Ich schluchzte auf. Nathan wiederzusehen machte mir erst begreiflich, was es bedeutet hätte, ohne ihn leben zu müssen. Nie wieder in seinen blauen Augen zu versinken. Nie mehr zu hören, wie er meinen Namen flüsterte. Nie mehr ihm entgegenstürzen, ihn zu umarmen, mich in seine Arme fallen zu lassen. Er hielt weiterhin das Schwert in der einen Hand, aber mit der anderen strich er über meinen Rücken und presste mich an sich. Ich umschlang seinen Nacken, zog sein Gesicht zu meinem, suchte seine Lippen und küsste ihn, so hungrig und sehnsüchtig, wie ich ihn noch nie geküsst hatte. Die Wärme, die durch meine Adern floss, war mir vertraut, das Beben, die Hingabe, die Liebe. Doch noch etwas anderes kam hinzu: das Gefühl, wieder heil zu werden, wieder ganz zu sein. Sämtliche Wunden, ob nun die sichtbaren oder unsichtbaren, schienen sich zu schließen.

Bis jetzt hatte ich mich auf den Beinen gehalten, irgendwie weitergemacht, irgendwie weitergehen können. Jetzt versagten mir die Knie. Ich löste meine Lippen von seinen, presste meinen Kopf an seine Brust, fühlte, wie sein Herz schlug. Er ist nicht tot … nicht tot, ging es mir im gleichen Takt durch den Kopf.

Manchmal in den letzten Jahren hatte ich Scheu vor seinem Körper empfunden, nicht nur, weil ich mir immer im Klaren gewesen war, dass dieser nicht der eines Menschen war, sondern weil er sich selbst seiner außergewöhnlichen Stärke und Schönheit zu schämen schien, beides lieber verbarg, anstatt es stolz zur Schau zu stellen – und ich auf dieses Spiel einging, indem ich nur den Mann sehen wollte, den Nephil zu ignorieren vorgab. Doch jetzt zählte nicht, ob er Mann oder Nephil war, unsterblich oder nicht – jetzt zählte, dass er wieder bei mir war, dass ich ihn berühren konnte, mit ihm verschmelzen, ohne Zaudern, ohne Schranken.

»Nathan, o Nathan, ich dachte …« Ich hielt inne. Genau betrachtet hatte ich eben nicht gedacht. Sondern hatte nur gefühlt. Zuerst die Trauer und Verzweiflung, nun seine Nähe, seine Liebe. Verspätet schaltete sich jetzt mein Verstand ein und drängte mich, jene Frage zu stellen, die meine Freude, ihn lebend zu treffen, vorerst zum Verstummen gebracht hatte.

»Lukas sagte doch, dass Saraqujal dich getötet habe!«

Nathan schob mich von sich, um mir zu antworten. Ehe er etwas sagen konnte, ertönte ein Geräusch hinter uns: ein Lachen – oder eher ein Knurren. Ich zuckte zusammen. Kurz hatte ich die übrige Welt vergessen, kurz hatte sich der Augenblick von aller Zeit gelöst. Jetzt landete ich wieder in der Wirklichkeit. Als ich herumfuhr, war Caspars Blick auf uns gerichtet. Seine schwarzen Augen schienen sich wie giftige Pfeile in mich zu bohren. Bitterkeit ging von ihm auf mich über, einem klebrigen Nebel gleich, der mir erst das Atmen schwermachte, dann einen galligen Geschmack in meinem Mund hinterließ. Und da war noch etwas anderes neben dieser Bitterkeit – ein Schmerz, der so viel älter war als dieser Augenblick.

Die Spinnenhände zitterten leicht.

»Könnt ihr euer Liebesglück vielleicht später zelebrieren?«, fragte er. Er spuckte jedes Wort förmlich aus, aber als er hinzufügte, dass uns wohl nicht mehr viel Zeit bliebe, lag weniger Verachtung als vielmehr Panik in seiner Stimme. Mit dieser schien er auch Aurora anzustecken. Sie legte ihren Kopf leicht schief, lauschte angestrengt. Ihr ganzer Körper spannte sich an, schien größer zu werden und zugleich schmaler. Währenddessen weinte Mia verzweifelt, und Marian hielt die Arme um seinen Körper verschränkt, als könne er sich auf diese Weise klein machen und sich irgendwie verstecken.

Ich blickte von Nathan zu Caspar und wieder zu ihm zurück. Nathan trug ein Schwert – und auch unter Caspars Mantel wölbte sich eine Waffe, dennoch kämpften sie nicht gegeneinander. Warum nicht?

Obwohl ich die Frage nicht laut stellte, antwortete Aurora mir prompt – mit jener alten, wissenden Stimme: »Sie haben sich verbündet … sie mussten es tun.«

Aus Caspars Mund kam wieder dieses knurrende Lachen – in Nathans Gesicht breitete sich Widerwille aus, aber auch grimmige Entschlossenheit.

»Ihr habt Saraqujal gemeinsam getötet?«, ging mir die Wahrheit auf. Marian zuckte, aber er gab keinen Ton mehr von sich, nicht einmal mehr dieses Summen.

»Ich lass mich doch nicht zum Lakaien eines Wächters machen!«, stieß Caspar aus und straffte stolz seine Schultern. Trotz aller Panik, trotz dieser Bedrohung, die in der Luft lag und von der ich nicht wusste, wovon sie ausging – wollte er offenbar nicht versäumen, das eindringlich zu beteuern.

»Saraqujal wollte, dass du Nathan tötest, damit er sich die Hände nicht selber schmutzig macht«, setzte ich an, »aber warum hast du nicht …«

»Saraqujal ging es in Wahrheit um mehr, um so viel mehr«, schaltete sich Nathan ein. »Ja, er wollte meinen Tod – aber wenn es ihm nur darum gegangen wäre, hätte er nie diesen finsteren Plan ausgeheckt. Tatsächlich wollte er den Krieg.«

Unscharf erinnerte ich mich daran, was Caspar eben gesagt hatte. Dass wir uns geirrt hätten – und Saraqujal, anders als ursprünglich angenommen, nicht dafür verantwortlich war, die Nephilim zu lenken und zu leiten, sondern den Krieg zu führen.

»Er hatte geplant, nicht nur mich, sondern auch Caspar zu töten«, fuhr Nathan fort, »um diesen Krieg mit allen Kräften neu anzuheizen. Er hat alle Schlangensöhne und Wächter aus der Umgebung hierhergelockt, um ihnen unsere Leichname zu präsentieren – und von ihnen zu fordern, für uns Rache zu nehmen.« Er schüttelte den Kopf. »Ich habe diesen Plan erst durchschaut, als es schon zu spät war«, schloss er.

»Weil ihr Wächter Dummköpfe seid!«, höhnte Caspar. »Du hast dich ihm ausgeliefert, damit er Sophie und Aurora in Ruhe lässt. Pah! Welche Narrheit! Ha, als ob er sich damit zufriedengegeben hätte, dich in Ketten zu legen und abschlachten zu lassen!«

Nathan funkelte ihn wütend an. »Du hast dich auch von ihm locken lassen.«

»Nein«, wehrte Caspar entschieden ab, »nicht von ihm, sondern von Sophie. Das kannst du mir wohl kaum verübeln.« Ich hatte mich etwas von Nathan gelöst, als Caspar auf uns zukam. Ich spürte die Feindseligkeit zwischen den beiden wie eine grelle Flamme auflodern.

Nathans Kiefer waren aufeinandergepresst, Caspar hingegen lachte kreischend auf.

»Hört auf!«, schaltete sich Aurora ein. »Sie ... sie kommen doch bald!«

Caspars Gelächter verstummte, Nathans Gesicht war nicht mehr hasserfüllt, sondern beunruhigt. Kurz verstand ich nicht, was Aurora meinte, doch als sie wiederholte: »Ja ... bald sind sie hier ...«, wusste ich, dass sie die anderen Nephilim meinte ... Wächter wie Schlangensöhne ... von Saraqujal hierhergelockt, damit sich am Tod einer der Ihren ihr ganzer Hass auf den Feind entzünde. Doch Saraqujal war tot, und Caspar und Nathan lebten noch. Wie würden sie sich verhalten, wenn es zum Kampf kam?

»Aber ich verstehe nicht«, setzte ich an. »Warum glaubte Saraqujal, ausgerechnet mit eurem Tod einen großen Kampf zu provozieren? Ihr seid beide Einzelgänger, ihr habt in den letzten Jahren nichts mit euresgleichen zu tun gehabt. Würdet ihr euch gegenseitig im Kampf töten, wäre das doch zunächst eure Sache – und nichts, wofür andere Wächter und Schlangensöhne Rache nehmen würden!«

Nathan nickte. »Das scheint in der Tat wenig durchdacht. Aber wahrscheinlich hoffte Saraqujal darauf, dass allein das Zusammentreffen mit dem Erzfeind den alten Hass neu entfachen würde.«

»Aber warum sollten andere Nephilim überhaupt bereit sein, hierherzukommen? Wirklich euretwegen?«

Ich wollte noch mehr fragen, doch Caspar hob die Hand und gab mir ein Zeichen zu schweigen.

»Später …«, murmelte Nathan. Was jetzt zählte, war allein, dass sie kamen.

Aurora lauschte weiterhin angestrengt.

»Hörst du sie?«, fragte Caspar. Sämtlicher Spott und Schmerz waren aus seiner Stimme gewichen.

»Ja«, gab sie nach einer gefühlten Ewigkeit zurück. »Ich höre sie. Es sind insgesamt 112. Die Hälfte von ihnen sind Wächter – die anderen Schlangensöhne.«

Schweigen breitete sich aus. Ich konnte die Anspannung fühlen, die von jedem von uns ausging, doch anders als Nathan, Caspar und Aurora vernahm ich nichts, zumindest kein Geräusch, das auf eine große Anzahl Nephilim schließen ließ – so wie damals, als Caspars Schar meine Villa überfallen hatte und ein Rauschen ähnlich dem eines riesigen Vogelschwarms zu hören gewesen war.

Und wie konnte Aurora eine so genaue Zahl benennen, die Nathan und Caspar auch einfach hinnahmen, ohne sie zu hinterfragen? Nach all der Aufregung hatte dieser Moment etwas Irreales. Nicht länger schien ich in einem Albtraum voller Bedrohungen und Gefahren gefangen, sondern in einem irrwitzigen Bühnenstück, in dem jeder seine Rolle genau zu kennen schien – nur ich nicht. Ich war die unbrauchbare Statistin, die der Handlung einfach nicht folgen und nicht einmal die einzige ihr zugedachte Aufgabe erfüllen konnte: nämlich möglichst wenig zu stören.

Gedankenfetzen zogen durch meinen Kopf, aber fügten sich nicht in einen vernünftigen Zusammenhang. Caspar und Nathan verbündet … sie kämpften nicht gegeneinander … stattdessen hatten sie sich gemeinsam gegen Saraqujal gestellt … Doch jetzt kamen andere Nephilim … von Saraqujal herbeigelockt … Saraqujal, der obendrein Aurora hatte entführen lassen … obwohl meine Liebe zu Nathan doch eine ausreichende Motivation gewesen wäre, mich dazu zu bringen, Caspar zu suchen und mit ihm ins Bergwerk zu gehen …

Ich schüttelte den Kopf. Sooft ich mir das auch vorsagte – ich ahnte, dass noch ein Puzzlestück fehlte, um zu begreifen … eine entscheidende Erkenntnis, die den anderen längst den Blick auf die ganze Wahrheit enthüllte hatte.

»Wenn Caspar Nathan nicht getötet hat«, durchbrach meine Stimme das angespannte Schweigen, »wenn ihr gemeinsame Sache gegen Saraqujal gemacht habt – warum habt ihr dann Lukas und mich nicht schon früher aus unserem Gefängnis befreit? Es war doch Saraqujal, der uns dort eingesperrt hat – wie konnte er das gegen euren Widerstand tun? Und warum hat Lukas behauptet, dass Nathan tot sei?«

Niemand antwortete mir. Caspar blickte mich spöttisch an, Nathan und Aurora hingegen auf eine eigentümliche Weise, die ich nicht recht deuten konnte – etwa mitleidig? Wieder glaubte ich die Anspannung förmlich spüren zu können, die von jedem Einzelnen hier ausging. Mia schluchzte einmal mehr laut auf, doch als ich zu ihr herumfuhr, senkte sie rasch den Blick.

»Was zum Teufel ist hier los?«, rief ich ungeduldig. »Lukas und ich konnten uns über einen Stollen befreien, sind dann durchs Bergwerk geirrt … zumindest so lange, bis die Explosionen losgingen.« Ich geriet ins Stocken, blickte wieder zu Caspar. »Ich dachte, du hättest die Explosionen ausgelöst«, stieß ich verwirrt aus.

»Und warum soll ich, bitte schön, das Bergwerk einstürzen lassen wollen?«, gab er halb spöttisch, halb ungehalten zurück. »Und selbst wenn ich das wollen würde – denkst du wirklich, ich müsste etwas explodieren lassen?« Er hob herausfordernd seine Spinnenhände.

Er machte einen Schritt auf mich zu, was Nathan mit einem bedrohlichen Laut quittierte. Ich achtete kaum darauf, war viel zu sehr in meinen Gedanken versunken.

Er hatte recht … schon vorher war mir dieser Verdacht gekommen: Kein Nephil würde das Bergwerk sprengen, um es zum Einsturz zu bringen … das würde nur ein Bergmann tun … ein Bergmann, dem das entsprechende Sprengmaterial zur Verfügung stand …

Ich hob meine Hände, massierte mir meine Schläfen, als könnte ich dadurch die trägen Gedanken auf Trab bringen.

Die Explosionen hatten erst begonnen, nachdem wir Saraqujals Leichnam gefunden hatten … Lukas hatte in seiner Jacke genestelt, hatte behauptet, er würde ein Werkzeug suchen … und dann hatte er mich allein gelassen, um den Stollen zu stützen, wie er behauptet hatte … genauso wie er noch kurze Zeit zuvor behauptet hatte, dass Nathan tot sei.

Aber Nathan lebte … und trotz Lukas' vermeintlichem Eingreifen erschütterten weitere Explosionen das Bergwerk … und Mia … Mia schluchzte nun, schluchzte ganz erbärmlich, zitterte am ganzen Leib. Und hatte mich noch kein einziges Mal nach ihrem Vater gefragt.

Ich starrte erst sie an, dann sah ich zu Marian hinüber. Unsere Blicke trafen sich, und in seinen hellblauen Augen lag etwas Drängendes, Forderndes. Wieder stieß er ihn aus, diesen einen Ton. Ein A, wie ich geglaubt hatte. Ein A, das für Aurora stand. Doch er hatte etwas anderes gemeint.

Im italienischen Tonsystem wurde das »A« als »La« bezeichnet. »La« stand nicht für Aurora, sondern für Lukas Arndt. Und indem er den Ton wieder und wieder summte, hatte er mich nicht zu Aurora führen, sondern mich vor Lukas warnen wollen.

Noch ein Detail kam mir in den Sinn, bestätigte die schreckliche Ahnung – Caspars erstaunte Frage, als Lukas scheinbar zufällig zu uns gestoßen war. »Das ist Mias Vater?«, hatte er gefragt, nicht einfach nur neugierig, wie mir jetzt auffiel, sondern irgendwie lauernd. Er musste geahnt haben, dass Lukas uns nicht zufällig ins Bergwerk gefolgt war, sondern weil das Teil eines Plans gewesen war – eines Plans, den er mit Samuel Orqual … mit Saraqujal ausgeheckt hatte.

Ich ließ meine Hände sinken, schüttelte den Kopf. Das war absurd! Nicht nur, dass ein Nephil, und obendrein einer der Alten, gemeinsame Sache mit einem gewöhnlichen Menschen machte! Sondern vor allem, dass Lukas ein Feind war – Lukas, der sich so um Mia und Aurora gesorgt hatte, der bei mir in der Villa übernachtet und dem ich meine Ängste anvertraut hatte, Lukas, den ich beinahe geküsst hätte und der mich voller Mitleid umarmt hatte, als er mir erzählte, dass Nathan tot sei …

»Warum?«, fragte ich tonlos. »Warum nur?«

Mia hörte auf zu schluchzen. »Meine Mutter«, brachte sie erstickt hervor. »Es hat mit meiner Mutter zu tun, sie …«

»Können wir das auf später verschieben?«

Es war Nathan, der sie unterbrach – zwar sanft, aber bestimmt. Mia verstummte sofort. »Wir müssen fort von hier, ehe sie eintreffen«, erklärte er, und ich sah, dass sich seine Stirn sorgenvoll runzelte. »Wenn sie hier eintreffen und Aurora sehen, in ihrem Zustand ...«

Nicht nur er war ungeduldig – auch Caspar. Er trat auf Aurora zu, packte sie am Arm und wollte sie mit sich ziehen. »Dann lasst uns gehen!«

Nathan stürzte mit einem Satz auf ihn los. »Fass du sie nicht an!«

Caspar ließ seine Hand sinken. »Nun reg dich nicht auf!«, stieß er mit diesem grässlichen Zischen aus, das in den Ohren weh tat. »Denk daran – wenn ich wollte, hätte ich dich längst töten können. Was bedeutet, dass Aurora dann mir gehört hätte.«

»Tatsächlich?«, gab Nathan zurück, seine Stimme war voller Kälte. »Sie hätte dir gehört? Von wegen! Du weißt ganz genau, dass du es jetzt nicht mehr mit ihr aufnehmen kannst.«

»Und gerade deswegen müssen wir sie verstecken.«

»Richtig. Wobei ich mich frage, warum ausgerechnet du sie beschützen willst.«

»Nun, du selbst wärst noch vor kurzer Zeit nicht in der Lage dazu gewesen. Du konntest ja nicht einmal auf deine Frau aufpassen.«

Unbändig loderte die Feindseligkeit zwischen ihnen auf – so, als wäre ein Windstoß in einen Haufen nur vermeintlich kalter Asche gefahren und hätte hungrige Flammen entfacht. Ihre Körper verharrten in völliger Anspannung, sie schienen wie Raubtiere, die bereit waren, jederzeit zum Sprung anzusetzen, sich aufeinanderzustürzen und ihre Klauen und Krallen in den feindlichen Leib zu schlagen. Mochte ihr Verstand sie dazu gebracht haben, gegen Saraqujal ein Bündnis zu schließen – jetzt waren es vor allem die Instinkte, die sprachen, uralte Instinkte, die nie vergingen, genauso wenig wie dieser Hass, kalt und glühend zugleich. Ich wusste nicht, was ich diesem Hass entgegensetzen, wie ich die beiden mäßigen konnte, doch während ich hilflos diesen Ausbruch von Feindseligkeit beobachete, hob Aurora plötzlich ihre Hände und trat zwischen die beiden. Sie erstarrten, diesmal nicht vor unterdrückter Anspannung, sondern so, als wären sie plötzlich gelähmt. Doch bevor ich richtig erfassen konnte, was vor meinen Augen vor sich ging und welche Macht Aurora auf sie ausüben konnte, schrie Mia auf.

Ich fuhr herum, sah sie an, doch sie starrte durch mich hindurch und schrie wieder. Marian war als Erstes ihrem Blick gefolgt und öffnete nun auch seinen Mund vergebens, es kam kein Laut heraus.

»Mia, was hast du denn?«

Ich wollte mich umdrehen, wollte sehen, was sie so erschreckte, doch ich konnte es nicht. Jemand hatte mich gepackt und hielt mich nun gnadenlos mit der einen Hand fest, während er mir mit der anderen Hand etwas an die Kehle hielt. Kalt fühlte es sich an … und scharf. Die Starre war von Nathan und Caspar abgefallen, und Aurora hatte ihre Hände wieder sinken lassen – doch es war zu spät für die drei, jetzt noch einzugreifen.

»Eine falsche Bewegung«, drohte Lukas, »und sie ist tot.«

Als er zu ihnen sprach, klang seine Stimme laut und eisig. Als er sich an mich wandte, wurde sie raunend.

»Warum«, sagte er leise, »du hast nach dem Warum gefragt. Ich denke, ich bin dir eine Erklärung schuldig.«

Gefahr … neue Gefahr … obwohl sie vorhin doch noch gehofft hatte, es würde endlich alles gut werden, obwohl sie so erleichtert gewesen war, die Verantwortung abzugeben … vor allem an ihren Vater, der plötzlich neben Caspar erschienen war. Sie war auf ihn zugelaufen, hatte ihn umarmt, wie sie ihn noch nie umarmt hatte, ohne ihre übliche Scheu – und ohne die Distanz, die sie so oft spürte. Er würde wissen, was nun zu tun war. Er konnte für sie entscheiden – für Mia, für ihre Mutter, die gleich darauf mit Marian erschienen war –, jetzt, wo sie vereint waren …

Doch da gab es auch noch Lukas, Lukas Arndt, Mias Vater, der von Anfang an ein Verbündeter von Saraqujal gewesen war.

Das ging nun auch ihrer Mutter auf, wenngleich sie es noch nicht ganz verstand, nicht verstehen wollte. Aurora konnte ihre Irritation fühlen, ihre Verwirrung, konnte die vielen Fragen förmlich hören, die ihr auf der Zunge lagen, die sie aber nicht hervorbrachte. Nur ein tonloses »Du?« keuchte sie, während sie unter seinem Griff erstarrt war, sich nicht zu wehren wagte, solange sie dieses Messer an ihrem Hals spürte.

Und sie konnte auch etwas anderes spüren – Lukas Arndts Verzweiflung, so tief und absolut, seine verzehrende Trauer und das, wozu beides gewachsen war: zu Hass, zu Rachsucht – und auch zu Trotz. Ja, trotzig wirkte er, als er Sophie noch fester packte, das Messer erst an ihre Kehle presste und dann damit herumfuchtelte, damit ihm niemand zu nahe käme.

In knappen Worten, wirr und rau, stieß er sie aus – seine Geschichte oder vielmehr Mathildas traurige Geschichte. Und Aurora hörte sie nicht nur, als er sie erzählte, sondern hatte den Eindruck, auch alles sehen zu können.

Mathilda war nicht bei einem Unfall gestorben, wie Lukas aller Welt – auch Mia – hatte glauben machen. Sie war damals vor fünf Jahren vielmehr zwischen die Fronten eines Krieges geraten, eines uralten Krieges, des Krieges zwischen den Wächtern und den Schlangensöhnen – und sie war ihm zum Opfer gefallen.

Sie war einfach nur zur falschen Zeit am falschen Ort gewesen – sie, die freundliche, liebenswerte Frau, die das Bergsteigen liebte und darum vor fünf Jahren mit der Familie den Urlaub in Hallstatt verbrachte – genau zu der Zeit, als Caspar von Kranichstein seine Anhänger im Kampf gegen Nathan um sich geschart hatte. Aurora war damals gerade sieben Jahre alt geworden, ihre Wandlung hatte begonnen, und um Kräfte zu sammeln, verübten Caspar und seine Mitarbeiter grausame Morde – an gut trainierten Sportlern vor allem, deren körperliche Fähigkeiten und Vitalität sie übernahmen, indem sie sie verbluten ließen. Mathilda war keine dieser Mountainbiker und Jogger, aber sie kam bei einer Wanderung auf den Saarstein zufällig hinzu, als Caspar und seine Schar über zwei Männer herfielen. Auch sie wurde ermordet – nicht ihrer Kräfte wegen, sondern weil sie eine unliebsame Zeugin war.

Sie war mit Mia unterwegs gewesen, trug ihre müde Tochter auf dem Rücken und konnte sie noch schnell hinter einem Stein verstecken, als es gefährlich wurde. Sie konnte die Tochter davor bewahren, getötet zu werden – aber sie konnte sie nicht vor diesem Anblick schützen: dem Anblick blutrünstiger Nephilim, die ihre Mutter angriffen.

Später tat man Mias Erzählungen als schaurige Phantasien ab – als Auswüchse einer durch den Tod der Mutter völlig überforderten Psyche – und redete ihr so lange ein, dass ihre Mutter bei einem Unfall gestorben sei, bis sie es glaubte. Auch Lukas setzte alles daran, dass Mia die Wahrheit verdrängte. Aber anders als sie selbst vergaß er die Schilderungen nicht – vor allem nicht die über den dunkel und altmodisch gekleideten Mann, der die grausame Schar angeführt hatte.

Er stellte Nachforschungen an, ließ bei der Polizei nicht locker, erfuhr von dieser, dass es eine Sekte gewesen sei, die all diese Morde, auch den an Mathilda, verübt habe. Die Mitglieder dieser Sekte hätten sich am Ende selbst getötet – und ihr Anführer, Caspar von Kranichstein, wäre spurlos verschwunden. Man suchte ein Weile nach ihm, dann stellte man die Suche aber ein.

Mathildas Tod blieb also ungeahndet – womit die Behörden gut leben konnten, Lukas hingegen nicht. Er schwor sich, dass er Caspar von Kranichstein finden würde – oder zumindest den Beweis, dass dieser tatsächlich tot war –, und fortan tat er nichts anderes mehr als nach Hinweisen, nach der Wahrheit zu suchen. So lange, bis er auf Caspar stieß. So lange, bis er erkannte, dass der kein normaler Mann war. Was er genau war, das wusste er nicht, aber das war ihm auch nicht so wichtig. Wichtig war, Rache zu nehmen – und dass Samuel Orqual ihm dabei helfen wollte.

Der stand eines Tages vor ihm und erklärte grußlos, dass sie sich zusammentun sollten, weil sie ein gemeinsames Ziel hätten: Sie wollten beide Caspar von Kranichstein tot sehen – ihn und seine ganze Brut. Lukas fragte nicht, welche Rechnung Saraqujal mit ihm zu begleichen hatte, er hinterfragte auch nie die Anweisungen, die Saraqujal ihm gab, er war einfach nur erleichtert, dass die Zeit der Rache endlich gekommen war.

Alles, alles war bis ins Kleinste geplant. Lukas, der

bis jetzt nur seinen Urlaub in Hallstatt verbracht hatte, zog mit Mia dorthin um. Es war Teil des Plans, dass er die Freundschaft zwischen Mia und Aurora förderte und selbst verstärkt den Kontakt zu Sophie suchte. Sogar, dass die Mädchen entführt wurden – wenn auch nur unter der Bedingung, dass Mia nicht zu Schaden kommen würde. Ihre Angst, ihren Schock nahm er billigend in Kauf – genauso wie er es als notwendiges Opfer verstand, dass ihm selbst Verletzungen zugefügt wurden. Die mussten eben sein, damit Sophie nicht misstrauisch wurde und damit sie Caspar suchte und ihn ins Bergwerk brachte.

Als die beiden dorthin aufgebrochen waren, war Lukas ihnen nicht zufällig, sondern planmäßig gefolgt. Und als Caspar ihn zu erkennen schien – »Das ist Mias Vater?« –, hatte er selbst Sophie niedergeschlagen, damit sie die Wahrheit nicht erfahren würde.

Caspar und Nathan konnten vorerst nichts dagegen tun – denn Caspar war damit beschäftigt, Nathan zu befreien, und beide zusammen schließlich damit, die Nephilim zurückzudrängen, die Saraqujal zusammen mit jenem Anastasios für seine Zwecke um sich geschart und auf sie gehetzt hatte. Von ihnen stammte das blaue Blut, das Sophie gesehen hatte, nicht von Nathan. Sie konnten sie nicht alle in der Kammer töten – manchen gelang die Flucht, und Caspar und Nathan liefen ihnen immer tiefer ins Bergwerk hinein nach. Lukas hingegen war mit Sophie zurückgeblieben, hatte selbst die Tür verschlossen und sie glauben lassen, sie seien eingesperrt. Mit Rachegelüsten allein hatte dies nichts mehr zu tun – längst ging es Lukas um mehr. Andeutungsweise hatte er von Saraqujal erfahren, dass Sophie nicht nur von Nathan, sondern auch von Caspar geliebt wurde, und er hatte beschlossen, sich als Retter in der Not zu zeigen, ihr Herz zu gewinnen und somit eben denen die Frau zu stehlen, die er für den Tod der eigenen verantwortlich machte. Als sie über Saraqujals Leichnam gestolpert waren, war Lukas klargeworden, dass sein Plan zu scheitern drohte, dass Caspar und Nathan noch am Leben waren, und so hatte er alles darangesetzt, das Bergwerk zum Einsturz zu bringen. Aber sein Ziel schien jetzt immer unerreichbarer.

Ans Aufgeben dachte er jedoch nicht. Er wusste, dass es Saraqujal nicht nur um den Tod von Caspar und Nathan ging, sondern um den großen Krieg zwischen diesen Kreaturen, und dass er sie herbeigelockt hatte, um sie gegeneinander aufzuhetzen und ein Blutbad zu provozieren.

Dieser Teil des Plans konnte noch immer gelingen. Und außerdem hatte er nun Sophie in seiner Gewalt.

Sie hatte sich ganz steif gemacht, um ihn möglichst wenig zu berühren.

»Wie konntest du nur?«, stieß sie aus. »Wie konntest du nur?«

Lukas' Gesicht verzerrte sich. »Diese Kreaturen haben meine Frau getötet!«

»Das war Caspar! Caspar und seine Leute! Du aber wolltest auch Unschuldige in diesen Kampf mit hineinziehen. Nathan … mich … die Mädchen. Mein Gott, sie hätten verschüttet werden können, als du das Bergwerk zum Einsturz bringen wolltest!«

»Ihr Gefängnis befand sich an einer ganz anderen Stelle«, knurrte er.

»Und was ist mit Marian?«

Der Knabe duckte sich, als sein Name fiel.

»Marian«, brachte Lukas heiser hervor, »Marian ist doch kein echtes Kind. Er stammt doch von dieser … Brut ab.«

»Genauso wie Aurora, meine Tochter. Wolltest du sie auch töten?«

Er schüttelte brüsk den Kopf. »Natürlich nicht! Verstehst du denn nicht? Wir wären glücklich geworden! Du und ich, Mia und Aurora. Eine glückliche Familie. Eine ganz normale Familie. Ich hätte dir doch niemals Leid zugefügt, Sophie!«

Doch sein verzerrtes Gesicht verriet, dass er diese Skrupel nun nicht mehr kannte. Als Sophie unwillkürlich die Hände hob, schnitt er ihr mit dem Messer ins Fleisch; eine schmale Blutspur perlte über ihren Hals.

Jemand schrie heiser auf – Aurora wusste nicht, ob es Nathan oder Caspar gewesen war.

Nathan, das sah sie ihm an, hätte am liebsten einen Satz auf Lukas zugemacht, doch er beherrschte sich mühsam, weil er wusste, dass er Sophies Wohl über seinen blinden Instinkt stellen musste. Caspar kannte diese Selbstbeherrschung nicht. Blanke Wut zeichnete sich auf seinem Gesicht ab, als ihm aufging, dass er nicht nur von Saraqujal, sondern auch von einem gewöhnlichen Menschen in die Falle gelockt worden war.

Er wollte auf Lukas losstürzen – blitzschnell wie ein Nephil, aber nicht schnell genug, um Lukas das Messer zu entreißen, ehe der Sophies Kehle aufgeschlitzt haben würde. Das erkannte Aurora auf einen Blick und folgte ihrer ersten Regung. Sie warf sich dazwischen und stieß hart mit Caspar zusammen. Unter der Wucht des Aufpralls blieb ihr die Luft weg. Sie wurde zurückgestoßen, nicht sicher, ob von ihm oder einer unsichtbaren Macht, und ging wie er zu Boden. Aurora rappelte sich als Erste wieder auf, doch auch Caspar blieb nicht lange liegen, stierte sie an, nicht länger ehrfürchtig und bewundernd, sondern angewidert, als wäre sie ein lästiges Insekt. Wie-

der wollte er einen Satz auf Lukas zumachen – und wieder hinderte Aurora ihn daran, diesmal, indem sie einfach ihre Hände hob und ihm die ganze Macht ihres Willens entgegenschleuderte.

Caspar wich instinktiv vor diesem unsichtbaren Bannkreis zurück.

»Du verdammtes ...«, entfuhr es ihm.

Auroras Hände begannen zu zittern, sie wusste nicht, wie lange sie ihn in Zaum halten konnte, aber da war schon Nathan zur Stelle und richtete sein Schwert drohend auf Caspar. »Bist du wahnsinnig? Willst du Sophies Tod?«

Eben noch war in Caspars Gesicht vor allem der uralte Ekel vor den Menschen zu sehen gewesen – nun kam jener hinzu, der den Wächtern galt. Er bleckte seine Zähne wie ein Raubtier.

»Nicht!«, rief Aurora.

Caspar zog sein Schwert, während Nathan keinen Schritt zurückwich. Schon trafen sich die beiden Klingen mit einem ohrenbetäubenden Klirren.

»Nicht!«, schrie Aurora immer wieder. Mia hörte zu weinen auf und duckte sich angstvoll, während Marian sich schützend vor sie stellte. Noch weitere Male schlugen die Klingen aufeinander – dann plötzlich ließen sie ihre Schwerter sinken, nicht, weil Aurora den Kampf beendet hatte, sondern weil ihnen beiden aufging, was hinter ihrem Rücken geschah. Lukas hatte die Gelegenheit genutzt und Sophie mit sich gezerrt: Zurück ins Bergwerk – obwohl oder gerade weil es einzustürzen drohte.

»Was zum Teufel ...«, setzte Caspar an – nicht minder begierig, ihm nachzustürzen, wie Nathan. Den einen trieb blinder Hass, den anderen blinde Liebe. Beides waren zu starke Gefühle, um bedächtig zu handeln.

»Nicht!«, schrie Aurora wieder, hob abwehrend ihre Hände, und diesmal erstarrten beide. »Ihr bleibt hier!«, sprach sie mit fester Stimme. Kurz war es befremdend, ihrem Vater Befehle zu erteilen, aber als sie erst einmal damit begonnen hatte, fuhr sie wie selbstverständlich fort: »Ihr bleibt hier«, wiederholte sie. »Die anderen … werden bald kommen. Es bleibt keine Zeit mehr, vor ihnen zu fliehen – tretet ihnen entgegen, erklärt, was passiert ist, versucht es zumindest! Vielleicht gibt es noch eine Möglichkeit, den Krieg aufzuhalten. Ich kümmere mich um Lukas. Ich … ich kann das.«

Kurz waren sie beide sprachlos, zu verwirrt auch, um sich ihr zu widersetzen. Aurora wusste nicht, wie lange ihre Macht über sie währen würde, doch daran konnte sie keinen Gedanken mehr verschwenden. Sie drehte sich um und stürzte ins Bergwerk.

Sie hatte nicht gelogen, als sie sagte, dass sie Lukas bezwingen und Sophie retten könnte. Aber sie hatte keine Ahnung, ob sie mittlerweile wieder genügend Kräfte gesammelt hatte, um das wirklich durchzustehen.

Der Berg schien verärgert zu knurren, als Lukas mich immer tiefer in den Stollen zog. Das dumpfe Hallen und Knirschen, was zu hören war, als in der Ferne weitere Gänge einstürzten, ging mir durch Mark und Bein. Übertönt wurde es nur von einer Sirene, die jetzt losheulte. Ich betete stumm, dass keine Bergarbeiter Opfer von diesem gewaltigen Zerstörungswerk geworden waren – vor allem aber, dass wir solchen nicht begegneten.

Lukas grinste mich an.

»Keine Angst«, sagte er zynisch, »hier unten wird uns niemand stören. Wir sind hier ganz unter uns.«

Ich starrte ihn an. Ein irres Leuchten stand in seinen Augen und machte aus ihm einen Fremden. Der Mund hatte manchmal hart gewirkt, jetzt war er unnatürlich verzerrt. Er war über und über mit Staub bedeckt, und das verstärkte den Eindruck, dass der Hass ihn wie eine schwarze Wolke einhüllte und jeden verbleibenden Funken von Mitgefühl erstickte.

»Dein Plan geht nicht auf!«, rief ich. »Du hast verloren. Was willst du denn noch?«

»Ich tue, was ich tun muss. Und jetzt komm!«

Sein Griff um meinen Arm wurde schmerzhaft. Als ich stolperte, nahm er keine Rücksicht, sondern zerrte mich einfach weiter. Ganz gleich, was zwischen uns passiert war, und ganz gleich, dass seine Gefühle für mich nicht nur Lügen gewesen waren, sondern er wirklich auf eine gemeinsame Zukunft gehofft hatte – er würde mich nicht verschonen.

»Du wirst mich töten«, stellte ich fest. »Um dich zu rächen. An den Nephilim. Und irgendwie an der ganzen Welt.«

Wieder antwortete er nur mit diesem abscheulichen Grinsen. Er hatte nichts mehr von dem Mann, dem ich vertraut hatte.

»Lukas!«, versuchte ich dennoch an ihn heranzukommen, »Lukas, denk an Mia! Sie braucht dich doch! Du darfst sie nicht im Stich lassen!«

Eine Druckwelle erfasste mich, warf mich an die Wand, doch Lukas' Griff löste sich nicht. Wieder schien der Berg zu knurren – ärgerlich entschlossen, seine steinerne Faust um die Eindringlinge, die er bis jetzt noch gnädig geduldet hatte, zu schließen.

»Mia wird schon durchkommen«, meinte Lukas gleichgültig. »Vielleicht hat es ein Gutes, dass Nathan am Leben geblieben ist. Er wird nicht zulassen, dass Caspar ihr etwas antut …«

Immer weiter ging es in dieses Nichts hinein. Die Luft wurde stickiger, die Staubwolken dichter. Endlich blieben wir stehen, Lukas hatte sein Ziel erreicht. Ich blickte mich um und glaubte hinter den Staubwolken etwas Metallisches zu sehen, das einer überdimensionalen Pumpe glich. Vage erinnerte ich mich daran, was Lukas bei unserem gemeinsamen Abendessen über den modernen Bergbau erzählt hatte. Das Salz wurde demnach von Wasser aus dem Stein gelöst – und dieses mit Hilfe von zwei Pumpen in die Tiefe geleitet: Eine brachte das Süßwasser nach unten, das später einen Hohlraum entstehen ließ, die zweite Pumpe leitete die Sole wieder nach oben. Waren wir in jenem Raum, der Hornstätte genannt wurde und von der aus der Schacht nach unten führte?

Ich lauschte angestrengt. Die Sirene war kaum mehr zu hören, das Hallen der einstürzenden Stollen noch immer gewaltig, aber ziemlich weit entfernt. Stattdessen vernahm ich nun ein Plätschern – und glaubte zu begreifen: Die Explosionen in den älteren Stollen waren nur ein Ablenkungsmanöver gewesen, um alle Bergarbeiter aus dem Bergwerk zu vertreiben. Hier, in der Nähe der Leitung, die die Sole nach Ebensee brachte, war Lukas nun ganz allein mit mir. Offenbar hatte er nicht im Sinn, mich unter einer Masse von Geröll zu begraben, offenbar wollte er …

»Was … was hast du vor?«, stammelte ich.

Er antwortete mit jener belehrenden, etwas nachsichtigen Stimme, mit der er damals beim Abendessen über seine Arbeit gesprochen hatte. Dass wir tatsächlich in einem Hohlraum waren – man bezeichnete ihn als Laugkaverne –, dass dieser aber noch nicht endgültig ausgesolt war. Dass es folglich unumgänglich war, noch mehr Wasser einzuleiten. Ich blickte mich um, aber es war zu finster, um die Ausmaße dieses Raums zu erkennen. Der Boden, so wurde mir zumindest klar, war ziemlich feucht. Auch von den Wänden tropfte es.

Lukas folgte meinem Blick. »Im Vergleich zum Erz- oder Steinkohlenbergbau stellt Wasser für ein Salzbergwerk eine sehr große Gefahr dar«, erklärte er mit sichtlicher Schadenfreude. »Man stelle sich nur vor, dass Grund- oder Sickerwasser eindringt. Es würde nicht nur das Salz auflösen, sondern die Hohlräume zerstören … Salzwasser ist nicht gefährlich, da dieses kein weiteres Salz auslösen kann, umso mehr aber Süßwasser.«

Er überließ es mir, mich zu bücken, meinen Finger in die Pfütze zu halten, das Wasser zu schmecken. Ich hatte es geahnt und war nun doch entsetzt: Ich stand nicht in Salz-, sondern in Süßwasser.

»Was hast du nur getan?«, rief ich.

Lukas schüttelte den Kopf. »Eine echte Katastrophe«, meinte er vermeintlich bedauernd. »Scheinbar wurde ein Bohrloch beschädigt oder vielleicht das Spülrohr, das das Süßwasser in den Berg bringt.«

»Du, du hast es zerstört …«

Sein Grinsen wurde breiter. »Ich fürchte, auch das Zentralrohr, das die Sole wieder nach oben pumpen soll, ist nicht mehr ganz funktionstüchtig.«

»Lukas, du bist wahnsinnig!«

Das Plätschern wurde lauter. Irgendwo schienen sich Wassermassen zu stauen – Wassermassen, die alsbald über uns hereinbrechen und den Hohlraum fluten würden, in dem wir erbärmlich ertrinken würden.

Lukas schien meine Gedanken zu lesen: »Es tut mir leid, Sophie«, flüsterte er, »wir hätten glücklich werden können … wirklich glücklich.«

»Nie … niemals …«

»O doch. Die Trauer hätte uns geeint. Ich hätte dich so gut verstanden. Nach dem Verlust meiner Frau weiß ich doch, wie es sich anfühlt, einen geliebten Menschen zu verlieren. Ich hätte dich getröstet. Und außerdem wäre ich dein Held gewesen, nachdem ich dich aus dem Bergwerk und die Mädchen aus der Hand ihrer Entführer gerettet hätte. Es hätte Zeit gebraucht, aber nach einigen Monaten hättest du Nathan vergessen.«

Ich schüttelte den Kopf.

»Ich habe dir vertraut … ich habe dir wirklich vertraut! Und vielleicht hätte ich dir auch weiterhin vertraut. Aber niemals hätte ich Nathan vergessen!«

»Mag sein. Aber sei doch mal ehrlich: Hast du dir nicht oft vorgestellt, wie es sein würde, mit einem ganz normalen Mann zu leben? Mit ihm noch mehr Kinder zu bekommen … ganz normale Kinder?«

Danach hatte ich mich insgeheim tatsächlich gesehnt, aber nun bereitete mir allein die Vorstellung, dass Lukas' Plan tatsächlich hätte aufgehen können, Übelkeit. Sein Griff hatte sich etwas gelockert, und das Grauen vor ihm überkam mich so heftig, dass ich seine Hand zurückstieß, gegen sein Schienbein trat und davonlief. Ich kam nur ein paar Schritte weit, dann hatte er mich schon gepackt und zerrte mir meinen Arm auf den Rücken, so brutal, als wolle er meine Schulter ausrenken. Der Schmerz explodierte in meinem Kopf. Ich hörte mich schreien, laut und schrill, und dann hörte ich etwas anderes, hörte plötzlich Auroras Stimme.

»Tu ihr nicht weh!«, befahl sie fest … und kalt.

Überrascht ließ Lukas mich los und fuhr herum, starrte Aurora nicht minder fassungslos an wie ich. Sie war uns völlig lautlos gefolgt, stand nicht weit von uns entfernt und hob abwehrend die Hände.

»Tu ihr nicht weh!«, wiederholte sie.

»Was machst du hier?« Diese Frage entfuhr mir und Lukas gleichzeitig. Lukas schien verärgert, ich hingegen war entsetzt. Die Angst um mein eigenes Leben und vor dem Ertrinken wurde bedeutungslos. Einzig Aurora zählte. Wie hatten Caspar und Nathan nur zulassen können, dass sie uns folgte?

»Verschwinde!«

Wieder sprachen Lukas und ich wie aus einem Mund, doch Aurora rührte sich nicht.

Mein entsetzter Blick wandelte sich in einen ungläubigen. Das Mädchen vor mir war meine Tochter – und doch wieder nicht.

»Aurora …«

Anders als ich hatte Lukas seine Fassung wiedergefunden. Erneut spürte ich die kalte Klinge des Messers an meiner Kehle. Das Glühen von Auroras Augen schien ihm gar nicht aufzufallen, als er sie anherrschte: »Wenn du auch sterben willst – ich halte dich nicht auf. Caspar und Nathan werden untröstlich sein. Allerdings werden sie nicht mehr lange genug leben, um dich zu betrauern. Sie werden beide in der Schlacht fallen.«

Er machte eine blitzschnelle Bewegung, und ich glaubte schon zu fühlen, wie die Klinge in meine Haut schnitt, doch stattdessen stieß er mich unsanft zur Seite. Ich fiel gegen die Wand, mein Kopf prallte gegen den harten Stein. Kurz zerstob das Bild vor mir in lauter kleine Funken – und als es sich wieder klärte, erstarrte ich.

Lukas war mit dem Messer auf Aurora losgegangen, hatte sie gepackt und hielt ihr nun die Waffe drohend vors Gesicht.

»Rühr dich nicht vom Fleck!«, herrschte er mich an.

Ich ließ mich gegen die Wand sinken, traute mich kaum zu atmen.

»Bitte …«, stammelte ich, »lass sie gehen … tu ihr nichts … denk an Mia!«

Lukas' Gesichtsausdruck blieb fremd und hart. Die Worte schienen an ihm abzuprallen, und auch Aurora zeigte keinerlei Gefühle: Ihre Züge waren zur starren Maske gefroren, das Glühen der Augen schien zu erkalten.

»Bitte …«, stammelte ich wieder.

»Halt deinen Mund!«, herrschte Lukas mich an. Während er mit der einen Hand weiterhin das Messer dicht vor Auroras Kehle hielt, griff er mit der anderen in seine Hosentasche. Bis jetzt hatte ich gedacht, dass von seinem Messer die größte Gefahr ausging – jetzt begriff ich, dass er uns damit nur in Schach halten wollte, bis er noch mehr Sprengmaterial am ohnehin schon beschädigten Rohr befestigen konnte. Dann würde es ein Leichtes sein, eine Explosion auszulösen und Wasserfluten auf uns herabstürzen zu lassen.

Erst jetzt begriff ich, wie weit seine Rachegelüste gingen: Er würde nicht nur Aurora und mich töten, ohne mit der Wimper zu zucken – er nahm auch den eigenen Tod in Kauf.

Hilflos rang ich meine Arme, wagte aber nicht, ihn noch einmal anzusprechen.

Doch da hörte ich unerwartet Auroras Stimme.

»Tu das nicht!«, sagte sie. Das war kein Flehen, kein Bitten, kein Hoffen auf Gnade. Das war einfach nur ein Befehl. Schlicht. Knapp. Hart. Ich vermeinte, diese Worte nicht nur zu hören, sondern auch zu fühlen. Sie gingen durch und durch wie das blaue Licht, das aus ihren Augen strahlte. Sämtliche Muskeln schienen sich zu erweichen, sämtliche Anspannung zu erschlaffen.

»Tu das nicht!«, wiederholte sie, nicht einfach nur fordernd, nicht einfach nur energisch … sondern machtvoll. Ja, sie besaß Macht, große Macht, über meine Regungen, aber auch über die von Lukas, der plötzlich irritiert innehielt – eine Macht, die so viel älter war als sie, die Macht einer außergewöhnlichen Nephila.

Unscharf erinnerte ich mich daran, was Caspar mir über die drei Sphären erzählt hatte.

Es gibt Nephilim, die mächtiger sind als die Alten.

Lukas' Verwirrung währte nicht lange. Kaum dass Aurora wieder schwieg, gewann er seine Fassung wieder, lachte trocken auf und kramte weiter in seiner Hosentasche. Offenbar fand er nicht gleich, was er suchte, weswegen er Aurora unwirsch in meine Richtung schubste. Sie ließ ihn gewähren, trat rasch neben mich und blickte starr auf das Messer, mit dem er vor uns fuchtelte, um uns beide unter Kontrolle zu halten. Zuerst war ihr Blick ausdruckslos, dann wurde er ärgerlich – und ein wenig überdrüssig.

»Wenn du nicht von deinem Ziel ablässt, wirst du sterben!«, verkündete sie mit dieser alten, uralten Stimme. »Das will ich Mia nicht antun.«

Wieder lachte Lukas auf. »Du bist verrückt!«, zischte er. »Was kannst du denn schon gegen mich ausrichten?«

Endlich hatte er gefunden, was er suchte. Ich hatte bis jetzt gedacht, dass er nach Sprengmaterial kramte, in Wahrheit war es der Zünder, den er nun in Händen hielt, was hieß, dass er das Sprengmaterial bereits befestigt hatte und somit nur ein Knopfdruck genügen würde, um das Rohr zum Explodieren zu bringen.

Seine Augen glänzten irr, als er Aurora fixierte und schadenfroh den Zünder hochhielt.

»Also, was willst du tun?«

Aurora blieb stumm, aber ich fühlte, wie sie sich anspannte. Obwohl alles in mir drängte, sie zu schützen, wich ich zurück – zutiefst erschrocken von dem Licht, das plötzlich von ihr ausging. Nein, es waren nicht mehr nur die Augen, die glühten. Ein Leuchten umhüllte ihren ganzen Körper, kein bläuliches, sondern ein rötlichwarmes, das mich an die Morgenröte erinnerte – jene Morgenröte, die zur Stunde ihrer Geburt den Himmel rosig gefärbt hatte, und jene Morgenröte, in deren Licht sie einst Caspar von Kranichstein bezwungen hatte.

Wieder musste ich an dessen Worte denken. Dass man nicht viel über die Nephilim der ersten Sphäre wisse, dass man nur manches von dem ableiten könne, was einst die Kirchenväter über die Hierarchie der Engel festgehalten hätten. Demnach waren diese Engel der ersten Sphäre nicht nur Träger der Weisheit, sondern Träger des Lichts. In ihnen brannte ein göttliches Feuer, viel stärker und heißer und machtvoller als jede irdische Flamme.

Immer noch sagte Aurora nichts, hob einfach nur die Hände, und Lukas erstarrte. Ob er auch dieses Licht wahrnahm, wusste ich nicht, aber Auroras blaue Augen schienen wie ein Magnet zu wirken, der seinen Willen förmlich aus ihm herauszog und nichts zurückließ als eine leblose Hülle, die sich ihr nicht widersetzen konnte. Seine Schritte fielen so ungelenk aus wie die einer Marionette, deren Fäden durchgeschnitten worden waren. Ich sah, wie er das Messer heben wollte, aber es nicht mehr konnte; klirrend fiel es zu Boden. Dann sah ich nichts mehr, wurde von einer unsichtbaren Gewalt gegen die Wand gedrückt und musste meinen Blick von Aurora wenden, weil ich das Leuchten nicht mehr ertrug.

»Nein!«, rief Lukas, gequält nun, als verkrampfe sich sein ganzer Körper voller Schmerzen. »Nein!«

Mehr zu sagen fehlte ihm die Kraft. Er wich zurück – oder wurde von Aurora zurückgetrieben –, bis er an die gegenüberliegende Wand stieß.

Dann erst verlor das Glühen um Aurora etwas von seiner Kraft. Ich konnte mich wieder von der Wand lösen, die Augen öffnen.

»Es war deine Wahl …«, sagte sie leise.

Da glättete sich plötzlich Lukas' Gesicht, war keine von Hass und blinder Rachsucht verzerrte Maske mehr, sondern war wieder das Gesicht des Lukas, den ich kannte, des liebevollen, fürsorglichen Vaters, des Freundes, auf den man sich verlassen konnte. Verwirrt sah er aus, so als erwache er aus einem bösen Traum, und zugleich erleichtert, weil das Erste, was er sah, dieses wunderschöne Mädchen war, dessen rötlichbraunes Haar zu fluoreszieren schien. Er sank auf seine Knie, hob seine Hände wie zum Gebet. Das Letzte, was ich zu sehen glaubte, war ein Ausdruck der Hingabe – die gleiche Hingabe, die einst auch Caspar gefühlt und ins Verderben gerissen hatte.

»Wer bist du?«, hörte ich ihn fragen, dann gingen jegliche Worte in einer ohrenbetäubenden Explosion unter. Auch wenn er den Zeitzünder nicht mehr ausgelöst hatte – die Pumpe war bereits zu schwer beschädigt. Irgendetwas schien förmlich zu platzen, das Wasser stürzte auf ihn nieder wie eine weiße Wand. Ich sah noch, wie seine Knie vom Boden weggerissen wurden – dann hatten mich die kalten Fluten selbst erfasst.

[illegible]

[illegible]

[illegible]

[illegible]

XIII.

Das kalte Wasser traf mich wie ein Schlag. Anfangs gelang es mir noch, ihm irgendwie auszuweichen, meinen Kopf hoch zu halten und nach Luft zu schnappen, doch der zweiten Welle, die auf mich herabging, konnte ich nicht entkommen. Das Wasser drang in meine Ohren, meinen Mund, meine Nase. Ich presste meine Augen zusammen, streckte die Hände aus, um nach Aurora zu greifen, aber da war nur Leere. Ich kämpfte darum, einen Schritt nach vorne zu machen, doch ehe ich den Fuß wieder aufsetzen konnte, wurde mir der Boden unter dem anderen weggerissen. Ich strampelte, versuchte mich an irgendetwas festzuhalten. Doch es war sinnlos. Ich trieb in einer kalten, schwarzen Welt, in der es kein Oben und Unten mehr zu geben schien, kein rechts oder links. Als mich das Wasser mit aller Macht gegen eine der Wände rammte, stieß ich einen Schrei aus – und damit die letzte Luft aus meinen Lungen. Ich wusste, ich durfte nicht wieder einatmen, sonst würde sich die Lunge sofort mit Wasser füllen, doch dieser Drang, nach Luft zu schnappen, wurde mit jedem Augenblick mächtiger. Meine Brust schien zu zerbersten, in meinen Augen brannte es wie Feuer. Erst später begriff ich warum – das Wasser, das mich mitgerissen hatte, war schon mit Salz angereichert gewesen. In diesem Augenblick konnte ich nichts denken, war nur in diesem namenlosen Schmerz und der sicheren Überzeugung gefangen: Es ist vorbei. Ich werde qualvoll ertrinken. Ich werde meine Liebsten nie wiedersehen.

Doch dann kam aus dem kalten, schwarzen Nichts eine Hand, klein, aber sehr stark. Sie bekam mich erst am Ellbogen zu fassen, dann am Handgelenk und zog mich mit sich. Kurz, ganz kurz kam mein Kopf über Wasser, und ich japste nach Luft. Meine Lungen hatten sich nicht wieder gefüllt, als ich dem Zweikampf mit den Fluten wieder unterlag, mein Kopf untertauchte, ein gurgelndes Geräusch meinem Mund entwich. Ich drohte wieder mitgerissen zu werden, immer mehr in die Tiefe, prallte erneut gegen eine Wand, doch die Hand ließ mich nicht los, zog mich beharrlich weiter und trotzte der Gewalt des Wassers.

Meine Brust schien wieder zu zerspringen, doch endlich spürte ich festen Boden unter den Füßen, richtete mich auf, schnappte wieder nach Luft, diesmal länger, tiefer. Ich hustete rau, und es fühlte sich an, als schnitte ein Messer in meine Kehle, doch der unerträgliche Druck ließ ein wenig nach. Das Wasser reichte mir bis zur Hüfte, es war stockdunkel, doch die Hand ließ mich nicht los, und ich gab mich blind und keuchend ihrer Führung hin. Noch rissen die Wasserfluten an mir, aber erwiesen sich als nicht mehr ganz so gewaltig, gingen schließlich immer weiter zurück: Zuerst gaben sie meine Hüfte frei, dann meine Oberschenkel, zuletzt meine Knie. In einem kleinen Gang, den wir erreicht hatten, stand das Wasser nur noch knöcheltief.

Wir waren in Sicherheit. Wir waren nicht ertrunken.

Wasser rann aus meinen Haaren, tropfte von der Kleidung und ließ mich zittern. Ich merkte es kaum, denn Auroras Hand war fest und warm. Ich hatte das Gefühl, dass sie mir nicht nur den Weg wies, sondern mit ihrer Berührung die Schmerzen ebenso verblassen ließ wie die Erinnerung an die Todesängste, die ich eben ausgestanden hatte.

Mühsam setzte ich Schritt vor Schritt, und irgendwann glaubte ich am Ende des Tunnels Licht zu sehen, einen blassen, schmalen Streifen. Er wurde immer breiter, immer heller, und nun konnte ich auch den Lärm hören: Wieder heulte eine Sirene auf, Stimmen gingen wild durcheinander, Schritte ertönten, und eine neuerliche Explosion erschütterte den Berg. Doch die Wände um uns herum waren stabil, und dann erreichten wir auch schon einen Stollenausgang – ähnlich jenem, durch den ich gestern an Caspars Seite den Berg betreten hatte. Noch war er von einem Tor verschlossen, doch Aurora ließ mich kurz los, um mit beiden Händen dagegenzudrücken – sachte nur, als wäre es nicht aus Holz und Eisen gebaut, sondern aus Stoff, den man beiseiteschieben musste. Es knackte, dann sprang es auf.

Bis jetzt war es mir irgendwie gelungen, weiterzugehen. Als mich die kalte Morgenluft traf, die nasse Kleidung auf meiner Brust zu kleben begann, konnte ich nicht mehr weiter. Immer noch keuchend fiel ich auf die Knie und schloss für einen Moment die Augen, um mich zu sammeln. Als ich sie wenig später wieder öffnete, schien das graue, fahle Licht etwas heller geworden zu sein. Die Berge hoben sich schwarz von einem noch blassen Himmelsblau ab. Wir waren auf einem schmalen Weg schräg über Hallstatt gelandet. In der Ferne verrieten ein paar Lichter die Nähe der Stadt. Der Boden war von Lärchennadeln übersät. Die nackten Bäume, die den Weg säumten, glichen einem Geisterwald, aus dem alles Leben verschwunden war.

Doch ich lebte. Und Aurora lebte.

Ich hob den Kopf und sah, dass sie die ganze Zeit über starr vor mir gestanden hatte. Auch ihre Kleider waren nass, doch die Haare klebten ihr nicht im Gesicht, sondern hatten sich in der frischen Luft gekräuselt. Sie wirkte müde, nahezu erschöpft, aber das Atmen schien ihr nicht die gleichen Schmerzen zu bereiten wie mir.

Ich versuchte wieder aufzustehen, aber meine Knie zitterten zu stark. Aurora streckte ihre Hand nach mir aus, und ich ergriff sie, ergriff sie mit so viel Liebe, so viel Dankbarkeit. Und so viel Befremden. Es war die Hand meiner Tochter, die ich hielt, und doch wieder nicht. Es war das Gesicht meiner Tochter, in das ich blickte, und doch wieder nicht. Sie war mein Kind, aber sie war noch viel mehr als das.

Erst jetzt konnte ich die Wahrheit aussprechen.

»Du bist eine der Weisen«, stieß ich mit rauer Stimme aus. »Du gehörst zu jenen Nephilim, die die Fülle der Erkenntnis und der Macht in sich tragen. Darum hat Saraqujal dich entführt. Er hat die anderen Nephilim nicht hergelockt, um ihnen Nathans und Caspars Leichname zu präsentieren. Er wollte dich ihnen zeigen – und auf beiden Seiten die Gier wecken, eine so machtvolle Nephila zu einer der Ihren zu machen. Mit deinen Fähigkeiten könntest du für beide – Wächter wie Schlangensöhne – von unglaublich großem Nutzen sein. Ja«, ich sagte es nun wieder, immer wieder. »Du bist keine normale Nephila. Du bist eine Weise.«

Auroras Blick war starr auf mich gerichtet – und er bestätigte die Wahrheit eindringlicher, als jedes Wort aus ihrem Mund es hätte tun können. Ja, ich bin ein Weise, sagte ihr Blick.

Doch dann begann er kaum merklich zu flackern. Unsicherheit schlich sich hinein, als wäre sie nicht sicher, ob das tatsächlich stimmte, vor allem aber, als wüsste sie nicht, wie sie damit umgehen sollte. Die alte, willensstarke Nephila hinter ihrem Antlitz, die Lukas dazu gebracht hatte, das Messer fallen zu lassen und zurückzuweichen, schwand – das Kind Aurora kam zutage, das vertraute, so geliebte Kind. Sie stammelte etwas, was ich nicht verstehen konnte, irgendetwas von Ängsten, Zweifeln und was nun werden sollte. Ich streckte beide Arme nach ihr aus, wollte sie tröstend an mich ziehen, doch da waren plötzlich Schritte hinter uns zu hören. Nathan und Caspar kamen in jenem verrückten Tempo der Nephilim auf uns zugerast, und etwas langsamer folgte ihnen Marian. Er zog Mia an der Hand, sorgsam darauf bedacht, dass er nicht zu schnell ging und sie nicht ins Straucheln geriet.

Ich konnte kaum sehen, wie sie den verbleibenden Abstand überbrückte, doch schon einen Augenblick später stand Aurora vor Nathan und fiel ihm in die Arme, suchte ganz selbstverständlich Schutz bei ihm und sagte, ohne Zögern, »Papa!« zu ihm. Innig zog er sie an sich, strich ihr über das rotbraune Haar, und kurz wurde ich blind für die ganze Welt, sah nur die beiden, Vater und Tochter, die, die ich am meisten liebte, meine Familie, die endlich ganz zusammengefunden zu haben schien, befreit war von dieser Distanz, diesem leisen Befremden. Das Glücksgefühl hielt nicht lange an. Auch Mia und Marian hatten uns nun erreicht, und ich sah, wie sich das Mädchen ängstlich umblickte, schließlich erbleichte. Sie schluchzte auf, aber sie hatte keine Tränen mehr, um wieder so bitterlich zu weinen wie vorhin. Sie schien sofort zu wissen, was es bedeutete, dass Lukas nicht hier bei uns war, doch sie stellte keine Fragen, klammerte sich nur so fest an Marians Hand, dass ihre Finger sich röteten, und obwohl ihm der feste Druck weh tun musste, wehrte er sich nicht dagegen.

Ich wollte zu ihr treten, sie irgendwie trösten, bemerkte dann aber, wie Caspar auf Nathan und Aurora starrte, mit leicht bebenden Lippen und angespanntem Körper. Nicht nur Hunger nach Gewalt, uralter Hass und Feindseligkeit spiegelten sich in seinen Zügen, sondern etwas anderes – etwas von jener Sehnsucht von einst, als Aurora auf dem Felsvorsprung einen Namen gerufen hatte und er auf sie zugegangen war. Kurz war ich mir sicher – würde sie ihm irgendetwas befehlen, würde er es bedingungslos tun, würde sich sogar so weit erniedrigen und vor ihr auf den Boden sinken. Doch sie achtete nicht auf ihn – und das erzeugte in ihm jene gefährliche Mischung aus Schmerz und Wut.

»Die kleine Familie – glücklich vereint«, lästerte er, und das Zischeln in seiner Stimme war bissiger als je zuvor. Sein Blick fiel auf mich, und zu seiner Verbitterung gesellte sich ein unerwarteter Ausdruck: der von Mitleid. »Du bist dir doch im Klaren, dass du dein erbärmliches, kleines Leben nicht einfach so wirst weiterführen können. Wie es aussieht, ist es mit dem Menscheln vorbei.«

Ich erschauderte, fühlte, wie Kälte an mir hochkroch. Ich wusste nicht, was es bedeutete, dass in Aurora nicht nur ihr Nephilim-Erbe erwacht war, sondern dass sie darüber hinaus eine der Weisen war – ich wusste nur, dass sie nie mehr ganz mein Kind sein würde, dass ich sie fortan mit dieser nicht nur fremden, sondern zutiefst befremdenden Macht teilten musste.

Nathan ließ Aurora los und stellte sich hastig vor mich, als Caspar den Anschein machte, auf mich zuzutreten. »Lass sie in Ruhe!«, fuhr er ihn an.

»Ach ja?«, höhnte Caspar. »Ich soll mich jetzt einfach wortlos zurückziehen? Wenn ich mich recht erinnere, hattet ihr meine Hilfe eben noch bitter nötig.«

»Du selbst warst bereit, mit mir einen Waffenstillstand zu schließen.«

Caspar bleckte seine Zähne, und sein Gesichtsausdruck glich einmal mehr dem eines Raubtiers. »Ein Waffenstillstand, der jetzt genau betrachtet keinen Sinn mehr macht ...«

Wieder bemächtigte sich Anspannung seines Körpers – und noch etwas anderes: purer Blutrausch. Was ihn davon abhielt, auf Nathan loszustürzen, war nicht mein verzweifeltes Rufen, nicht Nathans kalter Blick, nicht Marian, der Mia eben losließ, vortrat, wieder etwas zu sagen versuchte, aber es nicht konnte – nein, ein Geräusch hielt ihn ab, etwas, was ich noch nie gehört hatte, vielleicht niemals wieder in gleicher Intensität hören würde und was mir bis zum Ende meines Lebens in Erinnerung bleiben würde.

Caspar wurde blind für Nathan. Er fuhr herum, wie wir alle es taten – gebannt und fasziniert, aber auch beunruhigt und voller Furcht.

Die Erde vibrierte. Sie erzitterte nicht wie bei einem Erdbeben oder wie vorhin bei den Explosionen im Bergwerk – es war vielmehr so, als würde sich ihre

Oberfläche schmerzhaft zusammenziehen, als würden sich alle Bäume, Büsche und Gräser ducken und selbst der kalte Stein zittern. In der Luft lag eine Spannung, als stünde ein Gewitter bevor, doch was da diesen dämmrigen Himmel erleuchtete, waren keine Blitze, eher Lichtfunken, nicht ganz so grell, aber unangenehm in den Augen. Der Wind fauchte wie ein wildes Raubtier, innerhalb weniger Sekunden schien die Temperatur ins Bodenlose zu fallen. So aufgeladen die Luft auch war – etwas saugte förmlich jegliche Wärme aus ihr heraus. Ich wollte mich umsehen, doch Nathan zog mich hastig an sich und barg meinen Kopf an seiner Brust. Schützend hielt er mich mit beiden Händen fest, und im nächsten Augenblick begriff ich auch, warum er das tat. Der Wind wehte plötzlich so heftig, dass er mich sicher umgerissen hätte, hätte Nathan mich nicht geschützt. Die Geräusche, die nun von allen Seiten kamen, schienen meinen Kopf platzen zu lassen. Sie waren nicht wirklich laut, jedoch erschreckend eindringlich. Von der einen Seite kamen diese blechernen, quietschenden, metallischen, säuselnden Laute der Schlangensöhne – von der anderen das Raunen und Flüstern der Wächter. Vereinzelt vernahm man Klirren – doch noch wurden die Schwerter nicht gegeneinandergeschlagen, sondern lediglich aus ihre Scheiden gezogen. Und dann war es plötzlich still. Nein, nicht einfach nur still, sondern totenstill. Nie zuvor hatte ich besser begriffen, warum man eine Stille tot nennen konnte. Als ich langsam meinen Kopf hob, schien es, als wäre das Fleckchen Erde, worauf ich und an die hundert Nephilim standen, von der restlichen Welt abgeschnitten worden. Irgendwo gab es noch die Welt der Menschen – Menschen, die verzweifelt ins Bergwerk stürmten, zu retten versuchten, was zu retten war, Menschen, die schrien und Befehle erteilten, die die Nachricht vom Einsturz verbreiteten. Doch zwischen jener Welt und dieser zog sich eine unsichtbare Grenze. Hier gab es kein einstürzendes Bergwerk – hier gab es nur dieses Stück … Nichts.

All diese Wesen, die herbeigekommen waren – von Saraqujal offenbar hierherbestellt –, standen nun völlig erstarrt, als wären sie längst tot.

Erschreckend war es, sie anzusehen – und zugleich faszinierend. Vorhin hatte ich den Eindruck, dass sie von allen Seiten kommen würden – nun wurde es offensichtlich, dass sie zu zwei Lagern gehörten, zwischen denen eine Trennlinie von einigen Metern klaffte. Hinter dieser Linie schien ein jeder nicht zufällig seinen Platz gefunden, sondern auf den Zentimeter genau seine Position eingenommen zu haben – die Position, die ihm der jeweilige Rang zuwies und welche die Hierarchie offenbarte, von der Caspar mir berichtet hatte. Auf diese Weise bildeten diese Nephilim eine sorgfältig ausgeklügelte Formation.

Eine Weile konnte ich sie nur anstarren, dann erst bemerkte ich, dass Nathan mich losgelassen hatte, dass er sich – genauso wie Caspar – blitzschnell in diese Formation eingefügt hatte, unauffällig und auch so selbstverständlich, als hätten sie beide, wenn auch auf unterschiedlichen Seiten, immer dazugehört. Ich wusste, Nathan wollte mich und Aurora nicht im Stich lassen – doch in der Gegenwart von so vielen Nephilim musste er einer Macht gehorchen, die stärker war als sein Wille. In Aurora schien die gleiche Macht nicht zu wirken, denn sie blieb bei mir stehen, drückte meine Hand, und plötzlich glaubte ich, sie mit mir sprechen zu hören, wenn auch nicht mit ihrer Stimme, sondern allein kraft ihrer Gedanken.

Ja, die Männer in den bodenlangen Kutten waren die Alten. Die der Wächter und der Schlangensöhne glichen sich bis aufs Haar, was ihre Statur und ihre Kleidung anbelangte – nur die Augenfarbe unterschied sie, das kräftige Blau der einen, das abgründige Schwarz der anderen. Die etwas größeren unter ihnen schienen die Heerführer zu sein, die, die besonders starr standen, die ordnenden Mächte.

Bis jetzt hatte es für mich so ausgesehen, als ob sich keiner von ihnen auch nur einen Millimeter bewegen würde – doch wenn das für ihre Körper galt, so nicht für ihre Blicke. Aufmerksam huschten sie über die Massen und schienen stumme Befehle auszusprechen – an all die Nephilim unter ihnen gerichtet, von den Mitläufern bis zu den Fürsten. Erstere glichen einander wie Schatten und erschienen mir als unheimliche, seelenlose Kreaturen, mehr Maschinen als lebendige Wesen. Die Höherrangigen hingegen wirkten menschlich.

Ich entdeckte Cara in der Menge der Wächter, und ich konnte hören, wie Aurora erleichtert seufzte. Auch mich beschwichtigte Caras Anblick, obwohl sie meinen Blick nicht erwiderte. Schon damals, vor fünf Jahren, hatte sie mir allein mit ihrer gesetzten, ruhigen Art immer das Gefühl gegeben, in ihr eine treue, verlässliche Verbündete zu haben. Jetzt begriff ich, warum wir sie telefonisch nicht mehr hatten erreichen können, und ich konnte auch nachfühlen, dass es für sie eine ungleich größere Überwindung gewesen sein musste hierherzukommen als für alle anderen. Sie gehörte zu der verschwindend kleinen Minderheit der Nephilim, die nach dem 14. Lebensjahr die Seiten gewechselt hatten –

den Schlangensöhnen gegenüberzustehen hieß für sie zugleich, der Familie zu begegnen, von der sie sich losgesagt und die ihr den einstigen Verrat nicht verziehen hatte. Einzig die Überzeugung, das Richtige getan zu haben und weiterhin zu tun, hatte ihr wohl den Mut dazu verliehen – und ihre Entschlossenheit gab wiederum mir die Kraft, die Schlangensöhne eingehender zu mustern.

Die Mitläufer unter ihnen erweckten noch größeren Abscheu wie die Untersten der Wächter, doch je höher sie innerhalb ihrer Hierarchie standen, desto faszinierender war ihre Ausstrahlung. Caspars Präsenz, die mich stets beeindruckt hatte, geriet im Vergleich zu manchen anderen Schlangensöhnen nahezu kümmerlich.

Einer von ihnen glich ihm fast aufs Haar – zumindest, was seine Gesichtszüge anbelangte: seine Statur hingegen war viel breiter, imposanter.

Aurora raunte mir seinen Namen zu – und bestätigte, was ich ahnte: Das war Claudius von Kranichstein, Caspars und auch Caras Vater. Von seinen Kindern gehasst und gefürchtet zugleich. Grausam, streng, gnadenlos. Caras vermeintliche Ausgeglichenheit hatte stets Sprünge bekommen, wenn sie von ihm erzählt hatte, wie er nicht nur ihre sanfte Mutter stets unterdrückt hatte, sondern mit größtem Genuss und ohne jedes Maß Menschen abschlachtete und seine Kinder gnadenlos seinem Willen zu unterwerfen suchte. Bei Caspar war es ihm geglückt – bei Cara nicht. Sie hatte seine Lust an Blutbädern nicht geteilt, sich vielmehr geweigert, überhaupt Menschen zu töten – und war bitter dafür bestraft worden.

So deutlich die Ähnlichkeit von Vater und Sohn

war – in Claudius' Gesicht stand etwas, was ich bei Caspar nie wahrgenommen hatte: etwas Rohes, Gewalttätiges, Zügelloses. Ja, auch Caspar konnte grausam sein. Doch bei Claudius hatte ich das Gefühl, er würde liebend gern im Blut seiner Opfer baden, während Caspar – so selbstverständlich er im Krieg zu töten bereit war – sich nicht daran berauschte. Gewalt war für ihn kein Selbstzweck. Sie diente dazu, seine Überzeugung durchzusetzen, wonach die Welt den Nephilim gehörte und nicht den Menschen. Pack und Füllfleisch nannte Caspar die Mehrheit der Menschen – all jene, die keine besonderen Talente mitbrachten und ihm nützlich sein konnten –, doch solange sie ihm nicht lästig wurden, konnte er gut und gerne darauf verzichten, sie zu töten. Claudius hingegen machte den Eindruck, als sei jeder Tag, an dem er nicht blindwütig einen oder mehrere von dieser Menschenbrut vernichtet hatte, ein verlorener.

Ein Schauer durchfuhr mich. Dann nahm ich einen weiteren Mann an seiner Seite wahr, der Caspar und somit auch Claudius ähnlich sah. Das musste der Bruder sein, den Caspar auf der Dachsteinlodge erwähnt hatte.

César …, glaubte ich Aurora sagen zu hören.

Er stammte wohl von einer anderen Mutter ab als Cara und Caspar – offenbar von einer Südländerin. Fast alle Schlangensöhne waren ungewöhnlich bleich, doch Césars Haut war von einem gesunden Braun. Kräftig waren sie alle – doch er strotzte geradezu vor Kraft, täuschte nicht mit einer starren, dürren, spinnengleichen Gestalt darüber hinweg, dass es sich unglaublich schnell und tödlich bewegen konnte. Und Césars Blick war nicht leer, hart und kalt – ein Funkeln lag darin, bösartig und gefährlich und zugleich lebendig. Er war eine äußerst faszinierende Mischung aus Caspar und Claudius – er besaß Caspars Eleganz, aber nicht dessen Steifheit, und das Gierige, Unverblümte von Claudius, aber nicht dessen Derbheit.

Als er Cara auf der anderen Seite wahrnahm, grinste er, und während Cara noch erschrocken war, als sie Claudius wahrgenommen hatte, blitzte es beim Anblick dieses Halbbruders in ihren grünen Augen auf, hasserfüllt, vor allem aber spöttisch.

Doch dann erlosch jegliches Augenfunkeln. Die Stille, die eben noch über allem gelegen hatte, wurde durchbrochen. Es klang wie ein Brodeln, das plötzlich aus den Reihen der Nephilim aufstieg – so als würde der Kampfeswille langsam zu sieden beginnen wie Wasser. Noch standen die meisten starr, doch einige der Alten waren vorgetreten und begannen raunend miteinander zu reden. Ich hörte es nicht genau, konnte nicht einmal sagen, in welcher Sprache sie kommunizierten, doch wieder erklärte es mir Aurora, indem sie meine Hand fest drückte und mir ihre Gedanken übermittelte.

Offenbar ging es darum zu klären, warum Saraqujal sie hierhergelotst hatte und darum, wo er denn sei. Doch während sie anfangs nur Vermutungen äußerten, wurden jetzt Drohungen und Vorwürfe laut: Die beiden Parteien verdächtigten sich gegenseitig, mit Saraqujal gemeinsame Sache gemacht zu haben.

Das Brodeln wurde noch lauter, das Zischen der Schlangensöhne klang giftig, das Flüstern der Wächter grollend. Beides ging mir durch Mark und Bein, und auch Aurora schien es schmerzhaft zu spüren. Erst versteifte sie sich, dann begann sie zu zittern. Mit aufgerissenen Augen starrte sie auf die Schwerter, die einige der

Nephilim hinter den Alten nun drohend hoben, bereit, sofort auf den Feind zuzustürzen.

Ehe sie es taten und ehe die Alten ihr Gespräch beendet hatten, nahm ich im Augenwinkel eine Bewegung wahr. Es ging so schnell, dass ich erst glaubte, jemand aus dem Fußvolk hätte die unerträgliche Spannung nicht länger ertragen und den Kampf eröffnet. Doch als ich entsetzt aufschrie, sah ich, dass es nur Marian war, der an mir vorbeigerannt war und nun auf einen der Alten zulief.

Es war einer der Wächter, in dessen schwarzer Kutte Marian sein Gesicht barg. Eine Weile standen die beiden völlig starr, dann sah ich, wie der Alte seine Hand hob und über Marians Kopf strich.

»Du erkennst mich wieder, nicht wahr? Du kannst dich noch an meinen letzten Besuch bei euch erinnern.«

Ein erstickter Laut drang zu uns, der meinen Ohren vertraut war: So klang es, wenn Marian zu sprechen versuchte, es aber nicht konnte. Umso mehr erstaunten mich die Worte, die folgten, flüsternde, raue, aber auch verständliche Worte – Worte, die nicht etwa aus dem Mund des Alten kamen, sondern die Marian sprach, entweder vom Schock über all die Ereignisse dazu befähigt oder von dem Alten, der seine Hand weiterhin auf seinem Kopf liegen ließ. Ja, er konnte sprechen, konnte bestätigen, dass er ihn wiedererkannte, und erzählen, was passiert war, von Saraqujals Verschwörung und dass er gescheitert war. Wort um Wort sprudelte aus ihm heraus und seine Stimme gewann an Kraft, auch wenn sie nicht richtig laut wurde. Er sprach in einem melodischen Singsang, dem wie auch seinem Blick etwas Verzweifeltes anhaftete. Als er endlich innehielt, stellte der Alte Fragen, und Marian antwortete schnell. Wieder fiel mehrmals Saraqujals Name und auch der von Lukas.

Als er geendet hatte, zog der Alte seine Hand zurück und hob den Kopf. Kurz konnte ich sein Gesicht sehen, über das bislang seine Kapuze einen tiefen Schatten geworfen hatte. Der starre Ausdruck erinnerte an den von Saraqujal; er wirkte zwar nicht uralt, aber irgendwie leblos. Doch anders als der irre bösartige Blick von Saraqujal strahlten diese Augen Wärme aus. Die hohe Stirn und das längliche Gesicht kam mir vertraut vor, und ich war mir sicher, dass dieser Alte hier Sartael war, Saraqujals Bruder, der dessen Ausschluss aus dem Ältestenrat erwirkt hatte.

Er drehte sich langsam zu uns um; sein suchender Blick fiel erst auf Caspar, dann auf Nathan und zuletzt auf Aurora. Er war nicht überrascht, sie zu sehen, sie als Weise zu erkennen – wahrscheinlich hatte Saraqujal ihn mit dem Versprechen hierhergelockt, ihm eine außergewöhnlich begabte und mächtige Nephila zu präsentieren, die ihr 14. Lebensjahr noch nicht erreicht hatte, die man noch beeinflussen und prägen konnte und die dank ihrer herausragenden Fähigkeiten ein großer Gewinn im Krieg gegen die Feinde sein konnte.

Die anderen Alten, auch die der Schlangensöhne, waren seinem Blick gefolgt. Ich nahm Verwirrung wahr, Empörung und Ärger, hörte, wie wütende Worte durcheinandergingen, und begriff erst jetzt: All diese Nephilim hatten nicht damit gerechnet, hier auf ihre Feinde zu stoßen. Seinem Bruder hatte Saraqujal vorgemacht, dass er wieder voll und ganz auf seiner Seite stünde – und er nicht selbstherrlich über Auroras Zukunft entscheiden, sondern sie dem Rat anvertrauen wollte. Den Schlangensöhnen wiederum hatte er sich als Abtrünniger präsentiert, der die Seinen so sehr hasste, dass er nicht ihnen, sondern vielmehr ihren schlimmsten Feinden eine so mächtige Nephila zuspielte.

Auch wenn sie verfeindet waren – kurze Zeit schien Einigkeit zwischen den Alten der Wächter und der Schlangensöhne zu herrschen: Darüber, dass sie alle belogen und irregeleitet worden waren, und darüber, dass Saraqujals Verhalten empörend und abscheulich war.

Doch dann begannen die Heerscharen hinter den Alten unruhig zu werden. Ganz gleich, unter welchen Vorzeichen man sie hierhergelockt hatte – in jedem Fall standen sie ihren Todfeinden gegenüber. Die Luft schien förmlich zu kochen, die Spannung wuchs, manch einer fletschte die Zähne, sichtlich begierig, dass einer der Alten endlich ein Zeichen gab, um die Schlacht zu eröffnen.

Doch der Erste, der sich schließlich aus der Menge löste, tat dies nicht, um sein Schwert zu ziehen und zu kämpfen. Ein Wächter, der Nathan ungemein ähnlich sah, stürzte auf Marian zu, rief mehrmals seinen Namen und umarmte ihn mit tränenüberströmtem Gesicht.

Marian zuckte zusammen, als der Nephil ihn berührte. Rasch löste er sich aus dessen Umarmung und schmiegte sich schutzsuchend an Sartael. Doch dieser lächelte ihm aufmunternd zu, nickte schließlich, so dass Marian sich traute, den Fremden eingehend zu betrachten. Dieser Mann versuchte nicht, ihn ein zweites Mal zu umarmen, sondern fiel stattdessen vor ihm auf die Knie, um seinen Blick auf gleicher Augenhöhe zu erwidern. Ein ersticktes Schluchzen war zu hören – ich wusste nicht, aus welcher Kehle es kam, erkannte nur, dass dieser Mann nicht nur große Ähnlichkeit mit Nathan hatte, sondern vor allem mit Marian: Seine Haut war ebenso blass, die Züge ebenso fein, die Gesten verhießen ebenso viel Zartheit – aber auch Wendigkeit. Ich ahnte die Wahrheit, bevor der Mann sie aussprach: »Ich bin dein Vater, Marian, ich bin dein Vater, aber ich musste …«

Seine Stimme bebte so stark, dass er nicht weitersprechen konnte.

Die Fotos kamen mir in den Sinn, die wir bei den Orquals gefunden hatten – Fotos von einem jungen Mann, dessen Gesicht fehlte und den ich darum irrtümlicherweise mit Nathan verwechselt hatte. Saraqujals Hass auf Nathan und sein Trachten, ihn zu bestrafen, entsprang nicht zuletzt der Verbitterung, dass der eigene Sohn sich ihm widersetzte … ein Sohn, der Nathan so ähnlich sah … der wie er Normalität suchte … den er aus seinem Leben zu verbannen versuchte.

»Ich bin an allem schuld!«, klagte Marians Vater. »Wenn ich mich ihm nicht entzogen hätte … mich ihm widersetzt … er hätte nie diesen Plan ausgeheckt!«

Auch Marians Schultern bebten. »Fort!«, rief er mit kläglicher, aber doch kräftiger Stimme. »Du warst plötzlich fort!«

Sein Vater schüttelte verzweifelt den Kopf. »Ich musste dieses Opfer bringen. Ich glaubte zumindest, dass ich es müsste. Für deine jüngeren Geschwister, deine Mutter … Vater hat versprochen, uns in Frieden leben zu lassen, wenn er wenigstens dich bekäme. Aber es war wahnsinnig zu glauben, er würde sich damit begnügen! Er hat das nur getan, um mich zu quälen – und hat insgeheim an seinen Racheplänen festgehalten.«

Er hob seine Hand, strich Marian über das Haar, küsste seine Stirn. Wieder versuchte er ihn zu umarmen – seinen Erstgeborenen, den er hatte aufgeben müssen –, und diesmal widersetzte sich Marian nicht, sondern klammerte sich seinerseits an ihn.

Ich blickte zu Sartael und nahm wahr, dass er wohlwollend Neffe und Großneffe betrachtete. Doch plötzlich verwandelte sich seine Miene. Aus den freundlichen Zügen eines alten Mannes wurde eine starre Maske, die nichts Menschliches mehr an sich hatte. Die blauen Augen begannen zu glühen, jedoch nicht warm und freundlich, sondern eisig kalt. Auch andere, die die Wiedervereinigung von Vater und Sohn beobachtet hatten, achteten nicht länger auf die beiden: Ihre Mienen wurden so ausdruckslos wie die der Schlangensöhne, und plötzlich änderten sie ihre Formation. Zunächst hatten die feindlichen Parteien zwei offene Kreise gebildet, nun standen sie einander in einer geraden Linie gegenüber. Ich sah, wie Marians Vater seinen Sohn zurückzerrte, ihn dann von sich schob und ihm den gleichen eindringlichen Befehl gab wie Nathan nun auch mir: »Bring dich in Sicherheit!«

Ich sah Marian eilig fortlaufen – selbst konnte ich mich nicht rühren. Das Dämmerlicht, eben noch erster Bote des Tages, schien wieder zu erlöschen, die Luft zu brennen unter den Blicken, die die Wächter und Schlangensöhne austauschten. Auroras Hand legte sich noch fester um meine, zog mich zurück.

»Nein!«, stieß ich aus, »Nein! Ihr dürft nicht kämpfen! Saraqujal hat doch alle in die Irre geführt! Ihr werdet doch nicht tun, was er von euch wollte! Er hat euch belogen, als er …«

Meine Stimme ging in einem Rauschen unter, von

dem ich nicht genau wusste, woher es stammte: Aus ihren Mündern? Oder von den flatternden Umhängen, weil sie alle gleichzeitig nach den Schwertern griffen?

Es war unmöglich, diesen Kampf zu verhindern. Auch wenn sie unter falschem Vorwand hergelockt worden waren – sie waren seit Hunderten von Jahren darauf aus, sich gegenseitig zu vernichten.

»Nathan …«, stammelte ich, »Nathan …«

Er hörte mich nicht. Sein Blick war starr auf Caspar gerichtet, und dieser Blick hatte nichts mehr von dem Mann … dem Nephil, den ich kannte, den ich liebte und der – von der Notwendigkeit geleitet – ein Bündnis mit seinem Erzfeind geschlossen hatte. Nun war dieses Bündnis nicht mehr notwendig. Nun brach jenes Gefühl hervor, das in den letzten Jahren geruht hatte: purer, glühender, absoluter Hass.

Auroras Griff wurde fester, sie zerrte mich ein paar Schritte zurück.

»Lauf fort, Mama! Und du auch, Mia!«

Mia gehorchte ihrem Befehl sofort, versteckte sich hinter einem Baum. Ich zögerte noch, machte dann aber auch ein paar Schritte in diese Richtung – überzeugt, dass Aurora mit mir kommen würde. Doch diese ließ plötzlich meine Hand los, machte kehrt und ging direkt auf das feindliche Heer zu – ausgerechnet in dem Augenblick, als die Alten ihre Hände zum Befehl hoben, loszuschlagen.

»Aurora, nein!«, schrie ich. Ich rannte ihr nach, wollte nach ihr greifen, doch sie schüttelte nur den Kopf, und als sich ihre blauen Augen in meine bohrten, konnte ich mich nicht mehr bewegen. Wie zur Salzsäule erstarrt blieb ich stehen, ging dann zu Boden. Meine Hände gruben sich in feuchte Erde. »Aurora …«

Sie wandte sich von mir ab, aber obwohl ich ihrem befehlenden Blick nicht länger ausgeliefert war, konnte ich mich weiterhin nicht rühren. Tatenlos musste ich zusehen, wie sie die Heere erreichte, diese wilden, ungezähmten Nephilim, die danach gierten, einander in einem blutigen Gemetzel zu vernichten, bei dem viele, vielleicht fast alle ihr Leben lassen würden.

Sie wusste, was sie tun musste. Ob sie es auch konnte – jene Pflicht zu erfüllen, mit der sie ihre besonderen Talente zu bezahlen hatte –, das wusste sie nicht. Aber sie würde es versuchen.

Ihre Mutter hatte recht, sie war eine der Weisen, schon Cara hatte es vor fünf Jahren geahnt, als sie sie über die Hierarchie der Nephilim belehrt hatte. Zu offensichtlich war es damals gewesen, dass ihre Fähigkeiten über die einer normalen Nephila hinausgingen.

»Aber was bedeutete das?«, hatte Aurora damals gefragt – und Cara hatte mit den Schultern gezuckt. In ihrem Leben sei sie noch nicht vielen Weisen begegnet, jene lebten sehr zurückgezogen, mischten sich nur ein, wenn es unausweichlich war …

Die Weisen, die auf der Seite der Schlangensöhne standen, seien besonders unberechenbar, gefährlich, zerstörerisch. Die Weisen der Wächter hingegen weihten ihr Leben nicht dem Krieg, sondern versuchten, die verlorene Harmonie wiederherzustellen. Gewiss, an ihrer eigentlichen Bestimmung konnten sie nicht rütteln. Diese war es, die Menschen zu schützen und zu diesem Zweck die Schlangensöhne auszuschalten. Und doch: jede Form von Grausamkeit, von Blutrausch, von Fanatismus war ihnen zutiefst zuwider.

Aus der Ahnung war für Cara mittlerweile wohl Ge-

wissheit geworden – das konnte Aurora an ihrem Blick lesen. Sie hatte Cara sofort im Kreise der Nephilim erkannt, und wenn diese auch auf jedes Zeichen der Wiedersehensfreude verzichtet hatte – ihr weder zunickte noch zulächelte –, so blieben ihre Augen doch starr auf Aurora gerichtet, und diese erwiderte den Blick, suchte Kraft und Zuversicht daraus zu ziehen.

Tu es!, sagten ihr Caras grüne Augen.

Tu es, obwohl du nicht weißt, welche Folgen es haben kann. Tu es, obwohl es dein Leben kosten kann, deine Macht voll und ganz zu entfesseln. Tu es und vertraue darauf, dass alles gut werden wird.

Du allein entscheidest, ob deine Gabe Segen oder Fluch ist.

Aber wie?, fragte Aurora stumm. Was soll ich tun?

Nicht Cara gab ihr die Antwort, sondern etwas anderes. Etwas, das in dem Augenblick in ihr erwachte, als der Kampf endgültig loszubrechen drohte. Aurora wehrte sich nicht dagegen, sondern wurde ganz ruhig und ließ kampflos das Wesen in ihr gewähren. Es erwuchs aus einem winzigen Samen und schien im nächsten Augenblick doch tief verwurzelt, streckte sich nicht nur zum Himmel, sondern nach allen Seiten. Nichts … nichts konnte sie mehr umwerfen, nichts sie kleinmachen. Und in das Klirren der Schwerter hinein rief sie: »Hört auf!«

Ihr Rufen war nicht lauter als das eines Menschen, doch ihre Stimme schien die Luft zum Vibrieren zu bringen. Eine unsichtbare Welle bahnte sich ihren Weg. Alle wichen vor dieser Welle zurück, die Schwerter sanken zu Boden, die Blicke richteten sich auf sie. Sie nahm sie kaum wahr.

Nicht du stehst im Mittelpunkt.

Sie hatte keine Ahnung, welche Stimme da zu ihr

sprach, ob die eigene, die von Cara oder die der fremden Macht, nur, dass diese Stimme die Wahrheit sagte.

Nicht du stehst im Mittelpunkt. Was du bist, ist nichts, worauf du stolz sein kannst. Es ist keine Auszeichnung, es ist eine Bürde, doch wenn du sie trägst, mit Demut, mit Entschlossenheit, mit Pflichtbewusstsein, wird Gutes daraus erstehen. Deine Gaben sind nicht für dich bestimmt, sondern für die Welt.

Wieder löste sich wie von selbst der Schrei aus ihrer Kehle: »Hört auf!«

Die Schwerter waren wieder erhoben, doch sie sausten nicht auf den Feind herab. Einige duckten sich, andere starrten sie hingerissen an – Schlangensöhne wie Wächter.

Aurora atmete tief ein. Ein Feuer brannte in ihr und auf ihr oder, nein, kein Feuer, es waren keinen Flammen, die sie wärmten, sondern das Sonnenlicht – das erste Licht des Tages, die Morgenröte. Langsam hatte sich der glühende Ball an den steilen Aufstieg gemacht und eben die Bergspitze überwunden. Strahlen brachen durch das fahle Licht der Dämmerung, fielen gebündelt auf sie, während die übrigen Nephilim im Halbdunkel verharrten.

»Hört auf!«, schrie sie ein drittes Mal, und so wie ihr Befehl eine unsichtbare Mauer zwischen den feindlichen Parteien errichtete, schlug nun auch die Morgenröte eine Schneise. Eben noch blass, entfaltete sie sämtliche blendende Kraft. Unwillkürlich ließen die Nephilim ihre Schwerter wieder sinken und hoben stattdessen ihre Hände, um sich vor dem grellen Licht zu schützen. Es war so stark, dass sie nun nicht einmal mehr Aurora anstarren konnten.

Und das war gut so.

Nicht du stehst im Mittelpunkt.

Aber was, fragte sie sich im Stillen, was ist dann meine Aufgabe?

Und wieder kam die Antwort wie von selbst: Gewiss, die Welt ist eine Kugel, doch denke sie dir einen Moment lang als Scheibe. Auf dieser Scheibe bewegen sie sich, irren, laufen, wanken, stehen, hasten, kämpfen, tanzen, lieben, hassen, lachen, weinen sie – die Menschen und die Nephilim. Ihre Ordnung ist fragil. Jederzeit kann das Gefüge durcheinandergeraten und in sinnloses Blutvergießen ausarten. Deine Aufgabe ist, das Gleichgewicht zu wahren. Du wirst den steten Kampf nicht beenden, der Kampf gehört zur Natur der Nephilim, aber du wirst dafür sorgen, dass die Welt nicht im Chaos versinkt. Ja, die Welt ist wie eine Scheibe, doch du wandelst nicht darauf, du bist eine ihrer Säulen, und wenn das Gleichgewicht bedroht ist, so musst du die Scheibe ein ganz klein wenig verschieben, so dass alle wieder zurück auf ihre Plätze finden.

Der große Archimedes hat einst gesagt: Gebt mir einen Punkt, und ich werde die Welt aus den Angeln heben.

Und genau das – genau das kannst du tun und musst du tun in solch einem Augenblick wie diesem.

»Hört auf!«

Sie raunte nur noch. Das grelle Licht verschwand wieder hinter den Wolken, und dennoch schien weiterhin etwas Glühendes, Starkes, Mächtiges vor den Augen der Nephilim zu lodern, denn sie hielten ihre Gesichter bedeckt. Für diesen kurzen Augenblick fühlte sie keine Last, keine Pflicht, fühlte nicht das Feuer, das in ihr und aus ihr brannte. Sie fühlte nur tiefste Harmonie und vollendete Stille, berauschender und erfüllender als jede Musik. Der Herzschlag der Welt vereinte sich mit ihrem zu einem Takt, der sich durch nichts und niemanden aus der Ruhe bringen ließ. Die Erde beschenkte sie mit der Kraft des Lebens. In diesem Augenblick war es ein glückliches Leben.

Es ist alles gut.

Dann schlug die Welle über ihr zusammen. Die Bannkreise, die sie um die beiden Heere gezogen hatte, zerfielen. Sie wurde von sämtlichen dunklen Gefühlen der Nephilim, von ihrem Hass und ihrem Ekel, ihrem Wunsch nach Blut und nach Kampf, ihrer Rachsucht und ihrer Feindseligkeit getroffen. Zuerst fühlte es sich an, als würden Pfeile auf sie niedergehen und ihre Haut zerfetzen. Dann schienen die Pfeile größer zu sein, glichen Felsbrocken, die sämtliche ihrer Knochen brachen. Zuletzt waren sie wie Gift, so als würde sie von tausend Schlangen auf einmal gebissen und ihr Blut auf ewig verseucht.

Sie fühlte kein Glück mehr, fühlte nicht die Kraft des Lebens und das wärmende Rot der Morgensonne. Ihr Innerstes zerbrach, und zurück blieb nichts als Schwärze.

Bevor sie fiel, schien sie zu schweben. Sie hatte sich auf die Zehenspitzen gestellt und beide Arme gehoben. Der Eindruck, sie würde größer, immer größer werden, verstärkte sich dadurch, umso mehr, als ihre Haare erst im Morgenlicht leuchteten, dann im Wind wehten. Doch das war nicht alles – für einen Augenblick, gewiss nicht länger als ein Wimpernschlag und darum viel zu kurz, um später beschwören zu können, dass alles nicht doch ein Trugbild gewesen war, hatte ich den Eindruck, dass Auroras Macht nicht nur groß genug war, die Wächter und die Schlangensöhne voneinander fernzuhalten, sondern auch die Schwerkraft zu bezwingen. Sie löste sich vom Boden, schwebte, stieg höher und höher, und dann …

Die Bewegung, die folgte, war umso abrupter. Sie fiel nicht einfach zu Boden, sondern schien wie von unsichtbarer Kraft zurückgerissen zu werden. Das feuchte Gras dämpfte das Geräusch, als ihr Körper auf den Boden aufprallte, aber dennoch war die unglaubliche Wucht zu erkennen. Sie überschlug sich mehrere Male, bis sie endlich liegen blieb, merkwürdig verdreht und zugleich völlig starr. Ihre Haut war nicht einfach nur weiß, sondern bläulich, und aus ihrem Mund trat Schaum. Selbst aus der Entfernung konnte ich sehen, wie sich ihre Augen verdrehten.

Ein verwirrtes Raunen ging durch die Menge. Die Nephilim starrten sich an, als erwachten sie aus einem langen Traum, als wüssten sie nicht recht, wo sie waren, was sie hierhergetrieben hatte, was sie nun tun sollten. Ich achtete nicht länger auf sie. Bis jetzt hatte ich auf dem Boden gehockt, nun sprang ich auf, stürzte auf Aurora zu, auf mein Kind – ja, ganz gleich, was geschehen war, ganz gleich, was sie getan hatte, sie war mein Kind.

Nathan und Cara kamen mir zuvor. Blitzschnell wie immer waren sie losgestürzt, knieten bereits neben ihr, als ich sie erreicht hatte, aber berührten sie nicht. Fast schien es, als hätten sie Angst davor. Während die anderen uns starr beobachteten, beugte ich mich dicht über ihr Gesicht, strich über ihre kalte Haut, aus der jede Farbe gewichen war. Kein Schaum trat mehr aus ihrem Mund, aber ihre Kiefer waren so fest aufeinandergepresst, dass sich die Muskeln unter ihrer Haut abzeichneten. Nun endlich wagte auch Cara sie zu berühren, tastete sorgfältig ihre Brust ab, warf dann Nathan einen Blick zu, den ich nicht deuten konnte. Was ich jedoch verstand, waren die Worte, die Nathan mir im nächsten Augenblick zuraunte. Er sagte sie nicht laut, eigentlich formte er sie nur mit seinen Lippen, aber ich wusste, was er sagen wollte. »Vertrau mir!«

Verwirrt blickte ich ihn an, wollte fragen, was er meinte, doch da hörte ich Schritte hinter uns. Die Heerscharen der Nephilim waren stehen geblieben, aber die Alten traten näher, schlossen einen Kreis um uns – Wächter wie Schlangensöhne. Ehe auch sie nah genug herangekommen waren, um Aurora zu untersuchen, stand Cara hastig auf und hob abwehrend die Hände. »Nicht!«, rief sie.

Caras Gesicht verzog sich kummervoll, doch ihre Stimme hatte etwas Befehlendes. Sie klang fast so blechern wie die der Schlangensöhne. »Kommt nicht näher … es ist zu spät«, erklärte sie. »Sie hat ihre Kräfte aufgebraucht, diesen Krieg zu verhindern. Sie … sie hat es nicht geschafft …« Sie machte eine kurze Pause, senkte ihre Stimme und verkündete dann: »Sie ist tot.«

XIV.

Ich konnte nicht schreien, nichts sagen, konnte Aurora auch nicht länger berühren – ich fühlte mich machtlos wie in einem Albtraum, wo eine furchterregende Situation auf die nächste folgt und man nicht eingreifen kann. Doch ausgerechnet das gab mir auch irgendwie Mut: dieses Gefühl, dass es eben nur ein Traum war, nicht die Wirklichkeit. Und diese Gewissheit wuchs, als Nathans Augen starr auf mich gerichtet blieben, sein Blick mich immer wieder beschwor: Vertrau mir!

Ich vertraute ihm. Ich ließ weder die Worte, die Cara gesagt hatte, an mich heran, noch das Flüstern der Älteren. Bei den einen klang es etwas spöttisch, bei den anderen verwirrt. In jedem Fall traten sie nicht näher, wichen vielmehr zurück, weniger, weil sie Aurora scheuten, sondern weil sie ihren Feinden nicht zu nahe kommen wollten. Sie musterten meine Tochter auch nicht länger, sondern starrten sich gegenseitig an – zwar nicht mit diesem glühenden, lebendigen Hass, wie ich ihn vorher bei Nathan und Caspar gesehen hatte, jedoch mit einer tiefverwurzelten Abscheu. Schließlich wurden ihre Blicke nüchtern, kalt, distanziert. Die Farbe ihrer Augen schien sich zu verändern. Sowohl das Schwarz der Schlangensöhne als auch das Blau der Wächter schien grau zu werden, so dass ich unwillkürlich an Caspars

Worte denken musste, wonach die Grenzen verlaufen, sich alles vermischt.

Sie flüsterten miteinander, und ich glaubte herauszuhören, dass sie – nicht zuletzt um die jeweils eigenen Interessen zu schützen – einen Waffenstillstand zu schließen versuchten. Ihre Präsenz war für mich kaum erträglich. Es war, als würde sich ein harter, kalter Ring um mein Herz schließen, sich langsam zuziehen. Ich konnte kaum atmen, aber blickte weiterhin in Nathans Augen, und in denen las ich weiterhin den Befehl: Vertrau mir!

Und immer noch vertraute ich ihm. Aurora war nicht tot. Doch nur, wenn die Alten dies glaubten, würden sie auf den Kampf verzichten.

Dann war alles schneller ausgestanden, als ich erwartet hatte. Das Flüstern erstarb, die Alten erhoben ihre Hände und gaben Zeichen, und schließlich befahlen sie: »Geht! Es ist vorbei … für heute!«

Kurz fürchtete ich, dass sich Widerstand regen würde. Doch all der Hass, die Aggression, der Hunger nach Gewalt, die vorhin die Luft förmlich aufgeladen hatten, kehrten nicht wieder. Immer noch wirkten diese Scharen verwirrt, fast ein wenig müde und orientierungslos. Wahrscheinlich würde Auroras Einfluss über sie nicht mehr lange anhalten, doch in diesem Moment waren sie noch ganz und gar ergriffen von der Macht dieser Friedensstifterin. Es war fast so, als hätten sie vergessen, warum sie hierhergekommen waren – und warum die anderen die Feinde waren. Das Einzige, was sie nicht vergessen hatten, war, ihren Anführern zu gehorchen.

Innerhalb nur weniger Augenblicke zerstreuten sie sich. Ähnlich wie in der Sekunde, als sie gekommen waren, schien auch jetzt die Erde zu vibrieren, der Himmel zu brodeln, doch dann verebbte alles in Totenstille. Nur das zertrampelte Gras erinnerte daran, dass sie überhaupt hier gewesen waren, und bei dem Anblick der geknickten Halme konnte ich nichts anderes denken, als dass sie nie wieder nachwachsen würden. Erst jetzt ging mir auf, dass Marian seinem Vater und Großonkel gefolgt war und es keine Gelegenheit mehr gegeben hatte, mich von ihm zu verabschieden. Meine Knie gaben nach, gerade noch rechtzeitig fing Nathan mich auf. Ich verharrte nicht lange in seiner Umarmung, sondern riss mich los und wandte mich wieder Aurora zu.

Ihr Gesicht waren leichenblass, aber ihre Brust hob und senkte sich leicht.

Ich hatte gewusst, dass sie nicht tot war, ich hatte es die ganze Zeit gewusst, und doch wurde mir schwindlig vor lauter Erleichterung.

»Du hast nur behauptet, sie wäre tot, um sie loszuwerden«, stieß ich aus.

Cara nickte. »Aber ich denke nicht, dass die Alten mir wirklich geglaubt haben. Meinem Gefühl nach sind sie ein bisschen zu schnell gegangen. Es könnte auch ein taktischer Zug gewesen sein – auf beiden Seiten. Sie haben gewusst, dass sie bei einem Kampf viele ihrer besten Leute verloren hätten, und haben darum mein Spiel mitgespielt. Um ab jetzt nach anderen Mitteln und Wegen zu suchen, Aurora habhaft zu werden, sie nach Gutdünken zu beeinflussen und ihre Macht im Krieg zu nutzen.« Sie hob den Kopf, schien ihre grünen Augen förmlich in mich zu bohren. »Wir müssen Aurora von hier wegbringen. So schnell wie möglich.«

»Ja, so schnell wie möglich«, echote ich.

»Sophie«, Cara hob ihre Hand und legte sie auf meine Schulter. Ein Kribbeln ging durch meinen Körper, warm und beruhigend. »Was ich meine, ist: Es genügt nicht nur, sie einfach von hier wegzubringen. Ihr müsst Hallstatt verlassen.«

Es dauerte lange, bis mich ihre Worte wirklich erreicht hatten, und selbst dann lösten sie noch kein Entsetzen aus. Immer noch fühlte ich mich wie in einem Niemandsland, in dem es ohnehin nichts gab, was an die vertraute Heimat erinnerte. Erst als Nathan mit Caras Hilfe Aurora hochhob und etwas Farbe in ihr Gesicht zurückkehrte, trafen mich ihre Worte mit ganzer Wucht. Die Villa ... mein Zuhause ... das friedliche Leben, das Nathan, Aurora und ich dort geführt hatten ... vorbei ... für immer vorbei. Wir würden von nun an Flüchtende, Gejagte sein.

»Wohin sollen wir gehen?«

Cara antwortete nicht, aber ich wiederholte die Frage nicht noch einmal. Ich hatte Mia entdeckt, die sich immer noch hinter einem der Bäume versteckte. Sie war schreckerstarrt und verstummt. Als ich auf sie zutrat, schluchzte sie trocken auf, aber einen anderen Laut brachte sie nicht hervor. Ich hatte keine Ahnung, ob sie sich je wieder von diesen Ereignissen erholen würde, aber immerhin ließ sie sich von mir dazu bewegen, mir die Hand zu geben und sich von mir mitziehen zu lassen. Nathan war mit Aurora schon vorausgeeilt, Cara drehte sich sichtlich ungeduldig nach uns um.

»Beeilt euch! Es ... es kann nicht schnell genug gehen.«

Ich beschleunigte meinen Schritt, erleichtert, dass Mia sich meinem Griff nicht widersetze – doch dann blieben wir plötzlich alle gleichzeitig stehen: Nathan mit Aurora, Cara, Mia und ich.

Wir waren den Berg hinuntergegangen, hatten einen breiteren Weg erreicht, der direkt auf Hallstatt zuführte – und stießen hier auf … ihn.

Alle Nephilim hatten dem Befehl ihrer Alten gehorcht und sich zurückgezogen. Außer Caspar, der vor uns auf einem Stein saß.

Bestimmt hatte er mit Absicht hier auf uns gewartet, doch er blickte uns mit einem überraschten Lächeln entgegen, als wäre es ein netter Zufall, liebe, alte Bekannte wiederzutreffen. Er lachte leise auf, als er Aurora sah, doch er kam ihr nicht zu nahe, blieb vielmehr an den Stein gelehnt und verschränkte seine Arme.

»Sie ist tot!«, spottete er. »Pah! Was bist du dramatisch, Schwesterherz!«

Erst bei seinem letzten Wort hatte er sich Cara zugewandt, die sich kaum merklich versteifte. Eine Weile funkelten sich die Geschwister an. Caras grüne Augen schienen sich ein paar Töne dunkler zu färben, während in Caspars schwarzen ein kaltes Feuer brannte.

»Du hast gewusst, dass sie nicht tot ist«, stellte Cara fest, und ich hörte, wie sie darum kämpfte, möglichst kalt und gleichgültig zu sprechen.

»Pah!«, machte Caspar wieder. »Sie ist mächtig genug, um … so etwas zu überstehen.« Er wedelte mit der Hand, als wäre der Krieg, der beinahe losgebrochen wäre und auch ihn das Leben hätte kosten können, nur eine Lapalie.

»Schade nur, dass du nicht tot bist«, presste Cara hervor, und der Anklang an ein Zischen verriet, dass sie einst zu den Schlangensöhnen gehört hatte.

»Nun, dafür kannst du niemand anderem die Schuld geben als dir selbst«, gab Caspar zurück. »Wenn du dich erinnerst – ich habe damals nicht um Gnade gefleht.

Du hast deine Chance, mich umzubringen, schlichtweg nicht genutzt und wie immer in deinem Leben versagt.« Er richtete sich langsam auf, hob seine Hände, und obwohl sein Körper so dürr war, hatte ich das Gefühl, ein riesiger Schatten würde sich auf die Sonne legen und alles verdunkeln. »Und jetzt …«, begann er leise, »jetzt ist es zu spät, liebste Cara. Du wirst nie wieder die Gelegenheit haben, mich zu töten, denn du wirst mich nie wieder besiegen.« Er lachte auf. »Wie es aussieht, haben meine Kräfte nur geschlummert … verschwunden sind sie nicht. Ich fühle mich stark wie nie zuvor.«

Er streckte sich und schien dadurch größer zu werden. Der schwarze Mantel wehte im kalten Wind. Cara war noch weiter zurückgewichen, doch dann trat Nathan an ihre Seite. Bis jetzt hatte er Aurora getragen, nun ließ er sie auf die Erde gleiten, und obwohl sie verschlafen wirkte, konnte sie mühelos selbst stehen. Rasch legte ich meine Arme um ihre Schultern, während Cara, sich Nathans Hilfe gewiss, einen Satz auf Caspar zumachte.

Drohend erhob sie die Faust. »Wir sind immerhin zu zweit – und du allein.«

Wieder lachte er auf, senkte aber seine Arme und lehnte sich wieder an seinen Stein. »Denkst du, ich habe Angst vor euch? Oder dass ich so dumm wäre, mich hier und heute mit euch anzulegen?«

»Was willst du dann hier?«

»Ach«, er zuckte mit den Schultern. »Ich wollte mit euch nur ein wenig über die guten alten Zeiten plaudern. Als die Welt noch in Ordnung war, sozusagen, ich der Böse und ihr die Guten – lange bevor dieser Narr von Saraqujal glaubte, er müsse aller Welt beweisen, wie mächtig er ist. Ein Waffenstillstand zwischen mir und Nathan – undenkbar wäre das früher gewesen! Doch wenn ich es mir jetzt recht überlege, ist es eigentlich immer noch undenkbar, oder? Zumal Saraqujal tot ist. Es gibt kein Grau mehr. Es gibt wieder Schwarz und Weiß.«

Während er gesprochen hatte, hatte er erst seine Hände aneinandergerieben und dann begonnen, den Knauf seines Schwerts sanft zu streicheln. Argwöhnisch starrten Cara und Nathan auf jede seiner Bewegungen, doch schließlich ließ er den Knauf los, ohne sein Schwert gezogen zu haben. Sein finsterer Blick bohrte sich erst in mich, dann in Aurora.

»Aurora ist nun zwölf Jahre alt, nicht wahr?«, stellte er fest, um mit sichtlichem Genuss fortzufahren: »Also bleiben noch zwei Jahre. Zwei Jahre, um sie auf die eine oder andere Seite zu ziehen. Glaubt mir, ich werde nicht der Einzige sein, der diese Zeit zu nutzen versuchen wird. Von nun an werdet ihr euch nirgendwo mehr sicher fühlen können. Nicht vor den anderen, die Caras Lüge gewiss bald durchschaut haben werden … und nicht vor mir. Vergesst nicht – seinerzeit war ich es, der ihre Macht erweckt hat. Sie mag stärker sein als ich, aber es wird Momente geben, da sie sich nach jemandem sehnen wird, der sie führt. Und vielleicht wird sie eines Tages die Erfahrung machen, dass ich das viel besser kann als ihr …«

Er zwinkerte mir zu, und aus seinen Augen schienen förmlich schwarze Funken zu sprühen. »Arme Sophie«, höhnte er. »Erst jetzt wirst du wirklich begreifen, was es heißt, in der Welt der Nephilim zu leben.«

Er wandte sich ab, hielt nun sein Gesicht in die Sonne, als wolle er sich wärmen. Nathan und Cara duckten sich kaum merklich, bereit, jederzeit auf ihn loszugehen, doch Caspar bot ihnen keinen Anlass. Er senkte sein Gesicht, machte eine dienernde Bewegung und erhaschte schließlich einen letzten Blick auf Aurora, der seine Augen gierig aufleuchten ließ. Dann schlenderte er davon – scheinbar so unaufgeregt, wie er uns auch auf dem Stein sitzend erwartet hatte. Sein dunkler Mantel verschmolz mit den Schatten der Bäume.

Als wir in die Villa zurückkehrten, war ich in Gedanken versunken.

Aurora … eine Weise … und fortan auch eine Gejagte … ja, Caspar würde nicht aufgeben … ganz zu schweigen von den Alten, sofern sie die Wahrheit wirklich kannten …

Obwohl wir endlich wieder zu Hause im Warmen waren, war mir eiskalt. Ich blickte mich in den vertrauten Räumen um – und fühlte mich doch keinen Augenblick lang geborgen und geschützt. Nie wieder würde ich hier das Glück eines gemächlichen, gleichförmigen Alltags erleben. Nie wieder würde die Villa mein Rückzugsort sein. Das Licht, das durch das Wohnzimmerfenster fiel, erschien mir kalt, die Möbel unpersönlich, so als würde niemand mehr in den Räumen hier leben.

»Und nun?«, fragte ich, und weil ich die Antwort wusste – es blieb ja nichts anderes als die Flucht – fügte ich gleich die eigentliche Frage hinzu: »Wohin?«

Nathan hatte bis jetzt Auroras Hand gehalten. Sie sah etwas frischer aus, aber ihre Bewegungen wirkten mechanisch. Es schien, als sei sie aus einem langen Schlaf erwacht – oder vielmehr: aus tiefer Trance. Sie ließ Nathan los und trat auf mich zu, um mich fest an sich zu drücken.

»Am besten, wir gehen mit Cara«, murmelte sie – und ihre Stimme klang nicht mehr entschlossen und befehlend, sondern unsicher wie die eines Kindes, das froh ist, die großen Entscheidungen des Lebens den Erwachsenen überlassen zu können. Fortan würde sie beides sein – dieses Kind und die mächtige Nephila, und ich musste alles tun, damit dieser Widerspruch, diese stete Spannung irgendwie erträglich für sie sein würde.

»Aber …«

Auch Cara trat auf mich zu, und ihre beruhigende Art verfehlte auch diesmal ihre Wirkung nicht. »Du weißt, dass ich in den letzten Jahren in Paris gelebt habe«, sagte sie bestimmt. »Was ich euch nicht erzählt habe, ist, dass ich dort engen Kontakt mit einigen Wächtern gehalten habe. Früher habe ich solche meistens gemieden … ihr wisst … wegen meiner Herkunft … aber dieser Kreis in Paris hat mich mit offenen Armen aufgenommen. Auch ihnen geht es weniger um den Krieg mit den Schlangensöhnen als darum, im Verborgenen zu leben – und ihre Kinder zu erziehen. Es gibt dort eine eigene Schule für besonders begabte Nephilim. Aurora würde dort gut aufgehoben sein – und all die Hilfe und auch Stabilität bekommen, die sie jetzt braucht.«

Ich nickte. Egal wo, egal mit wem und egal wie wir leben würden – vor allem eine Frage zählte für mich: »Und werden wir dort sicher sein?«

Ich sah, wie Cara und Nathan sich einen zweifelnden Blick zuwarfen, doch bevor es einer von den beiden aussprechen sollte, sagte ich es selbst: »Nein, wir werden nicht sicher sein. Es waren zu viele, die Auroras Kräfte erlebt haben. Wenn sich erst herumspricht, dass sie noch lebt – dann kann die eine Seite unmöglich zulassen, dass die jeweils andere sich ihrer bemächtigt.«

»Aber in einer so großen Stadt wird es leichter sein, anonym zu bleiben und unterzutauchen«, meinte Cara. »Und wie gesagt: Meine Gefährten können bei Auroras Ausbildung helfen. So mächtig sie auch ist – es wird sehr lange dauern, bis sie wirklich mit all den Kräften, die in ihr wirken, umgehen kann.«

Ich senkte den Blick, wusste, dass das die beste Lösung war, und ich wusste auch, dass ich so bald keine eigenen Entscheidungen mehr über mein Leben würde fällen dürfen – vielleicht nie mehr.

»Dann kommen wir mit dir … nach Paris.«

»Und das so schnell wie möglich«, rief Nathan. »Wer weiß, was Caspar gerade treibt. Pack ein paar Sachen ein – und beeil dich.«

Bevor ich mit dem Packen beginnen konnte, musste ich mich dringend um Mia kümmern. Nachdem wir in die Villa zurückgekehrt waren, war sie in Auroras Zimmer gelaufen, hatte sich dort aufs Bett geflüchtet und sich zusammengerollt. Ihre Hände umschlangen ihre Knie so fest, dass die Fingerknöchel weiß hervortraten. Als ich mich zu ihr setzte, zuckte sie zusammen.

»Schscht …«, machte ich, »es kann dir nichts mehr passieren, es ist alles gut …« Ich sprach nur zögerlich und glaubte selbst nicht so recht an das, was ich sagte. Vor kriegswütigen Nephilim war sie wohl künftig sicher – sofern sie nicht in unserer Nähe blieb –, aber Lukas' Tod würde sie noch lange betrauern, hin- und hergerissen zwischen echter Trauer und dem Entsetzen darüber, dass er selbst ihre und Auroras Entführung geplant hatte. »Mia … bitte hör mir zu! Mia, hast du noch Verwandte, die sich um dich kümmern können?«

Ihre Fingerknöchel wurden noch weißer. Ich wiederholte meine Frage mehrmals und glaubte schon, keine Antwort mehr zu bekommen, als sie endlich heiser ausstieß: »Meine Großeltern ...«

Ich war erleichtert, doch sie fuhr nicht fort, sagte mir weder ihre Namen noch ihre Adresse. Irgendwann stand Aurora in der Tür, verharrte dort eine Weile und trat dann ans Bett, um Mia über den Kopf zu streicheln. Zunächst versteifte sich Mia, aber sie stieß sie nicht zurück.

»Sie hat mir von ihnen erzählt«, sagte Aurora leise. »Sie wohnen in Norddeutschland, in Hamburg ...« Sie machte eine kurze Pause und sagte mir dann Namen und Telefonnummer. Ich hinterfragte nicht, wieso sie die kannte, sondern stürzte zum Telefon.

Warum leben sie nur so weit weg, ging es mir durch den Kopf.

Auch wenn ich sie sofort erreichte, es würde Ewigkeiten dauern, bis sie von Hamburg hierhergekommen wären. So lange durften wir nicht warten, doch wir konnten Mia weder mitnehmen noch alleine lassen!

Als ich mit zitternden Händen nach dem Telefonhörer griff, trat Cara dazwischen. »Lass mich das machen! Pack du das Nötigste ein ...«

Ich nickte, erleichtert, dass sie dieses nicht ganz einfache Gespräch übernehmen wollte, und eilte nach oben zum Schlafzimmer. Dort stand Nathan bereits über meinen Koffer gebeugt und legte diverse Kleidungsstücke hinein. Ich achtete nicht darauf, welche Auswahl er getroffen hatte, eigentlich war es mir egal, sondern ging weiter in mein Arbeitszimmer und blieb dort zögernd und plötzlich ganz unsicher stehen. Meine Bücher ... mein Klavier ... meine Noten ... fast gar nichts davon würde ich mitnehmen können. Und würde ich jemals wieder arbeiten, Bücher schreiben, Klavierunterricht geben können?

Nathan war mir lautlos gefolgt. Ich spürte seine Hände auf meinen Schultern, dann zog er mich an sich. »Es tut mir leid … es tut mir so leid.«

»Hast du gewusst, dass in Aurora … dass in Aurora …«

Ich konnte nicht weitersprechen.

Dass in Aurora eine Weise steckt.

Er strich mir über die Haare, die Schläfen, die Wangen.

»Ich habe es geahnt. Aber ich dachte, es würde nicht mehr zählen. Ich dachte …«

»Du dachtest dasselbe wie ich: Dass es uns möglich wäre, normal zu leben. Aber das können wir nicht. Das … dürfen wir nicht.«

Ich drehte mich zu ihm um, umklammerte nun meinerseits seine Schultern und wollte ihn zu mir herabziehen, um ihn zu küssen. Doch er versteifte sich, sein Gesichtsausdruck wurde abweisend … und verzweifelt. »Ich hätte damals gehen sollen«, stieß er aus, »ich hätte dich nicht hineinziehen dürfen, und …«

»Nein!«, unterbrach ich ihn und legte meinen Zeigefinger auf seine Lippen, um sie zu verschließen. »Nein, sag das nicht! Du bist geblieben, weil du mich liebst und weil ich dich liebe. Daran hat sich nichts geändert. Und daran wird sich nichts ändern. Was auch kommen mag, wir werden zusammen sein. Wir werden es gemeinsam schaffen. Wir werden alles tun. Für Aurora. Und für unsere Liebe. Es fällt mir schwer, hier fortzugehen, und ja, ich habe Angst, schreckliche Angst. Doch kein Opfer ist zu groß. Nicht für dich. Nicht für sie. Nicht für uns.«

Ich löste meinen Finger von seinen Lippen und stellte erleichtert fest, dass in seinem Gesicht die Verzweiflung der Entschlossenheit gewichen war. Eine Entschlossenheit, die sich nun auch meiner bemächtigte: zu ertragen, zu lernen, zu warten, zu hoffen, zu kämpfen.

Er beugte sich zu mir und küsste mich. Unsere Lippen trafen sich, unsere Zungen schmeckten einander, unsere Körper verharrten eine Weile eng umschlungen. Das würde sich niemals ändern, dachte ich – dieses tiefe Vertrauen, das seine Wärme und Nähe mir schenkten, diese Sehnsucht, seinen makellosen Körper zu halten und zu fühlen, mich an ihn zu schmiegen, mich ihm ganz und gar zu geben. Ich fuhr durch sein dunkles Haar, dann über seinen Nacken, seinen Rücken, während er meine Ohrläppchen, eine meiner sensibelsten Stellen, streichelte. Schauer liefen mir über den Rücken, kalt und heiß zugleich, doch bevor sie endgültig von mir Besitz ergriffen, löste er sich von mir.

»Später …«, murmelte er, »wenn wir in Sicherheit sind …« Zum ersten Mal fürchtete ich mich nicht vor diesem Später. Nun war es auch eine Verheißung.

Als wir mit dem gepackten Koffer ins Wohnzimmer kamen, nickte Cara uns zu. Sie hätte Mias Großeltern erreichen können, berichtete sie hastig. Diese wären sehr bestürzt gewesen, als sie gehört hätten, was passiert war – und zugleich unendlich erleichtert. Eigentlich hätten sie nach dem Tod ihrer Tochter Mathilda das Sorgerecht bekommen sollen, denn Lukas sei damals völlig durchgedreht gewesen und hätte sogar kurzfristig in einer Klinik wegen seiner Wahnvorstellungen behandelt werden müssen.

»Weil er von den Nephilim erzählt hat«, warf ich ein.

»Es scheint so«, sagte Cara. »In jedem Fall hatte er sich wieder beruhigt, und sobald er die Klinik wieder verlassen konnte, hat er Mia mehr oder weniger entführt. Ihre Großeltern haben keine juristischen Schritte gegen ihn eingeleitet, um ihrer Enkeltochter nicht zu schaden. Und sie waren überzeugt davon, dass Mia trotz allem zu Lukas gehört und es bei ihm gut haben würde.« Cara machte eine kurze, bedeutungsvolle Pause, um nicht aussprechen zu müssen, dass sich Mias Großeltern geirrt hatten.

Ja, dachte ich, ohne Zweifel hat Lukas Mia geliebt. Aber nicht genug, um von seinen Rachegelüsten abzulassen. Nicht genug, um sie aus der ganzen Sache herauszuhalten.

»Mias Großeltern wollten sofort losfahren, aber ich habe ihnen gesagt, dass wir nicht so lange warten können. Eine Tante von Mia, Mathildas Schwester, wird sie stattdessen abholen. Sie lebt in München – und sitzt schon im Auto.«

»Gut«, murmelte ich, »zumindest so lange müssen wir noch hierbleiben.«

Cara seufzte – aber sie widersprach nicht.

Es waren drei Stunden vergangen, als ein Auto vorfuhr. Aurora hatte lange auf Mia eingeredet und sie so weit beruhigt, dass sie nicht länger ihre Knie umkrampfte und später sogar bereit war, aufzustehen und etwas zu essen. Von den Butterbroten brachte sie zwar nur ein halbes hinunter, aber wenigstens trank sie ein ganzes Glas Milch. Aurora nahm nichts zu sich, ich hingegen zwang mich, ein paar Bissen zu essen.

Als wir den Wagen hörten, wollte ich aufspringen, aber Cara war schneller als ich und stellte sich vor mich. »Ich mache das«, erklärte sie. Auch Aurora wollte sich nicht nehmen lassen, ihre Freundin selbst hinauszubringen und sich dort von ihr zu verabschieden.

Ich erfuhr nicht, was Cara zu Mias Tante gesagt und wie Aurora sich von ihrer Freundin verabschiedet hatte, aber wenig später fuhr das Auto wieder ab. Als sie wieder hereinkamen, konnte ich in ihren Gesichtern nichts lesen.

»Nun können auch wir aufbrechen«, sagte Cara, und Aurora nickte.

Die erste Wegstrecke verbrachten wir schweigend. Jeder von uns war in seine Gedanken versunken – und nahm Abschied von der vertrauten Landschaft und von dem vertrauten Leben. Wie erstarrt nahm ich wahr, dass wir die Berge immer weiter hinter uns ließen und auch den See, in dessen Schwarz sie sich bis zuletzt gespiegelt hatten. Es fiel mir schwer, mir eine Zukunft in Paris vorzustellen. Irgendwann vor langer Zeit war ich einmal dort gewesen – damals ging ich noch zur Schule, und wir hatten im Rahmen des Französischunterrichts eine einwöchige Exkursion nach Frankreich unternommen. Nele war dabei gewesen – und hatte sich schrecklich über die verdreckten Duschen in unserem bescheidenen Quartier nahe der Kirche Saint-Lazare beschwert. Ansonsten hatten wir viel gelacht, wenn ich heute auch nicht mehr wusste, worüber. Louvre, Eiffelturm, Centre Pompidou, Montmartre … natürlich hatten die unvermeidbaren Klassiker auf dem Besichtigungsprogramm gestanden, aber am deutlichsten erinnerte ich mich daran, dass Nele sich am letzten Tag in einen jungen Franzosen verliebt hatte – oder zumindest überzeugt war, dass sie sich verliebt habe. Schließlich war sie mit dem Unbekannten nur zwei Stationen mit der gleichen Metro gefahren.

Ach, Nele …, seufzte ich innerlich.

Ob ich sie jemals wiedersehen würde? Was würde sie denken, wenn sie erfuhr, dass ich Hallstatt einfach verlassen hatte? Wahrscheinlich war sie schrecklich wütend auf mich, weil ich gestern einfach ihren Anruf weggedrückt hatte und seitdem nicht mehr erreichbar gewesen war.

Nun konnte ich wieder mit ihr telefonieren, konnte versuchen, es ihr zu erklären – nicht nur, warum ich mit Aurora nicht nach Salzburg gekommen war, sondern warum wir das Land verließen … doch wenn ich ehrlich war, hatte ich keine große Hoffnung, dass sie mich verstehen würde. Schon damals, vor fünf Jahren, hatte sie nicht verstanden, in was ich hineingeraten war. Letztlich war unsere Freundschaft daran zerbrochen – an dem Geheimnis, das ich vor ihr hütete und das auch in Zukunft eine tiefe Kluft zwischen uns reißen würde.

Erneut konnte ich ein Seufzen nicht unterdrücken, die Wehmut, die in mir aufstieg, das Heimweh, das mich überkam, obwohl wir Hallstatt gerade erst verlassen hatten.

Doch da löste sich Nathans Hand vom Lenkrad, griff nach meiner und drückte sie fest. Den Abschiedsschmerz und die Zukunftsängste konnte er mir nicht nehmen – aber er konnte mir mit dieser simplen Geste deutlich machen, dass es auch vieles gab, wofür ich dankbar sein konnte. Wir hatten alle Gefahren überstanden. Nathan und Aurora waren sich um so vieles nähergekommen. Und Cara war wieder bei uns und verströmte mit ihrer besonnenen Art so viel Ruhe und Zuversicht wie einst.

Vieles hatte sich verändert – aber nicht alles: Ich war immer noch mit den Menschen vereint, die ich am meisten liebte. Ich hatte Aurora. Und ich hatte Nathan. Und ich wusste plötzlich: Ich konnte mich jeder Herausforderung stellen, solange ich mit ihnen zusammen war.

Die Sonne ging unter, als sie die vertraute Landschaft endgültig zurückließen. Von Hallstatt aus waren sie Richtung Salzburg gefahren und von dort weiter nach München. Je länger es nach Nordwesten ging, desto flacher wurde das Land, die Berge schrumpften zu Hügeln, das Tageslicht versickerte in grauer Dämmerung. Aurora starrte durch das Fenster, doch wenn man sie gefragt hätte, was sie sah – sie hätte es nicht gewusst. Sie fühlte sich nicht müde oder erschöpft, eher wie betäubt. Es war, als wäre sie in Watte gepackt, die alle Gefühle und Gedanken mit ihrer weichen Umarmung erstickte.

Nur ein Gedanke ließ sie nicht los. Immer wieder vermeinte sie jenen Satz zu hören, der in ihr hochgestiegen war, als sie den Kampf der Nephilim verhindert hatte: Deine Gabe ist kein Geschenk, sie ist eine Bürde.

In dem Augenblick hatte ihr das vor allem Angst gemacht – Angst, jene fremde Macht würde im entscheidenden Augenblick nachlassen oder umgekehrt so stark werden, dass sie sie nicht mehr kontrollieren konnte.

Jetzt war da keine Angst mehr, aber Schmerz. Sie versuchte sich ein Leben in einem fremden Land und unter fremden Menschen vorzustellen, ein Leben ohne Mia, ohne ihre Schulklasse, ohne die vertraute Villa in Hallstatt, aber es gelang ihr nicht.

Diese Gabe oder dieser Fluch … Es war nicht länger nur eine Last, die sie zu tragen hatte, es war vor allem ein Verlust. Wie sollte sie ihn ertragen? Wie damit leben?

Sie atmete tief durch. Noch immer fühlte sie sich wie in Watte gepackt, nur dass diese Watte nicht länger weich war, sondern schwer, kalt und rau wie das Kettenhemd eines mittelalterlichen Kriegers.

»Aurora …«

Zumindest diese Stimme war nicht kalt. Cara sprach zu ihr. Aurora wandte sich vom Fenster ab, sah, wie ihre Mutter und ihr Vater sich gegenseitig festhielten und wie nun auch Caras Hand nach ihrer tastete, sie umklammerte, sie drückte.

Das Kettenhemd fiel von ihr ab. Sie atmete befreiter, das Herz begann aufgeregt zu pochen.

Ja, ihre Macht war eine Bürde, und irgendwann würde sie sie alleine tragen müssen. Aber jetzt noch nicht. Jetzt hatte sie ihre Eltern an ihrer Seite und Cara, die frühere Vertraute und künftige Lehrmeisterin. Sie würde ihr dabei helfen, das Beste aus ihren Fähigkeiten zu machen und jene große Nephila zu werden, die in ihr steckte.

Ehe er von der Nacht verschluckt wurde, schickte der glühende Himmelskörper einen letzten Gruß. Das Sonnenlicht blendete sie noch einmal, bevor es von grauen Wolkenbergen verschluckt wurde. Ein Hauch von Rot war da noch, doch schon färbte er sich kupferfarben, ging dann in ein schwächliches Rosé über und wurde schließlich vom Nachtblau übermalt.

Aurora drückte Caras Hand fester.

Ich bin nicht allein, dachte sie immer wieder, ich bin nicht allein …

Epilog

»Du bist ein Schwächling.«

Claudius von Kranichstein musterte seinen Sohn verächtlich. In manchem glichen sie sich – in manchem nicht. Caspars Hände waren dünn und fein, wohingegen die von Claudius riesigen Pranken glichen. War Caspars Haut bleich, fast wächsern, war Claudius' grobschlächtiges Gesicht rot aufgedunsen und um das Kinn ein wenig schlaff geworden. Die Augen hingegen waren ebenso schwarz und kalt wie die Caspars, als sie ihn musterten. Caspar erwiderte den vorwurfsvollen Blick halb herausfordernd, halb ängstlich.

»Du hast mir gar nichts mehr zu sagen«, sagte er schließlich zischelnd. »Die Zeiten sind vorbei, da du mich bestrafen kannst, wenn ich deiner Meinung nach wieder einmal versagt habe.«

Claudius hob drohend die Pranken: »Ach, tatsächlich?«, fragte er.

Unwillkürlich wich Caspar zurück, doch sobald er sich wieder gefasst hatte, straffte er trotzig seine Schultern. »Wenn du mich schlägst, schlage ich zurück.«

In Claudius' schwarzen Augen schien ein kaltes Feuer zu lodern, doch ehe die Flammen Caspar zu verzehren drohten, trat ein Dritter dazwischen.

»Nicht doch, nicht doch!«

Seine Stimme war samtig und weich und hatte doch zugleich einen rauen Unterton. Beschwichtigend war sie, einnehmend – und verführerisch. Während sie bei Claudius ein stolzes Lächeln hervorrief, versagte bei Caspar jedoch ihre Wirkung. Sein Halbbruder rief bei ihm vor allem Neid hervor.

César. Der sich nicht Kranichstein nannte, sondern de la Grue. Das bedeutete Kranich auf Französisch. Und er lebte in Frankreich, genauer gesagt in Paris, in einer luxuriösen Wohnung auf der Insel Saint-Louis neben der Ile-de-la-Cité. Dort erfreute er sich nicht nur einer überaus geschmackvollen Einrichtung, wie Caspar wusste, sondern auch schöner Frauen, die er dort empfing. Mit dieser samtig rauen Stimme hatte er so viele dieser Frauen verführt und mit ihnen Kinder gezeugt wie kaum ein Nephil vor ihm.

Sosehr Caspar das dreiste Selbstbewusstsein verärgerte, mit dem César dachte, ein von ihm gerauntes Wort könnte den uralten Zwist zwischen Vater und Sohn vergessen machen – so verstand er doch, warum es diesem so leicht gelang, nicht nur Nephilim, sondern auch Menschen für sich einzunehmen. Nicht nur von seiner Stimme ging etwas Widersprüchliches aus – etwas gleichzeitig Elektrisierendes und Beruhigendes –, sondern auch von seinem Äußeren. In Césars Gegenwart empfand Caspar seinen Vater, aber auch sich selbst als tot und welk. Das Funkeln in Césars Augen war zugleich gefährlich und unwiderstehlich. Die Art, wie er seine langen, schwarzen, glänzenden Haare zu einem langen Zopf im Nacken band, war zugleich elegant und verrückt. Seine Kleidung wirkte ebenso erlesen wie dekadent. Man wusste nicht gleich, woran man bei ihm war – und das machte neugierig.

»Könnt ihr nicht endlich Frieden schließen?«, fuhr er raunend fort und erhob halb gelangweilt, halb entnervt seine Hände – eine wohleinstudierte, aber irgendwie auch künstlich anmutende Geste, wie Caspar fand. Doch sie bewog Claudius tatsächlich, von Caspar abzulassen.

»Du hast recht«, knurrte er, »eigentlich habe ich keine Zeit, mich mit dir abzugeben, Caspar.«

»Und warum bist du dann hier?«, fragte Caspar. Er hätte nie gewagt, Claudius die Tür zu weisen, doch dass er sich nun auf seinem weißen Ledersofa breitmachte, tat ihm fast körperlich weh. César lehnte sich hingegen lässig an das weiße Klavier, das seit so vielen Jahren weder gestimmt noch gespielt worden war. Caspar war sein Anwesen fremd vorgekommen, als er es eben nach langen Jahren wieder betreten hatte. Doch die Gegenwart von Vater und Halbbruder machte es zu seinem Heim, das er mit aller Macht vor ihnen schützen wollte. Er wusste nur noch nicht, wie – zumal er insgeheim auch froh über ihr Kommen war, befreite es ihn doch davon, selbst Entscheidungen zu treffen.

Claudius antwortete nicht auf seine Frage, sondern stellte mürrisch fest: »Ich verstehe einfach nicht, wie du sie gehen lassen konntest, wenn du doch wusstest, dass das Kind noch lebt.«

Ehe Caspar antworten konnte, kam ihm César zuvor. »Ach was!«, rief er – im Vergleich zu Claudius über die ganze Angelegenheit eher belustigt als verärgert. »Sollen sie sich doch in Sicherheit wiegen, das wird uns noch von Vorteil sein! Ich bin mir sicher, Cara geht mit ihnen nach Paris. Ich habe sie dort all die letzten Jahre heimlich beobachten lassen. Mein leichtgläubiges Schwesterlein hat keine Ahnung, wie nah ich ihr manchmal gekommen bin … ihr und diesen anderen Wächtern …«

Er spuckte das Wort förmlich aus. César genoss alle Annehmlichkeiten, die das Leben der Menschen ihm zu bieten hatte, und im Zweifelsfall lag er lieber mit einer schönen Frau zwischen seidenen, duftenden Laken, als mit seinem Schwert zu kämpfen. Doch sein Hass auf alle Wächter stand dem der anderen Schlangensöhne in nichts nach.

»Cara muss bestraft werden!«, dröhnte Claudius. »Dafür, dass sie Caspar fast getötet hätte! Und vor allem dafür, dass sie gemeinsame Sache mit Nathanael Grigori macht und selbst zu einer Wächterin geworden ist. Widerwärtig!«

César schmunzelte, aber das Lächeln erreichte seine Augen nicht.

»Das ist nicht die dringlichste Aufgabe«, schaltete sich Caspar ein.

Das Lächeln schwand von Césars Lippen. »Da hast du allerdings recht. Ich würde unserem Schwesterlein gerne so bald wie möglich die Hölle heiß machen, aber ich fürchte, vorerst müssen wir uns einer anderen Sache widmen. Ich habe etwas sehr Beunruhigendes erfahren. Dass dieser Lukas Arndt nämlich nicht alleine gehandelt hat.«

»Was meinst du?«, fragte Claudius verwirrt. »Wir wissen doch, dass er sich mit Saraqujal verbündet hat!«

»Aber der war offenbar nicht der Einzige«, erwiderte César. »Laut meinen Informanten gibt es einen geheimen Zirkel, der in den letzten Jahren stetig gewachsen ist. Seine Mitglieder sind allesamt Menschen, die einen ihrer Angehörigen durch den Kampf der Nephilim verloren haben – und so lange Nachforschungen angestellt haben, bis sie die Wahrheit über uns ans Licht bringen konnten. Sie streben nichts Geringeres an, als uns alle auszulöschen – egal, ob Awwim oder Grigori.«

»Pah!«, Claudius lachte unbeherrscht los. »Was will denn das Menschenpack gegen uns ausrichten?«

Caspar verzog die Lippen – die gleichen Worte hätte er auch gewählt. Er wollte seinem Vater so wenig wie möglich ähneln – und wusste doch, dass er manche Gemeinsamkeiten nicht abschütteln konnte. Die Menschenbrut langweilte oder widerte ihn ebenso an wie Claudius – ausgenommen waren jedoch die Auserwählten. Er hatte Serafina einst auf Händen getragen … und hätte Gleiches mit Sophie gemacht, wenn sie sich nicht für Nathan entschieden hätte. Doch Claudius hatte seine Frau genauso brutal behandelt wie später die beiden Kinder, Caspar und Cara, die sie ihm geboren hatte.

»Wir dürfen diesen Zirkel nicht unterschätzen«, warf César ein. »Auch wenn er sich nicht als ernsthafte Bedrohung herausstellt – er könnte uns lästig werden. Wir sollten seine Mitglieder so schnell wie möglich … ausschalten.«

Claudius ballte die Hände. »Ja, das müssen wir«, stimmte er ihm zu. »Und das werden wir. Wir werden das Menschenpack, das sich auflehnt, töten. Und Cara auch.«

Caspar starrte durch die hohen Glasfenster. Der Blick auf Wald und See war ihm fremd und vertraut zugleich. Er labte sich daran – und zugleich nahm er Abschied davon.

»Vor allem müssen wir Aurora in unsere Hände kriegen«, murmelte er. »Wir müssen sie auf unsere Seite ziehen, zu einer der Schlangensöhne machen. Im Kampf gegen die verfluchten Wächter könnte sie unentbehrlich sein. Das ist das Wichtigste.«

Sein Vater grummelte etwas, das wie ein Bestätigung klang. In Césars Augen glaubte Caspar jenes faszinierte Leuchten wahrzunehmen, das ansonsten nur außergewöhnlichen Menschenfrauen galt. César mochte Herausforderungen – und als solche begriff er wohl auch den Kampf um Aurora.

»Worauf warten wir noch?«, rief er. »Wir sollten auf der Stelle aufbrechen.«

Claudius nickte, Caspar auch. Ihr Ziel war das gleiche – ihr Ansporn jedoch ein anderer. Ja, César liebte Herausforderungen, und sein Vater wiederum brannte darauf, nicht nur die aufrührerische Tochter, sondern alle Wächter in ihrem Umfeld auszurotten. Er hätte sich aus weit geringerem Anlass in den Krieg gestürzt – so süchtig wie er nach allem war, was nach Gewalt, nach Blut, nach Kampf roch.

Caspar hingegen sehnte sich nicht nach dem Klang der aufeinandertreffenden Schwerter. Er sehnte sich nach … Aurora.

Er unterdrückte ein Seufzen, als er sie vor seinem inneren Auge heraufbeschwor – wie sie da im roten Morgenlicht gestanden hatte, auf ihren Zehenspitzen, klein und mächtig, zart und gewaltig zugleich, ihre Haare wie ein seidiges Tuch, das über ihren Rücken fiel, ihr Blick so beschwörend, dass er alles auslöschte, was nach Zögern, Halbheit, Versagen, Unzulänglichkeit roch.

Caspar ballte seine Hände zu Fäusten. Er würde gemeinsame Sache mit seinem Vater und seinem Halbbruder machen. Doch er würde nicht zulassen, dass sie Aurora für ihre eigenen Zwecke missbrauchten und zerstörten. Für die beiden war sie nichts weiter als eine brauchbare Waffe – für ihn war sie so viel mehr. Für ihn war sie der Grund, dass er nach den letzten fünf lethargischen Jahren wieder leben wollte – und wenn sie erst einmal auf seiner Seite stand, würde er sie nicht benutzen, sondern anbeten, würde er sie nicht zwingen, sich ihm zu unterwerfen, sondern sich ihr selbst ganz und gar hingeben.